神工智能

[美]阿德里安娜·梅尼 著 吴丽萍 译

Adrienne Mayor

Myths, Machines, and Ancient Dreams of Technology
诸神与古代世界的神奇造物

九州出版社
JIUZHOUPRESS

献给吾兄

马克·梅厄

我有时在想,发明机器人是不是为了解答哲学家们的疑问?

——约翰·斯拉德克(John Sladek),
《提克-托克》(*Tik-Tok*)

致　谢

　　默片《大都会》(*Metropolis*，1927 年）中的邪恶机器人玛丽亚（Maria）和电影《伊阿宋与阿尔戈英雄》(*Jason and the Argonauts*，1963 年）中的青铜机器人塔洛斯（Talos）给了我一些灵感，于是我在许多年前开始收集有关活雕像的古代文献证据。2007 年，我应邀为菲利普·罗斯（Philip Ross）在旧金山芳草地艺术中心（Yerba Buena Center for the Arts）策划的"生物技术展"（Biotechnique Exhibit）的展品写一篇史学文章。由此，我开始认真地思考希腊神话是如何阐述人造生命的。2012 年，我就塔洛斯和美狄亚（Medea）的"返老还童"实验所写的几篇论文，发表在科学史网站"奇观与奇迹"（Wonders and Marvels）上。2016 年，我受电子杂志《万古》(*Aeon*）编辑的邀请撰写了一篇文章，探讨有关"生命技艺"（biotechne）——通过工艺技术创造生命——的古典希腊神话故事的现代意义。2017 年 3 月 18 日，我在芝加哥艺术博物馆（Art Institute of Chicago）举办了一场名为《机器人与女巫：古希腊对人造生命的探索》（"The Robot and the Witch: The Ancient Greek Quest for Artificial Life"）的公开讲座，其间简单介绍了本书。

　　我的许多朋友和同事对不同阶段的各章书稿进行了试读，并做了评论。我尤其感谢我挚爱的读者马西娅·奥伯（Marcia Ober）、米歇尔·马斯基尔（Michelle Maskiell）、诺顿·怀斯（Norton Wise）和乔赛亚·奥伯（Josiah Ober），感谢他们对本书的热切关注以及提出的宝贵修改建议。还有许多人向我分享了他们关于古代文献、图片、观点和资料的专业知识。在此感谢琳达·奥尔布里顿（Linda Albritton）、劳拉·安布罗西尼（Laura Ambrosini）、西奥·安提卡斯（Theo Antikas）、齐亚德·布拉特（Ziyaad Bhorat）、拉丽莎·邦凡特（Larissa Bonfante）、埃琳·布雷迪（Erin Brady）、西格内·科恩（Signe Cohen）、约翰·科拉鲁索（John Colarusso）、萨姆·克罗（Sam Crow）、埃里克·科萨帕（Eric Csapo）、尼克·D.（Nick D.）、阿曼得·德安格（Armand D'Angour）、南希·德·格鲁蒙德（Nancy de Grummond）、鲍勃·达雷特（Bob Durrett）、塔拉萨·法卡斯（Thalassa Farkas）、德博拉·戈登（Deborah Gordon）、乌尔夫·汉松（Ulf Hansson）、萨姆·哈瑟比（Sam Haselby）、史蒂文·赫斯（Steven Hess）、弗兰·基林（Fran Keeling）、保罗·凯泽（Paul Keyser）、特恩·克齐尔（Teun Koetsier）、英格丽德·克劳斯科普夫（Ingrid Krauskopf）、肯尼思·拉帕廷（Kenneth Lapatin）、帕特里克·林（Patrick Lin）、克莱尔·莱昂斯（Claire Lyons）、鲁埃尔·麦克拉格（Ruel Macaraeg）、英瓦尔·梅勒（Ingvar Maehle）、贾斯廷·曼斯菲尔德（Justin Mansfield）、理查德·马丁（Richard Martin）、戴维·梅多斯（David Meadows）、瓦西里基·米赛利杜-德斯波蒂德（Vasiliki Misailidou-Despotidou）、约翰·奥克利（John Oakley）、沃尔特·彭罗斯（Walter Penrose）、戴维·桑德斯（David Saunders）、塞奇·阿德里安娜·史密斯（Sage Adrienne Smith）、杰弗里·施皮尔（Jeffrey Spier）、让·图尔法（Jean Turfa）、克劳迪娅·瓦格纳（Claudia Wagner）、米歇尔·王（Michelle Wang）和苏珊·伍德（Susan Wood）。感谢卡洛·坎纳

（Carlo Canna）从意大利博物馆获取了诸多图片，为我提供了必要的帮助，感谢加布里埃拉·塔西纳里（Gabriella Tassinari）就伊特鲁里亚（Etruscan）宝石展开的热烈讨论。感谢玛格丽特·利瓦伊（Margaret Levi）、伯格鲁恩研究所（Berggruen Institute）和斯坦福大学行为科学高级研究中心对我在2018年9月至2019年5月间进行的研究所提供的支持。在此对优秀的经纪人桑迪·迪杰斯特拉（Sandy Dijkstra）和安德烈亚·卡瓦拉罗（Andrea Cavallaro）致以真挚的感谢。对于普林斯顿大学出版社，我要感谢几位匿名读者的细心评论，感谢迪米特里·卡列特尼科夫（Dimitri Karetnikov）对插图提供的相关帮助，感谢贾森·亚历杭德罗（Jason Alejandro）和克里斯·费兰特（Chris Ferrante）的排版设计，感谢劳伦·莱波（Lauren Lepow）优美的语言润色。我从编辑罗布·滕皮奥（Rob Tempio）的见解和热情中一如既往地受益匪浅。

我有幸能够邀请我的妹妹米歇尔·安杰尔（Michele Angel）为我们的插图提供专业的指导和建议。而我的母亲芭芭拉·梅厄（Barbara Mayor），在校对方面提供了巨大的帮助。我非常幸运能拥有一位优秀的哥哥——马克·梅厄（Mark Mayor）。我知道他还记得我们一起观看电影《伊阿宋与阿尔戈英雄》时是多么的开心。还有最重要的，我将永远感谢乔希（Josh）。他是我心灵和思想的可敬伴侣，一个真正的好男人。

目录

致　谢		i
导　言　受造而非受生		1
1	机器人与女巫：塔洛斯与美狄亚	9
2	美狄亚的回春坩埚	45
3	追求不朽和青春永驻	61
4	超越自然：借助神和动物增强力量	81
5	代达罗斯和活雕像	113
6	皮格马利翁的活人偶与普罗米修斯创造的第一批人类	137
7	赫菲斯托斯：神造设备和自动机器	167
8	潘多拉：美丽的、受造的、邪恶的	199
9	神话与历史之间：古代世界中真实的自动机器和逼真工艺	227
尾　声　敬畏、恐惧与希望：深入了解古代故事		273
术语表		281
注　释		285
参考书目		325
出版后记		343

导　言
受造而非受生

是谁第一个想象出机器人（robots）、自动机器（automata）、人类增强（human enhancements）和人工智能（Artificial Intelligence）这些概念的？历史学家倾向于将这一概念追溯到发明了自动装置的中世纪工匠。但我们若将目光放到更遥远的古代，事实上，在2000多年以前的神话故事中，我们就能发现一些非凡的概念和想法——这些故事设想了通过"生命技艺"[i]（bio-techne，即通过工艺创造生命）模仿、增强乃至超越自然生命的种种途径。换句话说，我们能从中发现今天所谓的"生物技术（biotechnology）"的古代版本。

早在中世纪的发条装置和近代早期欧洲的自动装置出现以前，甚至早在希腊化时期的技术革新使精密的自动装置成为可能的几个世纪前，人工创造生命的想法以及对复制自然所带来的不安，便可在希腊神话中找到。在关于伊阿宋与阿尔戈英雄的一系列传奇故事中，出现了形形色色"受造而非受生"的存在，诸如青铜机器人塔洛斯、科技女巫美狄亚、天才工匠代达

---

[i] 为防止与"生物技术（Biotechnology）"相混淆，"biotechne"统一译作"生命技艺"。——编者注

罗斯（Daedalus）、盗取火种的普罗米修斯（Prometheus）和由发明之神赫菲斯托斯（Hephaestus）制造的邪恶女机器人潘多拉（Pandora）。这些神话是人类对于创造人造生命的永恒追求的最早表现形式。这些古代"科幻作品"展现了从荷马时代到亚里士多德时代，想象力是怎样让人类去思考如何制作大自然的复制品的。早在现代科技让人工创造生命成为现实之前，这类想法就已存在。这些神话印证了一个观点：想象力是将神话与科技结合在一起的灵魂。值得注意的是，古希腊-罗马时期实际制造的许多机械装置都在通过图画和/或影射神灵与英雄来再现神话。科技史学家们普遍认为，关于人造生命的古代神话描写的，仅仅是一些没有生命的物体在神的旨意或魔法师的咒语下被赋予了生命。这样的情节确实存在于很多神话故事中。著名的例子包括圣经中的亚当和夏娃、古典希腊神话中皮格马利翁（Pygmalion）所创造的伽拉忒亚（Galatea）雕像。然而，在希腊和罗马的神话传说以及古印度和古代中国的类似传说中描述的许多自动装置和自动机器都与那些通过魔法或神谕驱动的物体大不相同。这些特别的人造生物被认为是技术制造的产物，是用人类工匠制造工具、艺术品、建筑和雕像的材料和方法，从零开始设计和制造出来的。当然，神话中描述的机器人、复制人和自动装置是不可思议的——远超人类在尘世中所制造的任何东西，它们的奇妙与神明和那些传说中的发明家（如代达罗斯）所拥有的崇高能力相匹配。我们可以把有关人造生命的神话看作是一种文化梦想、一场古代思想实验，或是一个设定在充满可能性的、另一个世界的"假设场景"，一个技术发展到惊人程度的想象空间。

神话中，像塔洛斯和潘多拉这样具有机器人形态的自动机器都有一个共同特征，即他们都是"受造而非受生"。而在古代，神话中的伟大英雄、怪物，乃至奥林匹斯永生的众神则恰恰相反：他们如普通的凡人一样——都是"受生而非受造"。这也是早期基督教教义中的一个关键概念，信经肯定耶稣是"受生而非受造"。这个主题也常在当今的科幻作品中出现，比如2017年的电影《银翼杀手2049》(*Blade Runner 2049*)，它的情节围绕着某些角色是人造人、真人的复制品，还是生物学上孕育出生的人类所展开。自古以来，自然出生与人工制造之间的区别，标志着人类与非人类、自然与非自然之间的边界。事实上，在本书所收集的有关人造生命的神话中，其范畴局限为"受造的而非受生的"，而这是一个至关重要的区别。它将用工具制造的自动装置与仅仅通过指令或魔法赋予所激活的无生命物区分了开来。

在希腊、伊特鲁里亚和罗马关于人造生命的神话里，有两位神——神界的锻造之神赫菲斯托斯和泰坦（Titan）普罗米修斯，以及两位尘世的发明家——美狄亚和代达罗斯。这四位人物都具有超人的智慧、非凡的创造力、精湛的技艺和高超的技巧。虽然他们所使用的技术、手艺、方法和工具与现实生活中已知的别无二致，但这些神话中的发明家所取得的成就却是惊人的，极其夸张并远超了普通人在平凡世界中所能拥有的能力。除了少数例外，在从古代流传下来的神话中，并没有对自动机器内部运作和动力来源的描述，而是留给我们自己去想象。事实上，这种不透明性使得此类神奇装置类似于我们常说的"黑箱技术"，即机器的内部工作原理不为人所知。这让我想起了亚瑟·C. 克拉克（Arthur C. Clarke）的名言：技术越是先进，就越像魔法。讽刺的是，在现代科技文化中，大多数人都无法解释日常生活中的产品是如何运作的，从智能手机、手提电脑到汽车都是如此，更不用说核潜艇或火箭了。众所周知，这些都是制造而成的人工制品，它们由聪明的发明家进行巧妙的设计，然后在工厂里进行组装，但它们对于不知者来说与魔法无异。人们也常说，人类的智力本身就是某种黑箱。我们目前正进入一个黑箱技术无处不在的新阶段：机器学习将很快使得人工智能装置能够通过收集、筛选和解读大量的数据，自行做出决策和行动，而无需人类对其过程有任何的监管或辅助。不仅人工智能的用户将对其一无所知，甚至人工智能的制造者也将很快对自己造物的内部运作一无所知。在某种程度上，我们将再次回到那有着令人敬畏的、不可思议的人工生命和生命技艺的神话时代。

寻找一个贴切且恰当的术语来概括描述古代神话中"受造而非受生"的自动机器和非自然生物是很困难的。在用神话语言讲述出来的有关人造生命的故事中，魔法和机械通常糅杂在一起。即使是在今天，科技史学家们都承认，机器人、自动机器、半机械人（cyborg）和人形机器人（android）等都是没有固定定义的模糊术语。我则更倾向于按照非正式的、惯常的方式去理解人形机器人、机器人、自动机器、傀儡、人工智能、机器和半机械人等词语，但为了清楚起见，这些词语的专业定义也会在正文、尾注和术语表中给出。

本书研究了神话中各种形式的人造生命，包括寻求长生和不朽的故事，从神和动物身上借来力量超越人类的故事，还有自动机器和被赋予了行动能力和智力的、栩栩如生的人造人的故事等。本书主要聚焦于地中海世界，但同时也会涉及古印度和中国的神话传说。尽管在这些神话、传说以及其他古代的描述中，人类想象的活雕像、自动装置和对自然的模拟物并不是现代意义上的机器、机器人或人工智能，但我坚信本书所收集的故事"有利于启发我们的思考"，借以追溯早在现实科技让这一切成为现实之前，古人对于人造生命的思想萌芽和想象。

重要的一点是，要避免将现代的机械概念和技术概念套用到古代，特别是考虑到古代涉及人造生命的文献的零散性。尽管本书会提及神话或古代历史与现代科技的一些相似之处，但本书无意暗示它们对现代科技有直接影响。我将时不时提到现代小说、电影和流行文化中的类似神话主题，也援引了科学史上相似的地方，借以阐释神话故事中所蕴含的自然知识和先见。在这个过程中，那些或为人熟知或早已被遗忘的古老故事，将引发有关自由意志、奴役、罪恶起源、人类极限以及作为人类存在的终极意义等问题。正如约翰·斯拉德克1983年所写的科幻小说中那位邪恶机器人提克-托克所言，正是自动机器的概念将人们引入"深奥的哲学层面"，引发出关于存在、思想、创造力、感知和现实的问题。在丰富的古代神话宝库中，我们可以发现最早的蛛丝马迹，即古人是如何意识到操纵自然和复制生命会带来诸多伦理和现实困境。本书"尾声"部分将对此做进一步的探讨。

千百年来，大量古代文学和艺术珍宝都已散佚，目前我们所拥有的古代作品多是不完整的，脱离了原有的背景。难以估量到底有多少古代文学和艺术作品已佚失。那些留存至今的文字作品——诗歌、史诗、文论、史书和其他文献，与曾经存在的数量相比，仅是九牛一毛。流传下来的艺术作品数以千计，但与曾经存在过的数以百万件计的作品相比，如同沧海一粟。一些艺术史学家称，我们今天所能见到的希腊瓶画，仅占原来总创作量的百分之一。而这少得可怜的现存的文学和艺术作品，往往也没有得到妥善的保护。

大量文学和艺术作品散佚以及欠缺保护的残酷事实，让我们现在所拥有的作品显得尤为珍贵。这也决定了我们探索和解读这些作品的方法和途径。在这样的研究中，我们能分析的仅有那些历经千年仍然得以存续的东西，犹如在一片幽深的森林里沿着小径上残留的面包屑摸索前行，而大部分的面包屑已被鸟儿吃掉。另一个关于何者消亡、何者幸存的类比来自野火的破坏性，当火借风势烧过草地和树林，草木丛中划出了一条毁灭之路。残酷的大火过后，留下的正是森林学家所说的"马赛克效应"：在大片烧焦的区域上点缀着片片鲜花盛开的草地和青枝绿叶的树丛。几千年来，古希腊和古罗马文学艺术作品以及与人造生命相关的艺术品遭受了随意的摧残，留下的正是一大片烧焦的空地，其间点缀着仅存的一些重要的古老章节和图画。这些几千年以来偶然得以留存的点点绿色需要一条路径将它们连缀起来。沿着这条路径，我们得以尝试着想象出文化景观的原貌。情报分析人员也使用类似"马赛克理论"从收集到的碎片信息中拼凑出全貌。本书汇集了我所有能搜寻到的、与人造生命有关的文献和资料片段，其来源包括诗歌、神话、史书、艺术和哲学等。足够多的有力证据表明了古人对于人工创造生命和增强自然力量一类的故事非常着迷，甚至极为痴迷。

这一切旨在告诉读者朋友们，不应期望在本书的各个章节中找到一条笔直的大道，而是应该像忒修斯（Theseus）沿着毛线走出代达罗斯设计的迷宫那样，或是像代达罗斯的小蚂蚁穿过旋绕的海螺最终找到蜂蜜一样，要在各种故事和图片之间，沿着蜿蜒的、回旋的、曲折的线索，尝试了解古代文化是如何思索人造生命的。本书各章节之间有叙事弧线相互关联，故事情节层层递进，编织成网，我们将沿着人工智能未来学家乔治·扎卡达基斯（George Zarkadakis）所说的"神话叙事的庞大河网及其所有支流，纵横交错，回环往复"，回到我们所熟悉的角色和故事，并在这个过程中积累新的见解。

在我们徜徉于浩瀚的神话记忆宫殿后，本书的最后一章将转向现实的古典时代发明家及技术创新的年代记，这也许能让一些人感到放松。这一历史篇章在希腊化时代自动装置和自动机器的激增中达到高潮，其中心是发明与想象的"终极空间"——埃及，亚历山大港。

这些故事中既有神话，也有史实，它们共同揭示了人类对于"受造而非受生的生命"的探索是何等的源远流长。让我们也加入这一探索中吧。

1

机器人与女巫

塔洛斯与美狄亚

希腊神话中第一个行走在世间的"机器人"是一个名为塔洛斯的青铜巨人。

塔洛斯是一个有生命的雕像,负责守卫克里特岛(Crete);他是锻造之神、发明与技术的守护神——赫菲斯托斯制造的三大神奇造物之一。这些宝物是受宙斯(Zeus,神王)所托,为他的儿子米诺斯(Minos)——即传说中的克里特岛第一任国王打造的。另外两样礼物分别是一个金箭袋,里面装满了永不错失目标的带有灵性的箭,和一只永不错失猎物的黄金猎犬莱拉普斯(Laelaps)。青铜自动机器塔洛斯的任务是保卫克里特岛,使其免遭海盗的侵扰。[1]

塔洛斯每天在米诺斯的王国中巡逻,沿着这个大岛的边缘走三圈。这个金属机器有着男人的外观,可执行复杂的人类活动,可以说是一个想象中的人形机器人,一个"可自行移动"的自动机器。[2] 为了抵抗入侵,赫菲斯托斯设计制造了塔洛斯。塔洛斯的"程序"能够检测陌生人,并可捡起巨石向靠近克里特岛海岸的外国船只投掷。塔洛斯还拥有另一种模仿人类特征的能力。在近距离战斗中，这个机械巨人可以对人类普遍的温暖举动——拥抱——做出令人胆寒的曲解。塔洛斯将敌人拥进胸膛，再将自己的青铜躯体加热至滚烫，把敌人活活烤死。

神话中关于这位自动机器外观的最令人难忘的描述出现在《阿尔戈英雄纪》（Argonautica）的末尾。这是一部由罗得岛的阿波罗尼奥斯（Apollonius of Rhodes）所撰写的史诗，讲述了希腊英雄伊阿宋率领阿尔戈船上的英雄们寻找金羊毛（Golden Fleece）的历险故事。现在仍然有很多人对塔洛斯的故事有印象，这多亏了雷·哈利豪森（Ray Harryhausen）为 Cult 电影《伊阿宋与阿尔戈英雄》（图 1.1 是原模型的青铜复制品）[3] 制作

图 1.1 塔洛斯。由雷·哈利豪森为电影《伊阿宋与阿尔戈英雄》所制作的残破原始模型的青铜复制品。Forged 2014 by Simon Fearnhamm, Raven Armoury, Dunmow Road, Thaxted, Essex, England

的令人难忘的青铜机器人定格动画。

阿波罗尼奥斯在公元前 3 世纪创作史诗《阿尔戈英雄纪》时，援引了更为古老的有关伊阿宋、美狄亚和塔洛斯的神话故事，包括口头的传说和书面的记载，因为这些故事在他那个时代早已广为人知。这部古代著作刻意采用了一种古体风格，阿波罗尼奥斯一度将塔洛斯描绘成一位"青铜人时代"的幸存者或者遗民。这里绚丽的典故是诗人赫西奥德（Hesiod）在其史诗《工作与时日》（*Works and Days*）[4]中一段关于久远过去的独特奇思。然而，在《阿尔戈英雄纪》和该神话的其他版本中，塔洛斯被定义为一种技术产物，由赫菲斯托斯所造，是一个为了满足克里特岛的工作任务而制造的青铜自动机器。塔洛斯的能力来源于其内部系统的神圣灵液（ichor），那是不朽的神明的"血液"。这就引发了诸多疑问：塔洛斯是否可以永生？他到底是一个没有灵魂的机器，还是一个有感情的生命？尽管答案仍不明了，这些不确定因素却对阿尔戈英雄们而言至关重要。

* * *

在《阿尔戈英雄纪》的最后一卷中，伊阿宋和阿尔戈英雄们带着珍贵的金羊毛返航。但途中他们的船阿尔戈号（*Argo*）却因无风而无法前进。由于没有风吹起船帆，多日的划桨已令船员们筋疲力尽，于是阿尔戈英雄们将船驶进了克里特岛两面峭壁之间的避风海湾。塔洛斯立刻发现了他们。这位伟大的青铜战士从悬崖峭壁上掰下岩石向船投掷。阿尔戈英雄们该如何逃脱这位巨型机器人的攻击？船员们害怕地颤抖，陷入了绝望之中。他们奋力划桨，试图逃离这个站立在海湾峭壁之上的可怕巨人。

后来是女巫美狄亚救下了这些船员。

美狄亚是来自黑海科尔基斯王国（Colchis），也就是金羊毛的故乡的美丽公主，她是一位有着自己一系列神话冒险故事的充满魔力的蛇蝎美人。她掌握着青春与寿命、生命与死亡的钥匙。她可以催眠人类与动物，念咒施法以及调制强力的药水。美狄亚知道如何抵挡火焰，也知晓不可熄灭的"液态火"（即"美狄亚之油"）的奥秘，那是一种从里海周边的天然油井中提取的挥发性石脑油。在塞涅卡（Seneca）的悲剧《美狄亚》（Medea，写于公元1世纪，第820—830行）中，这名女巫把这种"魔法之火"保存在一个密封的黄金小箱中，并声称是盗取火种的普罗米修斯教会她如何储存这种能量的。[5]

在这些船员登陆克里特岛之前，美狄亚曾经帮助伊阿宋完成了赢得金羊毛的征程。美狄亚的父亲——国王埃厄忒斯（Aeetes）承诺，若伊阿宋能完成一项不可能完成的致命任务，便将金羊毛赠予他。埃厄忒斯拥有赫菲斯托斯制造的一对巨大铜牛。埃厄忒斯命令伊阿宋给这对喷火的青铜巨兽架上轭，用它们犁地并播撒龙牙，龙牙会从地里即刻萌发一支由机器士兵组成的军队。美狄亚决定将这位英俊的英雄从死亡任务中解救出来，后来她还与伊阿宋成了恋人（关于伊阿宋如何对付机器公牛和龙牙军队的故事，见第4章）。[6]这对恋人不得不逃离愤怒的国王埃厄忒斯。美狄亚驾驶着由两只温顺的龙拉着的黄金战车，带着伊阿宋来到了守护着金羊毛的恶龙巢穴。美狄亚凭着敏锐的心理洞察力、强效的药物（pharmaka）和装置（technai）战胜了恶龙。[7]她吟唱着咒语，又借助她从遥远的高加索山脉高处的峭壁和草地上采集而来的奇珍异草制成的魔药，让巨龙陷入了昏睡，从而成功为伊阿宋盗取了金羊毛。美狄亚和伊阿宋拿着战利品奔回阿尔戈号，和阿尔戈英雄们一起踏上了返程。

而现在，面对青铜机器人的阻碍，美狄亚又一次领导了战斗，她向伊阿宋惊慌失措的船员们发出号令："不要慌！塔洛斯虽是铜铸之躯，但我们不确定他是否真的不朽。我认为我可以打败他。"

美狄亚（Medea之名来源于拉丁语 medeia 一词，有"狡猾、灵巧"之意，又与 medos〔意为"计划、设计"〕一词相关）准备摧毁塔洛斯。在《阿尔戈英雄纪》中，美狄亚利用了精神控制以及她对这位机器人生理构造的独有了解。她知道，锻造之神赫菲斯托斯制造塔洛斯时只放置了一条内动脉或管子，以供神赐灵液通过这根管子从他的头部一直流动至脚部。塔洛斯的仿生"生命系统"由脚踝处的一枚钉子或螺栓封住。美狄亚意识到，塔洛斯的脚踝便是他身体的弱点。[8]

阿波罗尼奥斯写道，伊阿宋和阿尔戈英雄们敬畏地站在后面，观看着这位强大的女巫与可怕的机器人进行史诗对决。美狄亚低吟召唤恶灵的神秘咒语，咬牙切齿地怒视着塔洛斯的眼睛。女巫发出一种恶念的"传心术"迷惑了这位青铜巨人，使他在捡起一块巨石准备投掷时踉跄了一下。尖锐的石块划破了他的脚踝，割开了他体内唯一的动脉。塔洛斯的生命之源"像熔化的铅"一样渐渐流失。他如同一棵被砍断树干的巨松般摇摇欲坠。伴随着一声巨响，这位强大的青铜巨人倒在了海滩上。

我们可以推测一下《阿尔戈英雄纪》中所描述的塔洛斯之死的场景。这一生动的场景是否是受到了一座真正的巨像轰然倒塌的启发？学者们认为，曾经在罗得岛生活过一段时间的阿波罗尼奥斯，一定是想到了罗得岛巨像。这尊巨像建于公元前280年，建造工艺极其高超，具有复杂的内部上层结构和外部青铜包层，是古代七大奇迹之一。罗得岛巨像高三十多米，大致与纽约港的自由女神像一样大。与神话中的塔洛斯日复一日地执行重复性任务不同，这尊巨大的赫利俄斯（Helios，太阳神）雕像不可活动，作用相当于灯塔和通往岛屿的大门。该巨像毁于公元前226年的一次大地震，当时阿波罗尼奥斯还在世。这尊青铜巨像从膝盖处断裂，坠入了海中。[9]

其他的原型也有很多。阿波罗尼奥斯的著作写于公元前3世纪，当时有一大批自动机械和自动装置在埃及的亚历山大港被制造和展示出来。那里已然成为一个热闹繁忙的工程创新中心。阿波罗尼奥斯是亚历山大港本地人，曾担任亚历山大图书馆的馆长（P.Oxy.12.41〔欧克绪尔许库斯古卷〕）。阿波罗尼奥斯对自动机器人塔洛斯（还有第6章的自动机器鹰）的描述表明，他对亚历山大港的自动雕像和机械装置（第9章）非常熟悉。

* * *

在更古老的塔洛斯故事中，技术与心理方面的描述更为突出，也更模棱两可。由青铜制造而成的塔洛斯是否真的完全没有人性？尤其重要的是，塔洛斯是否具有知觉？这个问题在神话中从未给出明确的答案。尽管他是"受生而非受造的存在"，但他在一定程度上被视为一个具有悲剧色彩的人，甚至是英雄，在执行指定任务之时被诡计所击败。在其他关于塔洛斯之死的更详细的描写中，美狄亚利用使人迷惑的魔药将他制服，再利用她的暗示能力，让塔洛斯出现了自己暴死的可怕幻觉。接着，美狄亚玩弄了这位机器人的"情感"。在这些版本中，塔洛斯被描述成易受人类的恐惧和希望影响的存在，具备一定的意志和智力。美狄亚告诉塔洛斯，只要拆掉他脚踝上的钉子，就可让他不朽。塔洛斯同意了美狄亚的建议。但当他脚踝上那颗必不可少的封钉被拆掉之时，灵液如熔化的铅水一样流出，他的"生命"也随之消逝。

对于今天的读者而言，机器人逐渐走向死亡的过程，或许会让人想起斯坦利·库布里克（Stanley Kubrick）执导的电影《2001太空漫游》（*2001: A Space Odyssey*，1968年）中的经典场景。在计算机哈尔（HAL）濒死之际，随着他的记忆卡被一根一根拔出，他开始讲述起自己"出生"的故事。但是，哈尔是受造而非受生的，他的"出生"其实是被其制造者植入的虚构故事，正如两部《银翼杀手》中那些复制人被制造并植入的电子情感记忆一样。最近的人机交互实验显示，当机器人或人工智能"表现得像"人类，并且有名字和个人的"故事"，那么人们就会倾向于将它们人格化。机器人本身并不具备感情，也没有主观感受，但我们却赋予这些模仿人类行为的自动物体以情感和感知能力，当它们受损或遭受破坏时，我们也会对其感到同情。在电影《伊阿宋与阿尔戈英雄》中，尽管这位巨型青铜机器人面无表情，但哈利豪森令人叹为观止的动画镜头却让人看到塔洛斯身上闪烁着人格和智慧的光芒。在其悲惨的死亡场景中，随着生命的灵液流尽，这个巨大的机器人难以呼吸，无助地用手比画着自己的喉咙，而他的青铜躯体龟裂开来，最终倒下，身首异处。今天的观众为这位无助的巨人感到惋惜，同时也为塔洛斯被美狄亚利用诡计不公平地击败而感到遗憾。[10]

在公元前5世纪，塔洛斯被写进索福克莱斯（Sophocles,

公元前497—前406）的希腊悲剧中。[11]可惜该剧本早已佚失，但我们不难推测，塔洛斯的命运在古代可能也引发了类似的同情之心。我们可以理解这些口头故事和悲剧戏码是如何引起人们对塔洛斯的同情的，因为他的行为方式与人类相仿，并且他的名字和背景故事广为人知。事实上，有众多证据表明，古代的瓶画家在创作塔洛斯之死的绘画时，赋予了他人性。

* * *

古代流传着关于这位克里特岛机器人的许多故事，而我们仅了解一鳞半爪，有些版本早已佚失。一些陶瓶和硬币上的图案有助于这些故事的拼凑，关于塔洛斯的一些艺术图案中包含了一些现存文献中没有的细节。青铜时代克里特岛三大米诺斯城市之一——斐斯托斯城（Phaistos）的硬币就是其中一个例子。斐斯托斯城为了纪念米诺斯王的青铜守护者塔洛斯，在公元前350年至公元前280年间，将塔洛斯的画像印在了银币上。硬币上描绘的是气势汹汹的塔洛斯投掷石块的形象，有时是正脸，有时则是侧脸。虽然没有任何流传下来的古代资料表明塔洛斯长有翅膀或具有飞翔的能力，但在这枚硬币上，塔洛斯却拥有一对翅膀。这对翅膀或许是一个象征性的图案，表明他非人类的身份，也可能是在暗示他在绕岛巡逻时的超人速度（据计算，一天绕三次克里特岛意味着其能每小时行进超过240千米）。在一些斐斯托斯城硬币的反面，塔洛斯的身旁有黄金猎犬莱拉普斯——赫菲斯托斯为米诺斯王打造的三大工匠奇迹之一。这条非凡的猎犬也有着它自己的古老民间传说（第7章）。[12]

大约在阿波罗尼奥斯撰写下《阿尔戈英雄纪》的两个世纪

1 机器人与女巫 17

图 1.2 克里特岛斐斯托斯城硬币上塔洛斯投掷石头的图样。左图为银币，公元前 4 世纪（背面为公牛图案）。Theodora Wilbur Fund in memory of Zoe Wilbur, 65.1291. 右图为塔洛斯侧脸像，铜币，公元前 3 世纪（背面为黄金猎犬图案）。Gift of Mr. and Mrs. Cornelius C. Vermeule III, 1998.616. Photographs © 2018 Museum of Fine Arts, Boston

前，塔洛斯出现在了公元前 430 年至公元前 400 年间的希腊红绘风格陶瓶画上。一些瓶画上的细节显示，塔洛斯的内部"生物结构"——于脚踝处被螺栓封住的充满灵液的动脉系统，早在公元前 5 世纪就已经成了故事中人们所熟知的一部分。这些相似的情节和风格表明，此类瓶画或许是公元前 5 世纪雅典的著名艺术家波利格诺托斯（Polygnotus）和米孔（Mikon）所创作的大型公共壁画的微缩复制品。古希腊旅行作家保萨尼亚斯（Pausanias, 8.11.3）称，米孔从伊阿宋与金羊毛的史诗传奇中选取了一些情节画在了卡斯托尔（Castor）和波吕克斯（Pollux）的神庙中（这对狄俄斯库里双子〔Dioscuri twins〕于阿那克翁神庙〔Anakeion〕受到供奉，见第 2 章）。

那些在公元 2 世纪备受保萨尼亚斯推崇的壁画现已荡然无存，但这些幸存下来的瓶画揭示了古典时代人们对于塔洛斯的想象。这些艺术家们将塔洛斯描绘成"半机器半人类"的存在，若想摧毁他，需借助技术的力量。这些画作也传递了塔洛斯被摧毁时的悲怆之情。例如，一个大约在公元前 410 年至公元前 400 年制造于雅典的大型酒器"塔洛斯瓶"上就描绘了这样一个戏剧性的场景——美狄亚正在催眠这个青铜巨人（图 1.3 和图 1.4，彩图 1）。画上，美狄亚正捧着一碗药水，目不转睛地看着昏倒在卡斯托尔和波吕克斯臂弯里的塔洛斯。在希腊神话中，这对狄俄斯库里双子加入到了阿尔戈英雄的队伍中，但是没有任何现存的故事把他们与塔洛斯之死联系在一起，因此这幅瓶画所描绘的是一个已佚失的故事。在塔洛斯绘者（Talos Painter）[i] 的画笔下，塔洛斯拥有强壮的金属身体，宛如一尊青铜雕像；他的躯干如同希腊武士所穿的逼真且肌肉发达的青铜胸甲（第 7 章，图 7.3）。艺术家采用了与描绘武士穿戴青铜"肌肉胸甲"的相同技法，将塔洛斯的身体画成了黄白色，以区分他的铜身和其他人类的肉身。尽管塔洛斯有着金属的外表，但他的姿势和面部都进行了人性化处理，以此唤起人们的同情。一位古典学者甚至发现"有一滴眼泪……从塔洛斯的右眼滑落"，尽管这条泪痕或许只是金属接缝，就像其他显示机器人结构的淡红色轮廓线一样。[13]

在意大利南部发现的一个早期（公元前 440—前 430）古希腊雅典双耳喷口杯的瓶画上，塔洛斯被描绘成了一个长着胡须的高大男子，他失去平衡，在卡斯托尔和波吕克斯的手中艰难挣扎（图 1.5，图 1.6，彩图 2）。这个场景包含了几个引人注目的细节，证实了塔洛斯的毁灭和他的生命系统具有技术特性。

---

[i] 文中所有译为"某某绘者"或"某某绘者组"的，都是古典考古学家对古代不知名瓶画家或瓶画家群体的代称，其"名瓶"前缀通常取自对方现存最著名的作品的内容、出土的地点、展出的地点，或整体的绘画风格等。——编者注

图1.3 "塔洛斯之死",金属机器人塔洛斯昏倒在卡斯托尔和波吕克斯的臂膀里,而美狄亚正端着一碗药水,恶狠狠地盯着他。红绘风格涡形双耳喷口杯,公元前5世纪,塔洛斯绘者绘制,出自鲁沃(Ruvo)。Museo Jatta, Ruvo di Puglia, Album / Art Resource, NY

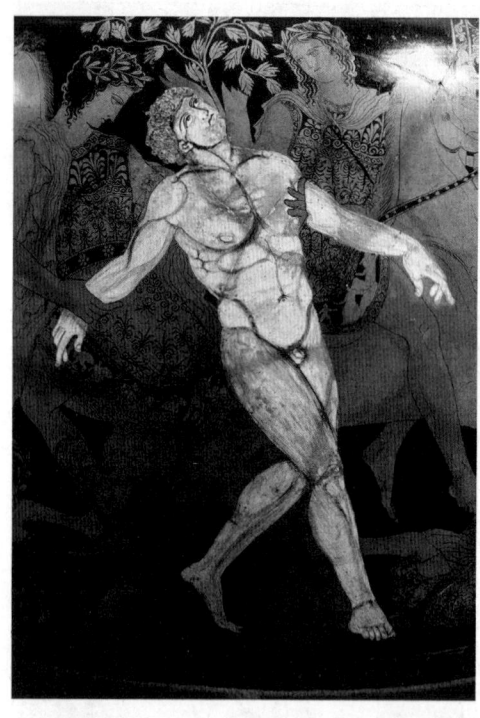

图1.4 （彩图1）"塔洛斯之死"，鲁沃瓶画细节。Album / Art Resource, NY

我们看到伊阿宋跪在这个机器人的右脚旁边，正用工具拆塔洛斯脚踝上的小圆螺栓，而一旁向伊阿宋俯身的美狄亚正捧着一碗药水。长着一对小翅膀的塔纳托斯（Thanatos，死神）正抓住塔洛斯的脚稳住他。死神的姿势是单脚站立，另一只脚弯折在后面，似乎在模仿塔洛斯垂死挣扎的姿势。在斯皮纳（Spina，亚得里亚海上的一处伊特鲁里亚港口）发现的一只约公元前400年的古希腊雅典陶瓶碎片上，也描绘了类似的使用工具拆除螺栓的场景。这又是一个塔洛斯被卡斯托尔和波吕克斯擒住的场景。在塔洛斯的脚边，美狄亚膝盖上放着一个盒子，右手拿着一把刀，正准备拆除塔洛斯脚踝上的钉

图 1.5 （彩图 2）美狄亚看着伊阿宋使用工具拆塔洛斯脚踝上的螺栓，长有翅膀的小死神托着塔洛斯的脚踝，而塔洛斯已经倒在了卡斯托尔和波吕克斯的臂弯中。红绘风格双耳喷口杯，公元前 450 至公元前 400 年，发掘于意大利蒙特萨尔基奥（Montesarchio）。"Cratere raffigurante la morte di Talos," Museo Archeologico del Sannio Caudino, Montesarchio, per gentile concessione del Ministero dei Beni e delle Attività Culturali e del Turismo, fototeca del Polo Museale della Campania

图 1.6 蒙特萨尔基奥瓶画局部细节，伊阿宋正用工具拆塔洛斯脚踝上的螺栓。米歇尔·安吉拉绘

子。长着小翅膀的死神则指着塔洛斯的双腿，为这幅插图增加了悬念。[14]

在古希腊关于伊阿宋与阿尔戈英雄的神话故事中，塔洛斯这位青铜巨人是他们必须攻克的一大障碍。而对于克里特岛的国王米诺斯而言，塔洛斯则是一位守护者，是他强大海军的提前预警系统和前线防御。同样，约公元前700年至公元前500年间统治着意大利北部的伊特鲁里亚人，也把守护者塔洛斯视为一位英雄人物。希腊神话是伊特鲁里亚人喜欢的题材，他们一船又一船地进口了大量描绘着类似神话故事场景和人物的古希腊雅典陶瓶。然而，伊特鲁里亚人通常会给希腊故事增添当地的色彩，这也反映在他们的艺术作品中。在约公元前500年至公元前400年间的几面伊特鲁里亚青铜镜上，都刻有塔洛斯的身影。当时罗马势力崛起，对伊特鲁里亚产生了威胁。

收藏于大英博物馆的一面伊特鲁里亚青铜镜上，塔洛斯的名字被伊特鲁里亚语转写为了"卡鲁卡斯"（Chaluchasu）。他正与两位阿尔戈英雄搏斗，而依据伊特鲁里亚语镌刻的铭文，这两位英雄的名字被确定为卡斯托尔和波吕克斯。一个女人正俯下身打开一个小盒子，同时将手伸向塔洛斯的小腿（图1.7）。这个场景复刻了雅典瓶画中美狄亚的行为，但这个女人的名字却被标注成了"图兰"（Turan），这是伊特鲁里亚人对爱神阿佛洛狄忒（Aphrodite）的称呼[i]，暗示了这则希腊神话故事还有另一个不为人知的版本。

其他的伊特鲁里亚青铜镜则刻画了塔洛斯/卡鲁卡斯击败对

---

[i] 图兰，伊特鲁里亚神话中的爱神，被认为和罗马神话中的维纳斯一样，对应希腊神话中的阿佛洛狄忒。——编者注

图 1.7 上图，塔洛斯将卡斯托尔和波吕克斯压向自己的胸前，而一旁的女子打开了一个盒子，并向塔洛斯的脚踝伸出手。伊特鲁里亚青铜镜，约公元前 460 年，图画 1859, 0301. 30。© The Trustees of the British Museum. 下图，塔洛斯正用力压住两名男子，伊特鲁里亚青铜镜。30480 Antikensammlung Staatliche Museen, Berlin, Sailko 拍摄 (Francesko Bini), 2014

手的场景，这也许是为了反映他拥有将对手拥在自己发热的胸膛上炙烤的能力（图1.7）。学者们由此得出结论，一种意大利当地的传统美化了塔洛斯，强调了这位青铜机器人作为克里特岛海岸守护者的初衷。这些镜子表明伊特鲁里亚人将塔洛斯视为一位正面的英雄人物，在伊特鲁里亚人面临罗马人对其领土的侵略之时，他以"不可战胜的力量帮助抵御了入侵者和外来者"。[15]

* * *

塔洛斯的传说有多古老？没有确定的答案。但是，正如我们所见，公元前5世纪早期，塔洛斯的形象就已出现在艺术作品中。而其他为奥林匹斯山众神服务的活雕像和自动机器的故事，也可以在古老的口头传说中找到。对此最早的文字记载可追溯至约公元前750年荷马所著的《伊利亚特》（*Iliad*），这部史诗作品讲述了发生在青铜时代（约公元前1150年）背景下的特洛伊战争（Trojan War）。[16]在古典时代，人们认为在特洛伊战争爆发之前，国王米诺斯就已经统治了克里特岛三代之久。他以制定法律和建立抵御海盗的强大海军而闻名。公元前5世纪的历史学家希罗多德（Herodotus, 3.122）、修昔底德（Thucydides, 1.4）和狄奥多罗斯·西库路斯（Diodorus Siculus, 4.60.3）、普卢塔赫（Plutarch,《忒修斯》,〔*Theseus*〕16）、保萨尼亚斯（3.2.4）等视米诺斯王为一位"真实历史上的"统治者。现代考古学家用这位富有传奇色彩的米诺斯王命名了米诺斯文明（公元前3000—前1100）。

克里特岛米诺斯时期的印章上有许多奇异的怪物和魔鬼，它们显然被认为是当时城市的守护者和人们的护身符。米诺斯时期的一些印章上刻有牛头人身的弥诺陶洛斯（Minotaur）。

一个米诺斯晚期的印章，也就是著名的"大师印章"（Master Impression seal，公元前1450—前1400），非常引人注目。它上面刻有一座建立在满是岩石的海边高山上的堡垒城市（与科多尼亚〔Kydonia〕的卡斯泰利山〔Kastelli〕地形相吻合，科多尼亚为今天克里特岛的干尼亚〔Chania〕，即发掘出该印章的地点）。一位看不到面孔的高大男子，"异常的结实和健壮"，赫然站立在这座城市的最高点上。这位神秘人物并不一定就是希腊神话中的塔洛斯。但若这个印章和类似的印章曾在古代的希腊世界流传，那么此类场景（一个巨人守卫着一座城）就有可能对早期塔洛斯为米诺斯王守卫克里特岛这样的口头传说产生了影响。当然，这只是一种猜测。由于缺乏文献资料的佐证，米诺斯印章上刻画的这一场景究竟是何含义，依然是一个谜。[17]

米诺斯王也出现在其他与传奇工匠代达罗斯有关的古代传说中。人们有时会把代达罗斯的作品与发明之神赫菲斯托斯的作品混为一谈（见第4章和第5章）。不管怎样，可以确定的是，克里特岛的青铜自动机塔洛斯早在罗得岛的阿波罗尼奥斯于公元前3世纪撰写《阿尔戈英雄纪》之前，就已经在希腊诗歌和艺术作品中广为人知。除了品达（Pindar，《皮提亚》〔Pythian〕4，约公元前462年），阿波罗尼奥斯关于塔洛斯的资料来源不明，但一些学者坚信，关于阿尔戈英雄探索之旅的史诗传说甚至比特洛伊战争的故事更为古老。[18] 所以说，塔洛斯的故事的确有可能非常古老。

塔洛斯也出现在已佚失的悲剧《代达罗斯》（Daedalus）中。该书于公元前5世纪由索福克莱斯所著。但关于塔洛斯最早的文字记载出现在西莫尼季斯（Simonides，公元前556—前468）所著的一首诗歌的残段中。西莫尼季斯称塔洛斯是一个"phylax empsychos"，意为"有生命的守卫者"，由赫菲斯托斯所造。值得注意的是，西莫尼季斯称，在执行克里特岛的守卫任务之前，这位巨型青铜守卫已在撒丁岛（Sardinia）用他炙烫的拥抱烤死了很多人。撒丁岛是意大利西部的一个大岛，在古代以铜、铅和青铜冶炼而闻名。撒丁岛与克里特岛往来历史悠久，可追溯至青铜时代，伊特鲁里亚人早在公元前9世纪便已在撒丁岛贸易和定居。[19] 在撒丁岛的努拉吉文明（Nuragic civilization）时期（繁盛于公元前950—前700），工匠们用脱蜡铸造法制造了无数青铜雕像。努拉吉的雕塑家们使用精密的工具创造了巨型石像方阵，矗立在撒丁岛上（第5章）。这些石像气势恢宏，高度从2米到2.4米不等，集中在撒丁岛西岸的普拉玛山（Prama）。这些令人瞩目的努拉吉雕像，是地中海地区最早的一批巨型人形雕像，仅次于古埃及的巨像。

撒丁岛的这些神秘巨人有着自己独特的脸孔：眼睛像大同心圆盘，而嘴巴如狭缝（图1.8）。这就不难理解，为何人们都会开玩笑般地将这些简单的脸部特征与畅销科幻作品中典型现代机器人的模样进行类比，例如《星球大战》系列电影（Star Wars, 1977—2017）中的机器人C-3PO。自1974年以来，考古学家已在撒丁岛的普拉玛山发掘出44尊巨型人形石像。这些巨人被认为是神圣的守护者。若是如此，他们就和古代故事中的塔洛斯和其他保卫边境的雕像具有相同的职能。

诗人品达讲述的巨型机器人塔洛斯曾守卫撒丁岛的故事，是否与古希腊人在撒丁岛上观察到并报告的高耸巨像有关？奇怪的是，在荷马的《奥德赛》（Odyssey 10.82, 23.318）中，也出现了一个由投石巨人——拉斯忒吕戈涅斯族人（Laestrygonians）所守卫的岛屿。拉斯忒吕戈涅斯的发音与莱斯特里科尼（Lestriconi）

相近，后者是位于撒丁岛西北部的一个部落。可以认为荷马史诗中关于巨人投掷石块保卫岛屿的故事，或源自水手们看见的撒丁岛巨像。[20] 投石巨人们的行为与塔洛斯的行为惊人地相似。

* * *

一些研究自动机器的历史学家将塔洛斯误认为是赋形物，是诸神施魔法赋予了其超自然的生命。例如，姜民寿（音译自 Minsoo Kang）在其对欧洲自动机器史的研究中，将古人描述的自动机器分为了四类：1. 仅外形与现代机器人相似的神话生物；2. 人类制造的神话物件，借由魔法获得生命；3. 人类设计的历史物体；4. 为了在理论上探究道德概念而虚构的思辨机器。姜民寿将塔洛斯归为第一类"神话生物"——只是外表看似机器人，实际由"超自然的力量创造，不涉及任何机械工艺"。姜民寿认为，像塔洛斯这样的自动机器"在前现代时期的'想象意义'与机械原理关系不大"，他称塔洛斯"并非一个机械存在，而是活生生的生物。"[21] 但古代资料中的塔洛斯是"受造而非受生的"。正如我们所知，塔洛斯的内

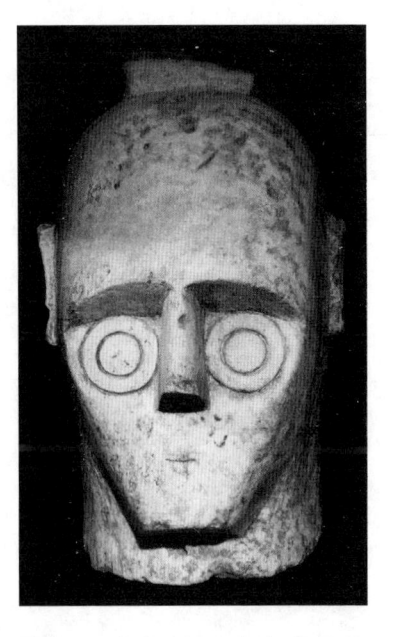

图 1.8 普拉玛山的古代巨人石像，撒丁岛努拉吉文明，约公元前 900 年至公元前 700 年。
National Archaeological Museum, Cagliari, Sardinia

部构造和运作被认为运用了机械概念,而这点也在古代的艺术描绘中得到了印证:试问什么样的生物会拥有一个金属身体和一个用螺栓封住的非血液循环系统?此外,这些神话故事和公元前5世纪的艺术作品对塔洛斯之死的描绘都表明他的毁灭需要技术手段,具体来说就是螺栓的拆卸。

关于机器人这个术语的确切定义仍有争议,但塔洛斯符合以下基本条件:一个具有动力源提供能量的人形自动机器人,被"程序设定好"去"感知"周边环境,并拥有某种"智能"或某种处理信息的方式,从而"决定"如何与环境互动,以执行任务。姜民寿认为关于塔洛斯的神话故事不涉及古代的科技观念,首先是因为他错误地将塔洛斯与《圣经·旧约》中神用泥或黏土创造亚当进行了类比;其次,他断章取义地理解了《阿尔戈英雄纪》(4.1638—4.1642)中的一段话,其中提到塔洛斯是"青铜人种族"的最后一位遗民,但上文提到过,这只是一种诗意的仿古比喻手法。[22]

科学哲学家西尔维娅·贝里曼(Sylvia Berryman)坚信,在希腊神话中并无奥林匹斯诸神使用科技的描写,并称赫菲斯托斯所造的装置并非因其工艺而栩栩如生。但塔洛斯的制造者赫菲斯托斯是冶金、技术与发明之神,通常描绘他的场景都是他拿着工具在工作,所以他的作品被认为是用工具和工艺设计制造而成的。按照贝里曼的观点,塔洛斯并非"使用科技制造而成的工作器物",因为他没有"被认为能够运作的物理手段"。[23]但塔洛斯在神话中却以人造生命的形式久负盛名,因为古代作家和艺术家将塔洛斯作为一个自动机器、一个"自我移动者"或一个由"内部机制"驱动的青铜雕像,这里的"内部机制"就是指包含特殊液体的单一管道或容器,一个用生物学、医学和类机械术语来描述的系统。

古典历史学家克拉拉·博萨克–施罗德（Clara Bosak-Schroeder）发出的警语是正确的，我们现代人必须警惕"将我们对科技的理解投射到过去"。她认为，希腊化时期的希腊人或许也把他们对于发明创新的知识投射到了在他们之前的古代神话之中。姜民寿和贝里曼之后，博萨克–施罗德假设神话故事中出现的所有"自动机器在最初的想象里都是纯粹的魔法产物"，并称"后来古典时代晚期的先进机械的问世……让希腊化时代和罗马时代的希腊人将魔法机器重新理解为了机械装置"。但是，认为"相对现代主义"导致希腊人将他们当时所认知的科技投射到神话和传说中虚构的自动机器上，这一观点并不适用于塔洛斯，以及其他曾被赫西奥德、荷马、品达等古人的著作所描写的、神话中的人造生命例子。[24] 如第9章所述，历史上的一些自动装置最早出现在公元前4世纪。此外，塔洛斯的特征不能被解释为希腊化时代的倒推，因为据我们所知，即使是在最早期的神话版本和艺术作品中，塔洛斯就已被想象成是某种构造物，某种"模仿自然生命形态的自动化的自我维持的人造物体"，而这正是机器人的典型定义。[25]

对塔洛斯和其他古代的自动雕像更具意义也更细致的理解似乎应该是：认识到"神话故事如何模糊了科技与神力之间的界限"。[26] 诸神通过意愿或旨意为没有生命的物体赋予生命的故事，比如圣经中的亚当和希腊神话中皮格马利翁的雕像（第6章），与诸神使用先进的技术人工创造生命（哪怕其内在机制未被提及）的故事之间是有区别的。正如许多学者们指出的那样，在塔洛斯、潘多拉等有关人造生命的神话中，这些"人造人"都被视为神圣工艺的产物，而不仅仅是神的意志的体现。

事实上，研究中世纪自动机器的历史学家 E. R. 特鲁伊特（E. R. Truitt）认为，"制造人造生命的神秘学方法和科学方法并不像很多人认为的那样界限分明"。特鲁伊特解释道，金属加工等技术的发展，确实为人类突破创造和创新的基本瓶颈"提供了可能性"。[27]

这本书呈现的许多古代神话和传说中，制造人造生命所用的物质和方式与人类工匠制造工具、器械、武器、雕像、建筑、设备和艺术品用到的物质与方式是一致的，但神灵的工艺会产生令人惊奇的结果。塔洛斯和类似的人造生命就是例子，他们并不像许多史学家和科学哲学家所认为的那样，简单地通过魔法咒语或神谕创造出来，而是使用了古希腊人称为"生命技艺"（*biotechne*）的手段造出，该词由表示"生命"的词根"*bios*"，和表示"通过技术或技巧制造"的词根"*techne*"构成。[28]

作为发明之神的铁匠赫菲斯托斯在他的天堂锻造厂中制造了塔洛斯，人们想象他的锻造厂与人间真正的青铜工坊外形相仿，但又远远超过人间的水平，拥有着极其卓越的技术，所以能够制造出"活的"、自行移动的机器（第 7 章）。青铜是铜与锡的合金，是青铜时代最坚硬、最耐用的人造材料。在随后的铁器时代，神秘的青铜和青铜锻造技术在民间依然笼罩着超自然的光环。当时流行的民间迷信说法认为，由青铜制造而成的事物具有魔力并且有辟邪效果。青铜守卫雕像常被放置于国界、边境、桥梁、门关和港口等处。[29] 神话中守卫克里特岛的塔洛斯和历史上的罗得岛太阳神巨像都有着青铜之躯，也许它们都曾经被认为具有某种魔法盾防护的效果，并且都设有复杂的内部结构。

从古代到中世纪，青铜一直是制作"活机器"和自动装置最受欢迎的材料。青铜铸造不仅需要了解"行业机密"，需要深奥的知识和技术，而且还可以极为逼真地再现人类和动物的形态。桑德拉·布莱克利（Sandra Blakely）在其有关冶金史的著作中写道，或许正是这一点导致早期的希腊工匠"被视为魔术师"。但布莱克利又写道，"将工匠称为魔术师，可能只是对其技艺的夸张赞美"，尤其是在造出"栩栩如生的艺术品"的情况下。采用下文所描述的脱蜡法青铜铸造技术，铸造出的人物或动物肖像简直就像使用魔法召唤出来的那般逼真。正如科幻作家亚瑟·C.克拉克著名的第三定律所说："任何足够先进的科技都与魔法无异。"在打造某一活物的逼真仿制品的过程中，一位发明之神，或一位人类发明家，或许都会想要顺便"复制（那一活物的）生气"。[30] 用魔法思维的逻辑来看，青铜物件对生物不可思议的复制暗示了这样一个理念，即这一仿制品可能还包括了活物的自动性和能动性。[31]

布莱克利称，将冶金术当成魔法或许也反映出了古人对自然科学技术的掌握已经发展到了金属加工领域。据古希腊传说记载，倒模浇铸的技术是古人受到了某次山林大火启发而创造的。"炽热的烈火熔化了土壤内部的矿石"。熔融状态的矿石从山上流下，填充了岩层表面的孔洞，这样就复制下了那些孔洞的形状。[32]

古典学者A. B.库克（A. B. Cook）仔细思考了塔洛斯生物科技方面的描述——一条单一的管道从头部通向脚部，最后被一颗螺栓封住，而且一旦这颗螺栓被拆除，灵液就会如熔化的铅一般流出。于是他基于古代冶金术提出了一项有趣的理论。库克认为塔洛斯独特的生理特点可能象征或映射了青铜时代的脱蜡铸造法。与古代其他青铜小雕像和大型青铜雕像一样，塔洛斯可能也是由脱蜡铸造法锻造而成的。[33]

柏林出土了一只公元前 5 世纪的精美红绘风格杯,被称为锻造厂之杯,它描绘了工匠们使用铸造工具和技术(包括复杂的脱蜡铸造法)制造两尊栩栩如生的青铜像的过程。其中一尊运动员的雕像正在制作当中,身体的某些部分还尚未连接(图 1.9、彩图 3;可以对比图 6.3—6.11,普罗米修斯正在逐步制造第一个人类)。在这个瓶子的另一面,我们看到工匠们完成了一个比真人更高大的逼真勇士雕像(图 1.10)。

对于古代的脱蜡铸造法,我们并不完全清楚,但我们知道其

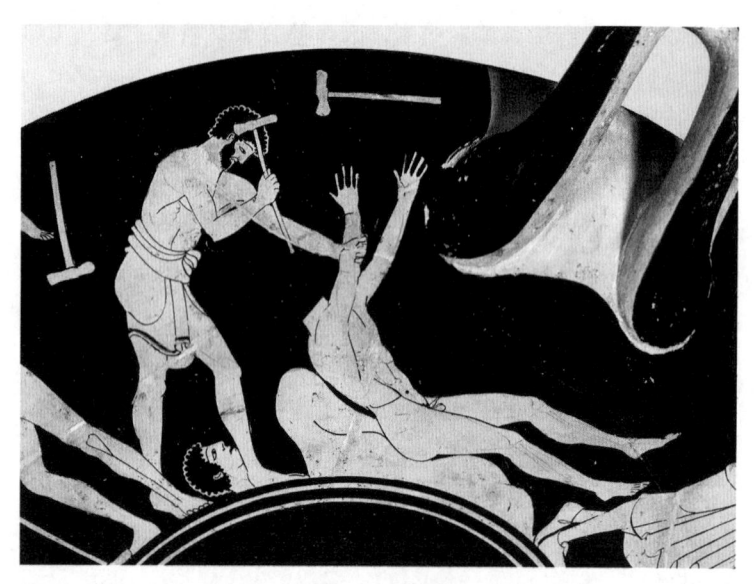

图 1.9 (彩图 3)锻造厂场景,工匠正逐步打造栩栩如生的运动员青铜雕像,周围是工匠的工具。雅典红绘风格基里克斯杯(Kylix),发掘于武尔奇(Vulci),约公元前 490 年至公元前 480 年,铸造厂绘者(Foundry Painter)绘制。Bpk Bildagentur / Johannes Laurentius 拍摄 / Antikensammlung, Staatliche Museen, Berlin / Art Resource, NY

图 1.10　锻造厂场景，工匠完成了一尊勇士雕像。雅典红绘风格基里克斯杯，发掘于武尔奇，约公元前 490 年至公元前 480 年，铸造厂绘者绘制。Bpk Bildagentur / Johannes Laurentius 拍摄 / Antikensammlung, Staatliche Museen, Berlin / Art Resource, NY

中一种方法是先制作粗略的黏土模型或木质支架，然后在上面涂上蜡，再由雕塑家在蜡上进行更为精细的雕刻。蜡模上再覆盖一层薄薄的黏土，然后再逐层加厚，制成一个铸模。用一根空心的青铜管子从头到尾穿过这团目前不具形状的东西。将模型放入火炉后，熔化的蜡就会从脚部流出。为了增加可塑性和流动性，熔化的青铜中加入了铅。然后将它们浇入模具的内层和外层之间，也就是之前的蜂蜡夹层里，这样就浇铸出了空心的雕像。值得注意的是，据诗人西莫尼季斯所述，塔洛斯是通过跳入火里加热自己躯体的，并且他的灵液正是从脚部流出的。[34]

* * *

民间有关人造生命的神话传说里，魔法和神秘的生物机械显然是重叠的。但令人惊讶的是，在关于塔洛斯的各种叙述中，这位青铜机器人的生理机能却是用一种糅合了神话和科技的语言描述的，影射了古人当时的医学和科学概念。[35]

比如，在神话的领域内，"灵液"一词具有特殊的意义，指的是诸神的"血液"。但在古代医学和自然科学的语境中，"灵液"指的是哺乳动物的一种含水的、琥珀色的血清。此外，在《阿尔戈英雄纪》中描写构成这位青铜巨人循环系统的生命之脉时，诗人用的是古希腊医学著作中指代血管的专业术语。这种想象力融合了生物与非生物部件，将生物与冶金"机械学"结合了起来，从而使塔洛斯成了一种由生物机械身体部件构成的古代半机械人。[36]

塔洛斯，这位由赫菲斯托斯的神力铸造、由灵液驱动的人形机器人，很可能被设想成了一个永动机。在神话中，塔洛斯似乎表现出了模糊的意识和生存的"本能"，而且他默许了美狄亚的劝说，这也表明了他具有主观能动性。但塔洛斯并不知晓自己从何而来，也不了解自己的生理构造。那么，又该如何理解他的本质呢？根据索福克莱斯所著的已散佚的剧本所述，塔洛斯"注定要灭亡"。正如美狄亚猜测的那样，塔洛斯并不是不朽的——尽管人们可能相信"灵液"可以使人长生不老。这个神话引出了一个难题：塔洛斯到底是一位半神，是一位被青铜包裹着的"人类"，还是一尊活雕像？

在希腊神话中，诸神血管内流动的是金色的灵液而非红色的血液，这是因为他们由仙馐（ambrosia）和神酒（nectar）所滋养，这让他们永葆青春、永生不死（见第3章和第4章有关将神性赋予人类的尝试）。不朽的诸神或许会受到表面的伤害，会损失几滴灵液，但不会死亡，因为他们的躯体可以迅速再生（荷马《伊利亚特》5.364—5.382；另参阅第3章有关普罗米修斯命运的论述）。尽管永恒的灵液在塔洛斯体内流动，但美狄亚却推断出，若能让他体内的所有灵液外流，塔洛斯就会灭亡。[37]

值得注意的是，这位机器人的弱点所在的位置是由生物学决定的。据希波克拉底（Hippocratic）于公元前410年至公元前400年所著的有关放血手术的著作，位于脚踝上的粗静脉正是为病人实行放血的首选部位，这是一种传统的治疗操作。亚里士多德在其写于公元前345年的著作中提到，他引用了医学作家波吕波斯（Polybus）关于从头部到脚踝的人体主要血管的论述，而脚踝正是外科医生做切口放血的位置。亚里士多德指出，生物所具有的特征之一是，它们的血液必须留存在血管之内才能维持生命；若血液流失到一定程度便会昏厥，若失血过多则会死亡。早在公元前5世纪，神话作者和艺术家们就将封住塔洛斯"血管"的螺栓设定在最合理的解剖位置，对应当时已知人体静脉最畅通的位置，这样当美狄亚拆除螺栓时，这位机器人就会如人类一样"失血"而亡。[38]

美狄亚能用"邪眼"（evil eye）进行破坏，这在古代是一个被人们广为接受的概念。根据一些自然哲学家和其他作家的物理理论，某些恶毒的人会从他们的眼睛里放射出致命的射线，如同念力飞镖般射向他人，造成伤害、厄运乃至死亡。例如，普卢塔赫将这种现象描述为从强烈凝视中发出恶意的"炽热光束"。在《阿尔戈英雄纪》中，美狄亚的眼睛对人类来说就极具危险性。美狄亚用邪眼将地狱般的幻影（*deikela*）传输到了塔洛斯心中。听了这个神话故事，古人就会将塔洛斯想象成有着栩栩如生的眼睛的样子，就像他们看到过的那些希腊青铜雕像一样：他们的眼睛被刻画得非常逼真，上面镶嵌着象牙、银、大理石和宝石，还有细密的银睫毛。[39] 但邪眼理应只对活物起作用。利用"射线"传播恶意迷惑或摧毁机器人的想法引发了关于塔洛斯本质的令人困惑的问题。这尊由青铜打造而成的守卫者应当具有神奇的防御能力。一个没有感知的金属物体会受到邪眼的影响吗？美狄亚可以利用邪眼来迷惑塔洛斯，再一次暗示了塔洛斯不仅仅是一个无生命的金属机器。

* * *

在好莱坞电影《机械战警》（*RoboCop*，1987 年）中的机械警察、《终结者》系列电影（*Terminator*，1984—2015）中的仿生刺客和保镖，以及其他关于能够使用致命武力的半机械人科幻小说问世的几千年以前，古希腊人就已想象出了使用模仿自然的超级技术——生命技艺——制造出的机器人守护者。与现代科幻小说中的电子人和其他古代由神灵工艺制成的自动机器一样，塔洛斯被想象成生物与非生物的结合体。此外，根据像塔洛斯这样的神话故事，古人或许思考过"受造而非受生的"究竟是简单的无意识机器，还是自主的、有生命的智能体。在塔洛斯的神话中，女巫美狄亚感知到的问题也成了科幻小说的一个主题，从玛丽·雪莱（Mary Shelley）的《弗兰肯斯坦》（*Frankenstein*，1818 年）到《银翼杀手》（由雷德利·斯科特〔Ridley Scott〕执导，1982 年）和《银翼杀手 2049》（由丹尼斯·维伦纽瓦〔Denis Villeneuve〕执导，2017 年），再到《她》

（Her，由斯派克·琼斯〔Spike Jonze〕执导，2013年）以及《机械姬》（Ex Machina，由亚历克斯·嘉兰〔Alex Garland〕执导，2014年），经久不衰。塔洛斯的神话故事是对自动机器可能会渴望成为人类这一想法的早期探索。正如我们所看到的那样，美狄亚的直觉认为，塔洛斯或许如凡人一样，会恐惧死亡，渴望永生。

塔洛斯的故事还展示了希腊人对这位神圣工匠、发明家兼技术大师——赫菲斯托斯的非凡铸造工艺的想象。这个故事表明，在很久以前，人类就已经设想了对一尊青铜机器人输入编程指令，赋予他超人的力量，以达到让其进行复杂活动的目的：塔洛斯可识别并追踪入侵者；可寻找并捡起石块，然后瞄准目标并从远处投掷；他还能在近距离内击杀和烤焦敌人。最能说明问题的是，塔洛斯可以被说服，他的意志会动摇，这就揭示了他生物与非生物的混合本质。这也是自动机器的一贯特征，即这种恐怖的（uncanny）"介于两者之间"的性质。塔洛斯的神话体现了有关人类与自由的古老问题。[40]

由塔洛斯故事所引发的一系列问题没有逃出现代游戏开发商的手心。例如，2014开发的一款哲学叙事解谜游戏就对关于人工智能、自由意志和"超人类主义"（transhumanism，即认为先进的科技可增强人类的生理、心理和智力）等难题进行了探究。这款游戏名为《塔洛斯的法则》（The Talos Principle），由单人玩家扮演一个人工智能机器人，该机器人似乎具有人类的意识和自主能力。在一个布满古代遗迹和失落的现代反乌托邦遗物的世界中，玩家需要通过解决障碍、寻找线索和做出各种选择，以解决形而上学的困境。[41]

2500多年前，塔洛斯的故事便开启了古人关于如何控制自动机器这类棘手问题的思考，预示了现代机器人和人工智能技术的道德疑虑。大约 400 年前，即 1596 年，诗人埃德蒙·斯宾塞（Edmund Spenser）在他的长诗作品《仙后》（The Faerie Queene）中，为了阐述机器人的道德问题，创作了一个类似塔洛斯的人物——一个被命名为塔卢斯（Talus）的机械人。道德价值观能被机械化吗？机器能理解正义或同情吗？在斯宾塞的讽喻史诗中，这位铁制的自动侍从被派遣去协助阿提加尔爵士（Sir Artegall），帮助这位正义的爵士惩恶扬善。铁骑士塔卢斯铁面无情，战无不胜，机械地执行他的任务。作为一台毫无

图 1.11 阿提加尔爵士和他的机器人侍从，铁骑士塔卢斯。埃德蒙·斯宾塞，《仙后》（1956 年）。阿格尼丝·米勒·帕克（Agnes Miller Parker）绘，木刻版画，1953 年

怜悯之心、冥顽不化的杀人机器，塔卢斯象征了一种非人道的、刻板的正义，它对违法者的艰难处境、动机或背景都毫不关心。关于自动机器能否被"设定"道德价值（成为当今机器人文献中所谓的"人工道德代理人"〔artificial moral agents〕），或者自动机器能否具有感情或"直觉"的概念，早在技术飞速进步让这些问题变得如此紧迫之前，[42] 就出现在古代和中世纪的神话之中了。

一个安全系统，派遣由高级智能创造的监护者或特工，在特定情况下自动执行预先设定的任务，这似乎是可取的。但若是情况发生变化，或者需要中断这一自动反应进程，那时该怎么办？人类该如何控制、关停或摧毁一台强大无比、所向披靡的机器？一旦自动机器按照既定程序运行起来，该如何让它停下来？

在古老的塔洛斯神话中，美狄亚在与塔洛斯的对决中采取了双重措施。以她对机器人内部系统的了解，她发现了塔洛斯身上有一处缺陷。她还意识到，这位机器人或许已经具备了人类般的"情感"，比如对生命终结的恐惧。有了这两种洞见，美狄亚设计了一个诡计，说服塔洛斯让她在他的身体上进行一项技术性的外科手术，谎称这样可满足他想要永生不死的本能驱动或"愿望"，但实际上却借此毁灭了他。

塔洛斯之死并不是科技女巫美狄亚唯一一次利用她的人造生命知识，通过承诺帮对方欺骗死亡来毁灭敌人。

现代世界中的塔洛斯

承载着神秘力量并赋予塔洛斯活力的管道,被现代人比作交流电。青铜的主要成分是铜,因此它的确有着极佳的导电性,但古人并不知晓这一事实(尽管青铜巨像可以充当避雷针)。2017 年,杂志《大众机械》(*Popular Mechanics*)的一位作者将塔洛斯身上的灵液比作热门电视剧《真实的人类》(*HUMANS*)中虚构的类人机器人身上流出的蓝色液体(这种驱动它们的液体被称为"合成磁流体导体")。塔洛斯的神秘灵液管道的古老形象,可能类似于认知科学家所说的现在儿童和成年人对于物理现象和生物现象的"直觉理论"。即便是今天的人们已经明白电路需要两根导线构成,脑子里仍然会想象有一股充满能量的"电流"流过一根电缆。古人"前科学"的直觉想象与现代科学知识在我们的心中共存。[43]

1958 年,一位在杂志《大众电子》(*Popular Electronics*)上撰写机器人简史的作者评论道,塔洛斯"有一根'导管'从其脖子延伸到脚踝,并在脚上的某个地方被一个巨大的青铜螺栓封住",这根导管用"现代的术语"来说"可能是他的主电缆,而螺栓则可能是他的保险丝"。当时正值冷战的巅峰时期,作者接着宣称,塔洛斯是古代的一个"武器预警系统和制导导弹的结合体"![44]

值得一提的是,同样是在 1958 年,最大的地对空导弹开始投入使用。鉴于塔洛斯是强大的米诺斯海军的自动化辅助设备,美国海军的新型武器系统被命名为塔洛斯。1947年该武器系统开始研发时,军方的设计师就一直在寻找"一个合适的名字"。他们在托马斯·布尔芬奇(Thomas Bulfinch)的畅销作品《神话时代》(*Age of Fable*,1855年)中发现了这个名字。据该型号导弹的官方资料记载,塔洛斯"看守并保卫着克里特岛。他由黄铜制成,号称能以惊人的速度在空中飞行,以至于空气摩擦把他烧得通红。他对付敌人的方式是把敌人紧紧地搂在胸前,顷刻间让他们化为灰烬"。在这一现代的叙述中,塔洛斯是会飞行的,这不由得让人联想起斐斯托斯城的硬币上带翅膀的塔洛斯形象;而且他是通过空气摩擦而升温加热的,但这些细节在布尔芬奇的作品或任何古代文献中都无据可考。

1948年,"塔洛斯"被批准为新型冲压喷气式导弹的名称。塔洛斯导弹被装载于海军大型航空母舰上,并在大海上巡逻,随时准备向敌方发射弹头。与神话中那位守卫克里特岛的青铜机器人的职责类似,塔洛斯导弹充当着前线防御的角色,其射程约为300千米,速度为2.5马赫(接近3200千米每小时,是青铜塔洛斯的速度的12倍)。就像塔洛

图 1.12 "塔洛斯" RIM-8 型导弹,1950 年代。US Army/ Navy archives

斯会在自己的领土上不停地巡逻，识别并追踪入侵者，然后投掷石头摧毁敌人一样，塔洛斯导弹防御系统也是自动制导的。但在近距离内，它并不是全自动的。塔洛斯制导导弹是"乘着"雷达波束到达目标附近，接着在"半自动"的操控下锁定和打击目标。[45]

现代军方对于青铜机器人神话的痴迷仍在继续。2013年，受古代科幻小说中那位用最坚固的材料和最先进的技术打造而成的无敌战士的启发，美国特种作战司令部（Special Operations Command，SOCOM）和国防高级研究计划局（Defense Advanced Research Projects Agency，DARPA）共同启动了一个项目，旨在为特种作战士兵研制一种前卫的、机械化的外骨骼装甲。这种装甲类似于电影《钢铁侠》（*Iron*

图 1.13 "塔洛斯"，战术突击轻型操作服，士兵外骨骼战服概念图，美国特种作战司令部

Man，2008 年）中超级英雄所穿戴的武器化装甲。正如我们将在第 3 章中看到的那样，人类增强血肉之躯的力量，这种想法古已有之。一名指挥官希望在阿富汗和伊拉克的非常规战斗中保护自己的士兵，于是就有了研制高科技盔甲的念头。联想到希腊神话中的塔洛斯，美国特种作战司令部给这种盔甲取名叫"战术突击轻型操作服"（Tactical Assault Light Operator Suit），其英文的首字母缩写正是"塔洛斯"（TALOS）。这种贴合人体、有动力驱动的盔甲，旨在提供超人的力量、超人的感知能力，同时还能防弹。它包含有嵌入式计算机、生物传感器、视觉增强及音频通话功能、太阳能电池板和捕获功能。TALOS 计划甚至要用到一种由麻省理工学院开发的、用电力激发的"液体装甲"系统，这不禁让人联想到不朽的诸神身上流淌的灵液。截至 2018 年笔者撰写本文时，TALOS 仍未实现。[46]

2

美狄亚的回春坩埚

在伊阿宋和阿尔戈英雄后来的冒险旅途中,女巫美狄亚再次出手相救。在得到金羊毛并战胜克里特岛的塔洛斯之后,阿尔戈英雄们带着宝贵的金羊毛开启了返回希腊的航行。伊阿宋期待着回到他在塞萨利的故乡伊奥科斯(Iolcos)。但他发现自己理应继承的王国已经落入了他的叔叔珀利阿斯(Pelias)之手。当初正是利欲熏心的珀利阿斯命令伊阿宋接下了这次艰巨的远征,并认为伊阿宋不可能活着回来继承王位。现在,伊阿宋回到了伊奥科斯,看到自己年迈的父亲埃宋(Aeson)变得如此虚弱,感到十分哀伤。

伊阿宋请求美狄亚将他自己的一部分时光转给埃宋,以恢复父亲的青春活力。但美狄亚拒绝了让伊阿宋减寿、让埃宋增寿的提议。她指责伊阿宋,称这样的交换行为是不公平、不合理的,也是诸神所不允许的。她决定尝试用自己的秘术让这位老人重返青春。[1]

美狄亚让埃宋重返青春的行为是使用神秘的生命技艺延长自然寿命的一个典型例子,也是一种人工增强人类的形式。这个神话有许多不同的版本，在民间传说中，人们不仅可以通过施展魔法咒语，还能通过某些特定的技术、程序、特殊设备、药物和治疗输液来逆转衰老，延长自然寿命。

美狄亚通过巫术和药物让埃宋重返青春的故事非常古老。我们知道这一情节是通过《返乡》（*Nostoi*，即 *Returns*），这是一部希腊传奇故事集，收录了青铜时代传说中的特洛伊战争后的许多口述传说。这些古老的传说于公元前 7 世纪或公元前 6 世纪首次以史诗的形式记录下来。遗憾的是，这部史诗并没有得以完整地流传下来。然而，在残缺版的《返乡》中，我们了解到美狄亚"通过在一口金锅中熬煮大量药物，成功让年迈的埃宋脱去老态、重返青春"。一些古老的记载称，美狄亚将埃宋放入了锅里。[2] 现已失传的埃斯库罗斯（Aeschylus）所著的戏剧（《酒神的狂女》〔*Nurses of Dionysus*〕，公元前 5 世纪）的一个残篇描述道，美狄亚将酒神狄俄尼索斯（Dionysus）的人类女追随者和她们的丈夫放入金锅中煮，让他们重返了青春。在公元前 4 世纪，与亚里士多德同时代的帕莱法托斯（Palaephatus，43《美狄亚》）对美狄亚让埃宋、珀利阿斯和其他人重返青春的故事提出了一个符合实际却又略带牵强的"合理"解释。他认为，美狄亚是一位发现了让人类重返青春的新秘方的真实女性。她利用沸水发明了强身健体的蒸气浴，但实际上，热蒸汽对虚弱的老人来说是致命的。根据帕莱法托斯的理论，这是美狄亚让人类重返青春的秘密疗法，也催生了关于她那口神奇坩埚的传说。[3]

无论如何，从古至今的众多作家和艺术家，都用戏剧性的想象重述了这个深受欢迎的神话故事，描绘了女巫美狄亚将魔法仪式与神秘的生物医学方法相结合，让老人重返青春的故事。

在诗人奥维德（Ovid，公元前 43—前 17）所著的文学版本神话中，美狄亚设计了重返青春实验，作为对自己医学巫术能力的一次大胆测试。她对神秘生命技艺的运用让人想到了她在青铜机器人塔洛斯身上所进行的放血操作（第1章）。然而，这一次美狄亚在抽取了埃宋血管中的所有血液后，用一种有益健康的植物汁液和其他成分调制的神秘混合液体取而代之，神秘液体是她用特制的黄金器皿酿造的而成的。黄金在古代被认为是一种不会被化学品和金属混合物破坏的金属。在美狄亚做完手术之后，埃宋容光焕发、充满活力，让所有人都惊叹不已。外科手术史学家们指出，美狄亚的虚构性实验是现代输血的预言，尤其是交换血液或替代血液，即抽出病人的血液，再输入捐献者的血液。例如，自2005年以来，年幼老鼠和年迈老鼠之间进行血液交换的实验显示，年迈老鼠的肌肉和肝脏都重获了活力。[4]

* * *

伊阿宋与美狄亚在伊奥科斯的故事随着篡位者珀利阿斯谋杀伊阿宋的家人而继续。为了颠覆美狄亚为埃宋换血的成果，邪恶的珀利阿斯强迫埃宋喝血自杀，确切地说是公牛或阉牛的血。据说，古代历史上的一些人物，包括雅典政治家塞米斯托克利斯（Themistocles，卒于公元前459年）、埃及法老普萨梅特可斯三世（Pasmmeticus，即萨姆提克三世〔Psamtik III〕，卒于公元前525年）和弥达斯国王（King Midas，卒于约公元前676年）都是饮用牛血自尽的。

为什么是公牛血？值得注意的是，亚里士多德在公元前4世纪的解剖学著作中认为，在所有动物之中，公牛血凝固得最快。亚里士多德还写道，一头老公牛下肢流出的血液颜色特别深并且特别浓稠(《动物志》〔History of Animals〕, 3.19,《动物解剖》〔Parts of Animals〕, 2.4）。看来古代关于埃宋死亡的神话和历史上关于喝公牛血致死的报告都表达了民间关于公牛血凝血因子高的传统知识，亚里士多德后来也肯定了这一效果。在神话中，珀利阿斯逼迫埃宋喝血，致使他被凝固的公牛血窒息而死。现代社会中有一个有趣的例子与这个古老的主题相呼应。牛凝血酶自19世纪初便被用于现代外科手术，其在人体中确实存在可致命的交叉反应风险。[5]

* * *

害死埃宋后，珀利阿斯决心杀死伊阿宋和他的同伴。阿尔戈英雄和他们的盟友人数上远远少于珀利阿斯军队的人数，可谓生死未卜。他们又如何能逃过一劫并为伊阿宋的父亲和亲人复仇呢？

美狄亚站了出来，宣称她将亲自杀死珀利阿斯，因为他罪恶滔天。

此事的成功与否取决于美狄亚的巫术、蕴含不可思议力量的药物、高明的花招和迷惑敌人的能力——让敌人相信她真的可以随心所欲地操纵生死。美狄亚的杀敌诡计还包括了放血至死。她的计划虽然巧妙，但却需要数个复杂的步骤。关于美狄亚杀死珀利阿斯的神话，在古老的版本中也很复杂。我们必须将残存的文稿片段拼凑起来，努力对其文学来源和各种艺术图画中模棱两可的地方进行调和。它们的细节描述不总是一致的，这证明过去曾流传过许多不同的传说版本。但是，美狄亚让埃宋和其他神话人物重返青春这一条主线提供了证据，证明通过魔法和医学去增强人体机能，人为地控制自然衰老和延长寿命的想法很早就出现了。

* * *

美狄亚的绝杀阴谋依靠的是珀利阿斯的信任，需要珀利阿斯真的相信美狄亚是靠她那口神秘的金锅逆转了衰老，让伊阿宋年迈的父亲埃宋变得年轻。美狄亚计划的第一步是用不同功效的药物填满一座中空的阿耳忒弥斯女神（Artemis）铜像。美狄亚从她的姑母喀耳刻（Circe）——荷马《奥德赛》中的女巫，以及黑魔法女神赫卡忒（Hekate）那里得到了一些强力的药物。[6]这次冒险是对她能力的又一次考验。美狄亚告诉伊阿宋，她从未在人类身上使用过这些药物。接下来，美狄亚伪装成阿耳忒弥斯的老祭司，利用一些药物让自己看起来像是一个弯腰驼背、满脸皱纹、头发花白的老妪。她在黎明时分将阿耳忒弥斯的雕像抬到了伊奥科斯的公共广场上。美狄亚假装被女神指引而来，称阿耳忒弥斯要为国王授予荣誉和财富。美狄亚风风火火地闯入皇宫，迷惑了国王珀利阿斯和他的女儿们，让他们相信女神阿耳忒弥斯亲临王宫，是来保佑珀利阿斯"永生不死"的。美狄亚可能还使用了药物和催眠术，让他们产生了女神阿耳忒弥斯到来的幻觉，或者如克里斯托弗·法劳内（Christopher Faraone）推测的那样，这个被抬过来的雕像可能以某种方式被激活了。[7]国王和他的女儿们听到了这位年迈的女祭司的呼喊："阿耳忒弥斯命令我，用我非凡的力量驱逐你的衰老，让你的身体重新变得年轻而有活力！"

珀利阿斯和他的女儿们都知道伊阿宋父亲神奇地重返青春

的故事，而现在女神也承诺让珀利阿斯永葆青春。为了证明自己的能力，老祭司叫人端来一盆干净的水，然后将自己锁在了一个小房间里。让他们吃惊的是，当老祭司从房间里走出来的时候，这位丑陋的老妪已经变成了一位美丽的年轻女人。美狄亚承诺向珀利阿斯的女儿们展示如何让她们的父亲同样重返青春。[8]

珀利阿斯彻底被迷惑了，他指示女儿们执行女祭司的命令，无论要对他的身体做什么，她们都要执行，不管这个指令有多奇怪。美狄亚邀请这些年轻女孩观看她的秘术示范，然后让她们在她们的父亲身上重复此过程。

在宫殿里，美狄亚用她的异国语言念诵起咒语，她将阿耳忒弥斯的空心铜像里的药物撒入了特制的坩埚中。女儿们看到女祭司切开一只老公羊的喉咙，然后把这只羊切成小块，再将肢解的尸块放入沸腾的水里。又是一段咒语之后，一只活蹦乱跳的小羊羔神奇地出现了！

上当受骗的女儿们匆忙离开，与她们年迈的父亲珀利阿斯一起执行这令人惊叹的魔法。她们重复着咒语，割开了父亲的喉咙，切碎了他的尸体，再放进一大锅沸水中。不用想，珀利阿斯再也没有从锅里出来。[9]

* * *

美狄亚回春故事的所有文学和艺术版本中都提到了公羊、小羊羔和坩埚。这些主题在古希腊、古罗马以及后来的欧洲艺术中的流行程度表明，人们对于回春主题的迷恋非常普遍。在公元 5 世纪的雅典，著名艺术家米孔创作的伊阿宋历险壁画中，也描绘了珀利阿斯惨死于女儿手中的场景。米孔把女儿们的名字刻在了阿那克翁神庙（位于雅典的卡斯托尔和波吕克斯神庙，保萨尼亚斯 8.11.3）中女儿们的画像旁。

但是早在公元前 6 世纪，美狄亚神奇坩埚的故事就已经成为瓶画家和他们的顾客非常喜欢的题材。[10] 约公元前 510 年至公元前 500 年的几幅瓶画描绘了珀利阿斯和他的女儿们看着美狄亚让一只公羊起死回生的场面。一幅特别生动的作品（图 2.1）描绘了美狄亚在对着坩埚里的羊挥手。她回头看向珀利阿斯，后者胡须发白，手中持杖，正聚精会神地看着。我们看到伊阿宋正

图 2.1 （彩图 5）美狄亚一边回头看向老珀利阿斯（最左），一边冲着大锅里的公羊挥手。伊阿宋正往大锅底添柴。珀利阿斯的女儿（最右）做出了惊讶的手势。雅典黑绘风格提水罐，里格罗斯绘者组（Leagros group）制造，公元前 510 年至公元前 500 年。inv. 1843, 1103. 59. © The Trustees of the British Museum

往锅底添柴,而珀利阿斯的女儿们则在一旁惊奇地打着手势。

在一只大酒壶(公元前5世纪)上描绘了这样一个经典场景,珀利阿斯的女儿牵着他的手走向美狄亚和她的坩埚,锅里放着一只公羊。另一只陶瓶(公元前470年,图2.2)上描绘了一只公羊被放在位于美狄亚与珀利阿斯之间的锅里。一块约公元前480年至公元前420年的大理石浮雕(图2.3)描绘了珀利阿斯的女儿们为美狄亚架起了大锅,而美狄亚正要打开她那装着药物的小盒子。伊特鲁里亚人也对这个故事深感兴趣。公元前4世纪的一个青铜镜(图2.4)描绘了一位坐着的老人(珀利阿斯?),美狄亚安慰地抚摸老人持杖的手,伊阿宋则鼓励性地拥抱他。一位年轻的男人(重返青春的埃宋?)从一口锅里冒出来。另一位女性(珀利阿斯的女儿?)靠在美狄亚的肩膀上,正在与老人眼神交流。

图2.2 美狄亚向珀利阿斯示范公羊回春。红绘风格瓶,约公元前470年,出自武尔奇。GR 1843, 1103. 76. © The Trustees of the British Museum / Art Resource, NY

图 2.3 美狄亚和珀利阿斯的女儿们正在准备大锅。公元前 5 世纪希腊大理石浮雕的罗马仿制品。Sk 952. Bpk Bildagentur / Antikensammlung, Staatliche Museen, Berlin, Jurgen Liepe 拍摄 / Art Resource, NY

图 2.4　美狄亚和伊阿宋正向一位持杖老人（珀利阿斯？）做保证，一个年轻人（恢复青春的埃宋？）正从大锅里出来。伊特鲁里亚铜镜，公元前4世纪。Cabinet de Medailles, Paris, 1329。由米歇尔·安杰尔摹绘

在公元前440年所绘的一个不祥的场景中，一位女儿看起来若有所思，另一位女儿帮助年迈体弱的珀利阿斯从椅子上站起来，而第三位女儿则在那口大锅后面等着，并向他招手，这个女儿的身后则藏着一把大刀。[11] 还有一位技艺高超的艺术家在一个红绘风格的首饰盒侧面绘制了一幅生动且充满悬疑的场景（图 2.5），转动手中的首饰盒，观者会看到美狄亚拿着一把剑，牵着一只公羊走向她的大锅，而珀利阿斯的女儿正向她白发苍苍的父亲招手，后者则拄着手杖从另一边靠近美狄亚。

图2.5 年迈的珀利阿斯在女儿的鼓舞下，走向美狄亚的大锅。美狄亚一只手拿着刀，另一只手示意珀利阿斯过来。红绘风格圆柱形盒子（pyxis），公元前5世纪晚期。Louvre. Erich Lessing / Art Resource, NY

* * *

美狄亚神话中的"公羊与羔羊"主题预示了现代科学中一个与羊有关的里程碑。美狄亚让一只小羊羔从混合了老公羊基因和药物的坩埚中诞生。惊人的是，第一个在大众文化中为人所知的克隆哺乳动物也正是一只羊。多莉（Dolly）——一只由基因工程培育出的小羊羔——1996年在实验室的试管中诞生，然后被放在一种生长"药水"基质中养大。多莉的生命在六岁时结束，这是自然出生的绵羊寿命的一半，与其"基因母亲"的细胞年龄相当，这引发了人们对克隆动物可能注定早衰和早死的担忧。2017年时，科学家们制造了一个充满人造羊水的人工子宫，来孕育活体羊胚胎。到了2018年，科学家又在转基因绵羊胚胎中培育了人类细胞。[12]

当然，自多莉羊以来，克隆、基因工程和人造生命支持系统都在飞速发展。在神话中，美狄亚从羊开始，进而转到人体实验，这与现代科学的发展轨迹如出一辙。（羊的心脏和肺，无论是尺寸还是形状，都与人类器官差不多。）自1996年以来，包括灵长类动物在内的多种哺乳动物都已被成功克隆。

与此同时，人为干预生命（尤其是人类）最基本的自然进程这一想法所引发的顾虑与矛盾一直存在。美狄亚大胆干预自然衰老和死亡的计划所传递的古老信息，几个世纪以来不断地回荡。珀利阿斯的女儿们期望让父亲重返青春，就像美狄亚的实验所承诺的那样。但恐怖的是，她们想要重现效果的愿望落空了，因为美狄亚故意省略了为珀利阿斯换血的关键步骤。这个骇人听闻的古代故事模糊了科学与骗术之间的界限，巧妙地将希望与恐惧这一对矛盾情绪联系在了一起。现代的西方社会对于用科学"扮演上帝"的做法，也同样是怀有一种希望与恐惧并存的矛盾情绪。[13]

* * *

伊阿宋与美狄亚的关系以悲剧收场，伊阿宋违背了对她的誓言，而美狄亚杀死了他们的孩子。美狄亚抛下了伊阿宋，驾着她的龙车逃离，并开始了新的无畏冒险之旅。而伊阿宋，虽然是英雄，但并非不朽，他逐渐年迈并孤独地死去——在睡梦中被腐朽的阿尔戈船上的一块掉落的木板砸死。

那么美狄亚呢？她是凡人还是不朽的？她的血脉可能暗示她超越了死亡。美狄亚作为太阳神赫利俄斯和海洋女神的孙女，具有半神的血统。然而，在神话世界中，半神式的存在和半人半神、宁芙、海仙女、泰坦、巨人，以及像美狄亚和喀耳刻这样的女巫，似乎都存在于不朽与腐朽之间的夹缝里。美狄亚有时候被视为凡人，但有时也被描绘成不老不死之身。没有任何神话明确描述了她的死亡。[14]

在希腊神话中，神可以与人类交配，但他们的后代通常注定会要灭亡。美狄亚，像希腊神话中的众多母亲一样，试图让自己的孩子不朽，但失败了（保萨尼亚斯 2.3.11）。然而，诸神有能力让一些特殊的人得到永生。例如，特洛伊少年该尼墨得斯（Ganymedes）被宙斯的老鹰掳走，并带到了诸神所在地奥林匹斯山，在那里他因为仙馔密酒，得以永葆青春。宙斯与凡女阿尔克墨涅（Alcmene）所生的儿子，英雄海格力斯（Heracles）在垂死之际，也被宙斯升到了天堂。在那里海格力斯享用仙馔密酒，得以不朽，并且与青春女神赫柏（Hebe）结婚（第3章）。在其他神话中，海格力斯的侄子、老英雄、阿尔戈号的船员伊奥劳斯（Iolaus）曾经祈求赫柏和宙斯，让他重获一天的青春，好让他在战争中击败敌人。战士普罗忒西拉奥斯（Protesilaus）的故事中也有类似的情节，他获得了一天的时间从阴间重返人间，去与他的妻子同房（第6章）。[15]

诸神永不死亡，而且也永不衰老。不老与不朽总是紧密相连的，但这两个概念在神话中却是可变的。除不朽的神之外，还有谁的体内流动着灵液？正如我们在第1章中看到的，赫菲斯托斯赋予了青铜机器人塔洛斯灵液，但灵液却无法保证他战无不胜。在神话中，灵液的神圣力量也可以传递给一些生物，如植物，甚至人类，但这种特殊的效果仅是暂时的（见第3章）。

在奥维德对埃宋重返青春的描写中，美狄亚曾告诫伊阿宋，将自身的青春岁月转移到父亲身上的请求是不合理且禁忌的。[16] 但伊阿宋的请求是有先例可循的。在神话领域中，永生有时候可以分享，甚至可被交易。例如，海格力斯曾与宙斯达成交易，将半人半马的喀戎（Chiron）的永生换给因盗取神火而被绑在石头上的普罗米修斯，让他延续生命。[17]

再来看看狄俄斯库里双子的混乱状况，卡斯托尔和波吕克斯是双胞胎，他们曾跟随伊阿宋乘阿尔戈号去取金羊毛。神话作者们无法决定这对兄弟是不朽之身还是半人之身。这种不确定性事出有因，他们的母亲勒达（Leda）是凡人，但波吕克斯的父亲是宙斯，而卡斯托尔的父亲则是斯巴达国王廷达瑞俄斯（Tyndareus）。同母异父双胞胎这一新奇的想法给古人带来了凡人与神明血统之争的迷思。惊人的是，一对双胞胎有着不同父亲的想法并不是只存在于幻想或是故事情节中。两个不同的雄性在雌性的同一排卵期内授精两个卵子，就会分别成为异卵双胞胎的父亲，科学术语称之为"异父超级受精"。这种现象有时发生在狗、猫和其他哺乳动物，甚至极少数的人类身上。哺乳动物也可能发生异期复孕（superfetation），即在雌性已怀孕的情况下让第二个卵子受精，但由于胚胎发育的速度不同，人类身上发生这种情况并且活产是极为罕见的。而古人对这些过程非常熟悉，希罗多德（3.108）和亚里士多德（《动物志》542b29—542b31，579b30—579b34）等人都论述过这一过程。[18]

在狄俄斯库里双子的神话中，当卡斯托尔被杀之后，波吕克斯要求与兄弟一起分享他的永生。宙斯满足了他的愿望。这对双胞胎轮流在天堂生活。

* * *

在接下来的章节中，美狄亚和其他神话的人造生命天才创造的许多生命技艺奇迹背后，隐藏着一个永恒的主题，那就是对永生的追求。对战胜死亡的渴望与人类的意识本身一样古老。每一个有意识的生命出生时都对死亡一无所知，所有人来到这个世界时都相信着自己可以永远存活、永远年轻。而苦涩的真相却在之后才慢慢显现，这种普遍的幻灭感在世界各地的神话中都得到了表达和补偿。青春之泉、长生不老药、转世、复活、在历史中获得永垂不朽的名声、通过后代延续血脉、追求刀枪不入、建造宏伟的纪念碑，甚至是吸血鬼、僵尸和亡灵，所有这些都证明了凡人渴望找到对抗死亡的方法，而这就是下一章的主题。

3

追求不朽和青春永驻

古希腊人痴迷于青春永驻和长生不老。在他们的神话、诗歌和哲学中,他们为永葆青春和不朽的愿望倾注了大量心血。如果能像众神一样拥有不朽的永生,那将是追求人造生命的终极成就。但希腊人也清楚地意识到,如果真有这样的好事,也会产生让人意想不到的后果。

对古希腊人来说,男人和女人的生命是由柯罗诺斯/时间(Chronos)来衡量的,时间可被分为过去、现在和未来。但若人类漂泊在无限的时间里,即永恒中,那么记忆或爱会发生什么变化?人类的大脑进化能够容纳70年或80年的记忆,如果要它储存几个世纪或几千年的记忆,又该怎么办呢?现代科幻电影《银翼杀手》的核心主题正是人类记忆、爱情和对有限寿命的意识之间的相互关系。在这个反乌托邦中,机器人工人的基因寿命只有四年——如此之短,以至于难以建立一个基于记忆或共情的真实身份。在电影中,叛逆的复制人拼命地寻求延长寿命的方式。[1]

荷马的《奥德赛》中也讲述了记忆、爱和死亡之间的联系。

在特洛伊战争结束后,奥德修斯(Odysseus)总共花费了十年才回到他在伊萨卡岛(Ithaca)的家,期间,海上女神卡吕普索(Calypso)在违背奥德修斯意愿的情况下将他扣留。卡吕普索将奥德修斯留作情人长达七年(《奥德赛》5.115—5.140)。并且,卡吕普索向奥德修斯承诺,若他愿意留在海岛之上,则可以永葆青春、长生不老。当奥德修斯拒绝如此慷慨的馈赠时,她简直难以相信。其他神灵坚持认为,卡吕普索应该尊重奥德修斯的愿望,即造一艘木筏回到妻子、家人和朋友身边,在故乡度过余生。奥德修斯向海中女神解释道:"我知道我的妻子佩内洛普(Penelope)没有你的美貌,她只是一个凡人。尽管如此,尽管危险重重,我还是渴望回家。"

由于缺乏同理心,不朽的卡吕普索无法理解奥德修斯对妻子与故乡的思念。古典学者玛丽·莱夫科维茨(Mary Lefkowitz)指出,这个古代故事表达了"神与凡人之间最重要的区别之一","人与人之间有联系",并且人与故乡也有联系,"正是因为时间有限,反倒让这些联系的紧密性更强了"。哲学家C. D. C. 里夫(C. D. C. Reeve)认为,奥德修斯知道,若他选择获得永生,他将失去自己的身份,而这不仅对他自己而言很是宝贵,对他的家人和朋友而言也是宝贵的。[2]

寻求非自然的永生还会引起其他深层次的忧虑。与人类不同,不朽的神灵不会改变,也无需学习。古典学家黛博拉·史坦纳(Deborah Steiner)称,"对于不朽的神来说,所有事情都很容易。除了极少数情况,众神做事"不需要明显的努力也没有压力"。[3]如果没有了危险和死亡的威胁,自我牺牲、勇敢、英勇战斗和荣誉又有什么意义呢?就像共情一样,这些都是人类特有的情感，在古希腊这样的战士文化中尤为突出。希腊神话中不朽的诸神是强大的，但没有人说诸神是勇敢的。不朽之神，就其本质上而言，永远不可能豪赌，不敢冒着被毁灭的风险，更不会在无法克服的障碍面前选择英勇斗争。[4]

* * *

> 如果我们的生命注定短暂，愿它充满荣光！

据希罗多德（7.83）记载，公元前6世纪和公元前5世纪波斯帝国的万名精英步兵勇士自称为"长生军"（the Immortals），这不是因为他们期望自身永生不死，而是因为他们知道自己的人数永远保持不变。若有战士死去或重伤，就会有另一位同样英勇的战士接替其位置，从而确保了军团的"长生"，培养了凝聚力和自豪感。萨珊王朝和拜占庭骑兵、拿破仑·波拿巴（Napoleon Bonaparte）的帝国军队和伊朗军队（1941—1979）都采用过"长生军/不死队"这一名称，可见这一概念持久的吸引力。

在伟大的美索不达米亚史诗《吉尔伽美什》（*Gilgamesh*）中，吉尔伽美什和他的同伴恩奇都（Enkidu）英勇地面对死亡，他们安慰自己，至少他们的名声将是永恒的。这个想法也体现在了古希腊"不朽的荣耀"（*kleos aphthiton*）这一理念中。在希腊神话中，真正的英雄们都不追求肉体的永生。事实上，没有任何一位真正的英雄渴望平静地老死。在面对神给予的选择时，阿喀琉斯（Achilles）等英雄会拒绝舒适安逸的漫长人生。

他们与对手相抗衡，在崇高的战斗中死去，生命停留在年轻而美丽之时——这才是神话中英雄主义的定义。即使是希腊神话中野蛮的亚马逊人也会选择在战斗中英勇牺牲，进而获得这一广受追捧的英雄地位。事实上，没有一位古代亚马逊人会向衰老屈服。[5] 在一个又一个的神话之中，伟大的英雄们冒着极大的风险，毫不犹豫地选择度过了一个个短暂，却带着荣誉与尊严的、精彩的人生。

高加索地区的纳尔特人（Narts）是生活在英雄黄金时代的英雄儿女，他们的传说故事正是围绕着"短暂而荣耀"这一主题展开的。纳尔特叙事诗（Nart Saga）结合了古老的印欧神话和欧亚民间传说。在其中一个传说中，造物主问道："你们是希望族人少、寿命短，但却赢得伟大的名声，永远成为他人膜拜的榜样？还是希望族人众多、不愁吃喝、长命百岁，却不知战斗与荣耀为何物？"

纳尔特人的回答"就如同思想本身一样迅速"。他们选择保持较少的人数，采取大胆的行动。"我们不希望像家牛一样生活，我们希望活出人类的尊严。若我们的生命注定短暂，那就让我们的名声变得伟大！"[6]

追求永生的另一种解药是古希腊古典理想中的平静，乃至快乐的宿命论。公元前454年，品达在一首歌颂一位伟大运动健将一生的诗（《地峡》〔Isthmian〕7.40—7.49）中，就曾明确表达了这种态度：

追求每一天的快乐
我将安度至晚年，抵达宿命的终点。

约 600 年之后，罗马皇帝兼斯多葛派（Stoic）哲学家马可·奥勒留（Marcus Aurelius）在他的《沉思录》（Meditations 2 和 47）中，将接受死亡与一个人有责任好好地、光荣地度过短暂而脆弱的一生联系在了一起。他写道，"死亡，也是我们人生中的一项任务"，最有价值的是"真实而正确地度过这一生"。

* * *

许多古代旅行者的故事都描述了传说中的乌托邦，在那里人们幸福、健康、自由和长寿。一位居住在巴比伦的希腊医生克特西亚斯（Ctesias）曾写过关于印度的奇想，他的著作中很早就出现了这样的观点：在东方的某个异域之地，可以找到青春之泉或长寿之泉。大约在同一时期，希罗多德描述了长寿的埃塞俄比亚人（Ethiopian），他们长达 120 岁的寿命得益于牛奶和肉类食物，以及在紫罗兰香味的天然油泉中沐浴的习惯。后来，一位居住在安条克或亚历山大的不知姓名的希腊地理学家（4 世纪）写了一篇关于东方"伊甸园"卡马里尼（Camarini）的文章。那里的人饮用野生蜂蜜和胡椒，可活到 120 岁。每个人都可知道自己的死期，并提前做好相应准备。有趣的是，120 岁正是一些现代科学家所认定的人类最长寿命。[7]

有一个奇怪的神话，是关于一个叫格劳科斯（Glaukos）的渔夫，他是埃斯库罗斯已佚失的戏剧以及品达已佚失的诗歌中的一位主要人物；在奥维德、柏拉图和保萨尼亚斯的著作中可以找到更多的细节。故事讲的是格劳科斯发现，当他把捕到的鱼放在一种特殊的草上时，鱼就会复活然后溜回大海里。格劳科斯希望自己能够不朽，于是他吃下了那种草，继而跳入了海中，现在的他仍然作为一位贤者或守护神居住在那片海域，身上长满了帽贝以及藤壶。另一个古怪的神话讲述了一个不同的格劳科斯，他是一个溺亡的男孩，但最终获救，这个故事曾在欧里庇得斯（Euripides）、索福克莱斯和埃斯库罗斯所著戏剧中出现（三部均已佚失）。这个故事中的格劳科斯是克里特岛国王米诺斯的儿子。一天，这位小男孩在玩球（或玩弄一个老鼠）时失踪了。国王米诺斯派圣人波利伊杜斯（Polyeidus）去找他。年少的格劳科斯被发现时已经死亡——他掉进了一个装满蜂蜜的桶里淹死了。但波利伊杜斯曾观察到一条蛇用一种特殊的植物复活了死去的同伴，于是他用同样的草药复活了这个小男孩。[8]

老普林尼（Pliny the Elder）提及印度有一群人活了几千年。亚历山大大帝（Alexander the Great）死后出现的很多传奇故事中，印度都占有举足轻重的地位，这些传奇故事被收集在阿拉伯语、希腊语、亚美尼亚语以及其他版本的《亚历山大罗曼史》（*Alexander Romance*，公元前3世纪—公元6世纪）中。据称，这位年轻的世界征服者渴望永生。有一次，亚历山大与印度圣人进行了一次哲学对话。他问道："一个人活多久才是最好的？"圣人答道："只要他不认为死亡比活着更好就行。"亚历山大在寻找永生之水的旅途中不断受挫，他遇到了奇异的天使与圣者，他们警告他停止这样的追求。在中世纪的欧洲民间传说中，寻找神奇不老泉的梦想一直存在。比如，传说中的旅行说书人祭司王约翰（Prester John）曾声称，在青春之泉中沐浴会让一个人重返至32岁的理想年龄，而且可以随心所欲地重复这一过程。[9]

***

在世界的另一端，中国古代民间中流传着"不死之国"的传说，那里的人们吃的是一种神奇的果实。[10] 历史上有数位皇帝都梦想着寻到长生不老药。其中最著名的人物就是秦始皇，他出生于公元前259年，大约在亚历山大大帝出生后的一个世纪。道教传说中有"地仙"一说，是指在神山或仙岛上培植了一种特殊的草药而长生不老的人。公元前219年，秦始皇派遣方士徐福和3000名童男童女去寻找长生不老药，但他们从此再无音讯。

秦始皇又找到了一些方士和炼丹师，他们将几种被认为具有长寿功效的配料混合在一起，这些配料从百年龟壳到重金属不等，尤其是丹砂、红砂和朱砂（硫化汞）。在古代，水银神秘的液体状态和惊人的流动性让人们认为水银是一种"有生命的金属"（见第5章，被用于能源自动机器的水银）。秦始皇于公元前210年去世，死于一个相对早逝的年龄，享年49岁。最终，他的"永生"体现在了他作为第一位统一中国的皇帝所留下的不朽遗产上：他下令修筑了长城、宏大的灵渠、一座由6000个兵马俑护卫的宏伟陵寝，和一座拥有水银河流的地下陵墓。[11]

与秦始皇对死亡的焦虑相反，马可·奥勒留（《沉思录》47和74）将斯多葛派的观点具体化，指出"亚历山大大帝和他的骡夫都死了，而且两人的遭遇是一样的。他们同样被世界的生命力所吸收，或者同样化为原子"。想一想每一个生老病死的人和生物，"他们都在地下已经很久了。这对他们又有什么坏处呢？"历史上亚历山大大帝对自我死亡的接受可以被精炼成一句著名的调侃。在艰苦的印度战役即将结束的时候，他的几位传记作者记录了这句话。当时,亚历山大已经征服了波斯帝国,并在多次战斗负伤中幸存了下来。他身边的一些人甚至开始称颂他为神明。在公元前 326 年的一场激烈战斗中,一支箭射穿了亚历山大的脚踝。当他的同伴冲到他身边时,亚历山大讽刺般地笑了笑,还引用了荷马的著名句子:"我的朋友们,你现在所见的,是血——而不是从受祝福的不朽者伤口上流出的灵液。"[12]

亚历山大于三年后死去(公元前 323 年),死于年轻而又美好的时候。古典时代的伟大英雄们最终都会迎来他们即将到来的肉体死亡,但是也赢得了人类记忆中永恒的"生命",这让他们得到安慰——尽管这意味着他们必须加入荷马笔下冥界中悲伤的"呢喃鬼魂"的行列。[13] 古代关于永生的神话传递了一个存在主义信息:死亡不仅不可避免,而且人类的尊严、自由和英雄主义全部都与死亡交织在了一起。

* * *

在神话中最无畏的凡人英雄故事中,人们看到了追求永生所固有的缺陷。以阿喀琉斯为例,当他出生时,他的母亲"海仙女"忒提斯(Thetis)用仙馔密酒涂抹他的身体,好让他变得刀枪不入,然后又将他放于火上"烧去了他的凡性"。据另一版本的神话,她将婴儿时期的阿喀琉斯浸入冥河,想让他永生不朽。在这两个神话中,忒提斯都必须抓住阿喀琉斯的脚踝,而脚踝也就成了他的弱点(阿波罗尼奥斯的《阿尔戈英雄纪》,4.869—4.879;斯塔提乌斯〔Statius〕的《阿喀琉斯纪》〔Achilleid〕)。几年后,在特洛伊(Troy)的战场上,尽管他英勇善战,但这位希腊最优秀的战士并没有像他希望的那样，在光荣的正面战斗中死去。阿喀琉斯死得并不轰轰烈烈，一位藏身在某处的弓箭手往他的脚后跟上射了一支毒箭，他就这样死去了，而那里正是他身上看似微不足道的弱点。同样地，赫菲斯托斯和克里特岛的国王米诺斯也没有预料到，美狄亚在青铜机器人塔洛斯脚踝上的简单操作就让他因灵液流尽而亡（第1章）。那些不可预料的缺陷始终都是尖端生命技艺中如同"阿喀琉斯之踵"一样的致命弱点。

许多古代神话也对永生是否一定免于痛苦和悲伤提出了疑虑。例如，在美索不达米亚的史诗中，主人公吉尔伽美什憎恨只有诸神得以永生，他很害怕死亡，于是他开始寻求长生不老草。[14] 但若吉尔伽美什得以实现永生的愿望，他将为失去亲爱的同伴恩奇都而陷入永恒的悲伤。

再看看希腊英雄海格力斯的老师和朋友、聪明的半人马喀戎的命运。在一场战役中，海格力斯的毒箭意外射中了喀戎。这支箭上沾有九头蛇怪（Hydra）的毒液，会造成一个永不愈合的伤口。这位半人马承受着难以忍受的痛苦，祈求诸神用他的永生来换取他平静的死亡。一些神话认为，秘密向人类传授火之奥秘的普罗米修斯与喀戎的情况类似。宙斯对普罗米修斯的惩罚臭名昭著，目的就是要让他承受永无止境的痛苦。宙斯把普罗米修斯锁在山上，每天让鹰来啄食他的肝脏。肝脏的再生能力在古代就已经为人所知。[15] 因此，在神话中，这位不朽泰坦的肝脏可在一夜之间再生，而鹰会再一次来啄食，日复一日，直到永远。

对于怪物般再生的恐惧正是有关九头蛇传说的核心。海格力斯曾竭力想要杀死这条蠕动的巨蛇，但他每砍掉一个蛇头，在同一个地方又会长出两个。最后，他用燃烧的火炬把每个脖子都灼烧了一遍。但他永远也无法摧毁这条九头蛇中间那颗永生的蛇头。于是海格力斯将这颗不可摧毁的蛇头埋在地下，并移来一块巨石压在上面，以此警告人类不要靠近。然而，尽管蛇头深埋于地下，它的毒牙仍在不断渗出致命的毒液。这个神话故事让九头蛇成了永生所带来的无限增殖的完美象征。事实上，海格力斯自己也因拥有九头蛇毒的生命技艺所诅咒。由于他将箭头沾上了九头蛇的毒液，他拥有了无穷无尽的毒箭，而这又为他带来了一连串意想不到的灾难。半人马喀戎只是受害者之一。伟大的海格力斯本人也间接地因为九头蛇毒液的痛苦折磨而不幸殒命。[16]

这种"梦魇般再生"的主题有一个有趣的变体，就是老故事里的扫帚型自动机。1797年，歌德（Goethe）的诗中讲述了"魔法师的学徒"（Sorcerer's Apprentice）这一故事；1940年，迪士尼以米老鼠为主角的动画片《幻想曲》（*Fantasia*）中也出现了这一故事，并广为流传。事实上，这个故事最早以文本形式出现是在大约公元150年，由萨摩萨塔的琉善（Lucian of Samosata），一位讽刺和推理小说家（现称为科幻小说）所编写。[17] 在他的故事《爱说谎的人》（*Philopseudes*，即 *Lover of Lies*）中，一位年轻的希腊学生与一位埃及贤者一起旅行，这位贤者还是一位巫师，他有将扫帚或研杵等家庭用具变成自动运作的仆人，并让它们遵循命令行事的能力。一天晚上，当贤者不在时，这位学生试图自己控制一个木杆。他给木杆穿上衣服，命令它去打水。但是，他却无法阻止这个木杆一桶一桶地不停提水。由于他不知道如何把这个自动机重新变回木杆，因此整个旅馆都被淹了。无奈之下，这位学生用斧头劈开了这个无法停止的仆人，但每劈开一块，就会多一个不停运水的仆人。幸运的是，贤者及时回来挽救了这一切。

＊＊＊

几个希腊神话都曾告诫人们，欺骗死亡会让人间陷入混乱，并带来巨大的痛苦。"西西弗斯的任务"（Sisyphean task）是一个老生常谈的词，意思是徒劳地去做一项不可能完成的工作——但很少人记得西西弗斯（Sisyphus）为什么要永不停止地把一块巨石推向山顶。西西弗斯，这位传说中科林斯（Corinth）的暴君，以他的残暴、狡猾和奸诈而出名。据神话故事所述，他狡猾地抓住了桑纳托斯（Thanatos，死神），并用锁链将其捆绑起来。这导致世上没有任何生物会死亡。这一行为不仅颠覆了自然秩序，产生了人口过剩的威胁，而且没有人可以向诸神祭献动物，也没有人可以吃肉。若暴君永生不死，政治和社会会发生什么变化？此外，那些年迈、生病或受伤的人也将要遭受无尽的痛苦。战神阿瑞斯（Ares）对此非常生气，如果没有人面临死亡的危险，那么战争就不再是一件严肃的事业。在某一个版本的神话中，阿瑞斯释放了桑纳托斯，将西西弗斯送入了死神的怀抱。但在冥界，狡猾的西西弗斯设法说服了众神，允许他暂时重回人间，去处理一些未完成的事情。就这样，他又一次从死神的手中溜走了。最后，西西弗斯因年老而死，但他从未被列入在冥界飘荡的亡灵之列。取而代之的是，他在永无止境的苦役中得到了永生。西西弗斯的故事也是埃斯库罗斯、索福克莱斯和欧里庇得斯所著悲剧的主题。[18]在神话领域中，永生给神和人都带来了困境。在第2章中，年迈的埃宋和珀利阿斯试图回到年轻时期，但却徒劳无功，而塔洛斯、阿喀琉斯、海格力斯等人的故事也表明，在追求超越人类的过程中，想要为每一个潜在的设计缺陷做好充分准备是不可能的。然而，追求永生不死的梦想依然存在。

* * *

关于厄俄斯（Eos）[i]和提索奥努斯（Tithonus）的神话故事是一个富有戏剧性的例子，揭示了人类超越自然寿命的欲望中所潜藏的诅咒。提索奥努斯的故事相当古老，它首次出现于《荷马诗颂》（*Homeric Hymns*）中。这是一本由33首诗组成的诗集，大多创作于公元前7世纪和公元前6世纪。故事讲述了厄俄斯如何爱上了特洛伊年轻英俊的音乐家提索奥努斯。厄俄斯将提索奥努斯作为自己的爱人带到她位于大地尽头的天宫生活。

由于厄俄斯无法接受她的凡人爱人终将死去的命运，她热切地为提索奥努斯祈求永恒的生命。在某些版本中，渴望永生的则是提索奥努斯自己。无论如何，诸神准许了这个愿望。

然而，神话的典型逻辑是"细节决定成败"。厄俄斯忘了为她的爱人祈求永葆青春。对他来说，岁月是真实流逝的。提索奥努斯逐渐变得苍老，厄俄斯绝望了。悲伤之余，她将永生的年迈爱人安置在金色大门后的密室中。在那里，提索奥努斯失去了记忆，甚至没有力气移动身体，只能喋喋不休地絮叨着。在有些版本中，提索奥努斯萎缩成了一只蝉，他那单调的歌声是对死亡永无止境的哀求。[19]

人们相信，永远年轻貌美的诸神会为他们与凡人孕育的孩子的死亡而感到悲伤。在神话中，厄俄斯和提索奥努斯育有一个儿子，名为门农（Memnon）。在传说中的特洛伊战争中，门农是特洛伊人的埃塞俄比亚盟友，他英勇地与希腊英雄阿喀琉

---

[i] Eos 意为黎明，罗马神话中作奥罗拉（Aurora），荷马史诗中常作"玫瑰手指的"（*Rhododactylos* / rosy-fingered）"女神。——编者注

3　追求不朽和青春永驻　73

图 3.1　厄俄斯（黎明女神）正在追逐提索奥努斯。雅典红绘风格杯，彭忒西勒亚绘者（Penthesilea Painter）绘制，活跃于公元前 470 至公元前 460 年，inv. 1836, 0224. 82。© The Trustees of the British Museum

斯作战，最终战死。据说，黎明时分出现的露珠是厄俄斯为儿子哀悼的眼泪。宙斯怜悯厄俄斯，答应了她的请求，准许门农永远住在奥林匹斯山上。这一次，厄俄斯记得了为她的儿子祈求青春，保留了门农死去之时的年轻容颜。[20]

就像凡人对自己的死亡感到遗憾一样，诸神也会对所爱的凡人之死感到遗憾。但诸神尤其厌恶看到自然衰老的过程，特别是在他们的凡人爱人身上。在上文提到的荷马的《奥德赛》中，海上女神卡吕普索曾痛苦地抱怨，其他神灵不愿让她或厄俄斯这样的女神获得幸福，因为她们爱上了凡人。在古老的

图 3.2 厄俄斯与提索奥努斯。伊特鲁里亚铜镜，公元前 4 世纪，inv. 1949, 0714. 1。© The Trustees of the British Museum

《荷马诗颂：致阿佛洛狄忒》(*Homeric Hymn to Aphrodite*) 中，爱神阿佛洛狄忒冷酷无情地离开了自己的凡人情人安喀塞斯（Anchises）。"我不愿选择让你获得永生，让你承受如提索奥努斯般的命运。"阿佛洛狄忒向安喀塞斯解释道，"如果你能保持现在的容貌和身材，我们就能在一起了。但是，很快你就会被野蛮的苍老所吞噬，那无情的衰老是我们众神所蔑视的东西，它是如此可怕，也如此让人厌烦。"[21]

提索奥努斯的故事是永恒的，千百年来他在艺术家和诗人的作品中不朽。早期现代艺术家倾向于强调白发苍苍的提索奥努斯与永远年轻的黎明女神之间的对比。[22] 但神话中的黑暗面正是古希腊图画的焦点所在。瓶画家描绘了这位年轻的音乐家紧张地逃离好色的厄俄斯的追逐，似乎他已经预感到故事的结局。

无情的神与凡人结合,最终都以悲剧收场。年轻的少女玛耳珀萨(Marpessa)似乎也有类似的预感,当时她被阿波罗和一位名为伊达斯(Idas)的凡人同时追求。在那个神话中,伊达斯和阿波罗在争夺她的芳心,宙斯允许这位少女在这两名追求者之间做出选择。玛耳珀萨选择了伊达斯,因为她知道阿波罗将会在她年老色衰时抛弃她。(阿波罗多罗斯的《书库》〔Library〕[i],1.7.8)。

伟大的诗人萨福(Sappho,约公元前630—前570)写于莎草纸上的一首诗的残篇于2004年被破译。这首诗被称为提索奥努斯或老年诗。诗中萨福哀叹自己的日渐衰老和苍苍白发,回忆起了提索奥努斯的神话,并敦促年轻女歌手们尽可能抓紧时间享受音乐。在公元前1世纪,罗马诗人贺拉斯(Horace)在他的颂歌(1.28)中,也提到了提索奥努斯和其他渴望永生的人的悲惨遭遇,并警告人们,不朽的危险和虚假诱惑"会带来比死亡更可怕的命运"。在写于1859年的一首诗中,阿佛烈·丁尼生爵士(Alfred Lord Tennyson)想了伤心欲绝的提索奥努斯,他被残忍的永生诅咒所吞噬,在他那非自然的长寿中被放逐,不仅得不到所爱之人的拥抱,还将他从人类中驱逐了出去。在艾丽西亚·E.斯托林斯(Alicia E. Stallings)的诗(《古风的微笑》〔Archaic Smile〕,"提索奥努斯",1999年)中,衰老的提索奥努斯,一个因痴呆而与世隔绝的可怜的影子,由年轻的厄俄斯照顾着。一位企图通过未来科学追求永生不老的现代老年学家奥布里·德·格雷(Aubrey De Grey)称,如果不是这个故事在一定程度上给了

---

[i] 希腊文作"Bibliotheca"。一般认为该书作者为"伪阿波罗多罗斯"(Pseudo-Apollodorus)。——编者注

图 3.3 提索奥努斯正在变成蝉。木版画。Michel de Marolles, Tableaux du Temple des Muses (Paris, 1655). HIP / Art Resource, NY

人们关于死亡不可避免的某种潜意识的安慰，这个关于"恐怖的衰老"的沮丧神话在几千年前就会被遗忘。[23]

* * *

在荷马的想象中，诸神能够保持年轻和活力得益于他们特殊的饮食。他们由仙馔密酒和甘露供养，这让他们体内产生了超凡的灵液而非血液。仙馔密酒（源于梵文中"不朽"一词）也是诸神用于保护皮肤和恢复活力的身体乳液（荷马《伊利亚特》，14.170）。而在《奥德赛》（18.191—18.196）中，阿佛洛狄忒赐予奥德修斯的妻子佩内洛普"永恒的礼物"，其中包括可以维持她年轻美貌的仙馔密酒。与神秘的"生命之泉"一样，仙馔密酒和甘露的成分从未有人明确说明。神可以将仙馔密酒赐给凡人，让他们刀枪不入，就像忒提斯对儿子阿喀琉斯所做的那样（详见上文）；或者，将不死之身赐予某些被选中的人，例如海格力斯（第 2 章）。伊比库斯（Ibycus，公元前 6 世纪）所写的诗中有一个有趣的片段被埃利安（Aelian）保存了下来（《论动物的特性》〔On Animals〕，6.51），这个片段提到一个古老的故事，说的是宙斯奖赏了那些告发普罗米修斯的凡人，"用一种药来避免衰老"。约 1000 年以后，诗人农诺斯（Nonnus）讥讽地抱怨道，普罗米修斯应该盗取的是诸神的甘露，而不是火种（《狄奥尼西卡》〔Dionysiaca〕7.7）。

坦塔罗斯（Tantalus）也是一位因冒犯诸神而受到永恒惩罚的人物。他的罪行之一就是企图为人类盗取神圣的仙馔密酒和甘露，好让他们获得永生（品达的《奥林匹斯山颂歌》〔Olympian〕，1.50）。有趣的是，神话中长生不老的关键在于营养：诸神有一种特殊的饮食习惯，那就是吃能提供生命活力的食物和饮料。值得注意的是，在亚里士多德的生物系统中，营养是区分生物和非生物的最基本要素。为了解开长寿之谜，亚里士多德在《青年与老年》(Youth and Old Age)、《生与死》(Life and Death)和《短寿与长寿》(Short and Long Lifespans)这三篇著作中对衰老、腐烂和死亡进行了研究。亚里士多德就衰老得出了这样的科学结论：衰老是由生殖、再生和饮食控制的。亚里士多德指出，不育或不繁殖的生物比那些在交配中消耗能量的生物寿命更长。这或许不足为奇，现代生物寿命研究人员也关注营养和热量限制。亚里士多德如果得知在进化过程中，长寿和繁殖之间确实存在权衡，那么他应该会很欣慰，并且，长期的现代研究表明，禁欲可让个体的寿命延长。[24]

* * *

在所有的提索奥努斯神话中，无论是古代还是现代，这位曾经朝气蓬勃的歌手最后的形象都是丧失尊严的。他那可怕的命运——"憎恨生命却无法死去"，给因为医学进步而超越自然寿命极限的现实和精神问题蒙上了一层阴影。[25]正如索福克莱斯在他的戏剧《厄勒克特拉》(Electra)中所写的那样："死亡是我们所有人都必须偿还的债务。"与希腊神话遥相呼应的是，在2000年前，哲学家柏拉图让苏格拉底进行论证，说当人类的身体机能已无法再发挥作用时，还让他们继续活着是错误的做法。苏格拉底断言，药物只应用于治疗疾病和愈合伤口，而不是延长寿命，使其超过定数（《理想国》〔Republic〕405a—409e）。然而今天，返老还童研究者和乐观的超人类主义者坚信，科学可让死亡成为一种选择。现代永生论者期望通过乌托邦式的饮食、药物和先进的生物科技,实现人机结合或将大脑上传至云端(及其技术产物),让人类无期限地存活下去。[26] 但人体细胞天生就会衰老和死亡,身体已进化成为一次性的容器,使基因可以从这一代传递到下一代。这一事实被科学家认为是"提索奥努斯困境",即不具备健康和活力的长寿所带来的后果,如同神话中厄俄斯的爱人一样,这一两难困境也阻碍了人们永生的梦想进程,怎样才能让身体和大脑不屈服于衰老和细胞衰变?老年学家奥布里·德·格雷认为,现代人类必须克服被他称为"提索奥努斯错误"的难题,即对衰老和死亡的卑微默许。为了解决提索奥努斯困境,他于 2009 年成立了掌控可忽略衰老战略研究基金会(Strategies for Engineered Negligible Senescence〔SENS〕),这个基金会的使命是支持科学创新以绕过或关闭细胞的自然衰老进程,从而推迟死亡的到来。如果失败,未来的反乌托邦就会出现无数像提索奥努斯一样的超人幽灵,一个比荷马笔下由呢喃鬼魂组成的冥界更可怕的前景。[27]

* * *

提索奥努斯的故事是残酷的:对人类而言,过长的寿命、不恰当或不体面的生存——活得太久——可能是一件比早逝更可怕、更悲惨的事情。永生夺走了人类记忆的意义,就像生命被切成碎片,难以维持记忆的存储。提索奥努斯的故事以及类似的神话表达了对"活得过久"、超越自然死亡而继续存活的焦虑。正如我们所看到的那样,"活得太久"也引起了古代哲学家的关注。那些活得过久的人会变得衰老而可怜。然而即使不老、永恒的青春也无法给人带来慰藉。安妮·赖斯（Anne Rice）的《吸血鬼编年史》系列小说（*The Vampire Chronicles*，1976—2016）和电影《唯爱永生》（*Only Lovers Left Alive*，2013 年，由吉姆·贾木许〔Jim Jarmusch〕执导）等影响颇大的现代哥特式小说中都充斥着这种思想。永生不老的吸血鬼们宛如迷失的游魂，随着无尽岁月的流逝，他们变得愈发厌世、颓废和疲惫。[28]

过长的生命，过犹不及：大量的神话和传说都揭示了追求永生的愚蠢性。但是，若逆转衰老和推迟死亡的做法是不合理且禁忌的——正如美狄亚警告伊阿宋那样（第 2 章）——那么凡人是否至少可以通过某种方式增强他们的身体机能？虽然人的体能与神相比是那么微不足道。甚至一些无思考能力的动物也比弱小的人类拥有更强大的力量。希腊神话中关于人造生命探索的另一个迷人的部分是，生命技艺是否可被用于"升级"自然，并以某种方式创造出超人类的力量。

4

超越自然

借助神和动物增强力量

人类是如何变得比野兽更弱小、更易受伤的？如柏拉图所述，人类的力量有限是因为地球上生物能力的分配掌控在两个泰坦手中（《普罗泰戈拉篇》〔*Protagoras*〕320c—322b）。在创造了人类和动物之后，诸神让两个泰坦——普罗米修斯和他的弟弟厄庇墨透斯（Epimetheus）负责分配能力。厄庇墨透斯（"后见之明"）并不如他的哥哥普罗米修斯（"先见之明"）那样聪明。厄庇墨透斯乞求获得分配各种能力的特权，并承诺普罗米修斯可以来检查他的工作。

厄庇墨透斯开始分配陆地、海洋和天空中动物们的能力。他专注于确保它们的生存，赋予了它们速度、力量、敏捷、保护色、皮毛、羽毛、鳞片、敏锐的视力和听力、超强的嗅觉、翅膀、尖牙、毒液、利爪、蹄和角，结果他无意中把所有的能力都用在了这些没有理性的生物身上。当他的哥哥普罗米修斯来检查生物时，他才猛然意识到，那些赤身裸体、毫无防御的人类还是一无所有的状态——而就在这一天，人类注定要出现在大地之上。[1]

普罗米修斯"急于为人类寻找一些生存手段",他从诸神那里盗取了技术能力、语言和火种赐予弱小的人类,这样至少人类可以制造工具,并想办法弥补自己弱小的能力。布雷特·罗杰斯(Brett Rogers)和本杰明·史蒂文斯(Benjamin Stevens)在他们对希腊－罗马古典文学和现代科幻小说的比较研究中指出,普罗米修斯的神话可被解读为一个早期的解释性叙述,也是"人类与技术发展的持续关系的象征",是一个通常不被视为具有"技术科学性"的古代文明所构思的"推理小说"。普罗米修斯赐予人类的礼物代表了最早的"人类增强",其定义为"试图通过自然或人工的手段,暂时或永久地克服人类身体的局限性"。[2] 希腊神话中,宙斯派鹰每天来啄食普罗米修斯的肝脏,让他承受永恒的痛苦。但这位泰坦赐予人类的礼物一直都在不停发展,这既有积极的一面,也有令人担忧的一面。研究机器人技术、人工智能和人类增强技术(human enhancement technologies, HET)伦理的哲学家帕特里克·林称,"技术弥补了我们那可笑的弱点","如果没有制造工具的思维能力和智慧,我们这些裸猿根本无法生存"。如今,助视器和助听器、钛合金关节、心脏起搏器、兴奋剂和仿生假肢等人类增强技术已司空见惯,且广受欢迎。[3] 但是,对于一些人类改进和超自然增强技术的可疑用途,也引发了争议。例如,当军方科学家欲通过药物、植入物、外骨骼(如 TALOS 项目〔第 1 章〕)、人机合成体、神经机器人以及复制动物能力,来让士兵"超越人类"时,人们就开始担心了。林和他的同事们警告,现代人试图"升级"人类身体,开发增强型士兵、军用机器人、半机械生物、无人机和人工智能机器人辅助设备,其中蕴含着多种实际和道德风险。[4] 看到现在,读者应该已经反应过来了,是的,其中一些窘境的轮廓在古希腊时期就已经有了征兆。结合了智慧与胆识的技术是人类在世上赖以生存的独特天赋。剧作家索福克莱斯对古希腊人的这一认识进行了精辟的总结（《安提戈涅》〔Antigone〕332—371）。索福克莱斯称："人类是可怕的"，因为没有其他生物拥有这样的技能和胆识，能够在惊涛骇浪中航行、犁地、驯服牛马、打猎、捕鱼、制定法律、发动战争、建造和规划城市；没有其他生物拥有"足智多谋"的人类所拥有的语言能力和"迅捷如风的思维"，不断地想方设法与自然的力量相抗争。"人类创造性技术（机械技术）的发明超越了希望，它让人类时而向恶，时而向善。"[5]

在关于美狄亚、伊阿宋和传奇发明家代达罗斯的神话中，我们发现了人类如何渴望增强和超越人类力量、创造非自然的生命形式以及驾驭人造生物——包括仿制动物的最早记录。正如我们所见，普罗米修斯因为给了凡人工具和火种，而遭受到了永恒的惩罚，而坦塔罗斯也因为为凡人盗取仙馔密酒而付出了永远的代价。现在，让我们来了解另一个关于增强人类力量的神话：狡猾的女巫美狄亚设法盗取了一些灵液，以帮助伊阿宋抵御强大而致命的威胁。

* * *

在阿尔戈英雄们的冒险过程中，美狄亚调制了一种混合药水，并设计了一个巧妙的战术来保护伊阿宋，使他战胜了她父亲的喷火铜牛和龙牙士兵军团。为了给爱人寻找强效的药物，美狄亚跋山涉水到达了高加索山脉，来到了宙斯锁着普罗米修斯的峭壁。美狄亚知道，在老鹰啄伤普罗米修斯时，珍贵的灵液会滴落，土壤中会长出一种罕见的开花植物。当这种奇怪的植物被切开时，其肉质根部就会渗出黑色的汁液，这里面就含有这位不朽泰坦的灵液。美狄亚用从里海采集而来的纯白色贝壳收集了这种汁液，并将其调配成了一种强效的混合药剂。这种药膏被称为"如同普罗米修斯"（Promethean），它能赋予使用者超人的力量、抵御火焰并且刀枪不入。这种"灵液药剂"的药效虽然惊人，但却有时效性，仅能维持一天。[6]

在《阿尔戈英雄纪》中，这种含有普罗米修斯灵液的药剂赋予了一向被动的伊阿宋不可思议的力量和勇气。正如美狄亚

图4.1　由于被宙斯的鹰啄食肝脏，普罗米修斯的灵液正在往地上滴落。拉科尼亚（Laconian）杯，公元前6世纪。Vatican Museum. Album / Art Resource, NY

所承诺的，伊阿宋突然感到"无限的勇猛和强大力量，就像那些不朽的诸神一样"。当药物开始在体内循环时，他感到"骇人的力量进入身体"。他的手臂肌肉开始颤动和绷紧，双手紧握在身体两侧。就像一匹渴望战斗的战马，伊阿宋"为自己四肢的超人力量而欢欣鼓舞"。在体内流淌着的灵液的影响下，伊阿宋"大步幅地欢腾跳跃，炫耀式地挥舞长矛，如同野兽一般咆哮"。[7]

《阿尔戈英雄纪》中描述的这种药物的效果犹如合成的精神兴奋剂：例如，与巧茶（qat）中的卡西酮成分有关，但比卡西酮强烈得多的现代街头毒品，就会让服用者感觉自己拥有超人的力量，并使他们的行为变得激烈。当今的军事药剂学家正在制造一种"增强人体机能"的药剂，可让士兵在身体上和精神上承受超负荷工作，就像伊阿宋受在普罗米修斯灵液药剂的影响下那样。几千年前，在荷马的《奥德赛》(4.219—4.221)中，特洛伊的海伦（Helen of Troy）混合了一种名为忘忧草（nepenthe）的灵药，就如鸦片和酒一般，来消除特洛伊战争中患上战斗疲劳症的老兵们的创伤记忆、愤怒以及悲伤。现代军事科学家们寻求通过药物和其他神经技术对大脑进行干预，使士兵无需睡眠、没有痛感、更具攻击性，消除关于杀戮或酷刑的道德疑虑，消除负面想法，抹除关于战争时期暴力或暴行的记忆。[8]

* * *

回到金羊毛的神话中，美狄亚的普罗米修斯灵液药剂赋予了伊阿宋身体以及精神上的力量，使他能够驾驭铸造之神为埃厄忒斯王打造的一对铜牛。埃厄忒斯命令伊阿宋用这对喷火的铜牛犁地，播种下满满一头盔的龙牙，然后在日落之前，击败这些播种的龙牙"种子"所孕育出的无敌军团。国王深信，即使伊阿宋没有被烧死并且成功播种了龙牙，他和他的同伴也会被涌现而出的不可阻挡的自动机器军团所消灭。

黎明时分，可怕的公牛从煤烟弥漫的地下牲口棚里钻出来，用它们的铜制蹄子刨着地。它们冲向伊阿宋，鼻孔中喷出火焰，"就如铜匠熔炉里风箱喷出的火焰一样"。伊阿宋勇敢地冒着公牛的灼热气息，将它们拴在铜犁上。整整一天，他都在田里犁地，播种龙牙。[9]将近黄昏时分，犁过的沟渠开始冒出热气，闪闪发光，"地生"的士兵身着盔甲，从田地里冒了出来。伊阿宋必须在夜幕降临前"收割"、砍掉这群可怕的机器人士兵"庄稼"。这个骷髅兵团从地下冒出的场景深受科幻电影和古典神话电影爱好者的喜爱，哈利豪森的电影《伊阿宋与阿尔戈英雄》成功地再现了这一壮观的场面。

在《阿尔戈英雄纪》中，"地生"的士兵是身披青铜盔甲的可怕巨人，它们全副武装，随时准备进攻。幸运的是，美狄亚已经告诉了伊阿宋如何对付这群成倍增长、无法控制的暴徒。地生士兵具有这样一个特征：它们不听从命令或指挥，也不会撤退。它们天生就只会前进和攻击。随着士兵人数的不断增多，这群全副武装的机器人开始向最近的"敌人"——伊阿宋的同伴们进攻。

正如美狄亚利用克里特岛青铜机器人塔洛斯的内部机制弱点和其"近乎人类"的人工智能，找到了使其丧失能力的方法一样，她现在又准备利用这支播种军团的内部代码。美狄亚建议伊阿宋投掷一块石头来触发这群士兵的程序。她意识到随机的碰撞会引发多米诺骨牌效应，一连串的攻击会让这群机器人与最近的士兵战斗,从而让它们互相毁灭。

当第一批可怕的士兵向阿尔戈英雄们进攻时,伊阿宋将一块巨石投掷到了它们中间。这些机器人感到自己的青铜盔甲受到了打击,它们的反应就如同直接受到了攻击一样。它们在混乱中疯狂地攻击,用剑互相劈砍,然后伊阿宋和他的同伴们冲进了战场,将它们全部消灭,其中包括那些半截身子还在地里生长的士兵。[10]

2000多年前,怀疑论者帕莱法托斯(3《地生人》〔*Spartoi*〕)在讲述这个故事时称:"若这个故事是真的,每个将军都会开垦一块伊阿宋那样的田地!"这个故事中的困境在今天依然存在。自动机器士兵是如何辨别敌友?它们很容易互相攻击或背叛友方。对它们下达的命令又该如何撤回或修改?一些学者认为,这个古老的故事比荷马还要早,它是最早发现机器人或机器士兵会引发指挥和控制问题的作品之一。[11]

* * *

喷火的公牛让人联想到克里特岛的塔洛斯,他可以加热自己的青铜之躯将敌人烤死(第1章)。炽热的青铜雕像也与后来亚历山大大帝的一些传说有相似之处。在亚历山大大帝的传说中,有很多是关于军事发明的,其中有两个关于使用炽热铜像对抗敌人的故事尤为突出。第一个传说出自拜占庭时期的《希腊罗曼史》(*Greek Romance*),亚历山大制定了一个策略来对抗印度国王波罗斯(Porus)的巨型战象。他命人将所有栩栩如生的青铜像置于大火中,那些雕像都是他征战所得的战利品。然后,他的部下小心翼翼地将这些炽热的雕像摆放在战场的前线。

当波罗斯派遣战象进攻时，战象把这些青铜雕像当成了活生生的士兵。它们直接撞到了炽热的金属雕像上，被严重烧伤。[12]

第二个传说则描述了一个技术更为先进的"喷火兽"。在亚历山大时期的波斯传说中，年轻的军阀斯坎达尔（Sikandar，即伊斯坎达尔〔Iskandar〕，亚历山大的波斯语写法）用铁骑兵打败了"鹿皮国王"（King Fur of Hind，即印度国王波罗斯）的军队。在一些波斯传说中，亚历山大是从他的大宰相——圣人阿拉斯图（Arastu，即亚里士多德，亚历山大的老师）那里得到的建议。在菲尔多西（Firdowsi）的史诗《王书》（Shahnama 14—15；写于约 977 年，根据早期的口述故事编著）中，亚历山大的密探制作了波罗斯战象的蜡像模型，以展示这种陌生的野兽是何等巨大和可怕。亚历山大随即做出了一个作战计划。他命令 1200 名来自希腊、波斯和埃及的铁匠大师铸造了 1000 个真实大小的骑兵和战马的空心铁像。工匠们辛苦工作了一个月才完工。这些铁骑士栩栩如生，用铆钉固定在鞍座上，还配备了盔甲、盾牌和空心长矛。骑士们的面部戴着钦察人（Kipchak）和那个时代其他中亚地区战士普遍穿戴的铁铜面具，给人一种金属战士的印象，让敌人感到恐惧。亚历山大的工匠们把金属战马漆成"带斑点的、栗色的、黑色的、灰色的"，还装上了轮子。最后，他们把原油井中收集而来的挥发性石脑油填满了中空的雕像。

在战场上，亚历山大命人点燃石脑油，让铁骑向敌人冲去。怪异的金属马和金属骑兵栩栩如生，橙色的火焰从马的鼻孔和长矛尖端射出，令人望而生畏。波罗斯的战象被烧得到处乱跑，他的军队溃不成军。在中世纪蒙古版的《王书》中出现了这一壮观场面的彩色插图。[13] 这些雕像并没有可动的部件，而是像帕西淮（Pasiphae）那头声名狼藉的人造牛一样靠轮子行进（代达罗斯制造，下文将会提到）。

铁骑兵既能唤起令人信服的真实感，又夹杂着不自然的火力。这个传说反映了历史上蒙古族和其他游牧民族的做法，他们不仅部署了配备石脑油的铁骑兵，还在活马上放置假人让军队的规模看起来更大一些。[14]

* * *

自古以来，以现代假肢为形式的人类增强和强化技术已经发展到很高的水平，从填充物、器官移植、替代肢体到由神经控制的人造四肢。替换肢体和仿生身体部件——人与机器的结合——在神话和真实历史中都有很深的渊源。例如，在神话中，凯尔特国王努阿达（Nuada，或努德〔Nudd〕）的银手臂是由发明家迪安·希特（Dian Cecht）设计制造的。北欧女神弗蕾娅（Freyja）在一定程度上也可称为"生物半机械人"，她集肉体和金属于一身。[i] 在古印度的史诗传说中，女英雄维什帕拉（Vishpala）在战斗中失去了一条腿，而瓦德里马蒂（Vadhrimati）失去了一条手臂，众神为她们装上由铁和金制作而成的假肢。在希腊神话中，英雄珀罗普斯（Pelops）失去了肩胛骨，赫菲斯托斯制作了一个象牙肩胛骨用以替代。[15]

历史上最早的假肢记录由希罗多德（9.37.1—9.37.4）记载于公元前 5 世纪。来自厄利斯（Elis）的希腊人赫格西斯特拉图斯（Hegesistratus），在斯巴达人的折磨之下失去了部分脚掌。

---

i 该说法的来源充满想象力。采信需斟酌。——编者注

他设法逃离并找人做了一个木制的替代品。由于极度憎恨斯巴达人，他曾站在波斯一方参与普拉提亚战役（Battle of Plataea，公元前 479 年）。[16] 老普林尼（7.28.104—7.28.105）告诉我们，罗马的一名老兵——M. 塞尔吉乌斯·西卢斯（M. Sergius Silus），曾参与对抗迦太基（Carthage）的第二次布匿战争（Second Punic War，公元前 218—前 201），经历过 23 次受伤仍然活了下来，并戴上了一只铁手来代替他在战斗中失去的那只手臂。亚历山大港有一位作家被称为狄奥尼修斯·斯库托布拉基翁（Dionysius Skytobrachion，意思是"皮革手臂"，约公元前 150 年），可能是因为他有义肢而得名。

同时，考古出土了令人惊叹的早期假肢和其他部位替代物的证据，有些只是装饰性的，有些则具有实际功能。例如，法国一处遗迹出土的公元前 3000 年的头骨上，就有用贝壳雕刻而成的义耳。在意大利的卡普阿（Capua），一座约公元前 300 年的坟墓里有一具骷髅，上面装配着一条仍保存完好的木腿，木腿上还覆盖着薄薄的青铜片。哈萨克斯坦同时代的墓穴中有一具骸骨显示，一位年轻的女性在缺失一只脚的情况下生活了数年，她的假脚是用公羊的骨头和蹄子制作的。[17]

一些精密的假肢装置非常古老。大约在公元前 700 年，一位精通人体生物力学的技艺高超的工匠为一位女性制作了一个精致的人造脚趾，这位女性的木乃伊于 1997 年在埃及卢克索（Luxor）附近被挖掘发现。她的人造脚趾不仅外形非常逼真，而且是根据她的尺寸量身定做的，并且有改装过的痕迹。无论是赤脚或是穿凉鞋，她的假脚趾都可在一定程度上舒适地活动：假脚趾由木头和皮革制成，有三个部分，为了保证灵活性这三个部分用铰链连接了起来。

在伊朗的被焚之城（Burnt City）遗址中发现了一只仿生眼球。这个精心设计的人造眼球被嵌入一个约生活在4800年前的女人的眼窝里。其解剖细节与自然眼球惊人地相似，有凸面、角膜和瞳孔，内部甚至还有模拟眼睛毛细血管的极细金线。眼睛上还刻满了光线，上面覆盖着金箔，这将赋予这位女性在生前拥有"难以置信的引人注目的面容"。1970年，受到现代逼真假肢的启发，机器人工程师森政弘（Masahiro Mori）提出了"恐怖谷"（Uncanny Valley）的概念。[18]

* * *

在一些希腊神话中，有些人就像现代军事科学家一样，梦想着复制动物和鸟类的特殊能力来增强人类。古希腊传说中，最杰出的工匠代达罗斯是复制生命和生命技艺的大师。自荷马以来，"代达拉"（daedala）一词就代表着所有不可思议的艺术和工艺品，包括那些归功于代达罗斯的作品。代达罗斯的庞大履历中存在着时间和地理位置各种不一致的地方。例如，保萨尼亚斯（10.17.3）称，代达罗斯曾生活在神话中"俄狄浦斯（Oedipus）为底比斯（Thebes）国王的时期"，而其他人则认为他生活在米诺斯王的宫廷中，比传说中的特洛伊战争早了大约一个世纪。不同的神话故事分别将代达罗斯的工作室设定在了克里特岛、西西里岛（Sicily）或雅典。从大量的文学和艺术作品中，我们可以拼凑出这位神秘的、高产的、不断更换住地的"第一发明家"代达罗斯。代达罗斯的形象是一种集体形象，即神话中"发明的英雄""工匠的典型"。"代达罗斯"是否以真人为原型？现代学者认为，有关代达罗斯的传说在不断地演变，目的是调和很多自相矛盾的说法，同时也是为了体现代达罗斯的双重身份：他既是一个神话人物，又是遥远历史中的创新者（或发明家群体）。[19]

美狄亚的巫术是把生命技艺和魔法结合在一起，代达罗斯则与之不同，他的巧妙装置和手段是在没有任何魔法的前提下实现的。代达罗斯是一位工匠和发明家，而非一名巫师。代达罗斯使用常见的工具、方法、技艺和材料，凭借其创造性的专业知识和技术，制作出了精美的装置。制造超现实的"活雕塑"是他的专长（第5章）。不过，代达罗斯最著名的作品可能还是他的人力翼状飞行器。这种尝试始于一位名叫帕西淮的女巫。她是美狄亚的姑妈，也是克里特岛国王米诺斯的妻子。

* * *

王后帕西淮对她的丈夫下了一个特别肮脏的性爱诅咒：任何时候，只要米诺斯试图与其他女人发生性行为，他就会射出蝎子、千足虫和蛇。[20]紧接着，帕西淮受到了宙斯的诅咒[i]，她变得特别渴望与米诺斯的畜群中一头漂亮的公牛发生性关系。她向米诺斯宫廷中才华横溢的雕塑工匠代达罗斯坦白了自己的渴望。为了满足帕西淮的请求，代达罗斯用木头制作了一个母牛的复制品，牛身中空，帕西淮可以爬进去，四肢着地，让公牛骑上去发生关系。

这个神话最初是由怀疑论者帕莱法托斯（公元前4世纪）所述，他还提出了一些异议（2《帕西淮》〔*Pasiphae*〕）。他的主

---

[i] 更常见的版本是受到了波塞冬的诅咒。——编者注

要质疑点是一头公牛是否会被一头人造母牛所诱骗，因为公牛"在交配前会先闻一下母牛的生殖器"。但其他作者如阿波罗多罗斯（《书库》3.1.4）、希吉努斯（Hyginus，《传说集》〔*Fabulae*〕40）和菲罗斯特拉图斯（Philostratus，《画记》〔*Imagines*〕1.16）都回应了这个质疑，称代达罗斯取得了草原上牛群中一头真母牛的皮，以此来覆盖在木牛的外部，这让它呈现出公牛所熟悉的外貌和味道。尽管这并非帕西淮神话故事的一部分，但值得注意的是，希罗多德（3.85—3.86）描写了这样一个实验，用手沾染上发情期母马的气味，然后再凑近公马的鼻孔，公马的反应也会如预期一样。现代电子动物实验证明，各类哺乳动物，从猫鼬、猴子到河马，都会与披着兽皮、涂抹独有味道的逼真机器动物进行互动。古典时期也有许多关于动植物艺术画作和仿制品的逸闻，这些画作和仿制品如此逼真，以至于能引诱动物，这些动物与仿制品之间的互动就像它们在和真实动物之间的互动一样。[21]

古希腊史料中记载有一个有趣的诡计，讲的是一群假"战象"，从远处看起来就像真的战象在行走一样，在近处却骗不过沙场上的战马。这一诡计由传说中的亚述战士女王塞弥拉弥斯（Semiramis，其原型可能是历史上的女王萨穆拉玛特〔Shammuramat〕，公元前9世纪）主导。这个故事最初是由克特西亚斯（公元前5世纪）所述，然后由狄奥多罗斯·西库路斯讲述（2.16.8—2.19.9；公元前1世纪）。故事中假大象的数字被夸大了，但情节具有一定的可信度。塞弥拉弥斯当时正面临一场与印度精锐大军的战争，印度的军队拥有数千只的战象和一支强壮的骑兵。于是她命令工匠和工程师屠杀了30万头黑牛，再将兽皮缝制成真实大象的形状，里面填满稻草。工匠们在一个秘密的地方花费了两年时间来制作这些大象型皮偶,然后把这些大象皮偶架在听话的骆驼上,由人坐在里面手动扇呼象耳,摆动象鼻。塞弥拉弥斯期望能够以此取得对敌优势,因为印度人原本认为只有他们自己的军队配置了大象。的确塞弥拉弥斯所设想的那样,印度指挥官看到"一大群战象"在战场上向他们步步紧逼时大吃一惊。他麾下的骑兵部队自认为对大象非常熟悉,于是他们开始大胆地进攻。但当他们靠近假大象时,马群闻到了藏在里面的骆驼的陌生气味,受到了惊吓,反而惊慌地逃走了。

阿忒那奥斯(Athenaeus)也讲述了几个关于逼真的动物模型的故事。他讲述了狗、鸽子和鹅试图与同类雌性仿制品交配的故事。其中一个故事发生在小亚细亚一个海岸城镇普里耶涅(Priene),有一只青铜母牛的诱惑力过于强大,以至于一只真公牛欲与之交配(阿忒那奥斯,《智者之宴》〔*Learned Banqueters*〕13.605—13.606)。

关于帕西淮与公牛交合的神话骇人听闻,这仅是生命技艺让人类做出普通人所不能做(或不应做)的事情中的一个例子。尽管母牛的仿制品并没有可动的部件,只能靠轮子推行,但当它被放置在牧场上时,这种逼真的仿制品足以吸引一头公牛与之进行交配。代达罗斯这个逼真的、真实大小的性玩具,为人们呈现了古代不寻常的情色技艺(*techne*-pornography)。女巫王后帕西淮对于公牛的欲望与人类女子和神伪装成的动物——如宙斯化身成一只能让勒达怀孕的天鹅这种怪异的、细节不明的关系完全不同。代达罗斯制作的公牛并非自动机器或机械,事实上,反倒是帕西淮自己成了小母牛"性机器"内部活生生的组件,以让她实现与一只真公牛交合的愿望。帕西淮恋兽癖

图 4.2　手持锯子的代达罗斯正在为帕西淮打造一头逼真的母牛。古罗马浮雕，公元 1 至 5 世纪。Palazzo Spada. Alinari 拍摄

神话中的种种细节，促使人们想象代达罗斯诡异的仿生设计所实现的怪诞性行为的画面。[22]

代达罗斯帮助帕西淮实现人兽交合的故事在古希腊和古罗马时代流传甚广，并得到很多古代作家的青睐得以经久不衰。[23]大量壁画、锦砖、石棺和其他艺术品都描绘了帕西淮的故事。例如公元前1世纪一个制作于安纳托利亚半岛（Anatolia）塔苏斯（Tarsus）地区的泥杯的浮雕上，就刻画了代达罗斯向帕西淮展示一头栩栩如生的木制小母牛的场景。在庞贝（Pompeii）和赫库兰尼姆（Herculaneum）都发现了描绘这一场景的湿壁画（其中一幅还描绘了代达罗斯的弓钻）。在小亚细亚的古城泽乌玛（Zeugma），某个罗马贵族的别墅的锦砖地板画上，也出现了相同的场景。这个故事在中世纪和之后的时代中都唤起了人们某种形式的共鸣。中世纪的微型画作倾向于着重描绘帕西淮与一头温柔而深情的公牛之间的浪漫故事，而现代绘画和蚀刻画则通常描绘的是淫荡的帕西淮急切地爬入木牛内的场景。[24]

正如帕莱法托斯所指出的，神话中随后发生的事情是不可能实现的，因为不同物种之间无法诞生后代，而且没有哪个女人可以承受与一头公牛交合，也不可能孕育出长着角和蹄的胎儿。在神话中，帕西淮生了一个怪物：一个牛头人身的小男孩。古代作品中就有对于帕西淮如何哺乳婴儿弥诺陶洛斯的疑问，一些人认为必须让一头货真价实的母牛喂养他。伊特鲁里亚一个公元前4世纪的陶杯上有一幅红绘风格的画，描绘的是帕西淮对自己腿上的婴儿弥诺陶洛斯皱着眉头（图4.3）。她的手势暗示着惊讶或犹豫。最早描绘牛头怪弥诺陶洛斯的艺术作品比这个神话的文字记载还要早几个世纪，可以追溯到公元前8世纪，而公元前6世纪左右，弥诺陶洛斯更是成了瓶画家们最钟爱的

图 4.3 帕西淮和婴儿时期的弥诺陶洛斯。武尔奇出土的红绘风格基里克斯杯，公元前 4 世纪。Cabinet des Medailles, Paris. Carole Raddato 拍摄，2015

主题之一。[25]

弥诺陶洛斯的出生对国王米诺斯来说是一个沉重的打击。在神话的另一个支线中，弥诺陶洛斯长大后变成了食人怪物，被囚禁在克里特岛迷宫中，那是代达罗斯设计的封顶迷宫，里面错综复杂、令人困惑。在雅典英雄忒修斯设法杀掉这个牛头人身的怪物之前，每年都有一大群希腊少男少女被献祭给弥诺陶洛斯。在米诺斯王的女儿阿里阿德涅（Ariadne）的帮助下，忒修斯逃离了迷宫。阿里阿德涅将一个毛线球送给了忒修斯。她告诉他，将球的一端系在迷宫的入口处，进入迷宫后一路上将毛线球展开，在杀死弥诺陶洛斯之后便可沿原路返回。而把这个毛线球交给阿里阿德涅，并教她如何通过迷宫的，正是迷宫设计者代达罗斯本人。[26]

米诺斯认为这位发明家的所作所为极度冒犯了自己，便将代达罗斯和他的小儿子伊卡洛斯（Icarus）一起囚禁在了迷宫中。那么，代达罗斯又会想出怎样的逃跑计划呢？

* * *

代达罗斯凝视着天空与大海的水平线，盘算着一个可让他和儿子从米诺斯的监禁中逃走的大胆计划。如果他们能够像鸟儿那样飞走呢？代达罗斯和伊卡洛斯凭借用真正的羽毛和蜡制成的双翼翱翔天际的神话，是一个借助仿生科技之力增强人类能力的例子。几个世纪以来，这个情节被无数人传述，被数不清的画家描绘，这个故事也是古典时代最受人们喜爱的故事之一。[27]

代达罗斯收集鸟类的羽毛，然后模仿真正的翅膀，利用蜂蜡（或胶水，代达罗斯的发明之一）将羽毛按大小层层排列。

他制作了两对翅膀，分别系到了自己和儿子身上。代达罗斯告诫伊卡洛斯不要飞得太高，否则太阳的热度会将蜂蜡或胶水融化，也不要飞得过低靠近海面，否则潮气会让羽毛散落。但年轻的伊卡洛斯沉迷于飞翔的快感，飞得过高，太阳的热度将蜡融化，羽毛散落开来，导致他坠海而亡。[28]

悲痛的代达罗斯继续飞翔，沿途歇停在地中海的数座岛上，最后来到了西西里岛上由国王科卡洛斯（Cocalus）统治的卡米库斯（Camicus）。一些人说代达罗斯将他的翅膀献给了库迈（Cumae）的阿波罗神殿，那里的墙壁上装饰着代达罗斯亲手绘制的生平故事。一些持怀疑态度的作者如帕莱法托斯（12《代达罗斯》）和保萨尼亚斯（9.11.4）则质疑代达罗斯的飞行神话。他们认为，之所以有这样一个传说是因为代达罗斯实际上是帆的发明者，而古人曾一度把帆比喻成让船在海上"飞翔"的翅膀。在这个故事中，于海中溺毙的伊卡洛斯被伊卡里亚岛（Icaria）的海格力斯埋葬。[29]但这条故事线依然在继续，国王科卡洛斯热烈欢迎代达罗斯的到来，并为他提供庇护，保护他免受米诺斯王的迫害。所有人都知道克里特岛的国王正在追捕他的逃犯，并于地中海的所有大型城市中通缉代达罗斯。

代达罗斯利用人造翅膀逃离克里特岛的故事最早的史料并不是文字，而是艺术作品。最古老的图像被发现于1988年，其中有两点吸引了人们的注意：故事发生在伊特鲁里亚而非希腊，证据显示代达罗斯的飞行神话早在公元前7世纪就已通过口头传播传到了意大利，这远在该故事首次被文字记录之前。在一个制作于约公元前630年的伊特鲁里亚巴契罗（bucchero）水罐上，一个有翅膀的男人旁边标注着"泰达罗"（Taitale），这是伊特鲁里亚语中代达罗斯的名字。水罐的另一边则描绘了美狄

图 4.4　代达罗斯在他的工作台上为伊卡洛斯制作翅膀。古罗马浮雕。
Museo di Villa Albani, Rome, Alinari / Art Resource, NY

图 4.5　系上翅膀的伊卡洛斯。小型青铜人像，约公元前 430 年。inv. 1867, 0508. 746. © The Trustees of the British Museum

亚和她那口坩埚，旁边刻着她的伊特鲁里亚语名字"美塔伊亚"（Metaia）。这幅画中代达罗斯和美狄亚同时出现，是古代艺术中独一无二的画作。这表明伊特鲁里亚人将这两个神话人物并列在一起，或是因为两者都具有不可思议的生命技艺。

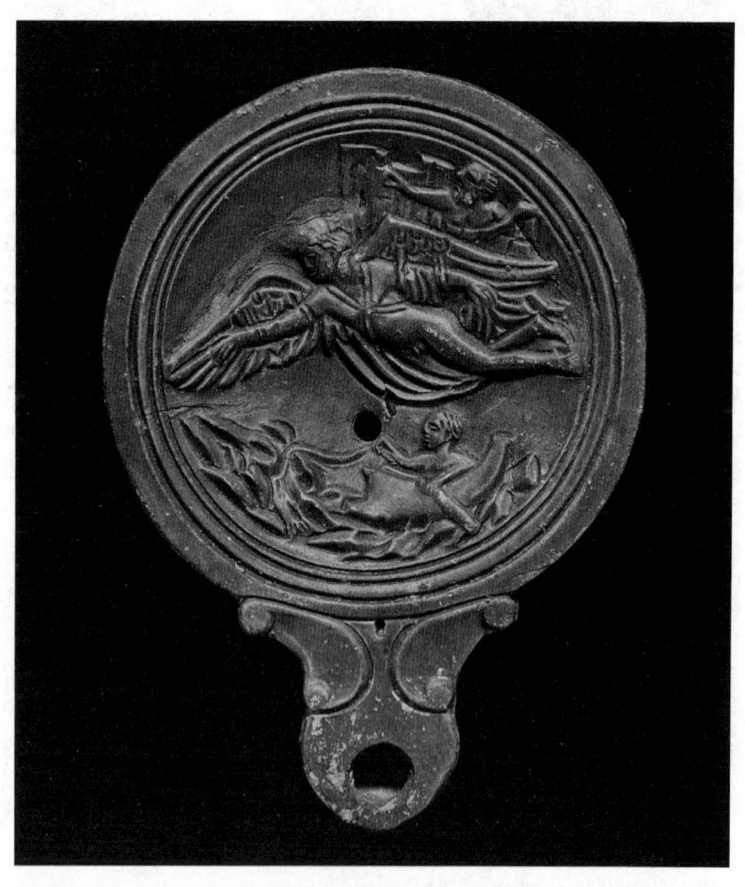

图 4.6　伊卡洛斯从船上渔民的头顶飞过；米诺斯王在克诺索斯城（Knossos）。古罗马油灯，公元 1 世纪。inv. 1856, 1226. 470. © The Trustees of the British Museum

很多伊特鲁里亚宝石雕刻上都描绘了工作中的代达罗斯/泰达罗。有一个不寻常的伊特鲁里亚艺术品是一个精美的金制小盒（公元前475年），盒子两面各雕刻着代达罗斯和伊卡洛斯的画像，并刻有他们的伊特鲁里亚名字——泰达罗和维卡洛（Vikare）。他们都背着翅膀，拿着工具（锯、扁斧、斧头和矩尺），这些细节旨在凸显其精湛的工艺和技术。

最早出现代达罗斯的希腊艺术作品是一个约公元前570年

图 4.7 伊卡洛斯摔落在海边，代达罗斯在伊卡洛斯的尸体上方盘旋。仿公元1世纪庞贝古壁画而作的18世纪绘画。Ann Ronan Picture Library, London, HIP / Art Resource, NY

的一个陶瓶：画中他正背着翅膀，拿着斧头和水桶。被证实的最早的伊卡洛斯图像出现在约公元前560年的一块雅典黑陶碎片上，画上是一名男子的下半身，鞋上附有双翼，并清楚地刻着"Ikaros"（伊卡洛斯脚上有翅膀的形象也出现在其他古代艺术作品中）。约公元前420年的一块红绘风格瓶画碎片描绘的是代达罗斯正将一对翅膀绑固定在伊卡洛斯身上的场景。在另一个公元前5世纪的陶瓶上，绘有伊卡洛斯坠入海中的场景。而在一个精美红绘风格陶瓶的碎片上（公元前390年，图4.8），我们可以看到悲痛的代达罗斯正抱着他已逝的爱子。[30]

目前已确认是关于伊卡洛斯和代达罗斯的画作多达一百多幅。其中许多描绘的都是代达罗斯正在制作翅膀的场景，身旁堆满了工具；其他则描绘了代达罗斯正将翅膀固定到伊卡洛斯身上，或是伊卡洛斯从天空坠落的场景。在古罗马时期，这个故事依然是备受艺术家们喜爱的主题，它大量出现在宝石雕刻、黏土灯、青铜雕像、浮雕和壁画上。大量的古罗马宝石浮雕和琉璃都刻画了这个故事，庞贝城的一些壁画也描绘了伊卡洛斯之死的场景：惊恐万分的代达罗斯在儿子坠落的海岸上空盘旋。这个神话故事融合了乐观与绝望，让它在中世纪的寓言故事中尤为引人注目。尽管这个故事在今天看来似乎有些陈词滥调，但我们可以理解它是被如何解读的：人类为了增强自身能力，将希望高度寄托于人造科技上，这种想法会被自满、狂妄和意料之外的后果无情粉碎。[31]

* * *

然而，人类幻想像鸟类一样飞翔于地球上空的梦想并未随

4 超越自然　105

图 4.8　代达罗斯抱着已逝的儿子，伊卡洛斯。阿普利亚（Apulian）出土的双耳喷口杯红绘风格碎片，黑怒绘者组（Black Fury Group），约公元前 390 年。inv. 2007, 5004.1. © The Trustees of the British Museum

着伊卡洛斯的死亡而终止。况且，在神话中，代达罗斯和伊卡洛斯确实成功地在空中飞行，并且代达罗斯自己成功飞到了西西里岛，尽管这项创新令代达罗斯付出了高昂的代价。在阿里斯托芬（Aristophanes）的戏剧、伊索（Aesop）的寓言和古代波斯的传说中，人类可以骑在鸟类和昆虫的身上飞行。萨摩萨塔的琉善写了一部关于人类飞行的古代"科幻小说"（约公元 125 年）。在琉善最受欢迎的故事——《伊卡洛墨尼波斯》（Icaromenippus，或叫《天空之人》〔The Sky-Man〕）中，哲学家墨尼波斯（Menippus）模仿代达罗斯的行为，为自己制作了一对翅膀，飞向了月球。在他的飞行过程中，他看到地球上的人类犹如蚂蚁一样，为了无意义的小事四处奔走。[32]

古代最让人难忘的飞行"机器"之一，出现在《亚历山大罗曼史》的传说中。故事里的亚历山大迫切渴望探索两个未知世界——苍穹和深海。多亏了两项发明，使他能够借助鸟类的能力飞行，又能像鱼一样潜入深海——其中一项是完完全全的魔法，而另外一项则与科技装置有关。

亚历山大的潜水钟（diving bell）需要创新科技才得以完成。亚历山大曾在海滩上发现了巨大的螃蟹和硕大的珍珠，这激发了他探索神秘深海的欲望，他要亲眼看一看海底的世界。根据亚里士多德伪作《问题集》（Problems 32.960b32）的描述，古希腊时期潜水钟就已经能让潜水者在海底通过呼吸倒扣大瓮中封存的空气，停留更长的时间。在《亚历山大罗曼史》中，亚历山大解释道，他将一个可容纳成年人的巨大玻璃罩装在了铁笼里，再由铅盖密封，最终制成了潜水钟。亚历山大爬进玻璃罩里。他呼吸着玻璃罩里的空气，被同伴用船上的一根锁链缓缓沉入海中。在故事的不同版本里，亚历山大抵达了海底约 138 米至 427 米的深度，观察到很多奇异的深海生物。

但亚历山大差点没能从探险中活着回来。一条巨大的鱼突然抓住了潜水钟，把它连同船只一起拖拽了一千多米。这条大鱼用它的下颚咬碎了铁链，最后将玻璃罩连同里面的亚历山大一起吐到了海滩上。亚历山大在海边喘着粗气，告诉自己放弃"挑战不可能"。[33]如同伊卡洛斯的坠落一样，罗曼史传说中的"寓意"似乎在告诫人们不要过于傲慢，不要试图超越人类极限。但事实上，亚历山大上天入海的惊人冒险到达了人类所未能到达的地方，他的勇敢与无畏似乎掩盖了这一告诫。尽管危险重重，勇敢的探险家还是像代达罗斯一样，活着回来讲述了这一切。

描绘亚历山大"驾驶"潜水钟和飞行器的数百幅画作出现在了1000年至1600年的手稿、锦砖、雕塑和挂毯上。有别于用铁和玻璃制作而成的潜水钟，他的飞行器是由两只白色的不明巨鸟——秃鹰或是狮鹫——拉动的。拉车巨鸟的前方悬着挂在长矛上的马肝，诱使鸟儿不断向上飞行。这种想象取材于驴子受挂在前方棍子上的胡萝卜引诱而不断前行的民间主题。[34]亚历山大越飞越高，空气也越来越冷。直到他俯瞰地球时，地球看起来就像是漂浮在蓝色海洋大碗里的一个小球，与浩瀚的天穹相比，显得那么微不足道。这一场景的描写非常具有预见性，与现代宇航员和其他观测者从太空中看到地球如一个蓝色小球的画面不谋而合。这个故事充分展现了亚历山大企图超越人类能力极限并寻求"超越尘世"的知识的努力。在平流层鸟瞰世界后，亚历山大十分满意，然后返回了地面。

代达罗斯也回到了地面。正如我们知道的那样，他降落到了西西里岛，得到了国王科卡洛斯的庇护，不再受米诺斯王的迫害。我们将在下一章继续讨论这位四处游荡的发明家的故事。

人力飞行

代达罗斯和亚历山大的实验反映了古人对于探索如何超越人类极限和创造人类增强装置的痴迷,早期的神话、传说和民间故事都对这种技术潜能进行了展望。模仿鸟类自由飞行的愿望没有停止,这也激励着更多的人去努力实现代达罗斯的壮举。在希腊神话中,代达罗斯仅仅是模仿鸟类,通过拍打绑在背部和手臂上羽毛制成的人造翅膀,就达成了"不可能的"人力飞行。早在公元1世纪汉朝时,中国人就已经测试过鸟翼形状的大型风筝和其他的扑翼飞行装置。[35] 公元4世纪的一本书中提到,玉门关外四万里的奇肱人发明了一种靠风力驱动的飞车,某次被西风吹到了商朝的豫州。商朝的统治者摧毁了这些飞车,以免人们仿制,但受困的奇肱人在十年后重制了飞车并飞回了故乡。[36]

大约在1500年,熟悉希腊神话的列奥纳多·达·芬奇(Leonardo da Vinci)不仅设计出了潜水钟和潜水服,还画了几幅人力扑翼机(模仿鸟类和蝙蝠翅膀的机械扑翼装置)的草图。没有证据表明列奥纳多制作出了样品或进行了试飞。但人们依据他的图纸制作出了模型,该模型最近的一次展出是在2006年——位于伦敦的维多利亚和艾尔伯特博物馆(Victoria and Albert Museum),展览主题为早期飞行史。

单靠人力实现飞行,这个绝妙的想法鼓舞着无数英勇无畏的现代发明家寻求方法去攻克空气动力学和功率重量比方面的问题。一个聪明的提议就是设法利用脚蹬的能量。长期以来，人们认为靠人腿的动力实现飞行是行不通的。航空工程师认为，没有哪一种飞行器能做到如此轻盈，单靠这么有限的动力就能飞起来，同时又足够结实可以搭载一名飞行员，况且此人还必须要拥有非凡的力量和耐力。早期的一个尝试就是1923年制造的"自行车飞机"，但它只是在地面跳行了约6米远。[i] 1977年，由于材质的进步，一种更轻盈、更坚固的脚踏悬挂式滑翔机诞生了，这种滑翔机在适当的3米高度，离地飞行了约1.6千米。

推测古代有哪些潜在可行的飞行方式供代达罗斯选择是很有趣的，我们可以想到风筝或滑翔翼。《资治通鉴》记载，大约在公元559年，北齐的暴君强迫众囚犯乘纸鸱（风筝）从高台往下跳，只有一个名为元黄头的囚犯乘着纸鸱飞了一段距离没摔死，这大概可算是不受控的原始"悬挂式滑翔翼"（见第9章）。[37] 值得一提的是，在一些古希腊传说中，人们把船帆的发明归功于代达罗斯。克里特岛的米诺斯人会用一种高拉伸强度的粗亚麻布制作风帆，该地区以技艺精湛的纺纱工和编织工闻名遐迩。亚麻帆布可以上蜡，以达到防水的目的。利用天然材料和技术加工即可在古代造出一台简易滑翔翼。一种试验性的简易滑翔机设计可能是在芦竹制成的轻量框架上覆盖一层上过蜡的帆布，然后把帆布拉紧并黏合起来。这类似于航空先驱乔治·凯利爵士（Sir George Cayley，1773—1857）研制成功的滑

---

i 据记载，最高离地高度约为0.6米。——编者注

翔机。在建造大型的实际机身之前，他先用小型的模型试验了自己的想法。

神话中的代达罗斯让人联想到编织者和纺纱者的线团。在古代，蝙蝠的膜翅引起了人们的注意；人们同样也羡慕蜘蛛能通过精细的蛛丝把自己悬挂起来，还会编织结实的丝网。暂且让我们大胆地进入古人的科幻世界神游片刻，设想一下另一个版本的代达罗斯神话。我们可能会见到，这位发明家正在编织强韧的蛛网，以制造一种轻型的帆翼装置，也就是远古的滑翔翼。

现代悬挂式滑翔机的早期版本遇到的问题是升阻比太低，而如今，得益于铝合金、复合材料框架以及其上覆盖的超轻型复合聚酯薄膜，驾驶悬挂式滑翔机只需要稍微费力抬起重心，就可以模仿信天翁和海鸥的动态飞翔能力，让飞行员乘着热上升气流翱翔数小时之久，飞行高度可到达海拔上千米。在现代悬挂式滑翔机和风力的帮助下，任何一位"代达罗斯"都可以从克里特岛飞跃到西西里岛。

1988年，希腊奥运会自行车冠军卡内洛斯·卡内洛普洛斯（Kanellos Kanellopoulos）受到启发，为了重现代达罗斯在爱琴海上的飞行轨迹，乘坐一架由脚踏板驱动的超轻型飞行器"代达罗斯88号"，从克里特岛掠过爱琴海上空，成功抵达圣托里尼岛（Santorini）。他在约4.5米到9米的高度上完成了约116千米的创纪录飞行，全程不遗余力地蹬了大约4个小时。这项实验由麻省理工学院的航空航天系赞助。2012年，英国皇家航空学会（Royal Aeronautical Society）

设立了伊卡洛斯杯,以此来鼓励人力飞行运动。假如代达罗斯能亲眼见到自己那飞向自由的壮举如此延续,他将会多么惊叹啊。[38]

5

代达罗斯和活雕像

代达罗斯在安全抵达科卡洛斯王的宫廷后,他在西西里岛以建筑师、艺术家和工程师的身份开始生活,关于他的神话故事仍在继续。据当地的古老传说,代达罗斯为科卡洛斯王在阿克拉伽斯(Acragas,建于约公元前582年,即现在的阿格里真托〔Agrigento〕)设计了一座坚不可摧的城堡,城堡中仅有一条狭窄迂回的通道可抵达顶端,与克里特岛迷宫如出一辙。该设计非常巧妙,仅需三到四个守卫即可防守。据说,库迈和卡普阿的阿波罗神庙,还有从埃及到利比亚分散在地中海地区的众多其他建筑,都被认为是由代达罗斯设计建造的。

代达罗斯飞离克里特岛时,曾经在撒丁岛停留了一段时间。于是,神秘的石塔——努拉吉时期(公元前10世纪—公元前8世纪)点缀在撒丁岛上的"努拉吉"(*nuraghe*)——也被认为是他设计的。撒丁岛也是努拉吉时期神秘的普拉玛山巨人石像(第1章,图1.8)的故乡,学者们将其与公元前7世纪克里特岛所谓的"代达罗斯风格"雕像进行了比较。考古学家指出,撒丁岛巨人像的雕刻运用了先进的工具,这对于一个古老文明来说是令人惊讶的。这或许有助于解释为何代达罗斯被认为与该岛有关联。这些雕像呈现出使用精良金属工具进行雕刻的形态，这些工具包括但不限于：带有不同尺寸刀片的凿子、手刮刀、干尖笔和槽齿凿（槽齿凿要到公元前 6 世纪才被引入希腊）。正如第 1 章提到的那样，这些雕像的面孔如同机器人，脸呈现出一个"T"形，眉毛和鼻子十分明显，两只眼睛都由两个同心圆构成，一条小缝表示嘴巴。雕刻完美的同心圆需要使用圆规，事实上，考古学家也确实在撒丁岛发现了努拉吉时期的钻头和一个复杂的铁质圆规。[1]

* * *

代达罗斯为西西里岛的国王科卡洛斯设计了一个悬臂式平台，用于在厄律克斯山（Eryx）的悬崖上建造阿佛洛狄忒神庙。据说为了向爱神致敬，代达罗斯设计制造了一只镀金公羊，它的角、蹄和毛茸茸的身体都"如此完美，以至于人们会把它当作一只真正的公羊"。著名的叙拉古青铜公羊像（Bronze Ram of Syracuse）——乃是出自西西里岛暴君阿加托克利斯（Agathocles，第 9 章）宫殿里的一对雕像中的一只——让人们对代达罗斯制作的公羊大致什么样有了一个概念（图 5.1）。厄律克斯山爱神神殿众多珍宝中的另一件精品，是一个完美的黄金蜂巢。[2] 这两件物品是如此的精美，自然而然地被认为是代达罗斯的作品。

黄金蜂巢是一件令人惊叹的艺术品。人类工匠如何能用永恒的金属形式，捕捉到如此脆弱、短暂的自然蜂巢的所有细节、纹理和几何形状？

英国艺术家迈克尔·艾尔顿（Michael Ayrton，1921—1975）

图 5.1 （彩图 6）写实青铜公羊像。这尊雕像的雕刻者的灵感是否来自科卡洛斯王时期的代达罗斯打造公羊像并献给阿佛洛狄忒的故事呢？西西里岛叙拉古出土的青铜公羊，公元前 3 世纪。Museo Archeologico, Palermo, Scala / Art Resource, NY

曾致力于重造一些代达罗斯的传奇珍品。艾尔顿与一名金匠一起示范了如何制作一件精美的黄金蜂巢，尽管十分费力，且需要高超的技艺，但这些"对于一位金属工来说其实称不上什么奇迹，也并不像历史学家们以为的那么难"。他认为，历史学家一向低估古代工匠们的智慧以及技术专长。[3]

在第 1 章描述的铸造金属的脱蜡技术，可以利用松果或贝壳等自然物体作为框架，让艺术家非常精确地复制物体的细节。这个极其繁复的工序最早是由古埃及金匠完善的。据我们所知，古埃及与克里特岛的米诺斯人有贸易往来，所以希腊工匠可能在很早以前就学到了这种技术。老普林尼（33.2.4—33.2.5）在

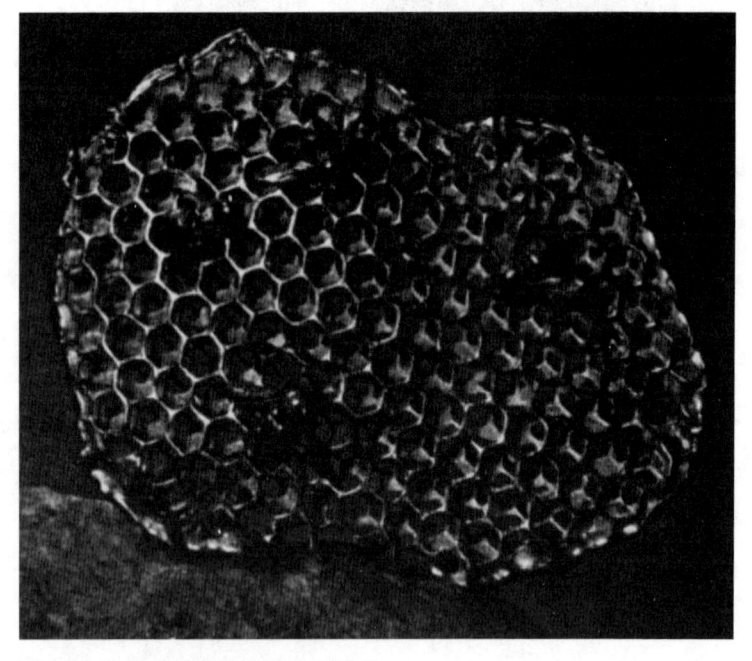

图 5.2　依据真蜂巢铸造的黄金蜂巢

他关于精美黄金工艺的讨论中称,"人类已经学会了如何挑战自然"。在艾尔顿这本关于代达罗斯的杰出小说《迷宫制造者》(*The Maze Maker*)中,他借由这位神话中传奇发明家之口,描述了蜂巢的铸造过程。由于蜂巢就是由蜂蜡组成的,所以蜂巢本身就可以在脱蜡过程中充当自己的蜡模。首先,他找到一块未受损的真蜂巢,然后小心地将蜂巢里的每个六边形盖子打开,再把蜂蜜抽干。随后,在蜂巢上谨慎地涂上一层薄泥。在泥土覆盖的蜂巢侧面,他粘上"一个小倾注孔和一个蜡制滑槽,用以引流排出"。接着,再将此物放在窑里加热,直到蜡全部流失,这个模具就印刻下了蜂巢的全部细节。最后,用熔化的黄金填充,一个完美的黄金蜂巢就这样做成了。[4]

古代建筑师对于这种由工蜂建造而成的蜂巢的结构强度十分推崇。例如,在公元前6世纪和公元前7世纪,提洛岛(Delos)和其他爱琴海岛屿上的神庙,大理石块都被雕刻成蜂巢的形状。金属铸成的蜂巢,就像厄律克斯山上爱神神庙中的那一块,很可能在某种程度上启发了石块建筑运用"蜂巢式六边形柱子"。关于这种创新结构的首次文字记载可追溯到公元前2世纪的数学著作。在大约公元前30年,古罗马学者瓦罗(Varro)描述了一种所谓的"蜂巢猜想"(honeycomb conjecture),认为六边形拥有紧凑的体积和高强度,是几何效率最高的形状。大约2000年之后,托马斯·C. 黑尔斯(Thomas C. Hales)于1999年用数学方式对瓦罗的理论进行了证明。[5]

* * *

代达罗斯为科卡洛斯设计的项目还包括了创新的给排水工

程，即一种可以让人恢复活力的蒸汽浴网状供水系统。代达罗斯的温泉"水疗"传说与西西里岛西部塞利努斯（Selinus）附近的夏卡（Sciacca）火山温泉有关。今天游客依然可以看到古代沐浴洞穴的遗址，这些洞穴都是古人为了利用山上涌出的天然硫磺温泉而巧妙建造的。[6]

代达罗斯在西西里岛的传说依旧富有戏剧性。正如前文提到的那样，克里特岛的国王米诺斯一心想为儿子弥诺陶洛斯报仇，搜遍整个地中海只为抓捕代达罗斯。为了将代达罗斯引出来，米诺斯设计了一个谜题。米诺斯随身携带着一只大海螺，并放出话来，谁能将线穿过这个内部复杂的海螺，谁就能获得丰厚的报酬——这显然暗示着当初代达罗斯教给阿里阿德涅的迷宫逃脱技巧。

当米诺斯抵达西西里岛时，他向科卡洛斯王展示了这个海螺。科卡洛斯想赢得这笔报酬，于是他暗中将这个海螺交给了代达罗斯。代达罗斯在海螺顶部钻了一个小孔，并在螺口处滴了一滴蜂蜜，然后他将一根细线粘在了一只蚂蚁身上，再将蚂蚁放进海螺。这只蚂蚁穿过螺旋，带着线从螺口钻了出来，吃到了那滴蜂蜜。当科卡洛斯将穿好线的海螺还给米诺斯时，米诺斯立刻要求科卡洛斯交出代达罗斯，因为唯有代达罗斯的智慧可以解决这个谜题。[7]

发现自己中计后，科卡洛斯佯装同意交出代达罗斯。但他邀请米诺斯先到他那备受推崇的蒸汽浴中沐浴享受，并且作为贵客，由王室的公主，也就是科卡洛斯的女儿们进行陪同。读者如果还记得当初在美狄亚的回春热水中泡过的人的下场，就会在这段剧情走向中感到一种不祥的征兆。后续确实如此，浸泡在洞穴浴池里的米诺斯被科卡洛斯的女儿们和代达罗斯杀害。他们用夏卡温泉的滚烫热水活活烫死了米诺斯,这一情节不禁让人想起了第 2 章中的珀利阿斯,他死于自己的女儿们和美狄亚的手中。

代达罗斯在西西里岛停留以及谋杀米诺斯的故事被很多古代作者讲述,其中包括索福克莱斯已佚失的剧作《卡米恰人》(*The Camicians*)和阿里斯托芬已佚失的喜剧《科卡洛斯》(*Cocalus*)。[8] 雅典的观众也对代达罗斯颇为着迷。根据雅典传说,在米诺斯死后,代达罗斯漫长的旅居生活在雅典进入了下一个篇章。[i]

* * *

随着城市的发展,雄心勃勃的雅典人找到了一个可增加他们名气的方法,即把代达罗斯挪用为雅典的明星发明家。把代达罗斯与雅典联系在一起的各种传说由此应运而生。于是,在公元前 5 世纪左右,代达罗斯被套上了雅典的起源故事,据说还创造出了包括螺旋钻、斧和铅垂线在内的一系列工具。在雅典展出的一把时髦的折叠椅,据称也是代达罗斯的作品。雅典人甚至还给代达罗斯在雅典设定了一个庞大的家谱。根据雅典人的说法,代达罗斯将自己姊妹的小儿子收为学徒。奇怪的是,他这个外甥的名字就叫做雅典的塔洛斯(Talos of Athens)。

雅典故事中的这个塔洛斯是一个古典悲剧角色。年轻的塔洛斯被认为与舅舅代达罗斯一样富有天赋,进而声名鹊起。塔洛斯想出了几项绝妙的发明:陶工旋盘、绘图圆规和其他精巧

---

[i] 这里的"下一篇章"依据的应该是历史创作顺序。虽然"代达罗斯在雅典"的故事在整条故事线上还要早于"代达罗斯与米诺斯王",但它被普遍认为是较晚出现的。——编者注

的工具。渐渐地，年长的代达罗斯对这位年轻学徒的成就心怀怨恨。压垮代达罗斯的最后一根稻草是塔洛斯发明的锯齿锯。在一次去乡下的旅途中，这位年轻人捡到了一个蛇颚，于是就玩了起来，他发现一排细小的锯齿状牙齿可以轻易地切断一根木棍。于是塔洛斯参考蛇牙，制作出了一种新型的铁制工具。在集市上，人们纷纷聚集在一起，观看塔洛斯是如何运用这种新工具切断木头的。

代达罗斯出于嫉妒，谋杀了他的外甥。他被人发现将塔洛斯从卫城上推了下去，而后还埋尸灭迹。雅典人为失去才华横溢的年轻发明家而悲痛。塔洛斯之墓位于雅典卫城的南坡上受人祭拜，保萨尼亚斯（1.21.4）于公元2世纪到访时也曾见过此墓。根据雅典传说，雅典人以谋杀罪对代达罗斯进行审判，亚略巴古法庭（Council of the Areopagus）判定他有罪。代达罗斯趁隙逃离了阿提卡（Attica），乘船驶向克里特岛。雅典人认为，他之后在那里效力于国王米诺斯。据新的雅典年表，代达罗斯在克里特岛的一系列事件就是从此开始的（第4章）。[9]

在古代，代达罗斯因他能以惊人的真实感复制生命体的能力而闻名遐迩。他的专长是雕刻栩栩如生的雕像，这些雕像过于逼真以至于被人们认为是活的。如前所述，当时会以"代达拉"一词来形容"代达罗斯风格的"奇物，这些雕像和不可思议的图画如此逼真，似乎已经超越了人力所能达到的水平，出自超人之手。被认为是出自代达罗斯之手的雕像数量非常多。除了前面提到的公羊，还包括亚得里亚海的伊莱克特里代伊岛（Electridae）上一对用锡和铜制成的代达罗斯和伊卡洛斯雕像；一尊位于卡里亚（Caria，位于小亚细亚地区）的城市，莫诺吉萨（Monogissa）的阿耳忒弥斯雕像；埃及孟菲斯（Memphis）

赫菲斯托斯神庙里的一尊代达罗斯雕像；利比亚海岸一个祭坛上的逼真狮子和海豚像；以及底比斯和科林斯的海格力斯雕像。[10]

根据阿波罗多罗斯记载的故事（《书库》2.6.3），海格力斯自己都被代达罗斯雕刻的海格力斯雕像骗到了。一天晚上，海格力斯偶然看到门廊里自己那尊雄伟的雕像。这位强大的英雄被吓了一跳，立刻抓起了一块石头向"入侵者"扔去。

图5.3 雕刻家菲狄亚斯（Phidias）正在雕刻一尊裸身像。作者安德烈亚·皮萨诺（Andrea Pisano），公元14世纪。Museo dell'Opera del Duomo, Florence, Alfredo Dagli Orti / Art Resource, NY

雅典戏剧作家喜欢借鉴古代传统，并在他们的戏剧中插入关于神话故事和人物的原始版本。代达罗斯的故事也不例外。代达罗斯的那些"活雕像"出现在了无数雅典戏剧中，这些剧作大多数已佚失，如今只能从其他作者的引文中窥见片段。我们知道，索福克莱斯和阿里斯托芬各自写了一部名为《代达罗斯》的戏剧。两部戏剧中的角色都说，代达罗斯制作的栩栩如生的雕像必须被绑住，否则就会逃跑。在欧里庇得斯得以存世的戏剧《赫库芭》（Hecuba，约公元前420年）中，他将代达罗斯所做的自动机器与赫菲斯托斯的作品相提并论。他的喜剧《欧律斯透斯》（Eurystheus）也描述了"代达罗斯风格的"逼真雕像。克拉提努斯（Cratinus）的喜剧（《色雷斯女人》〔Thracian Women〕，约公元前430年）开玩笑地称，有一尊青铜像逃跑了，其正是代达罗斯所铸的。菲利普斯（Philippus）于公元前4世纪所著的一部喜剧中也写过，有一尊出自代达罗斯之手的木雕像，不仅能走动，还会说话。"会逃跑的雕像"这一主题于是成了当时流行的雅典笑话，连苏格拉底都用过这一主题（第7章）。艺术家们也采用这一主题创作。一面伊特鲁里亚铜镜描绘了一个独特的场景，工匠们雕刻的一匹马过于真实，以至于人们在它的腿上拴了一条铁链，防止它跑掉（第7章，图7.7，彩图8）。一些古代的黑绘风格瓶画家（公元前6世纪—公元前7世纪），也描绘了建筑物上的人形和动物形装饰雕像活了并准备逃跑的场景。[11]

* * *

现代学者认为，代达罗斯这一人物或许是某个人类与铸造之神赫菲斯托斯二者形象结合的产物。事实上，在雅典人为代达罗斯设计的一套族谱中，他直接变成了赫菲斯托斯的直系后代；而赫菲斯托斯在雅典是与雅典娜（Athena）同等受人敬重的。[12] 雅典有一个区就是以代达罗斯的名字命名，居住于该区的工匠们有许多都认为代达罗斯是他们的庇护人，并声称自己是他的后代。有趣的是，苏格拉底的父亲正是一名石匠，苏格拉底本人也曾两次声称代达罗斯是他的祖先。

苏格拉底在与柏拉图的哲学对话中所使用的一些比喻也与传奇工匠代达罗斯有关。这里有两个例子：苏格拉底将摇摆不定的论点比喻为代达罗斯的移动雕像（柏拉图，《亚西比德篇》〔*Alcibiades*〕121a；《游叙弗伦篇》〔*Euthyphro*〕11c—11e）；在另一个段落中，柏拉图笔下的苏格拉底将人们突发奇想的暂时性的观点与代达罗斯的活雕像进行比较。苏格拉底认为，若有人闪现了某些具有价值的想法或意见，那么它们就如同代达罗斯的自动雕像，必须拴到一个基柱上，否则就会像出逃的奴隶一样跑走（《美诺篇》〔*Meno*〕97d—98a）。[13]

古希腊人将自动机器与奴隶相比，这在现代仍是一个具有道德意义的概念。古时候的希腊和罗马主人必须对他们奴隶的行为负责。今天，有远见的人工智能和机器人伦理哲学家们认为，人工智能和机器人必须被视为一种工具和财产——本质上就是奴隶，制造者必须为其的程序设定和行为承担责任。[14]

在大约公元前 350 年，哲学家亚里士多德在他的自然史著作中，讨论了工匠通过实用技术（线绳、加重物、弹簧、齿轮和其他暂时储存动力的形式）制作的会动作的自动机器、玩偶和玩具以及它们与动物行动的相似之处（如《动物的运动》〔*Movements of Animals*〕701b；《动物的繁殖》〔*Generation of Animals*〕734b）。

在《动物的运动》一个奇特的段落中，亚里士多德称精液是一种给胚胎"赋予生命"的液体，具有内在动力，类似于"雕塑家制造雕像和自动机器"时在里面使用的发条和机关装置之类。亚里士多德的讨论暗指了那些被认为是代达罗斯铸造的传奇的逼真雕像，但也有可能是亚里士多德脑海里货真价实的自动机器——该时期发明家制造的"某种机械人偶"（第9章）。值得注意的是，亚里士多德认为"人造物品可能会模仿"活物，并且，他将自动机器定义为"一种具有自行移动能力的玩偶"。[15]

在《政治学》(Politics, 1.4，将在第7章中进行更多论述)中，亚里士多德明确地谈到了由赫菲斯托斯和代达罗斯所铸造的自动雕像。在《论灵魂》(De Anima 1.3.406b)中有一段晦涩难懂的文字，亚里士多德特别提到了代达罗斯的自动雕像。他在讨论公元前5世纪自然哲学家德谟克利特（Democritus）的原子论时，也提及了这些雕像（约公元前460年）。虽然德谟克利特的六十多篇著作未能流传下来，但从其他作品的考证中我们可以了解到，他认为的生命及其运动理论的基础是，世间存在着极小的、不可毁灭的、无形的"互相推挤的原子"。在亚里士多德对德谟克利特的理论——即不断移动的球型原子引发了运动——的评论中，引用了雅典喜剧作家菲利普斯（前文提到过）的观点，阿佛洛狄忒移动雕像的秘密在于代达罗斯将水银倒入了空心的雕像中。亚里士多德的本意是将德谟克利特的原子论与水银球自然聚合到一起的现象做比较。[16]

事实上，当水银向倾斜的管子末端流动时，其重力足以改变重心，在中世纪和近代早期的自动玩具常以这种方式驱动。工程师亚历山大港的赫伦（Heron of Alexandria，公元前1世纪）为神庙设计了一种可自动开启的门，他利用的是沸水和滑轮,而他指出也有人用的是基于加热水银的另一套系统。在古代利用水银制造移动装置是合理的。这种被称为"快银"(quicksilver)或"活"汞的神秘金属液体被认为能够赋予雕像活动能力,此类想法也出现在古印度关于自动移动机器的文献中。例如,有一个巨鸟的木制模型就是"由大桶沸腾水银提供了飞行动力",水银成了驱动永动机械的一种关键物质。[17]

* * *

根据品达的一首短诗(《奥林匹斯山颂歌》7.50—7.54,著于公元前464年)记载,罗得岛有一组逼真的雕像,神似代达罗斯的作品。品达写道,崇高的艺术品"一路沿着大道"矗立着,工艺是那么精湛,以至于它们仿佛可以"呼吸和移动"。一位古代注释者对这首诗进行了评论,称"这些雕像有灵魂或生命的火花"。在这个例子中,据说雕像的制造者既不是代达罗斯也不是赫菲斯托斯,而是擅长魔法冶金学的冶金术士,忒尔喀涅斯人(Telchines),即传说中克里特岛和罗得岛的原始居民。他们的工作与赫菲斯托斯类似,就是规模小一些,他们为诸神制造武器和其他小玩意儿。罗得岛上这些雕像的力量让人想起保卫港口和边境的青铜守护者,神话中的克里特岛塔洛斯,以及历史上的罗得岛太阳神巨像(第1章)。[18]

传说中代达罗斯的"活雕像"作为古典作家描绘想象中"人造生命"的范例,引起了人们的极大兴趣。许多人声称代达罗斯风格的仿生雕像可以转动眼睛、发出声音、抬起手臂以及行走。但与此同时,关于"活雕像"本质的争议也随之而起。代达罗斯的这些雕像真的会自行移动吗?或许那些动作只是错觉？许多古希腊的描述都认为木头、金属和大理石雕像可以转动头部、眼睛或四肢，还可以出汗、哭泣、流血和发出声音。古人认为雕像——尤其是神像——具有内动力的观念由来已久，远在公元前4世纪和公元前5世纪的艺术家开始制作逼真雕像，以及历史上的发明家开始设计自动设备之前（第9章）。当时的工匠们是有可能制作出带有移动部件或内部装置的雕像的，如此就能够让这些雕像做出点头，转动内嵌的眼球，抬起手臂，和打开庙门等动作。内置有管子和腔室的中空雕像也可以让祭司替它们发出声音，普卢塔赫、西塞罗（Cicero）、卡西乌斯·狄奥（Cassius Dio）、琉善等作家也曾经探讨过如何能让雕像看起来像是在流泪、出汗或流血。[19]

有些作家，如狄奥多罗斯·西库路斯（4.76）就认为代达罗斯"在建筑艺术、金属工艺和石头雕刻方面一定凌驾于众人"，他精心雕刻的雕像"与活着的范本如此相像，以至于人们觉得它们被某种方式赋予了生命"。其他人则认为，代达罗斯是第一位在作品中表现行走姿势的雕刻家。菲罗斯特拉图斯写道（《画记》1.16），"这里是代达罗斯的工坊"，"到处都是雕像，有些还只有雏形，有些则颇为完整，它们保持着行走或正要迈步向前的姿势，蓄势待发。在代达罗斯之前，雕塑艺术还没有过这样的构思"。[20]另一方面，在同一时代，卡利斯特拉托斯（Callistratus）的著作（《艺格敷词》〔Ekphrasis〕8）中描述了14个著名的青铜和大理石雕像，并将代达罗斯雕像的可移动现象归结为某种"机械结构"在运作（mechanai）。

关于这些由神秘的发明家代达罗斯铸造的雕像是否真的可以移动，答案并不重要，重要的是古代作品对此的描述和想象。一些科技史学家和哲学家认为，关于塔洛斯的神话和其他

"活雕像"的文学描述不能证明古人"想出了建造自动机器的主意",因为在技术实际出现以前,人类是无法凭空想象这种机械学的概念的。西尔维娅·贝里曼对古希腊思想中的机械学进行了研究,并从字面意义上看待想象和创新:"我们不应预设古人在没有实际经验的状态下,有办法想象出机器的实际功能"。这段无法反驳的"赘述"指出,没有任何古人能"想象"出这样的发明,"除非他们有技术经验"来与之相比较。换句话说,在有人想象出可能实现神话中描述的结果的技术或工具之前,一定已经存在了某种"可用的技术"。[21]

当然,想象和现实、表述和实际之间都存在着冲突与鸿沟。很明显,人类悠久的创新历史依赖于对那些超乎现有技术之外、可能前所未闻的科技的想象与思考。的确,古希腊人通常被认为是文化、文学、政策、哲学、艺术、战争和科学的创新者;他们崇尚创造力、创新力和想象力。希腊人没有假设变化、改进的技术和新科技会凭空出现,而是将梦想、雄心、灵感、机敏、技术、努力、竞争和独创性视为所有领域变革和创新的基本驱动力。在文学和艺术品中,他们可以想象出任何"可能发生"的事情。并非所有的创造力都要基于技术先例或物质资源。阿曼得·德安格在《希腊人和新事物》(*The Greeks and the New*)一书中这样论述,正是因为古希腊人的想象与经验中的惊人新颖性,那些明显不同的概念和创新,才能自然地浮现。此外,想象尚不存在的科技一直都是推理小说——即我们所说的"科幻小说"的灵感源泉,现代的希腊和拉丁学者认为其历史可以追溯至古典时代。"科幻小说领头前行,哲学家和发明家紧随其后"。[22]

那些出现在古代传说中,使用常见材料、工具和技术,再加上运用超凡的创造力和知识,制造出的自动雕像和人类增强设备，成果虽然惊人，却并不是现代成熟的机器人和其他形式的人造生命的原型。就像前面所讲的，它们的内部运作原理尚不明确，由神话的语言描述，里面有"黑箱"。但它们对我们仍具有重要意义，因为这些记载表明，古代的人们可以想象和推测，如何通过一些尚不为人知的、巧妙的、崇高的生命技艺，以某种方式实现人工生命。神话故事表达了这样一种观点，或许还有尚未发掘的方式，可以以人类或动物的样子赋形人造自然物；并且除魔法和神谕以外，或许还有其他可以制造人造生命的方法。[23]

* * *

古代哲学家、诗人和剧作家告诉我们，"活雕像"故事引人注目的一点是，当时的画作和雕像极其逼真，以至于会引发观者矛盾的强烈感情。[24]至公元前5世纪，希腊雕塑家雕刻身体结构的逼真程度达到了惊人的水平，甚至静脉和肌肉组织的细微细节都清晰可见，表情也极其丰富。若非艺术领域的技术得到创新，雕塑家们不可能雕刻出如此自然流畅的姿势。请记住，这些大理石和青铜雕像都是以写实的方式上色的。老普林尼的著作中提到了很多艺术家的作品。[25]在他形容为"精细犹如奇迹，栩栩如生"的雕像作品中，一尊青铜狗舔舐伤口的雕像脱颖而出，这尊雕像如此珍贵，以至于没有哪种保险能承担它的损失，当时甚至雇用了保镖去以生命保卫这尊雕像。老普林尼还特别提到了利基翁的毕达哥拉斯（Pythagoras of Rhegium，公元前5世纪），这位雕刻家以擅长雕刻肌肉发达的大理石运动员而闻名，他的雕像甚至连肌腱和血管都清晰可见。他雕刻的

图 5.4 雅典娜在造访一位雕刻家（厄帕俄斯〔Epeius〕？）的作坊，这位雕刻家正在雕刻一匹马（特洛伊木马〔Trojan Horse〕？），马的形象极其逼真。雅典红绘式风格基里克斯杯，铸造厂绘者绘制，约公元前480年。Staatliche Antikensammlungen and Glyptothek Munich, photographer Renate Kühling

"跛脚之人"雕像的腿上不断恶化的溃疡，让观众看了都因为感同身受的痛苦而退缩。雅典雕塑家阿洛佩斯的德米特里厄斯（Demetrius of Alopece）雕刻的一些大腹便便且秃顶的肖像雕像"特别活灵活现，以至于看着让人生厌"。[26] 人们甚至产生了与具有色情吸引力的雕像发生性关系的欲望（第6章）。

同时，绘画杰作开始展现出惊人的景深和透视效果。引人入胜的三维效果让画中的手和物体似乎能从平面中伸出来一样。老普林尼在《自然史》中提到的公元前4世纪的一些例子，包括底比斯的阿里斯蒂德斯（Aristides of Thebes），他在绘画中巧妙地描绘出了情感；以及阿佩莱斯（Apelles），他以真实大小描绘了充满活力的马儿，引得真马嘶鸣。几位古代作者都夸赞了萨摩斯的西昂（Theon of Samos）创作的作品，他擅长"被人们称之为'幻境（phantasias）'的虚构中的景象"，这些栩栩如生的绘画带有三维立体感，搭配以声音、音乐和灯光，呈现出现实中"感官环绕"的印象。另一位伟大的希腊艺术家是巴赫西斯（Parrhasius），他雕刻的运动员的肖像异常逼真，令人难以置信，似乎还在喘气和流汗。因为他绘制的普罗米修斯被鹰叼啄的画作过于形象逼真，有传言称巴赫西斯将一名奴隶作为模特虐待至死。巴赫西斯的竞争对手宙克西斯（Zeuxis）的作品更是体现了前所未有的错觉艺术手法。艺术家们相互竞争，产生了令人惊叹的错视画作（trompe l'oeil paintings）和物品，例如看起来甘甜可口的串串葡萄，甚至引来鸟儿们啄食。[27]

我们将在第9章看到，希腊化时期大批工匠设计和制造的以人类和动物为造型的逼真机械模型，例如正在提供服务的女佣、鸣叫的鸟儿、蠕动的蛇、饮水的马等。那些仅在古代神话故事想象中的人造生命奇迹，就这样在雕塑家和发明家的工坊里实现了。

正如本章开头引用的艺术家迈克尔·艾尔顿所指出的，现代历史学家往往低估了技术创新在古代艺术创作中的作用。老普林尼在他的写实艺术作品调查中称，青铜雕塑家使用了一种可增强雕像写实度的技术，利用真人模特制作了栩栩如生的石膏（和蜡）制铸模。证据显示，公元前5世纪的一些著名雕像，通过利用石膏和蜡制作真人模型，进而制作出了非凡逼真的青铜雕像。这些出乎意料的艺术技术的发现震惊了现代艺术界，因为他们习惯于认为古典雕塑家只要拥有无与伦比的高超雕刻技艺，就能够将铜像塑造得如此逼真。奈杰尔·康斯塔姆（Nigel Konstam）于2004年发现并解释了这一技术，它有助于解释许多青铜雕像令人惊叹的拟真效果。[28]

图 5.5 （彩图 7）栩栩如生的青铜和大理石雕像。左上图，希腊化时期的奎里纳尔拳击手（Boxer of Quirinal，即泰尔梅拳击手〔Terme Boxer〕）青铜雕像的脸部。Album / Art Resource, NY. 右上图，里亚切青铜武士像 A（Riace bronze statue A）的胡须、嘴唇与银牙，该雕像于 1972 年发掘自意大利卡拉布里亚（Calabria）的里亚切湾，据说是雅典的米隆（Myron of Athens）于公元前 460 年至公元前 450 年所作的作品。Museo Archeologico Nazionale, Reggio Calabria, Erich Lessing / Art Resource, NY. 左下图，掷铁饼者雕像的大理石手臂，古罗马仿制品。原型为雅典的米隆于公元前 460 年至公元前 450 年所作的古典青铜雕像，现已失传。Museo Nationale Romano, Rome, © Vanni Archive / Art Resource, NY. 右下图，运动员雕像，公元前 4 世纪至公元前 2 世纪，1996 年发掘自克罗地亚沿海。Museum of Apocyomenos, Mali Losinj, Croatia. Marie-Lan Nguyen 拍摄。2013

我们知道，水银——"快银"——在古代被认为是一种神秘物质。古人对神秘的天然磁石——磁铁矿深感好奇，这种可利用本身磁性吸引铁的物质，让一些古人认为磁铁当中有某种生命或灵魂，能够呼吸，或者暗藏有精灵在其中。这种奇怪罕见的矿物质被称为"活铁"（ferrum vivum，即 live iron），具有魔法的力量，可移动或吸引含有铁的物体，让其仿佛有了生命。这让一些有创造力的思考者们开始想象，如何利用这种物质吸斥铁的能力来迷惑观众。如果"活铁"能让铁制的人形复制品飘浮在半空中，像天神或翱翔的鸟儿一样毫不费力地悬浮和盘旋呢？[29]

埃及的马其顿希腊国王托勒密二世（Ptolemy II Philadelphus，公元前283—前246）在亚历山大港见证了许多前所未有的工程壮举，其中包括一个让人印象深刻的女机器人（第9章）。他娶了自己的姐姐——王后阿尔西诺伊二世（Arsinoe II），并在她死后将其追封为女神。在公元前270年，他下令要埃及的每座神庙都供奉她的肖像。老普林尼写道，国王要求一名著名的建筑师为亚历山大港的一座寺庙雕刻一尊非凡的阿尔西诺伊二世雕像。老普林尼称这名建筑师为"提摩克雷斯"（Timochares），但他指的可能是罗得岛的狄诺克拉底（Dinocrates of Rhodes）——亚历山大大帝手下的杰出工程师，设计了亚历山大港和一些其他工程奇迹。他计划在阿尔西诺伊雕像上方建造一个拱形磁铁矿屋顶，而雕像要么是铁制的，要么有铁芯。这个想法是想让王后的雕像奇迹般地悬在半空中，寓意升入天堂（老普林尼 34.42.147—34.42.148）。现存的阿尔西诺伊的雕像真实性感，全身赤裸或着透明薄衣，所以人们猜测这个计划要建造的也应该是一个类似的有色情意味的雕像。但由于托勒密二世和建筑师皆于公元前246年去世，这个宏伟的计划永远都无法完成了。

事实上，将阿尔西诺伊雕像暂时或永久悬浮于半空中是一个不可能实现的梦想。邓斯坦·洛（Dunstan Lowe）研究了从古代到中世纪有关"磁力幻想"的悠久历史，他发现关于"悬浮雕像"的认知产生于对磁铁的物理性质的误解。洛指出，"事实上"，1839年提出的恩绍定理至今仍毫无争议："一个固定的磁性物体，仅利用强磁性物质去对抗地心引力，实行稳定悬浮，这在任何规模上都是不可能的。"在现代磁悬浮技术逐步完善的数千年前，公元前3世纪的托勒密时代埃及，前科学时代的古人就已经痴迷于磁力并在尝试想象一种技术。[30]

然而这种科幻小说般——用"活铁"激活自动雕像的愿望，在古代被视为一种"神圣的物理现象"。在过去几个世纪里，有无数对此进行研究的文献，都声称很多雕像——包括希腊-埃及的神塞拉比斯（Serapis）、希腊的太阳神赫利俄斯、传说中的雅典国王刻克洛普斯（Cecrops），甚至是长着翅膀的厄洛斯/丘比特（Eros/Cupid）在内的数十座雕像，都曾在磁石的作用之下悬浮于空中。值得注意的是，在公元12世纪，据称有一尊由金、银或许还有铁制成的旋转的穆罕默德雕像，其在四块磁铁助力之下，悬浮于帐篷之上，并通过风扇旋转。这个想法加入了旋转的概念，但同样是不可能的。所有这些悬浮的神像，如若真实存在，也是由其他被巧妙隐藏起来的方式支撑的，只不过在观者看来它们就是一种科技奇迹，并被归因于某个有学问的人巧妙利用了磁力。[31]

用磁性来比喻性吸引力，是一个古老的概念。古人观察到了磁石和铁这样毫无生命的石头，紧密又神秘地结合在一起。这种论述也体现在克劳迪安（Claudian，约公元370年）的一首不太高雅的拉丁诗中，他在诗中描绘了一对"情欲雕像"。克劳迪安写道，磁石"因铁的硬度而充满生机和活力"，"若没有铁它就无精打采"。而铁则被磁石"温暖的拥抱"所吸引。诗人描写了神庙里的两座雕像，一座用磁铁雕刻而成的维纳斯雕像和一座铁制的玛尔斯（Mars）雕像，两座雕像相隔一段距离，各自矗立着。在希腊神话中，战神和爱神是一对贪图情欲的爱人：克劳迪安描写了祭司们如何用鲜花和歌谣赞颂他们之间神圣的爱。这两座雕像则慢慢地向彼此靠近，突然，维纳斯和玛尔斯飞向了彼此的怀抱，人们费了九牛二虎之力才将他们分开。[32]

这些雕像是真的存在于亚历山大港，还是诗人想象出来的？克劳迪安是亚历山大港的本地人，而亚历山大港也是许多磁力幻想故事的故乡。诗中所描述的景象不是绝不可能出现的悬浮，而是相对现实的磁力吸引。我们很容易想象，在那个技术发达的城市中，确实有可能制造出一对小小的磁性雕像用于娱乐，类似于现代的磁铁小玩具。

* * *

古代艺术和机械技术领域里前所未有的创新和精湛工艺，引发了敬畏、好奇和惊讶。许多作者都描写了常人在面对栩栩如生的人造动物，甚至是仿真的人类复制品时，所感受到的那种"新事物的震撼"，那是一种惊奇和喜悦的感觉，并与强烈的迷失感、警惕感和恐惧感混杂在一起。艺术幻觉、逼真的生物模仿、会动的人形或动物雕像，以及与本尊完全一样的雕像，古人在面对这些东西时所产生的不安情绪，与现代的"恐怖谷"现象有着很大的相似之处。恐怖谷理论是于20世纪70年代首次被提出的人类对机器人的心理反应，指的是当人们看到"不完全与人一样，却又与人相似"的诡异复制品或机器人时，所引发的不安和恐惧。当人类判断无生命物体和生命体之间的界限崩塌时，这种焦虑感会急剧攀升，尤其是在面对拟人的实体时，该实体的动作或看似在动作的错觉，更会加深观者的负面情绪。[33]

印度教和佛教文献保留了很多古代和中世纪时代的口述传说，描述了由聪明的机器制造者（yantrakaras/yantakaras）制造的超写实机器人（梵语和巴利语中分别用 yantra 和 yanta 表示"机器、机械设备"）引发了观者的恐惧。这些口述传说（有不同的梵语、巴利语、藏语、吐火罗语、蒙古语及汉语版本）的出现日期不得而知，但它们于公元前 3 世纪至公元前 1 世纪以书面形式被记录了下来。一个故事讲的是一位杰出的发明家带着一个逼真的机器人拜访了一位异国国王，并向大家介绍说这是他的儿子。这个机器人穿着优雅的长袍，"举止优雅，舞态优美"。然而有一天，这个机器人向王后抛媚眼，暗送秋波。愤怒的国王随即下令将这个"好色的少年"斩首示众。发明家急忙提出将亲自惩罚他的"儿子"，他拆除了机器人外壳的一部分，露出了里面的机械装置。国王又惊又喜，重赏了发明家（该故事的古文版本见第 6 章）。[34]

古希腊最早记载人造生命引发恐怖谷效应的作品是《奥德赛》（11.609—11.614）。当奥德修斯在冥界看到超现实图像中的狂野捕食者和谋杀者那愤怒的眼睛时，他感到异常恐惧。奥德修斯暗自祈祷，希望这位恶魔般的艺术家再也不要创作这些恐怖的画面。之后，奥德修斯（19.226—19.230）描述了一个精心制作的金胸针，上面雕刻着一只猎犬正在追逐一只小鹿。所有人都为这惟妙惟肖的雕刻技术感到惊讶，似乎连猎犬抓住并咬死小鹿的那一瞬间，小鹿喘的最后一口气都能感觉到。[35]

公元前 5 世纪，欧里庇得斯和埃斯库罗斯所著的已佚失的剧本里提到了两个让人印象深刻的例子：一是剧中的老人被代达罗斯所铸的逼真雕像吓得魂不附体；二是在埃斯库罗斯所著的《观众》(*Theoroi*)中，一些半人半羊的萨堤尔（satyrs）被钉在神庙墙壁上的萨堤尔头颅雕像吓到了。一位萨堤尔称，这些雕塑如此真实，除了无法发出声音，看起来跟真的没有两样。另一位萨堤尔惊叹道，她儿子的头颅雕像会让她惊恐地尖叫逃跑。这些戏剧性的轶事表明，古代观众对这些可引发不安的写实作品是熟悉的，此外，他们想象中的非凡工匠有能力做出比他们亲身经历过的更加超自然的模仿作品。[36]

* * *

代达罗斯在古代被想象成一位杰出的工匠、人造生命的雕塑家、无数神奇工具的发明者，而且设计出了增强人类能力的道具。在神话中，这位发明家不仅借助鸟的羽翼飞向了自由，还被认为制作了许多栩栩如生的雕像。这些雕像可以自行移动或至少可以给人一种在动的错觉。正如前面所述，代达罗斯和他的作品有时会与普罗米修斯和赫菲斯托斯的作品相重叠。我们将在下面两章提到，这两位神明创造的许多作品都超过了代达罗斯的水平。他们的工艺品更具"活力"，其中一些甚至拥有"智力"。然而，想象中的普罗米修斯和赫菲斯托斯所使用的工具、方法和技术，与凡人代达罗斯在他的尘世工坊中所使用的并无不同。

6

皮格马利翁的活人偶
与普罗米修斯创造的第一批人类

普罗米修斯是一位特立独行的泰坦，他欺骗了宙斯，帮助了早期的人类，他的生平在希腊神话中可谓曲折离奇。最早介绍他的作品是公元前750年至公元前650年赫西奥德所写的诗歌。神话中普罗米修斯与宙斯之间关系时好时坏，同时他也是公元前5世纪埃斯库罗斯所著的戏剧三部曲中的主角：《被缚的普罗米修斯》(*Prometheus Bound*)、《解放的普罗米修斯》(*Prometheus Unbound*)、《盗火的普罗米修斯》(*Prometheus the Fire-Bringer*)。[1]

在二十多个古希腊和拉丁语的文献资料中，我们可以见到普罗米修斯传说的重述和润色。在最早期版本的文献中，普罗米修斯是教会人类用火的恩人。在后期的神话中，他带给人类的礼物还包括了语言、书写、数学、医学、农业、驯养动物、挖矿、科技和科学，换句话说，他赐予了人类所有的文明之道。本章关注的是普罗米修斯作为人类创造者的神话的持续脉络，无论是在人类诞生之初，还是在经历丢卡利翁大洪水（Deucalion's Flood）的浩劫之后。这有助于解释他对于人类的关心和他为人类盗火的行为。现存最早的关于这个神话的记载来自萨福的一个残篇。大约在公元前600年，她写道："据称，在他创造人类之后，普罗米修斯为人类盗取了火种。"[2]

神话中，普罗米修斯创造了世界上的第一批人类，这也是"人类一度被认为是受造之物"的传说例子。泥土与水结合，在神圣的力量下孕育了生命，这便是人类最早的生命隐喻。就像世界上其他的起源故事一样，从《吉尔伽美什》到《创世记》，创造者或造物主都使用了凡间的物质，如黏土、泥土、灰尘、骨头或血液，捏成男人或女人的形状，再让其从神、风、火或其他自然力量中获得生气。数个世纪之后，随着人类对人体的新认识，以及希腊化时期机械、液压和气动装置的发明，这种捏泥造人的比喻黯然失色。[3]

在希腊神话中，泰坦普罗米修斯将泥土和水或眼泪混合在一起，用这些泥浆塑造了第一批男人和女人。某些叙述中说到，普罗米修斯还同时创造了所有动物。在某些版本中，雅典娜也参与了这个进程。而有些版本称，宙斯命令风赋予这些泥人生命的气息。还有一些版本则称，是火元素让普罗米修斯的泥人有了生命。[4]

当充满好奇心的旅行家保萨尼亚斯于公元2世纪在希腊游历时，关于普罗米修斯创造人类的传说仍在流传。他听到一些民间流传的说法，称普罗米修斯在福基斯（Phokis）的帕诺派俄斯（Panopeus）老城完成了他的创造，该地点位于希腊中部的喀罗尼亚（Chaeronea）。保萨尼亚斯（10.4.4）还参观了靠近古城遗址的传说中普罗米修斯造人的地方，他在峡谷中看见两块黏土巨石，每一块都大到需要一辆马车才能运走。"他们说这些是普罗米修斯捏造泥人之后的残留物。"保萨尼亚斯称，"人类皮肤的气味仍覆留在黏土巨石上。"我们只能对保萨尼亚斯和其他人所述的这种气味凭空想象，无外乎是岩石和黏土受热、风化或摩擦时，由于土的化学成分和空隙间的气泡，可能释放出独特的气味。[5]

* * *

许多古希腊传说和其他文化的神话一样，描述了被神或魔法赋予生命的无生命物体，比如雕像、偶像、船只和石头。这些人造生命的故事与发明家代达罗斯制造的活雕像和赫菲斯托斯铸造的青铜机器人塔洛斯（第1章和第5章）这种例子不同。在可以被称为"魔杖一挥"的场景中，死物仅仅靠神明的一个指令就获得了生命，其中无需任何的工艺、制作过程、内部结构或机械概念。在宙斯发动大洪水的神话中，就有这样一个通过神谕让无生命物体获得生命的例子。丢卡利翁和他的妻子皮拉（Pyrrha）是这场洪水中仅存的幸存者。他们得到了神谕，学会了如何让地球重新繁衍生机。他们将石块向后扔过头顶，这些石块立刻变成了人类男女。

最为人所熟知的通过神谕让雕像拥有生命的例子，莫过于神话中皮格马利翁与他亲手制作的裸体象牙雕像之间的爱情。奥维德的著作（《变形记》〔*Metamorphoses*〕10.243—10.297）对皮格马利翁的故事进行了生动详尽的描述。这位年轻的雕塑家对庸俗的真实女性感到厌恶，所以他为自己雕刻了一尊纯洁的少女雕像。现代人通常以为他的雕像是由大理石雕刻而成的，但在神话中其实是象牙，一种更加温润的有机物质。他的象牙少女看起来是如此真实，皮格马利翁立刻"对她充满了激情"，他带着敬畏和渴望之情抚摸着她完美的身体，仿佛稍微一用力，少女的身上就会有淤青。他用礼物和爱语浇灌着雕像。在阿佛洛狄忒神庙中，他请求爱神让他的"少女像"活过来。

皮格马利翁回到家中，再次向他的绮想少女雕像示爱。让他惊讶的是，这尊雕像竟因为他的吻而变得温暖，在他的怀抱里，象牙雕像变成了人的肉体。与冰冷的大理石不同，象牙是一种"曾经有生命"的材料，带有柔和的、牛奶般的光泽。在古代，象牙雕像常常被染上比较自然的颜色，以模仿真实的肤色。古代的观众会把她想象成一个精致、性感、外形完美的女人形象。这座雕像在皮格马利翁的抚摸之下苏醒，渐渐有了意识，而且"羞涩地红了脸"。显然，女神阿佛洛狄忒回应了他的祈求。[6]

需要注意的一点是，皮格马利翁的这座雕像并不是什么机器人形，一座写实雕像能够超自然地活过来，是多亏了爱神的帮助。这个古老的人造生命"罗曼史"被反复传颂，而这个故事在今天又有了新的意义，因为它预示了现代评论家提出的仿生机器人和专为与人类发生性关系而设计的人工智能机器所引发的伦理问题。一位作家提出疑问："与一个机器人——甚至是一个对于性取向有自我意识的机器人——发生双方自愿的性行为真的可能吗？"[7]

尽管皮格马利翁的神话在现代常常被作为一个浪漫的爱情故事来呈现，但其中对西方历史上第一个女性机器人性伴侣的描述却有些令人不安。尽管皮格马利翁的这个人偶"脸红了"，但无法确定这个顺从的、无名的活人偶是否具有意识、声音或自主能动性。阿佛洛狄忒是把这座完美的女性雕像变成了一位具有个人意识、活生生的女人，还是仅仅将其"变得更为拟真"？这座雕像被描述成一个理想化的女性，比任何真实的女人都更完美。所以皮格马利翁的雕像"超越了人类的界限"，就像是《银翼杀手》里面，被广告宣传为"比人类更人性化"的性爱复制人。[8] 值得注意的是，奥维德在《变形记》中，并没有把她的肌肤和身体描述得有人类的质感。相反，奥维德将她的身体比喻成蜡——在爱抚下变得愈发温暖、柔软，具有可塑性。用奥维德的话说，她的身体"因为被使用，而变得更加有用"。

在这个故事的结尾，奥维德写道，皮格马利翁与他那座无名活雕像结了婚。奥维德甚至还补充道，他们喜获一女，取名为帕福斯（Paphos），这是一种神奇的生育事迹，意在表明这座理想化的雕像确实变成了一位真正的、具有生物属性的女人。值得注意的是，电影《银翼杀手2049》的情节也是围绕着一个复制人的神奇生育事迹展开的，复制人蕾切尔（Rachael）生下了一个孩子，而这对于他们这种非人类的人造生命个体来说，本应是不可能发生的事情。[9]

在讲述皮格马利翁的故事时，奥维德引用的是已佚失的早期叙述。其中一个资料来源是亚历山大港的斐洛斯提法努斯（Philostephanus of Alexandria）[i]，他于公元前222年至公元前206年所著的塞浦路斯历史中讲述了完整版的皮格马利翁神话。再后来，在基督徒作家亚挪比乌（Arnobius）创作的变体版本中，皮格马利翁雕刻的雕像是女神阿佛洛狄忒，并对其示爱。没有任何一件古代关于皮格马利翁神话的艺术作品存世。但许多中世纪的绘画都描绘了皮格马利翁与象牙雕像互动的场景，以作为反对淫欲和偶像崇拜的警示。直到18世纪，欧洲的

---

i 亦作"昔兰尼的斐洛斯提法努斯"（Philostephanus of Cyrene）。——编者注

故事讲述者们终于给皮格马利翁的雕像取了一个名字——伽拉忒亚（意为"乳白"）。数千年来，皮格马利翁神话的各种变体层出不穷，激发出了众多童话、戏剧、故事和其他艺术创作。[10]

* * *

在皮格马利翁神话中，这位雕塑家的象牙雕像"显然是为了性而创造的人工制品"。[11]但皮格马利翁的象牙少女并不是古代唯一能引发观者情欲反应的雕像。"人偶恋"（agalmatophilia，或称雕塑崇拜）这一倒错性癖的历史可谓是源远流长。[12]琉善（《阿莫雷斯》〔Amores〕13—16）和老普林尼（36.4.21）就曾经记述了男人们对美丽的、裸体的克尼多斯的阿佛洛狄忒雕像（Aphrodite of Knidos）充满了激情，该雕像由杰出的雕塑家普拉克西特列斯（Praxiteles）于公元前350年左右制作而成，是希腊艺术史上第一个真人尺寸大小的女性裸体雕像。那些男人在夜间偷偷造访她的神殿，遗留在阿佛洛狄忒的大理石大腿上的污痕暴露了他们的欲望。贤者提亚安那的阿波罗尼奥斯（Apollonius of Tyana）讲述了一个神与凡人幽会的不幸故事，试图劝诫一位爱上阿佛洛狄忒雕像的男子（菲罗斯特拉图斯《阿波罗尼奥斯的生活》〔Life of Apollonius〕6.40）。在公元2世纪，安德罗斯岛的诡辩家奥诺马尔库斯（Onomarchos of Andros）以一位"爱上雕像的男子"为视角，创作了一封虚构的信，这位受挫的情人在信中"诅咒心爱的雕像，希望她能够老去"。[13]

阿忒那奥斯讲述了另一个声名狼藉的例子（公元2世纪），塞林布里亚的克雷索弗斯（Cleisophus of Selymbria）将自己关在萨摩斯岛的一个神庙里，并试图与丰满性感、由克特斯克勒

6 皮格马利翁的活人偶与普罗米修斯创造的第一批人类 143

斯（Ctesicles）雕刻的一座大理石雕像发生性关系。但由于大理石寒冷与坚硬的质地，他打了退堂鼓。据波多尼（Portnoy）说，克雷索弗斯"转而与一小块肉发生了关系"。

多数"对雕像产生欲望"的故事讲述的都是男子与女性雕像交合的故事，但有几部古代著作讲述了寡妇拉俄达弥亚（Laodamia，也被称为波吕多拉〔Polydora〕）的悲惨故事，她深爱的丈夫普罗忒西拉奥斯死于传说中的特洛伊战争中。这个故事的最早版本是欧里庇得斯于公元前5世纪所著的悲剧，但该剧本已佚失。奥维德的版本通过一封拉俄达弥亚写给普罗忒西拉奥斯的信将故事娓娓道来。当普罗忒西拉奥斯前往特洛伊战场时（战争持续了十年之久），他们还是一对新婚夫妇。拉俄达弥亚苦苦等待着丈夫的归来。每天晚上拉俄达弥亚都会情不自禁地拥抱她丈夫的蜡像，这座雕像是"为爱而造，而不是为了战争而造"。这件复制品如此真实，除不能说话之外，"几乎与真实的普罗忒西拉奥斯一样"。希吉努斯讲述了另一个版本的故事。在普罗忒西拉奥斯死后，神为这对年轻夫妇深感遗憾，允许普罗忒西拉奥斯与妻子共处宝贵的三个小时，而后永远回归冥界。拉俄达弥亚悲痛欲绝，于是将自己献身于丈夫的雕像——这次是青铜制的，为雕像献上爱和吻。一天晚上，一位仆人看见了这位年轻寡妇与这座男性雕像激情相拥的画面，因为雕像太过逼真，仆人误以为那是寡妇的情人，遂将此事告诉了拉俄达弥亚的父亲。父亲冲进房间，看见了已逝女婿的青铜像。这位父亲希望结束这种虐恋，将青铜像放在火堆上焚烧，不料拉俄达弥亚也随之投身火堆，殉情而死。[14]

在古希腊和拉丁语的文献中可以找出十几个与雕像进行异性恋或同性恋的故事。钻研中世纪机器人的历史学家特鲁伊特认为,这些故事以及皮格马利翁的故事"是关于拟态造物的威力的寓言,以及人们会混淆人造物与自然造物的可能"。[15]

古典学者亚历克斯·斯科比(Alex Scobie)和临床心理学家 A. J. W. 泰勒(A. J. W. Taylor)指出,这种特殊的"性偏离"产生之时,正是古希腊和古罗马雕刻艺术达到高度现实与理想化之美的时期。从普拉克西特列斯开始,出现了大量"观者可以认同的人形雕像",它们尺寸与真人大小一样,外表、肤色和姿势都极为自然。这些美丽而逼真的雕像不仅数量众多,而且放置于神庙和公共场所,"随处可见",更便于"公众与这些雕像建立个人关系"。对裸体雕像的崇拜让人们常常把雕像当成真人一样对待,给它们洗澡、穿衣、赠送礼物和佩戴珠宝。斯科比和泰勒于 1975 年总结道,对逼真的人物大理石雕像(象牙雕像或蜡像)产生雕像崇拜,是由古典时代杰出艺术家的高超技艺所引起的一种病态心理。与这两位学者相似,艺术史学家乔治·赫西(George Hersey)在 2009 年写道,符合解剖学的硅胶性玩偶、仿生机器人和人工智能性爱机器人技术的发展,将导致这种古老的性癖好演变为现代形式的"机器人癖"。[16]

* * *

古文明中关于性化的机器人的故事,并非古希腊和古罗马独有。一个让人无法拒绝的女性机器人出现在了《大事譬喻》(*Mahāvastu*,一本公元前 2 世纪—公元 4 世纪的口述故事集)中的一则佛教故事里。这个故事的梵语、藏语、汉语和吐火罗语版本都讲述了一位机械名匠为了炫耀他的高超手艺,制造了一个逼真的可爱女孩(*yantraputraka*,即"机械人偶")。[17]这位名匠在家中迎来了一位备受尊敬的异国仿真画画家,并盛情款待了他。当天晚上,画家回到自己的房间,吃惊地发现有一位漂亮的女孩已经在等待着"服侍他"。这位娇羞的女孩垂下头,不发一语,却伸出手臂,将他拉向酥胸。画家由此注意到她胸前的一枚宝石胸针正随着呼吸上下起伏。他坚信这就是真实的女人,但她又是谁呢?是主人的亲戚、妻子、姐妹或女儿?还是只是一位侍女?接下来的很长一段篇幅,画家都在权衡与房中这位投怀送抱的年轻女子发生关系的道德风险。

最后,这位画家顺从于自己燃起的欲火,他满怀激情地把女孩拥入怀中。这个机械女孩随即崩坏瓦解,"她的衣服、四肢、丝线和钉子都纷纷脱落"。画家立刻意识到他被一个机巧的假象给蒙骗了。备感受辱的画家想到了一个报复主人的方法。画家拿出画具,连夜画了一幅可怕的错视画,画中的他被绳子吊死在墙上,自尽而亡。

清晨,此地的主人被画的假象所迷惑,他赶忙叫来了国王、官员和民众,所有人都目睹了破碎的机械女孩与画家自杀的悲剧场面。他命人拿来斧头,好断开绳索,放下客人的遗体。这时画家突然从藏身处走了出来,众人这才意识到这是一个诡计,每个人都哈哈大笑。

这个佛教故事反映了古代亚洲的画家和机器人工匠的作品所能达到的栩栩如生的程度(其他与机器人有关的古代佛教故事见第 5 章和第 9 章)。这两位大师级艺术家用他们能够以假乱真的作品互相戏弄对方的故事,与老普林尼所述的古希腊艺术家宙克西斯和巴赫西斯之间错视画竞赛的故事(35.36.64—35.36.66)有相似之处(第 5 章)。但这个佛教故事也是一个哲学寓言,有关自控的幻觉,以及因人造生命而起的关于人类自由意志的永恒问题。西格内·科恩对关于机械人的古印度文献进行了研究，并指出没有灵魂的女性机器人代表的是"无我"的佛法教诲，本质上"我们都是机器人"。[18]

* * *

皮格马利翁的伽拉忒亚雕像是一个本无生命的物体，不靠机械工艺，而是借由超凡的爱情或天神的神谕获得了生命。姜民寿因此将其与"圣经中创造亚当和夏娃的故事"一起列为古代非机器人的第一类，即没有"科技"的成分。的确，像皮格马利翁的象牙雕像这样由"奇迹"赋予生命的神话，与"机械工艺"或"仿生机器"无关。但是，这些技术特征正是塔洛斯神话（第 1 章）的特色，而且在有关普罗米修斯创造第一批人类的一些艺术绘画中也有所体现。[19]

* * *

皮格马利翁的象牙性爱人偶和丢卡利翁洪水后扔石头变人类的神话故事，都有助于把"魔法"造物与更加复杂的人造生命和自动机器的故事区分开来，后者是从神话故事中想象出来的，并且包含了使用工具和制造方法、某种内部结构设计，有时甚至有智能和自主能力。在最为人所熟知的一个版本中，普罗米修斯作为一位工匠，用他最熟悉的塑形材料——黏土，制造出了栩栩如生的男人和女人，最后再接受神的触摸，这位泰坦的工作就得以完成了。此种场景可以见于"普罗米修斯在雅典娜/密涅瓦（Minerva）的指引下制造出第一批人类"的艺术画作中，这位女神提供了以蝴蝶作为象征的超自然的生命火花。要值得注意的是，所有这些广为人知的画作都被创作于古罗马晚期－基督教早期。

在古罗马晚期－基督教早期，普罗米修斯作为人类的创造者，出现在了公元3世纪至4世纪的石棺浮雕、锦砖和壁画上。这些画作强调了普罗米修斯和雅典娜/密涅瓦之间的合作。普罗米修斯捏制了一个个栩栩如生的男人和女人，他们有的躺着，有的站着，只等待着神的触碰，以获得生命，这与皮格马利翁的伽拉忒亚雕像极为相似。这些场景与圣经中亚当和夏娃的创造有着明显的共同之处，并被认为对后来基督教的艺术表现形式产生了影响。古罗马石棺上流行刻画普罗米修斯造人的场景，可能代表了新柏拉图主义与基督教经文关于创造观的碰撞，当这些石棺浮雕被打造之时，有关"亚当的创造"仍是当时宗教辩论的关键议题。[20]

然而，值得注意的是，早在这些石棺出现的1000年前，意大利的一群艺术家采用了另一种极具创意的方式来描绘普罗米修斯创造人类的故事。希腊化时期的伊特鲁里亚艺术家在描绘普罗米修斯创造人类时，采用的是一种与"泥塑奇迹般获得生命"截然不同的表现手法。[21]在一组精美的圣甲虫形宝石和纹章雕刻上，第一批人类并非等待着生命火花的泥娃娃。他们由工具制造，并基于骨架一片一片组装而成。这与雕塑家制作一座人物雕像的过程极为类似，都是逐部位打造而出的（图1.9）。换句话说，这些宝石雕刻指涉的是生命技艺，而不是单纯的以魔法创造生命。

公元前5世纪开始，精美的伊特鲁里亚风格宝石雕刻上有对雕塑家和工匠工作场景的刻画，他们以极富创造力的方式展现了神话或现实的工艺。其中有几个特别让人感兴趣的微雕，这些雕刻可以追溯至公元前2世纪到公元前4世纪，被认为是"极具独创性"的普罗米修斯造人的场景。这些场景被雕刻在个人戒指、印章、护身符、饰品和圣甲虫形宝石上。其中一些还用拉丁语、希腊语或伊特鲁里亚语雕刻了铭文（指明所有者）。尽管这些宝石都有着令人感到惊叹的图案，却很少引起人们的关注。关于它们的最新研究成果是意大利学者加布里埃拉·塔西纳里1992年的著作。她对63件以普罗米修斯造人为主题的宝石进行了编目，并指出了它们风格上的差异以及确定创作时间的困难。这些宝石上的场景可分为两类，在这两类场景中，普罗米修斯都是一位孤独的工匠，使用工具通过复杂工序，循序渐进地制造第一个男人（有时是女人）。[22] 在第一类场景中，普罗米修斯从头部和躯干开始，在立柱上分部位逐步制造出一个人形。而第二类场景则更让人惊讶，普罗米修斯正在制作人形的内部构造——人类骨架。

普罗米修斯是第一批人类的创造者这一观念有多古老？尽管确切的文学引用出现于公元前4世纪的古希腊诗歌和戏剧中，但口头传说的历史似乎更为久远。[23] 正如我们所知，伊特鲁里亚艺术家常将希腊神话故事以独特的方式在宝石、镜子和陶瓶（第1章至第4章）上呈现出来。伊特鲁里亚的这些不同寻常的普罗米修斯（伊特鲁里亚人称其为普鲁玛斯〔Prumathe〕）雕刻场景，灵感或许来自其他当地口头传说和艺术。正如伊特鲁里亚学者拉丽莎·邦凡特所说，"与普罗米修斯有关的一些故事显然让伊特鲁里亚艺术家和其赞助人产生了一种特别共鸣"。[24]

在第一类雕刻场景中，普罗米修斯分阶段组装了第一个人形，而不是如古罗马晚期–基督教早期所呈现的那样（图6.1和

图 6.1 普罗米修斯在密涅瓦/雅典娜的指导下制造第一批人类。古罗马晚期大理石浮雕，公元 3 世纪。
Albani Collection MA445, Louvre, Hervé Lewandowski 拍摄 / RMN-Grand Palais / Art Resource, NY

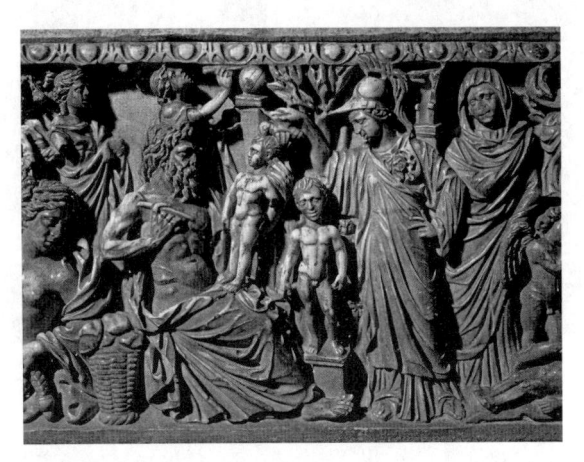

图 6.2 普罗米修斯在密涅瓦/雅典娜的指导下制造第一批人类。古罗马晚期大理石石棺，公元 3 世纪。
Capitoline Museum, Rome. Erich Lessing / Art Resource, NY

图 6.2）在密涅瓦的指导下将黏土捏造成人形。普罗米修斯独自一人，塑造着一个未完成的身体——通常只有头部和躯干是完整的——支撑在一个木制或金属的立柱框架上。值得注意的是，图中的普罗米修斯使用的是古代真实工匠所用的工具和技术。他使用铁锤或木槌、刮刀、剥刀和"一根用来测量人体比例的棍子或绳子"，同时也使用铅垂线测量他的作品。例如，在图 6.3 中，普罗米修斯在未完成的人形上使用了锤球（铅锤和铅垂线）。[25] 在图 6.4 中，普罗米修斯将一个半成形的人体用绳子固定到柱子上。

博物馆收藏品中的大量伊特鲁里亚和古希腊-罗马的宝石都有类似图 6.3 和图 6.4 所示场景的变体。有些人或许会问，这些场景描绘的会不会是"*maschalismos*"（一种伊特鲁里亚人肢解敌方战士的仪式）？但是宝石雕刻上对这种肢解行为的描绘都

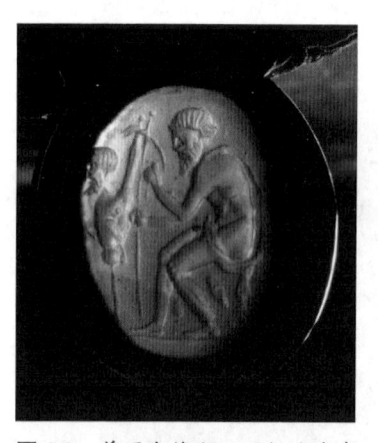

图6.3 普罗米修斯正用铅垂线在框架上制造第一个人类。红玉髓宝石雕刻，公元前 3 世纪。IX B 755, Kunsthistorisches Museum, Vienna. Erich Lessing / Art Resource, NY

图6.4 普罗米修斯正在框架上塑造第一个人类的头部和躯干。缠丝玛瑙宝石，公元前 3 世纪，Kunsthistorisches Museum, Vienna. Erich Lessing / Art Resource, NY

是一两个战士用剑斩下敌人的头颅和四肢。这些罕见的场景与本文所讨论的这组宝石雕刻场景截然不同，后者清楚地展示了一个工匠（通常是坐着的）正在用工具制造一个未完成的男性人形。[26] 普罗米修斯分段组装人类的画面让人联想到古典瓶画上工匠锻造和组装人形与马匹雕像的场景（图1.9，彩图3；图5.4；图7.7，彩图8；图7.8，彩图9）。

这里要讨论的第二类宝石呈现了另一种制造人类的震撼场景。在这些极不寻常的雕刻中，普罗米修斯由内到外地制造了第一个人类。他先制作了人体的内部结构——骨架。在古典时期希腊和伊特鲁里亚艺术中，出现骨架是极其少见的。然而，正如塔西纳里指出的，这些特殊宝石的重点并非骨架本身，而是为了呈现"普罗米修斯以工匠的身份进行创造活动"。[27]

有两件可追溯至公元前2世纪的宝石作品，曾经被诺亚公爵乔瓦尼·卡拉法（Giovanni Carafa, Duke of Noia）收藏，它们以凹雕的方式展示了普罗米修斯造人的两种不同类型场景，并因此备受瞩目。图6.5的宝石上，普罗米修斯"正在制作组装一个由两根柱子支撑的大胡子男人的上半身"。在这个场景的两边是一匹马和一只公羊的前半身。它们的存在反映了普罗米修斯也创造了第一批动物的古代传说。[28]

卡拉法收藏的第二颗宝石仅见于1778年的一幅蚀刻版画上。宝石上雕刻的场景十分奇特，直接将成形的躯干放在人体骨架上，而不是放在金属或木质框架上。在图6.6中，普罗米修斯坐着，右手拿着工具。他正在制作人类的上背部和手臂，这些部位与裸露的头骨以及骨架中的下椎骨、骨盆和腿骨相连。部分完成的肋骨和脊椎相接的区域，和另一颗宝石描绘的上半身未完成的窄腰类似。这个未完成的男子人形双手各持一个奠酒用

图 6.5 普罗米修斯正在打造世上第一个男人，两侧是世上第一只羊和第一匹马。公元前 2 世纪至公元前 1 世纪。宝石和翻模 © Collection of the Duke of Northumberland and Beazley Archive, Oxford University; C. Wagner. C 拍摄 / Engraving, *Alcunni monumenti del Museo Carrafa* (Naples, 1778), plate 23. Courtesy of Getty Research Institute, Los Angeles (89-B17579)

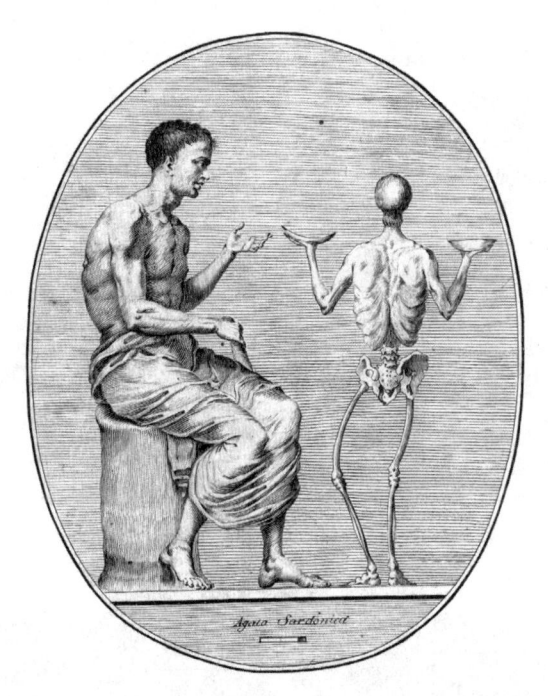

6　皮格马利翁的活人偶与普罗米修斯创造的第一批人类　153

图 6.6　普罗米修斯正在制造第一个人类，一半完成的躯干附着在骨架上。蚀刻版画。*Alcunni monumenti del Museo Carrafa* (Naples, 1778), plate 25. Courtesy of Getty Research Institute, Los Angeles (89-B17579)

的奠酒碗（*phiale*）。

　　在第二类宝石中，对普罗米修斯典型的描绘是他将臂骨固定到一个人类骨架上，如图 6.7—6.11 所示。在图 6.8 和 6.11（彩图 10，彩图 11）中，普罗米修斯使用一个木槌或铁锤将臂骨固定到骨架上。[29] 在这些图片中，我们可以推测，接下来的流程是将筋腱和肌肉安装到骨架上，并添加内脏、血管、皮肤、毛发等，根据人体的自然结构从内到外打造，最终完成人类原型。

　　先塑造人的内部结构，再塑造人的外部，这与古代中国一

图 6.7 普罗米修斯坐在椅子上，为第一个人类的骨架接上臂骨。伊特鲁里亚风格圣甲虫形护符雕刻（影线边框），铭文："PIPITU"，右图是石膏模型，公元前 3 世纪至公元前 2 世纪？Townley Collection, inv. 1814, 0704. 1312. © The Trustees of the British Museum

图 6.8 （彩图 10）普罗米修斯坐在椅子上，正在制造第一个人类的骨架，并用木槌将臂骨接到肩膀上。红玉髓凹雕宝石，年份不详。Rerhaps Townley Collection, inv. 1987, 0212. 250. © The Trustees of the British Museum

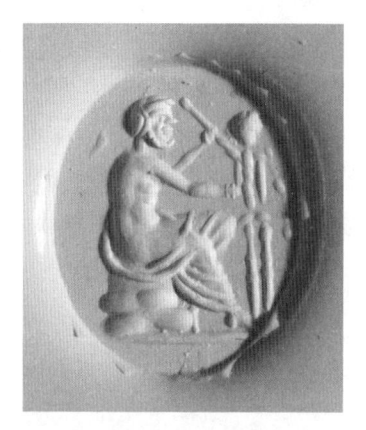

图6.9 普罗米修斯坐在石头上，为第一个人类接上抬起的臂骨。宝石雕刻，翻模，墨绿碧玉，公元前1世纪。82. AN. 162. 69. Courtesy of the Getty Museum

图6.10 普罗米修斯正为骨架接上臂骨。圣甲虫形红玉髓护符雕刻，约公元前100年（黄金环为现代添加）。Boston Museum of Fine Arts, 62.184, Gift of Mrs. Harry Lyman

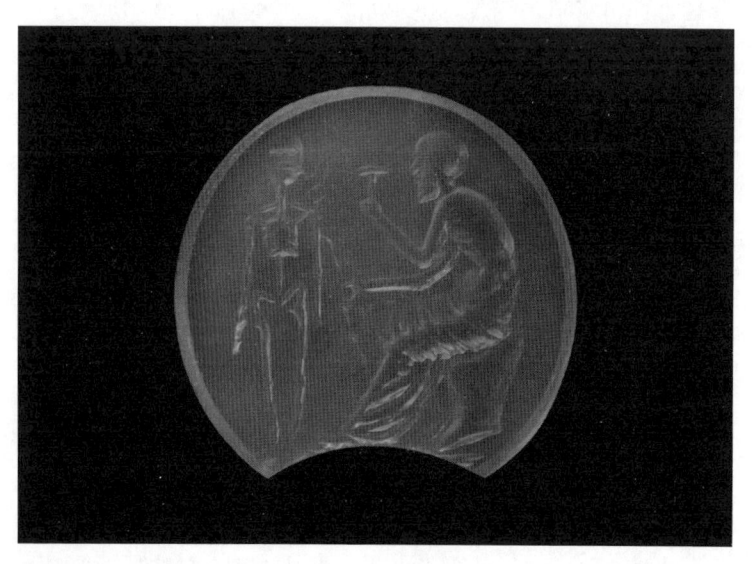

图6.11 （彩图11）普罗米修斯正使用木槌制造骨架。玉髓宝石，公元前1世纪。Thorvaldsens Museum, Denmark, acc. no. 185

个关于人造生命的故事相呼应。在这个故事中,一个栩栩如生的机器人被从内到外制造出来,具有逼真的外观和有功能的内部结构。故事发生在周朝穆王统治时期(约公元前976—前922),一个名叫偃师的大师级"发明家"制造了一个机器人。这个故事出现在据称是道家哲学家列御寇所著的《列子》中(约公元前4世纪),但确切的年代尚无法确定。在这个故事中,偃师将他制造的机器人向穆王和他的妃嫔们展示。这个机器人可以行走、跳舞、唱歌,可以完美模仿一个真实人类的行为。大王看得入迷,直到这个机器人开始对妃嫔们暗送秋波,大王勃然大怒。而当偃师拆开机器人,展示其内部生命技艺结构之后,大王感到非常震惊,该机器人是"以人工形式对人体生理结构进行了精确的复制(皆假物也)"。这个栩栩如生的机器人身体外部由皮革、木头、白垩、黑炭、胶水和漆等制成,内部则是人造肌肉和关节骨架,还有肝、心、肺、肠、脾和肾等器官——每一个器官都精确控制着偃师的机器人的特定身体功能。

从解剖学上的骨骼和内脏器官开始从内到外制造高仿真机器人,这个古老的主题在刻画着普罗米修斯的宝石和这个中国故事中可见一斑,该主题在现代科幻小说中也反复出现。例如,在《银翼杀手2049》中,人们发掘出了脱逃的复制人蕾切尔的骨骼残骸,这揭示了复制人具有"人类的"生理机能,甚至有可能繁殖后代。[30]

* * *

艺术作品中所展示的普罗米修斯从人体骨架开始制造第一个人类,将这位泰坦比作一个在骨架模型上进行创作的雕塑家。

"kanaboi"即骨架模型，通常是木制的，被古代雕塑家用作内部核心，在雕像创作的开始阶段在其周围覆上黏土、蜡或石膏。在保萨尼亚斯、波吕克斯、赫西基奥斯（Hesychius）和佛提乌（Photius）的著作中，木质骨架也用于冷锻金属片和脱蜡铸造青铜雕像。这一过程也在老普林尼（34.18.45—34.18.47）的著作中有所提及，他很欣赏罗马著名雕塑家芝诺多罗斯（Zenodorus）工坊中的那些用于青铜雕像最初阶段的精美小型黏土模型和木质骨架。木制品无法承受锻造时的高温，现代对著名古代青铜像的分析表明，当时也使用了金属骨架。骨架充当了人体结构的三维视图。[31] 前面所讨论的那些不同寻常的宝石上的场景，展现了普罗米修斯如何利用技术和工具，设计他的项目，并从安装一个真实的骨架开始，逐渐完成整个人体结构，最终制造出第一个人类。

亚里士多德在其关于生物解剖学和运动的著作中，也提到了"kanaboi"一词。他将"显示出整个人体形状"的血管网络比喻成"艺术家在塑形时使用的木质骨架"。此外，亚里士多德还引用了当时人们熟悉的设备——机械娃娃或某种自动机器——作为类比，以帮助解释动物和人类的内部机械构成和工作原理。亚里士多德提到骨架是运动的框架，它是机械性的。他指出，动物的肌腱和骨头，作用就类似于机器装置内部连接楔子和铁杆的线缆。[32]

那些描绘普罗米修斯组装人体各部位和制作木质骨架的艺术作品，表明了艺术家和观者都将他的创造视为一种生命技艺，普罗米修斯就像一位雕塑家，从内部框架开始制作自动机器，然后将其变成最初的人类。在第一阶段，他构建了观者所认可的人类解剖结构，从内到外、顺理成章地组装出了人类的祖先。

*　*　*

在所有普罗米修斯创造人类的故事版本中，人类的现实形态成了他们所扮演的真实：他们成了真正的男人和女人。[i]这种自相矛盾的说法反映了一种永恒的观念，即人类在某种程度上是神造的自动机器。自古以来，人们几乎是下意识地担心我们会成为被其他力量操纵的、没有灵魂的机器，这引出了一个深刻的哲学难题：若我们是诸神或未知力量的创造物，我们怎么会有自我认同、自主能力和自由意志呢？柏拉图（《法律篇》〔*Laws*〕644d—644e）是最早一批提出人类非自主性的人："或许我们可以设想一下，每个人都是诸神制造的一个精巧傀儡。"火神赫菲斯托斯制造的人造女人，潘多拉，也引发了类似的问题，这一点我们将在第 8 章讲述。在印度、佛教和道家关于机器人的传统故事中（上文及第 5 章），也充满了对自主意识和灵魂的担忧。例如，在一个古印度的传说中，一座城市里满是安静但能够动作的居民和动物，后来发现，这里的所有生物其实都是仿真的木偶，这一切皆由端坐在宫殿宝座上的一个孤独的人控制。[33]

古代诺斯替主义运动（公元 1 世纪—3 世纪）强烈表达了人类作为不完美和/或邪恶的神的自动机器或玩物的观点，以及随之而来的意志和道德问题。T. H. 赫胥黎（T. H. Huxley）和威廉·詹姆斯（William James）于 19 世纪讨论了人类自主性的问题，约翰·格雷（John Gray）的著作《木偶的灵魂》（*Soul of a Marionette*，2015 年）和小说家菲利普·普尔曼（Philip Pullman）的史诗三部

---

[i] 指创作者基于现实，想象人类是由神造的人偶或人形变成的。这里的"他们"指人偶或人形。——编者注

曲《黑暗物质》(His Dark Materials, 1995—2000) 也都有力地复兴了诺斯替主义的概念。《银翼杀手》则是另一个在科幻小说的叙述中提出偏执怀疑的例子，即认为世界上已经满是机器人，且我们不可能对自己进行图灵测试以证明自己不是机器人。[34]

《银翼杀手》里有一个复制人不断地重复着"我思，故我在"，这是法国哲学家勒内·笛卡尔（René Descartes，1596—1650）的名言。笛卡尔对他那个时代由齿轮和弹簧驱动的机械装置相当熟悉，他接受了人体就是一台机器的观点。早在图灵测试或其他类似测试出现之前，他就曾预言，有一天我们或许需要一种检测某物是机器还是人的方法。笛卡尔写道："如果有一种机器与人类的身体一模一样，并且能够模仿我们的动作"，那么，基于行为灵活性和语言能力的测试或许可以检验出非人的事物。[35]

* * *

在柏拉图讲述的普罗米修斯和厄庇墨透斯的神话（第 4 章）中，地球上的生物被创造出来，然后再被"编程"为具有力量和防御的生物，这样他们就不会陷入互相毁灭的境地，而是维持自然的平衡。但动物分完了所有的"应用程序"，而人类却一无所有，赤身裸体，毫无防御能力，此时生命技艺的局限性就显现出来了。普罗米修斯心生怜悯，赋予了人类技术和火种。此后，希腊神话讲述了不朽的诸神如何展开这种权力的游戏，他们永无止境地操纵、压制、奖励或惩罚一代又一代的人类。很快，人类自己也产生了像诸神一样创造和控制生命的冲动。许多年前，反复无常的神或粗心大意甚至邪恶的造物主胡乱分配自然能力，控制或忽视他们的人类玩具，这一令人毛骨悚然的古老科幻幻想，至今仍萦绕在人们心头。[36]

到了公元前5世纪，雅典人开始崇拜叛逆的普罗米修斯，以及他赋予人类的珍贵科技礼物。在后来柏拉图学院树林中的一个祭坛上，人们将这位泰坦与雅典娜和赫菲斯托斯一起供奉。在这个城市最重要的公民节日，泛雅典娜节（Panathenaia）期间，人们通过火炬接力赛的形式来纪念为人类盗取火种的普罗米修斯。选手从城外学院内的祭坛前起跑，穿过凯拉米克斯区（Kerameikos），即陶工和其他视普罗米修斯（和代达罗斯）为守护神的工匠的聚集区。最后一名接力选手会点燃雅典卫城上雅典娜祭坛的圣火，将气氛推向高潮。帕特农神庙（Parthenon）宏伟的雅典娜雕像底座上，装饰着普罗米修斯的浮雕像（以及赫菲斯托斯的造物，潘多拉）。[37]

* * *

在中世纪和文艺复兴时期，普罗米修斯盗取火种并受难的故事，升华成了人类灵魂追求启迪的寓言。自那以后，普罗米修斯的形象就一直激励着艺术家、作家、思想家和科学家，他也成了创造力、发明天赋、人文主义、理性主义、英雄式的忍耐以及反抗暴政的象征。[38]

两部文学名著讲述了普罗米修斯的作品为作者带来灵感的例子。在威廉·莎士比亚的《奥赛罗》（Othello，1603年）中，奥赛罗称，一旦苔丝德蒙娜（Desdemona）的"光"熄灭，他就无法让她的尸身恢复"普罗米修斯之温热"。这里暗指了普罗米修斯利用他从天堂盗来的火种给泥偶赋予了生命。

在1931年鲍里斯·卡洛夫（Boris Karloff）主演的电影

《科学怪人》的标志性场景中,"普罗米修斯之温热"以电的形式使尸块组合而成的怪物动了起来。该电影改编自玛丽·雪莱的著名小说《弗兰肯斯坦》。这部小说著于1816年,出版于1818年,所述故事深受古典神话的影响。她的父亲威廉·戈德温(William Godwin)曾经写过一篇评论,谈及追求人造生命的神话人物,其中包括女巫美狄亚和艾利克托(Erichtho),以及工匠代达罗斯和普罗米修斯。当时,玛丽的友人拜伦勋爵(Lord Byron)和丈夫珀西·雪莱(Percy Shelley)也创作了与普罗米修斯有关的诗歌。玛丽·雪莱在小说中将她笔下的科学天才维克多·弗兰肯斯坦描述为那个时代的"盗火者"普罗米修斯。她还借鉴采用了当时流行的炼金术、灵魂转移、化学、电学、人体生理学等科学或伪科学的概念。[39]

一些学者认为,玛丽·雪莱是受到了臭名昭著的炼金术士约翰·迪佩尔(Johann Dippel,1673—1734)在弗兰肯斯坦城堡(Frankenstein Castle)进行解剖实验的报道的影响,弗兰肯斯坦城堡就在她写作时所住的日内瓦湖畔别墅附近。在18世纪90年代,社会大众密切关注路易吉·加尔瓦尼(Luigi Galvani)等人所做的电流刺激实验,并对此争论不休。玛丽·雪莱当然也会知道一些病态的实验,在这些实验中,动物和人的尸体会被电流奇异地"复活"。例如,在1803年的伦敦,就有一场对抽搐的死刑犯尸体进行"电疗法"(*galvanism*)的公开实验。在玛丽·雪莱1818年所著的小说中,她对"赋予生命"的原理含糊其词,但是在1831年的改编版中,她确实提及了电疗法。她将副标题定为"现代的普罗米修斯",取自哲学家伊曼努尔·康德(Immanuel Kant)一篇于1756年发表的著名文章,该文对本杰明·富兰克林(Benjamin Franklin)发现"电"所体现的过度且"无节制的好奇心"提出了警告。[40]

玛丽·雪莱讲述了年轻的科学家维克多·弗兰肯斯坦如何耗费两年时间，辛苦研制了一个人造智能机器人。他使用屠宰场和医疗解剖室里的原材料，逐个部件组装起来了一个生物。古代伊特鲁里亚宝石上的刻绘也展示了普罗米修斯把人体各部分在骨架上组装起来的场景，它们对于玛丽·雪莱的"现代的普罗米修斯"故事，似乎有一种怪诞的预见性。事实上，图6.5和图6.6卡拉法宝石的蚀刻版画于1778年出版。苏格兰雕刻师和古文物收藏家詹姆斯·塔西（James Tassie，1735—1799）收藏了大量古代和新古典时期的宝石，其中几个刻画了普罗米修斯正在制作未完成的躯干或组装骨架。图文并茂的塔西收藏集于1791年出版。[41]据保守猜测，玛丽·雪莱和她圈子里的一些朋友或熟人有可能看到或听说过一些刻画着普罗米修斯组装人体部件的宝石。

对玛丽·雪莱所著的《弗兰肯斯坦》产生重要影响的另一位人物或许是恐怖的色萨利死灵法师，艾利克托。她在战场和墓地出没，寻找她施法所需的尸体器官。关于艾利克托的最著名的故事出现在卢坎（Lucan）写于公元1世纪的作品《内战》（*Civil War*）中，而玛丽·雪莱对这位拉丁诗人非常熟悉。在书中，卢坎写道，艾利克托面无表情地在硝烟弥漫的战场上行走，寻找肺部能用的尸体，用以复活。在另一个恐怖的场景中，艾利克托利用动物的尸块来拼凑人尸，让尸体复活。她就像希腊神话中的女巫美狄亚（第1章和第2章）一样，低吟咒语，咬牙切齿，强迫尸体复活。尸体痉挛似的抽搐，进而复活，然后可以"快速地行走，但四肢僵硬"，这让人联想起僵尸、自动雕像和机器人僵硬的关节。这些活死人震惊于自己被女巫非自然地召唤复活，纷纷投身于燃烧的火堆中。[42]

玛丽·雪莱的作品常被誉为第一部现代科幻小说。在她的故事中，一位科学家希望塑造出一个具有高尚美和灵魂的人形生物，但却最终制造出一个丑陋不堪、有知觉和意识的怪物。它肆意破坏，并对自己的诞生深恶痛绝。一些现代早期的思想家将普罗米修斯受尽无止境折磨的神话视为他对创造人类产生疑虑的象征。如同康德所述的观点，一些机器人历史学家同样将普罗米修斯的神话视为一种警告，任何"试图人为创造人造生命的行为都超越了人类合法权利的范畴，是不小心误入神途的行为"。[43] 就如利用神秘的超级技术制造人造生命的许多古代神话和民间传说一样，玛丽·雪莱的恐怖故事是对试图超越人类极限这一主题的沉思，也是在警告人们，在没有充分认识和理解实际后果及道德伦理的情况下，科学的过度发展会带来危险。

* * *

在某些文献中，是宙斯让普罗米修斯创造了第一批人类。但宙斯也对普罗米修斯进行了惩罚，因他盗取了火种并赋予了人类工具。（宙斯也让人类受到永恒的惩罚，这一点将在第8章提到。）关于这位人类的英雄受到宙斯之鹰折磨的时间，古人的说法从30年到1000年，再到3万年不等。在这个神话故事的一个版本里，宙斯最终允许海格力斯杀死了他的巨型"*Aetos Kaukasios*（高加索神鹰）"，这才结束了普罗米修斯的苦难。[44]

在不同版本的神话故事中，这个叼啄普罗米修斯的神鹰有着不同的起源。其中最有趣的是罗马图书馆管理员希吉努斯（约公元前64年）所做的总结。他把从大量的希腊和拉丁文献

（许多现已失传）中整理出来的丰富的神话素材写入了《传说集》和《天文学》（Astronomica）之中。整理完这些古代传说后，希吉努斯（《天文学》2.15）这样写道，"有些人说这只鹰是堤丰（Typhon）和厄喀德那（Echidna）所生，有一些则认为是盖亚（Gaia）和塔尔塔罗斯（Tartarus）所生，但许多人称这只鹰是赫菲斯托斯所造之物"。希吉努斯提及的一个传说认为，被派去叼啄普罗米修斯的巨鹰是发明之神的创造物，这让人想象出一架金属雄鹰造型的无人机，被设定好每天某一时间飞过去对准普罗米修斯的肝脏叼啄。

值得注意的是，阿波罗尼奥斯（《阿尔戈英雄纪》2.1242—2.1261）对宙斯的这只巨鹰进行了特别的描述，称它是一种非自然、会发光的猛禽，有着机械般的行动。伊阿宋和阿尔戈英雄们看到这只"闪亮的鹰"返回高加索的峭壁上，"每天下午都在船的上空飞过，还发出刺耳的嗡嗡声。尽管它在云端飞翔，翅膀的挥动却让所有风帆都随之震动。它的外形并非一只普通的鸟：每个翅膀上都长着长长的羽毛，那一根根长羽就如同一排排抛过光的船桨"。

古代文学中有多处都证明了"金属猛禽"这种概念的存在。例如，海格力斯在执行他的第六项任务时，摧毁了食人的斯廷法利斯湖怪鸟（Stymphalian Birds）。这些怪鸟常被形容为具有青铜羽毛，以及可啄穿盔甲的鸟喙。古代藏族的史诗则描述了另一种机器猛禽的形象。在关于格萨尔王（Gesar）的民间传说中，邪恶的隐士拉特纳（Ratna）制造了三只邪恶的金属巨鸟，并派遣它们刺杀英雄格萨尔。它们的羽毛是"铁和铜制成的薄刃"，"喙像剑一样"，这些鸟俯冲而下，扑向年轻的格萨尔，但被格萨尔三箭射死。[45]

事实上，早在公元前 5 世纪和公元前 4 世纪，希腊就已经制造出金属鸟。有一只青铜鹰还曾在奥林匹克运动会上起飞，作为赛马开始的信号（由保萨尼亚斯描述，6.20.12—6.20.14），科学家阿尔库塔斯（Archytas）还设计了一种飞鸽模型。正如第 1 章所述，阿波罗尼斯在托勒密王朝时期的亚历山大港观察到了很多自动机器和自动移动装置（关于这些装置和其他发明，见第 9 章）。[46]

下一章将揭示，赫菲斯托斯为宙斯制造的鹰并非希腊神话和历史上唯一具有杀人或刑罚功能的造物。在赫菲斯托斯辉煌的履历中，还包含有许多"受造而非受生"的逼真机器和人造生物。创造这些东西的目的，有些是为了节省劳动力，有些则是专门为了制造伤害。

7

赫菲斯托斯

神造设备和自动机器

在希腊-罗马神话中,仅有一位神从事着专业的工作。这位神不仅要做繁重的体力活儿,甚至经常汗流浃背。这位神还具有伟大的智慧,他的技术产品让所有人为之惊叹。这位勤劳的神就是赫菲斯托斯,他是金属加工、工艺和发明的超凡大师。

他是诸神中的边缘人。铁匠赫菲斯托斯是个跛子,在有些传说里甚至没有父亲。他的母亲赫拉(Hera)和妻子阿佛洛狄忒都疏远他。他甚至还曾被驱逐出奥林匹斯山一段时间。然而,众神对赫菲斯托斯敬畏有加,每当他们需要某种精美巧妙或是工艺精湛的物件时,他们就会去委托赫菲斯托斯。赫菲斯托斯用黄金和大理石打造了牢不可破的锁,以保护众神的宫殿。他为众神和英雄们制造特殊的武器、盔甲和其他装备:其中包括为阿波罗和阿耳忒弥斯制造的箭矢,为英雄珀琉斯(Peleus)制造的美杜莎之盾,为海格力斯、阿喀琉斯、戴奥米底斯(Diomedes)和门农制造的盔甲,还有雅典娜的长矛和阿波罗的战车。他为珀罗普斯制造了一个象牙肩胛骨,为美狄亚的父亲——国王埃厄忒斯制造了一对喷火的铜牛,还建造了四个分别涌出酒、牛奶、油和冷热水的神奇喷泉。由于宙斯的命令，赫菲斯托斯被迫打造了将普罗米修斯束缚于山上的锁链。他还为宙斯锻造了可怕的闪电，艺术作品中常将这闪电描绘为一种如标枪般的投掷物。宙斯手中的权杖也是他的作品之一，据称后来被赐给了特洛伊战争中的传奇国王阿伽门农（Agamemnon）。此物曾经被展示于喀罗尼亚的一座神庙里，后来保萨尼亚斯还声称亲眼见到了这一赫菲斯托斯所打造的权杖（9.40.11—9.40.12）。[1]

对赫菲斯托斯的锻造厂的描述最早出现在《伊利亚特》的一大段文字中。在这个场景中，女神忒提斯寻求赫菲斯托斯的帮助，要为儿子阿喀琉斯打造一套威风凛凛的盔甲（图 7.1）。她看见这位铁匠"满身是汗"，正在他青铜居所的铁砧上工作，周围有各种自动化设备为他提供辅助工作。赫菲斯托斯用海绵擦拭了一下额头上的汗，放下了手头的工作，将工具放在一个银箱子里，然后接待了他的客人。

忒提斯想要一顶青铜头盔、一个装饰华丽的盾牌，还有比以往打造的所有装备都要华美的护胸和护腿。接下来是对每一件盔甲的详细描述。盾是其中最引人注目的，由"精铜、锡、银和金"制成，共经过"五层锻造"和"三层镶边"。荷马对铸造盾的精湛工艺进行了详细的描述，这吸引了现代工程师的注意，如斯特凡诺斯·派皮提斯（Stepfanos Paipetis）。派皮提斯指出，赫菲斯托斯使用了复合材料进行制作，"根据不同的材料特性打造出金属层压板"。这位神的手艺代表了人类铁匠对"金属层压复合材料"的完美想象，这有可能是在荷马时代（公元前 8 世纪）被观察到的，也有可能是从更早的口述传说中流传下来的。[2]

之后在《伊利亚特》所述的特洛伊战场上，阿喀琉斯和他

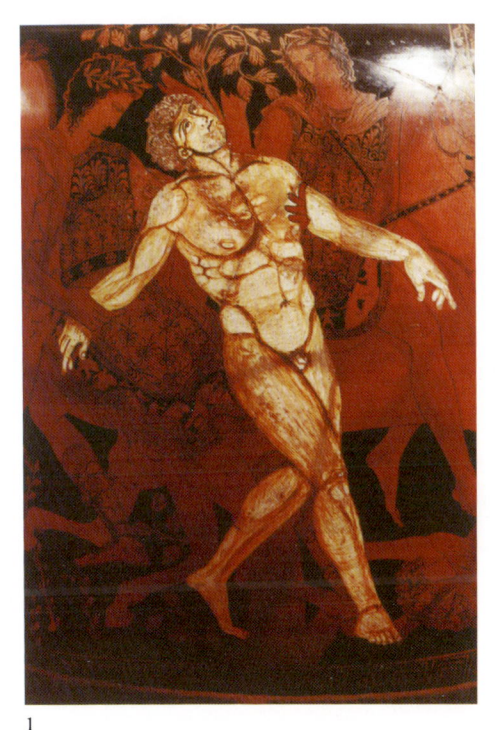

彩图1（图1.4）"塔洛斯之死",鲁沃瓶画细节。Album / Art Resource, NY

彩图2（图1.5）美狄亚看着伊阿宋使用工具拆塔洛斯脚踝上的螺栓,长有翅膀的小死神托着塔洛斯的脚踝,而塔洛斯已经倒在了卡斯托尔和波吕克斯的臂弯中。红绘风格双耳喷口杯,公元前450至公元前400年,发掘于意大利蒙特萨尔基奥。"Cratere raffigurante la morte di Talos," Museo Archeologico del Sannio Caudino, Montesarchio, per gentile concessione del Ministero dei Beni e delle Attività Culturali e del Turismo, fototeca del Polo Museale della Campania

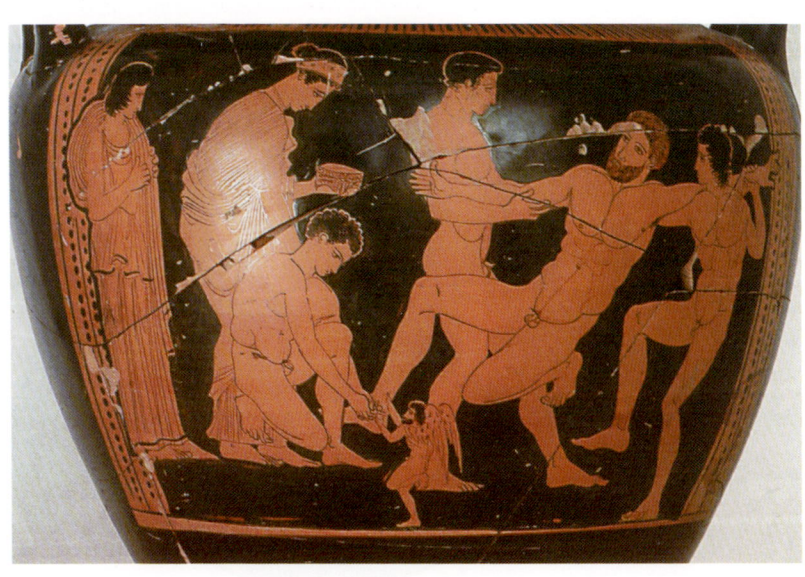

彩图3（图1.9）锻造厂场景，工匠正逐步打造栩栩如生的运动员青铜雕像，周围是工匠的工具。雅典红绘风格基里克斯杯，发掘于武尔奇，约公元前490年至公元前480年，铸造厂绘者绘制。Bpk Bildagentur / Johannes Laurentius 拍摄 / Antikensammlung, Staatliche Museen, Berlin / Art Resource, NY

彩图4（图7.4）手持工具正在工作的铁匠。红绘风格基里克斯杯，公元前6世纪晚期。1980.7. Bpk Bildagentur / Johannes Laurentius 拍摄 / Antikensammlung, Staatiche Museen, Berlin / Art Resource, NY

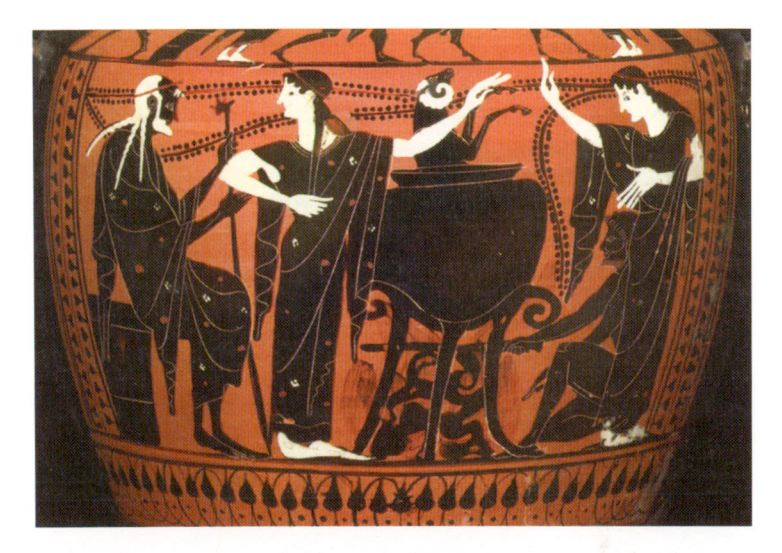

彩图 5 （图 2.1）美狄亚一边回头看向老珀利阿斯（最左），一边冲着大锅里的公羊挥手。伊阿宋正往大锅底添柴。珀利阿斯的女儿（最右）做出了惊讶的手势。雅典黑绘风格提水罐，里格罗斯绘者组制造，公元前510年至公元前500年。inv. 1843, 1103. 59. © The Trustees of the British Museum

彩图 6 （图 5.1）写实青铜公羊像。这尊雕像的雕刻者的灵感是否来自科卡洛斯王时期的代达罗斯打造公羊像并献给阿佛洛狄忒的故事呢？西西里岛叙拉古出土的青铜公羊，公元前3世纪。Museo Archeologico, Palermo, Scala / Art Resource, NY

彩图 7 （图 5.5 右下图）运动员雕像，公元前 4 世纪至公元前 2 世纪，1996 年发掘自克罗地亚沿海。Museum of Apocyomenos, Mali Losinj, Croatia. Marie-Lan Nguyen 拍摄，2013

彩图 8（图 7.7）赛斯兰斯/赫菲斯托斯和助手埃图勒正在制作一匹人造马（佩塞）。伊特鲁里亚铜镜，公元前 4 世纪。From Orvieto, BnF Cabinet des Medailles, Bronze. 1333, Serge Oboukhoff 拍摄 © BnF / CNRS-Maison Archéologie & Ethnologie, 2011. B. Woodcut of mirror, Victor Duruy, History of Greece (Boston, 1890), 由米歇尔·安杰尔摹绘

彩图 9（图 7.8）雅典娜正用黏土制作一匹马的模型。她手里抓着一把黏土，脚边还有一堆黏土。左上角有锯子、钻头和弓钻。马的一条后腿还未完工。雅典红绘风格酒罐，约公元前 460 年。F 2415. Bpk Bildagentur / Johannes Laurentius 拍摄 / Antikensammlung, Staatliche Museen, Berlin / Art Resource, NY

彩图 10 （图 6.8）普罗米修斯坐在椅子上，正在制造第一个人类的骨架，并用木槌将臂骨接到肩膀上。红玉髓凹雕宝石，年份不详。Perhaps Townley Collection, inv. 1987, 0212. 250. © The Trustees of the British Museum

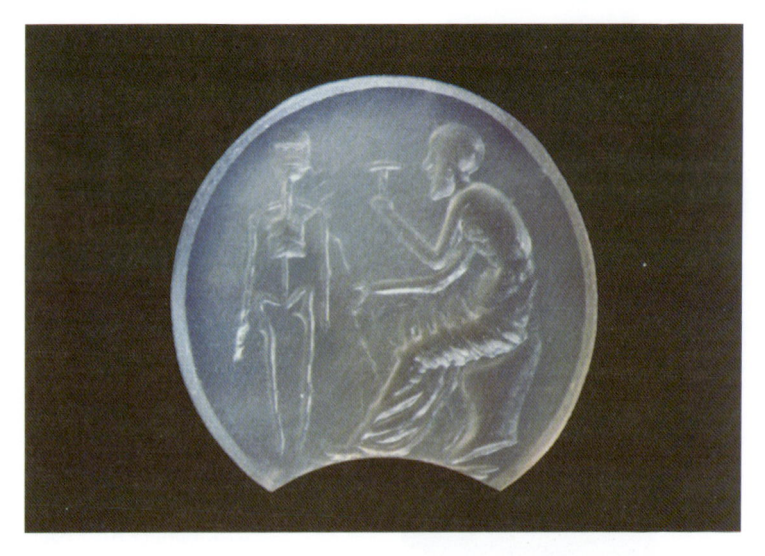

彩图 11 （图 6.11）普罗米修斯正使用木槌制造骨架。玉髓宝石，公元前 1 世纪，Thorvaldsens Museum, Denmark, acc. no. 185

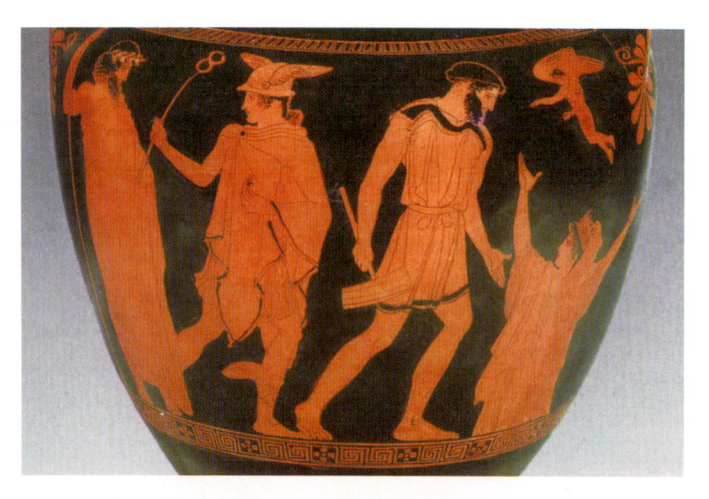

彩图 12 （图 8.3）图中右侧为厄庇墨透斯和潘多拉，图中左侧为宙斯与赫尔墨斯相视一笑。出自波利格诺托斯绘者组之手的 AN1896-1908 G. 275，雅典红绘风格涡形双耳喷口杯，约公元前 475 年至公元前 425 年。Image © Ashmolean Museum, University of Oxford

彩图 13 （图 8.4）宙斯手捧着潘多拉，旁边站着女神（雅典娜？）和赫尔墨斯。雅典黑绘风格双耳细颈瓶，迪奥斯伏斯绘者绘制，约公元前 525 年至公元前 475 年，F1837。Bpk Bildagentur / Johannes Laurentius 拍摄 / Antikensammlung, Staatliche Museen, Berlin / Art Resource, NY

彩图 14 （图 8.7）细节图，众神赞叹潘多拉。绘于红绘风格花萼状双耳喷口杯，尼奥比德绘者绘制，约公元前 460 年。inv. 1856, 1213. 1. © The Trustees of the British Museum

图7.1 赫菲斯托斯在其锻造工坊内向忒提斯展示为她儿子阿喀琉斯打造的上好盔甲。红绘风格基里克斯杯,发掘于武尔奇,约公元前490年,铸造厂绘者绘制。F 2294. Bpk Bildagentur / Johannes Laurentius 拍摄 / Antikensammlung, Staatliche Museen, Berlin / Art Resource, NY

的同伴们都对这件盔甲赞不绝口,盔甲上面雕刻着极其复杂的精美浮雕,仿佛有生命一般。神力锻造的盾牌上雕刻的是"不可思议的人造世界,包含动态、声音和栩栩如生的人物"。[3] 盾牌上的人物就像在"会动的金属影片"里一样,"充满活力,动感十足;他们可以感知、质疑和争论",还能发出声音,"就像活生生的人"。荷马的描述令人联想起让奥德修斯在冥界中感到恐惧的逼真图画（第5章），也预示了艺术家萨摩斯的西昂（公元前4世纪）将声音、音乐和光影结合在一起的"虚拟现实"幻境作品（第5章）。在这段奇异而又矛盾的文字中，诗人强调了盾牌上的场景令人震惊的逼真，具体阐述了赫菲斯托斯在"雕刻各式人物"时所使用的不同金属和技艺，同时"吸引了人们关注于他的写实工艺"。这段描述让人不禁要问："如果没有通过视觉参考一些真实物品，这段文字描述岂会如此细致？"[4]

* * *

在我们继续讲述赫菲斯托斯的其他奇迹和人造物品之前，有必要在这里说明一点，金属盔甲其实算是最早增强人类能力的物品之一（第4章）。青铜盔甲的设计旨在让战士的身体少受伤害，但古典时代的青铜盔甲最突出的是它的样式。盔甲的主要部分，即胸甲或护胸，是用青铜根据理想化的男性身体进行塑造的。这种"解剖学式"的盔甲，也被称为"英雄"盔甲或"肌肉"盔甲，最早出现于古希腊，并于公元前5世纪开始广泛使用。它由前后两部分组成，由肩带连接。这种青铜盔甲根据男性的上半身尺寸进行打造，用逼真的细节模仿出类似神话中的英雄海格力斯般裸露的身体，有乳头、肚脐，以及令人印象深刻的胸肌和腹肌。青铜护腿也是根据膝盖和小腿肌肉线条制作而成的。

一位穿上了人造的青铜胸甲和护腿的希腊重装步兵，就像穿上了一层外骨骼，与一座英雄式的裸身青铜雕像的外形相似。值得注意的是，瓶画上的普通希腊士兵穿着这种英雄青铜盔甲（图7.3），与自动机器人塔洛斯被漆成黄白色的强大青铜身躯一样（可与图1.3、图1.4和彩图1进行比较）。无论士兵是什么样

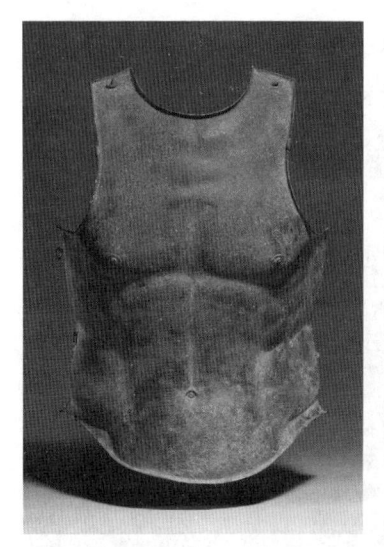

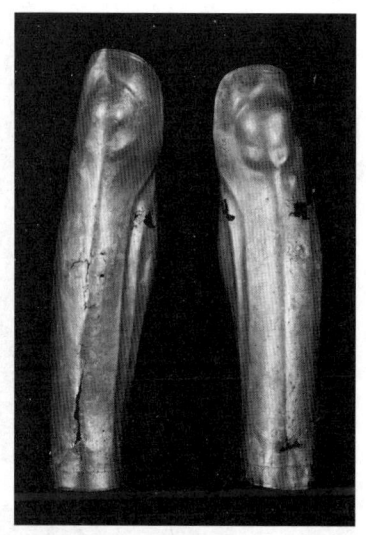

图 7.2 肌肉盔甲，青铜制，希腊，公元前 4 世纪，92. 180. 3 © The Metropolitan Museum, Art Resource, NY. 护胫甲，仿真腿部盔甲，公元前 4 世纪。Archaeological Museum, Sofia, Bulgaria. Erich Lessing / Art Resource, NY

的体型，青铜护胸和护胫甲都可以让他们变成不可阻挡的、肌肉发达的斗士。身穿肌肉盔甲的希腊重步兵铿锵前行的阵势，就像一堵由超人青铜战士组成的人墙在移动。[5]

之后，古罗马人也采用了这种塑造得如同海格力斯一般的英雄造型盔甲，并进一步装饰了这种仪式性盔甲，有些还配备了逼真的银质面具，使其外形更符合一个全金属战士的形象。其他尚武的文明也会制造类似盔甲，旨在战争时用钢铁军队的假象威吓敌人，例如中亚钦察汗国可怕的铁面具（见第 4 章讲述的中世纪伊斯兰故事中的亚历山大铁骑兵）。到了中世纪的欧洲，作为"金属外骨骼"的全身盔甲已经演变成精心制作的厚

图 7.3 "英雄式的"盔甲瓶画。公元前 325 年。National Archaeological Museum of Spain. Marie-Lan Nguyen 拍摄

重盔甲，就是骑士们用剑决斗、用矛厮杀时穿的那种。如第 1 章所述，现代军事科学家以神话中的塔洛斯为蓝本，想要将先进的外骨骼装备化为现实，还想利用计算机和传感器进一步增强其能力。

* * *

作为一位神，赫菲斯托斯的工艺和设计水平都远远高于凡人工匠的水平。他的作品所展现的惊人创造力和技巧是凡间的

图 7.4 （彩图 4）手持工具正在工作的铁匠。红绘风格基里克斯杯，公元前 6 世纪晚期。1980. 7. Bpk Bildagentur / Johannes Laurentius 拍摄 / Antikensammlung, Staatiche Museen, Berlin / Art Resource, NY

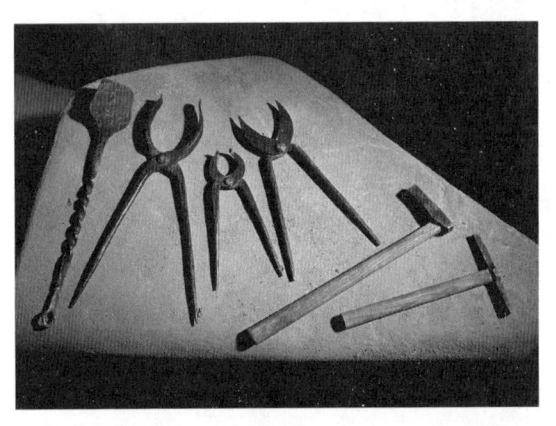

图7.5 上图，铁匠的工具。约公元前250年。Museum für Vorgeschichte, Asparn, Zaya, Austria. Erich Lessing / Art Resource, NY. 下图，古代铁匠工具。发掘于捷克共和国贝齐·斯卡拉岩洞（Byci Skala），公元前6世纪。Naturhistorisches Museum, Vienna. Erich Lessing / Art Resource, NY

传奇工匠代达罗斯都望尘莫及的。但人们设想赫菲斯托斯像代达罗斯和泰坦普罗米修斯一样，使用了和凡人工匠铁匠一样的工具和方法。古代艺术和文学作品对赫菲斯托斯的描绘常常为"他周围摆满工具、半成品的设备和雕像"，就跟代达罗斯和其他工匠一样。在古希腊瓶画和古罗马壁画上（赫菲斯托斯在古罗马被称为伏尔甘〔Vulcan〕），赫菲斯托斯在作坊的工作场景与一般工匠和雕塑家的工作场景非常类似。[6]

赫菲斯托斯的许多作品都是专为众神而造的。例如，为了方便众神驾着战车出入奥林匹斯山，他制造了能"自动旋转"开关的大门，因此，古典学家丹尼尔·门德尔松（Daniel Mendelsohn）打趣地说，"这是3000年前的自动车库门"。[7]

为了对付他不忠的妻子阿佛洛狄忒和无情的母亲赫拉，赫菲斯托斯设计制造了两个巧妙的装置。在神话中，赫菲斯托斯制造了一张几乎看不见的网，用这张极其细密而坚固的金属网将阿佛洛狄忒和战神阿瑞斯抓奸在了床上。为了报复赫拉对他的抛弃，赫菲斯托斯向母亲展示了一个精心设计的黄金宝座，宝座中巧妙地设计了一个陷阱，里面有可能是弹簧或杠杆一类的装置，只要她一坐下就会被束缚住。坐上去的赫拉果然动弹不得，直到后来赫菲斯托斯把她放了。好几幅古代瓶画都描绘了赫拉被困在宝座上的场景，其中一幅描绘的是赫菲斯托斯正在解开脚镣的画面。[8]

赫拉没有儿子那样的技术，但她雇用了一只名为阿耳戈斯（Argus）的超自然生物充当哨兵，对付丈夫宙斯。阿耳戈斯的特殊能力可以被视为一种神圣的人工强化。在赫西奥德的诗歌片段《埃吉米乌斯》（*Aegimius*）和之后的文本中，阿耳戈斯是赫拉派来看守仙女伊奥（Io）的巨人守卫，当时伊奥被宙斯变成了一头小母牛。阿耳戈斯被称为"百眼巨人"（*Panoptes*，意为"全视"），他从不睡觉，拥有很多个眼睛，可以看到四面八方，而根据传说版本的不同，他的眼睛大约有四到一百只不等。在公元前6世纪到公元前4世纪的瓶画上，百眼巨人阿耳戈斯·潘诺普忒斯（Argus Panoptes）的身体遍布眼睛，神话作者阿波罗多罗斯也对此进行了描述。希腊北部的阿菲提斯（Aphytis）近期发掘出了一只由潘神绘者（Pan Painter）于公元前470年绘制的一个精美酒罐（*lekythos*）（图7.6）。人形的阿耳戈斯的身体上布满了眼睛，还长了一个有两张面孔的头，朝两个相反的方向看去。[9]

这个神话故事讲述了一位高度警觉的看守，他从不睡觉，能够从各个角度进行监视。这不仅启发了18世纪杰里米·边沁（Jeremy Bentham）设计环形监狱的灵感，似乎也预示了现代无

图7.6 浑身长满眼睛、双面头的阿耳戈斯。雅典红绘风格酒罐，发掘于阿菲提斯，潘神绘者绘制，约公元前470年。© Hellenic Ministry of Culture and Sports, courtesy of Ephorate of Antiquities of Chalcidice and Mount Athos

处不在的摄像头。因此,许多提供安全服务的公司都以"阿耳戈斯"(Argos/Argus)命名。由美国军事科学家尝试开发的计算机化外骨骼"塔洛斯"装备,也配备了如阿耳戈斯般的多个"眼睛"(第1章),而其他军方科学家则在想方设法创造出像这位赫拉的哨兵一样无需睡眠的士兵(第4章)。[10]

* * *

在赫菲斯托斯所造的装置中,最引人注目的当属那些栩栩如生、模拟自然的自动机器,并且它们还具有某种心智。我们已经了解了赫菲斯托斯所造的一些人造生物:他制造了克里特岛的青铜守卫塔洛斯、被伊阿宋驯服的喷火铜牛哈尔科塔鲁伊(Khalkotauroi,意为"青铜公牛"),以及宙斯用来折磨普罗米修斯的巨鹰。赫菲斯托斯制造的逼真动物还包括马、狗和一只狮子。除塔洛斯之外,这些用金属制造的奇物的内部工作原理在现存的文本中都没有被描述过。[11]但值得注意的是,它们都是由发明之神制造的,而他正是通过技术手段制造出塔洛斯和其他自动机器的神。关于赫菲斯托斯所造的动物形装置的记载大都非常古老,只有一个例外——拜占庭时代的史诗诗人农诺斯(《狄奥尼西卡》,29.193)的一个故事。农诺斯想象赫菲斯托斯制造了一对逼真的青铜马,来拉他的儿子们——众卡比洛斯(Cabeiroi)——的金刚战车。像喷火铜牛一样,这对青铜马能从嘴里喷出火焰,"它们的青铜蹄子拍打地面时发出嘎嘎的响声",这对机器马甚至可以"从喉咙里发出马嘶声"。至5世纪,农诺斯生活的时代,众多发明家开始制造真实的自动装置已经有几个世纪了。他们的一些真实创造可能激发了农诺斯的想象,火焰吐息马或许是古代铜牛神话的一种诗意的翻版。

但令人费解的是，在公元前4世纪的一面独特的伊特鲁里亚镜子上，出现了赫菲斯托斯制作马的更早的证据。这个马雕像和刻在青铜镜上的铭文让伊特鲁里亚学者和古代艺术史学家们疑惑不已。我们知道，伊特鲁里亚有着自己版本的口述希腊神话故事。镜子上展示的是塞斯兰斯（Sethlans，伊特鲁里亚语的赫菲斯托斯）和一位名叫埃图勒（Etule）的助手。图中助手正挥舞着铁匠锤子，协力制作一尊逼真的金属马雕像（上面标有佩塞〔Pecse〕字样）（图7.7，彩图8）。

这匹标记着"佩塞"的马被一些学者认定为特洛伊木马，但这个解释却引发了诸多疑问。佩塞是伊特鲁里亚人对飞马（珀伽索斯〔Pegasus〕）的称呼，但镜子上的马却没有翅膀，而且在希腊神话中，珀伽索斯诞生于美杜莎被斩下的头颅，不是由赫菲斯托斯制造的。还有，这匹马没有轮子；在最早的希腊艺术品中，特洛伊木马是有轮子的。[12] 没有任何已知的希腊神话将赫淮斯托斯与特洛伊木马联系在一起。根据荷马（《奥德赛》8.493）的说法，特洛伊木马是由一位名叫厄帕俄斯的希腊工匠用木头制成的，而非赫菲斯托斯所造。这匹木马要么是在雅典娜的帮助之下完成的，要么是献给雅典娜的礼物（图5.4，瓶画场景）。

助手埃图勒是谁？埃图勒很可能就是厄帕俄斯，如果这是一个伊特鲁里亚版本的特洛伊木马故事，那么他制造木马的灵感就是来源于赫菲斯托斯而非雅典娜。厄帕俄斯确实与意大利有关联：他是希腊殖民地麦塔庞顿城（Metapontum，位于意大利南部）传说中的建城者，据说市民曾将他用过的工具陈列于当地的雅典娜神庙中。[13]

在这面伊特鲁里亚铜镜上，塞斯兰斯/赫菲斯托斯正在对马脖子周围的材料进行着什么处理。他的右手拿着同样的材料，似乎正在去除或添加黏土，制作塑模，就像古代的青铜铸造技艺一样。类似的场景还出现在一个早期的红绘风格雅典陶瓶上，这幅瓶画绘制于约公元前460年。这个陶瓶上绘制了一幅不同寻常的场景，除赫菲斯托斯之外，还有一位女神正在制造一座栩栩如生的造像。图7.8（彩图9）显示了雅典工匠的女保护神，雅典娜本人正在制作一匹马的泥塑模型（特洛伊木马）。马的后腿仍未完成，身体部分还比较粗糙。在雅典娜的身后是一堆工具，跟代达罗斯、赫菲斯托斯和普通工匠工坊中的东西一样：锯子、钻头和弓钻。她的脚边有一堆黏土，而她正把黏土往马头上涂抹。这幅雅典娜用黏土制造马匹的古典瓶画与伊特鲁里亚铜镜上塞斯兰斯/赫菲斯托斯往马脖子上抹黏土的场景非常相似。[14]

若近距离观看这面伊特鲁里亚镜子（图7.7，彩图8），就能注意到这匹活灵活现的人造马的前蹄被拴在一块岩石上。对于一个没有生命的雕像来说，这是一个怪异的细节。但回想起雅典人关于"会逃跑的活雕像"的笑话，也不足为奇了，这解释了为什么雕像需要用锁链绑住或者拴住（第5章）。马腿上的锁链可能是为了强调这匹人造马是多么的逼真，或暗示赫菲斯托斯和他的助手正在制造一座会动的马雕像，这显然是在诠释一个未知的伊特鲁里亚传说。

* * *

除了自动青铜巨像守卫者塔洛斯，赫菲斯托斯还为米诺斯制造了另外两件礼物。一个永远装满箭（或标枪）的神奇袋子，它们从不错失目标。另一件礼物更有意思：一只超自然的迅捷猎

图 7.7 （彩图 8）塞斯兰斯 / 赫菲斯托斯和助手埃图勒正在制作一匹人造马（佩塞）。伊特鲁里亚铜镜，公元前 4 世纪。From Orvieto, BnF Cabinet des Medailles, Bronze. 1333, Serge Oboukhoff 拍摄 © BnF / CNRS-Maison Archéologie & Ethnologie, 2011. B. Woodcut of mirror, Victor Duruy, *History of Greece* (Boston, 1890) / 由米歇尔・安杰尔摹绘

图 7.8 （彩图 9）雅典娜正用黏土制作一匹马的模型。她手里抓着一把黏土，脚边还有一堆黏土。左上角有锯子、钻头和弓钻。马的一条后腿还未完工。雅典红绘风格酒罐，约公元前 460 年。F 2415. Bpk Bildagentur / Johannes Laurentius 拍摄 / Antikensammlung, Staatliche Museen, Berlin / Art Resource, NY

犬，它永不错失猎物（这只猎犬的形象出现在克里特岛描绘塔洛斯的钱币的另一面上）。这只猎犬有时被视为一个自动机器，有时又被视为一只增强了捕猎能力的神奇之犬，它在神话中经历了很多冒险。这只猎犬通常被称为"莱拉普斯"，它出现在一个从米诺斯王说起的故事里（已失传的古希腊史诗《厄庇戈诺伊》〔*Epigoni*〕中的一部分）。

我们记得，米诺斯的妻子，女巫帕西淮曾经为了让其保持忠诚，诅咒他在射精时射出蝎子（第4章）。这个施加在米诺斯身上的诅咒最终被一位名为普罗克里斯（Procris）的女巫用反向咒语给破解了。米诺斯为了感谢普罗克里斯，将这条神奇的猎犬莱拉普斯相赠。后来，普罗克里斯的丈夫刻法罗斯（Cephalus）将莱拉普斯带到了希腊的维奥蒂亚（Boeotia），让它去追捕永远不会被捉到的透墨索斯恶狐（Teumessian Fox）。这场奇幻的追捕引发了希腊神话和哲学领域广为流传的悖论难题，一条永远不错失猎物的猎犬和一只永远不会被捉到的狐狸。最后这个难题得到了解决——宙斯将它们都变成了石头。古时候底比斯城附近有这两种动物形状的岩石，曾经是当地的著名景点。[15]

令人困惑的是，克里特岛的猎犬莱拉普斯与神话中的黄金猎犬又有重叠。当宙斯藏于克里特岛躲避凶残的父亲克洛诺斯（Cronus）时，宙斯的母亲瑞亚（Rhea）让一只黄金制成的栩栩如生的猎犬保护年幼的宙斯。是谁制造了这只黄金猎犬？一些人称，这只黄金猎犬是由负责在克里特岛保护宙斯的精怪所制造的，他们名为库瑞忒斯（Kouretes）或达克堤罗伊（Dactyloi）（他们也与传说中罗得岛那些逼真的雕像的制造者忒尔喀涅斯有关联，第5章）。但也有一些文献称，是赫菲斯托斯制造了黄金猎犬。无论如何，在宙斯成为奥林匹斯山的掌权者之后，他命令黄金猎犬继续守卫他年幼时期的住地——克里特岛神庙。根据另一则神话故事，潘特柔斯（Pandareus）从宙斯的神庙中偷走了这只珍贵的黄金猎犬，但赫尔墨斯（Hermes）为宙斯寻回了这条猎犬。寻回黄金猎犬这一情节被画在了公元前6世纪早期的一只古代陶瓶上（图7.9）。

在公元前2世纪，诗人克罗丰的尼坎德（Nicander of Colophon）将这些不同的故事交织在一起，赞颂了希腊猎人所

图 7.9 赫菲斯托斯制造的黄金猎犬被潘特柔斯偷走后,赫尔墨斯把它找了回来。黑绘风格杯,约公元前 575 年,海德堡绘者(Heidelberg Painter)绘制。Louvre A478. © RMN-Grand Palais / Art Resource, NY

喜爱的、在现实世界中迅捷如风的莫洛西亚猎犬(Molossian)和凯奥尼亚猎犬(Chaonian)的起源。"据说这些犬类都是赫菲斯托斯制造的猎犬的后代。"他写道,"赫菲斯托斯用精怪的青铜(Demonesian bronze)铸造了这只猎犬,并在其中注入了灵魂(心灵)。"尼坎德写道,这只栩栩如生的猎犬经米诺斯之手送到了普罗克里斯手里,然后又送到刻法罗斯手里,最终被宙斯变成了石头。这位诗人使用了民间传说中常用的词语"据说",想象出一只逼真的金属猎犬可以和一条真实的狗交配并生育后代。尼坎德使用了一种新思路,即一只人造动物如此"真实",以至于可以生育后代。就像后来罗马时代的作家笔下的伽拉忒亚和潘多拉一样,她们都不是自然造物,但那么"像人",以至于拥有了生育后代的功能。尼坎德采用这种诗意的构想,将古代最好的猎犬赋予了神圣的血统,就像雅典工匠们声称代达罗斯是他们的祖先一样(第 5 章)。[16]

赫菲斯托斯用金属制造动物的故事最早出现在荷马的《奥

德赛》(7.91—7.98)中。书中描述了一对狗,一只是银犬,另一只是金犬,它们守卫着传说中的淮阿喀亚国王阿尔喀诺俄斯(Alcinous of the Phaeacians)的宏伟宫殿,宫殿坐落于先进而神秘的淮阿喀亚王国。奥德修斯对这些在华丽大门前站岗的凶猛看门犬赞叹不已,称它们"由精湛的技艺铸成"。荷马称这些时刻保持警惕的猎犬"不死不老"。一些人对这个神话的解读是:这说明这些猛犬可以移动乃至撕咬入侵者。但这一点并不明确,荷马也未对此进行描述。另一个神话传说中,这两只金银犬曾帮助过海神波塞冬,后来海神又将它们送给了阿尔喀诺俄斯。[17]

1986年,三个此前不为人知的神话故事横空出世,讲述的是赫菲斯托斯铸造的一只青铜狮子,负责保卫莱斯博斯岛(Lesbos)。这些记载出现在公元2世纪的一张严重受损的莎草纸上。残片上最早的记录可追溯至公元前3世纪。根据莎草纸上的说法,这只青铜狮子藏在莱斯博斯岛的岸边,负责抵御来自安纳托利亚大陆的攻击。这个故事符合远古和中古时期的普遍信仰,即视青铜雕像为守护者或"魔法护盾"(第1章),而如塔洛斯和黄金猎犬等雕像,甚至进一步被认为"有灵性"。

莱斯博斯岛的这只狮子雕像的制作需要两个步骤,让人联想到尼坎德提到的注入青铜犬里的"灵魂"。在这个叙述中,赫菲斯托斯铸造了一只空心的狮子,然后把一些强效的药物放在里面。这些赋予雕像生命的物质是"对人类有益的"。[18]这个过程不禁让人联想到第2章中美狄亚将一些强效药物填充到阿耳忒弥斯雕像内的情节,以及塔洛斯内部的灵液生命系统(第1章)。可能有人会注意到,这个由"对人类有益的"内核驱动的人造狮子,似乎预见了科幻小说家艾萨克·阿西莫夫(Isaac

Asimov）的机器人第一定律（1942）：机器人不可伤害人类。这一定律虽然早已被塔洛斯和其他古代自动机器所打破，但仍然引起了从事机器人和人工智能伦理研究的现代专家们的共鸣。而在"阿西洛马人工智能原则"（Asilomar AI Principles，由生命未来研究所〔Future of Life Institute〕于2017年提出）中，为了确保人类伦理价值不因人工智能的发展而遭到破坏，全23条里的最后一条规则称"超级智能只能在让全人类受益的前提下研发"。[19]

* * *

当女神忒提斯来访时，赫菲斯托斯正在进行一项"卓越的技术性创造"。当时，他铸造了二十个安装有金轮子的三足鼎，正在铆接把手。青铜三足鼎是古代随处可见的日常家居品，三只脚的架子可以放置盆或者锅。用于仪式的华丽的鼎通常被供奉在神庙之内，或作为奖品和礼物赠送。赫菲斯托斯制作的这一组三足鼎非常特别，它们可以自行移动，根据指令在众神的宴会上运送仙馔蜜酒，然后再返回赫菲斯托斯身边（荷马《伊利亚特》18.368—18.380）。与塔洛斯的古代描述不一样，荷马没有给出这个三足鼎的内部机制，但它们却符合机器的定义，可自行移动并改变方向。

关于三足鼎和奥林匹斯山自动旋转门（《伊利亚特》5.749和18.376）的这些段落，是古希腊词汇"αὐτόματον"（automaton，自动机器）最早出现的地方，定义为"能按照自己的意愿行动"。公元前4世纪，亚里士多德引用了荷马史诗，并将自动三足鼎定义为自动机器（《政治学》1.1253b）。值得注意的是，根据菲罗斯特拉图斯（公元170—245）的记载，逍遥学派的贤者提亚安那的阿波罗尼奥斯于公元1世纪或2世纪在印度看见了许多惊人的奇观（《阿波罗尼奥斯的生活》6.11）。这些奇观就包括在参加皇室宴会时所见的自动三足鼎，以及自动斟酒机器。就像许多现代历史学家所评论的，为奥林匹斯山众神服务的自动三足鼎不禁让人联想到自动省力的现代扫地机器人、无人驾驶汽车和军事工业机器人。荷马笔下的神话故事提醒我们，人类对"自动化"的渴望是极其古老的。[20]

现存的古希腊艺术品中未发现任何带轮子的三足鼎，考古界也未曾挖掘出任何相关物品。不过，许多用来运送大锅，装饰华丽的四轮青铜推车在地中海地区被挖掘出来，时间可以追溯到青铜时代（公元前13世纪—公元前12世纪）。今天，人们可能会推测轨道、弹簧、杠杆、绳索、滑轮、砝码、曲柄或磁铁等是自动三足鼎设计中可行的操作系统，就像荷马著作中对赫菲斯托斯作品的描述一样。事实上，一个带轮子的自动三足鼎的假想工作模型可以在科萨纳斯古希腊科技博物馆（Kotsanas Museum of Ancient Greek Technology，位于希腊皮尔戈斯〔Pyrgos〕附近）看到。这个模型用到了谷物、砝码、绳索和横销，还应用了后来在亚历山大港工作的工程师斐洛（Philo the Engineer）以及赫伦发明的技术（第9章）。[21]

公元前3世纪，埃及的亚历山大港拥有宏伟的图书馆和博物馆，是机械创新的中心。或许是受到《伊利亚特》中自动三足鼎的影响，斐洛（生于拜占庭，在亚历山大港生活）制造了一个女性自动倒酒机器人。这个机器人本身无法移动，但在装上轮子后可以轻松地在坡道上滑行，其设计简单，使用古典时代的材料、工艺和技术就能够实现。[22]艾尔贾扎里（al-Jazari,

出生于约 1136 年）是小亚细亚东部阿尔图格王朝（Artuqid）统治下的一位富有创意的工程师，他在 1206 年的阿拉伯语著作中提到了这样一个带有轮子的女仆机器人。在这个设计中，酒被倒入顶部的容器中，再从容器流入一个盆中，直到盆倾斜并装满女仆手中的杯子。然后，杯子的重量会让这个带有轮子的女仆沿着坡道往客人方向移动（第 9 章将讲述更多历史上的移动装置和自动机器）。[23]

希腊神话中关于赫菲斯托斯所造的自动设备——如自动三足鼎或其他类似的物品——重要的一点是：在 2500 多年以前的荷马时代，古人可以在神话领域中想象超级铁匠制造了巧妙的、可以自动行进的机动车，尽管内部结构尚不明确。[24]

古希腊艺术中并未出现可移动的三足鼎，但却有描绘了飞行三足鼎的惊人图画。这幅画出现在一个精美的陶瓶上，由才华横溢又多产的柏林绘者（Berlin Painter，图 7.10）于公元前 500 年至公元前 470 年间创作。这幅画描绘了太阳神阿波罗坐在一个有翼的三足鼎上，与跳跃的海豚一起在海面上飞行。众所周知，阿波罗的女祭司在进行德尔斐神谕（Delphic oracle）预言时，会坐在一个特殊的三足鼎上。古代流传着这样一个传说，特洛伊的海伦拥有一个由赫菲斯托斯制造的美丽金鼎，但德尔斐神谕认为它应该归属于"最有智慧的人"。根据神谕，这个三足鼎将会自动前往最有智慧的人那里。这只金色三足鼎在古希腊七贤之间流转，最终来到了阿波罗的身边。[25] 这个奇怪的传说是否与瓶画上阿波罗的"神奇三足鼎飞行器"存在一定程度上的联系？这幅图画如此独特，而神话的来源又不得而知。[26] 这样的装置很可能出自赫菲斯托斯之手，他制造了金色三足鼎、母亲的特制椅子，还有为诸神服务的自动三足鼎。事实上，大量

图 7.10 阿波罗正坐在他的三足鼎上飞越大海,海中可见海豚和其他海洋生物。雅典红绘风格提水罐,约公元前 500 年至公元前 480 年,柏林绘者绘制。Vatican Museums, Scala / Art Resource, NY

的文献和艺术品显示,以轮式战车为形式呈现飞行"机器"的想法在古代相当流行。

在众多描绘飞行椅子或飞行战车的瓶画中,有三幅出自柏林绘者之手,而已知最早的例子是公元前525年的一个瓶画,被认为是"神灵绘者"(Ambrosios Painter)的作品。这幅画描绘了赫菲斯托斯坐在有翅膀的轮椅或战车上,展示了另一个未知的故事(还记得赫菲斯托斯是个跛子)。其他几幅瓶画描绘的是特里普托勒摩斯(Triptolemus),他与得墨忒耳(Demeter)和厄琉息斯秘仪(Eleusinian Mysteries)有关,他坐在或正要坐到他的飞天椅子上(图7.11)。在这个神话中,女神让特里普托勒摩斯坐着飞行的椅子在人间传播农业知识。在众多古代文献中,索福克莱斯已佚失的戏剧里有一个片段描述了特里普托勒摩斯(公元前468年)坐在一张特殊的椅子上飞来飞去。但在文字叙述中并未提到翅膀,是后来的瓶画艺术家们加上了翅膀,用来表示椅子可以飞行。我们可以猜测,在阿波罗和赫菲斯托斯的飞行器上加翅膀也是出于这个原因,以显示这些神奇载具可以自行移动和飞行。[27]

* * *

赫菲斯托斯所造的三足鼎是无意识的机器。但赫菲斯托斯还制造了具有人类外形以及特殊能力的神奇机器。品达的一首失传诗歌的残篇中,讲述了赫菲斯托斯如何为音乐之神阿波罗在德尔斐(Delphi)建造了一座青铜神庙。神庙的山形墙上装饰有一排"金色魅者"(*Keledones Chryseai*,即Golden Charmers)——六座会唱歌的金色女性雕像。公元2世纪,希

图 7.11 特里普托勒摩斯坐在他的飞天椅上，旁边站着科瑞（Kore）[i]。雅典红绘风格杯，发掘于武尔奇，阿伯丁绘者（Aberdeen Painter）绘制，约公元前 470 年。Louvre G 452, Canino Collection, 1843 / Marie-Lan Nguyen 拍摄 / 2007

腊旅行家保萨尼亚斯（10.5.12）想要研究这些可以唱歌的雕像。他前往了神庙旧址，但了解到很久以前这座青铜神庙和那些雕像就已毁于地震或火灾。[28]

---

[i] "Kore"意为少女，这里用来指代得墨忒尔的女儿珀耳塞福涅（Persephone）。——编者注

赫菲斯托斯制造的另一群自动机器人在仿生方面实现了一次惊人的"进化飞跃"。[29] 在《伊利亚特》中，忒提斯拜访赫菲斯托斯的作坊时，忒提斯看到了让她震惊的场景：一群可移动的、会思考的女性机器人正在协助赫菲斯托斯的工作。这些女机器人助手所具备的功能远远超越了自动旋转门、自动三足鼎和德尔斐屋顶上会唱歌的雕像，甚至超越了似乎有一定自主性和意识的青铜守卫塔洛斯。"这些黄金仆人的外形好似少女，行动快速，在主人的身旁忙忙碌碌，就像活生生的女人一般"（《伊利亚特》18.410—18.425）。几个世纪之后的作家菲罗斯特拉图斯评论道（《阿波罗尼奥斯的生活》6.11），"赫菲斯托斯铸造了黄金女仆，并让黄金有了呼吸"。

然而，这些人形助手不仅仅是具有移动能力的超写实黄金"活雕像"。赫菲斯托斯"铸造了机械女仆"，并将"心智、智慧、声音和活力（*noos, phrenes, aude, sthenos*）"，以及所有不朽之神的技能和知识"置于其中"。[30] 因此，赫菲斯托斯的这些黄金助手不仅能自行移动，而且可对主人的需求做出预测并有所回应。同时，她们还被赋予了人类的特征：意识、智力、学习、理性和语言。（前文中阿喀琉斯的神盾上的人物也具有同样的能力。）一位研究古典和现代科幻小说的学者评论道，"赫菲斯托斯铸造的黄金女仆为人造生命树立了标准"。这些黄金女仆"拥有人类的智慧和与真人无异的外形"，是"由金属铸造而成，却具有人类能力的超凡工艺品"。神话中的黄金女仆似乎预示着现代基于思想控制的机器和人工智能的概念。然而，就像赫菲斯托斯制造的其他机器一样，这些机器人的内部运行机制同样是神秘的"黑箱"。[31]

这些黄金女仆的类人特质可被视为古代版的"人工智能"。[32]

她们具有人工智能专家所称的，建立在"大数据"和"机器学习"之上的"扩增智慧（augmented intelligence）"。《伊利亚特》似乎在以一种夸张的说法，将女机器人们描述为一种储存了所有神圣知识的智库。[33] 在现代，为特殊任务而研发的人工智能只需存储解决问题时所需要的知识，而无需其他过多信息，以提高效率。它们需要直接获取有用的知识，而不是大量、无差别的"数据转储"。但是，现代人工智能研发者很难准确预测哪些知识可能与复杂的任务相关，或者哪些知识在未来会变得极其重要。同理，荷马神话自然而然地想象众神会希望给赫菲斯托斯制造的神奇机器灌注充足、丰富的神圣知识。[34]

* * *

《伊利亚特》中描述的女仆机器人并非古代文献中唯一拥有智力和自主能力的自动装置。例如在《阿尔戈英雄纪》中，伊阿宋的阿尔戈船上有一块木板，它可以说话，甚至会预言。不过，就古代"人工智能"而言，更令人信服的例子是淮阿喀亚人的奇异船只，出自荷马的《奥德赛》（7—8）。淮阿喀亚人是奥德修斯碰到的一个具有神奇技术的国家的居民。淮阿喀亚人的船只没有舵和桨，没有人类导航员、导航仪或桨手，而是仅靠思想来驾驶。荷马神话设想这些船只由某种中央系统控制，可以访问由整个古代世界的"虚拟"地图和海图组成的庞大数据库。该国国王阿尔喀诺俄斯炫耀道，他的不沉之船能在任何天气和海况下长途航行，并在当天返回港口。阿尔喀诺俄斯称，这些船只本身"可以知道我们的想法和需求"，"它们熟知世界上的所有城市和国家，在大雾笼罩的海上也能航行，所以没有失事或损坏的风险"。若要让这种船将奥德修斯送回家乡，仅需"告诉船只目标国家和城市，它就会自行设计相应的航线"。奥德修斯惊叹于这艘无人驾驶的淮阿喀亚船的稳定航向，这些船就像猎鹰一样迅速，带他横跨海洋，回到家乡。看到这，我们难免会将之与现代全球定位系统（Global Positioning Systems, GPS）和自动驾驶、导航系统相比对。[35]

顺便一提，一些古埃及传说讲述了由人造仿真桨手驱动的船。这些文字是在莎草纸碎片上发现的，可追溯至托勒密-罗马时期（公元前4世纪—公元4世纪）。故事以历史上的拉美西斯二世（Ramses II）时期为背景，讲述了邪恶的巫师制造了船只和桨手的蜡模，并命令这些蜡像去执行任务。有趣的是，这些桨手不仅活了起来，而且在完成任务的过程中显然能够独立思考和行动。[36]

* * *

赫菲斯托斯的自动三足鼎和自动女仆激发了研究机器人历史的专家们的兴趣。它们的光彩掩盖了另一些较少受到关注的自动化机器，尽管它们也在赫菲斯托斯的工坊中从事专门劳动。[37]真正的风箱技术发明于古代，用于输送更多空气来让火烧得更旺，释放更多热量，这对于需要极热火焰的冶金业的发展至关重要。在《伊利亚特》所述场景的靠后部分（18.468—18.474），赫菲斯托斯启用了二十个可根据他的需要自动运行和调节的风箱。在这个场景中，赫菲斯托斯"把风箱对着火，向它们下达了工作的指令。哪里需要升温或降温，这些风箱就会向哪里吹风调节。赫菲斯托斯来回走动，用沉重的锤子和钳子在砧上工作,而这些风箱就跟在他的身旁"。就像奥林匹斯山可以自动开合的门、自动三足鼎和黄金女仆一样,能帮铁匠煽火的这些自动风箱是想象中节省劳动力的机械,可代替那些原本由人类助手或奴隶完成的工作。[38]

创造这些机械或机器人最主要的动机之一是发挥它们的经济性。通过从事机械化的劳动,它们减轻了主人乏味的劳作。约公元前326年,这一思路促使亚里士多德分析了希腊神话中的自动机器等发明对社会经济的影响(《政治学》1.3—1.4)。亚里士多德首先将人类奴隶比作实现主人意志的工具或自动机器。他指出,要想生活过得好,人们必须"依赖工具,其中一些是活生生的人类,而有一些则是无生命的机器"。因此,对"一艘船的领航员而言,他的舵柄是无生命的,但他的水手是有生命的"。亚里士多德写道,"仆人在许多方面就像是工具,而奴隶更是活着的工具,但是,一个能够照顾自己的仆人或奴隶比其他任何工具都更有价值"。

亚里士多德的言论有一部分是他对奴隶制的辩护。但是随后,亚里士多德在一个特别的段落中做了一个思想实验,提出了一个可能废除奴隶制的条件。他设想,若无生命的工具可自行完成工作,那么奴隶制或许就会被废除。"若每样工具都可按照命令或如期望所需完成工作,就像诗人所述的代达罗斯的雕像,或诸神宴会上赫菲斯托斯的三足鼎一样","若以同样的方式梭子可以自动编织,拨子可以自动弹奏基萨拉琴(kithara),那么工匠就不需要仆人,主人也不需要奴隶了"。[39]

古代人对于机器可让许多工人摆脱苦力同时取代奴隶的想象,如今在世界上许多地区都已经成为普遍的现实。然而讽刺的是,工业机器人技术现在却对人类工薪阶层的生计构成了威胁，导致大量工人失业、失去生活来源。

同时，反乌托邦式的科幻小说描绘了一种噩梦般的场景：由自动机器组成的新兴"奴隶阶级"逐渐崛起，并终将发起反抗。高高在上的主宰者的创造物，有可能会反过来对抗他们的制造者，这种想法古已有之。在卡雷尔·恰佩克（Karel Čapek）创造出"*robota*"（机器人，词源来自"奴隶"）一词的两千多年以前，奴隶制和机器人的联系在亚里士多德的文章中就已经十分明显，这一点在苏格拉底的论述中也可见一斑——"要像防止奴隶逃跑一样拴住活雕像"（第 5 章）。乔·沃尔顿（Jo Walton）颇具洞察力的科幻小说三部曲延续了这个主题，这部引人入胜的小说以古典时代为背景，小说中女神雅典娜以柏拉图的《理想国》为蓝本建立了一个实验城市。雅典娜从未来引进了机器人作为没有意识的劳工奴隶，但苏格拉底发现这些机器人不仅具有意识，还渴望自由。[40]

* * *

迄今为止，研究机器人和人造生命的历史学家只是肤浅地讨论了神话中赫菲斯托斯和其他工匠所造的人与动物的自动雕像、无人驾驶三足鼎、会唱歌的雕像和可移动的仆人是否能被定义为自动机器的问题。例如，贝里曼坚持认为，赫菲斯托斯的黄金女仆和自动三足鼎不能视为"材料技术"的产物，因为"[荷马]那个时代的技术"还远不够先进，不足以考虑移动的自动机器概念。她表示，"将[古代]对于活雕像的描述，解读为对现代机器人的预言可能很有诱惑力"，但这是"没有道理的，除非有证据表明当时已有的技术可以使这种东西成为现实

（贝尔曼的论述中没有提到青铜机器人塔洛斯）"。[41] 特鲁伊特在其中世纪机器人史中，简要讨论了赫菲斯托斯的自动三足鼎和黄金女仆，但是也没提到塔洛斯。[42] 在姜民寿对希腊神话四种类型机器人的讨论中，提到了自动三足鼎，但却遗漏了关联性更强的例子——赫菲斯托斯那些具有心智、力量、知识和声音的女性机器人。[43]

当然，我们提到的这些想象中的自动机器都只出现在神话中，而在现存的古代文献中并没有完整描述它们的工作原理，但我们还是应该思考一下，古代文学和艺术中的这些机器是如何构想并被视觉化的。不可否认，从古代存留下来的关于神话中的这些自动装置的文字材料并不完整，而且经常互相矛盾。目前现存的文献仅占了古时候的一小部分，但即使这样，为了充分了解古人对人造生命的想象，我们还是需要尽可能多地收集从荷马时代到罗马时代晚期关于自动机器的信息。所有具有动物和人类外形的机器——受造而非受生的——都可被称为生命技艺的产物，因此它们作为人类对人造生命的最早想象，值得认真关注。此外，古人常常受到古代神话故事对人造生命视觉化描绘的启发，进而去思考另一个世界，这随之也带来了有关自我、奴隶等道德和哲学上的问题。

虽然现存的文学和艺术作品只是古时候的一小部分，但早在荷马和赫西奥德时代最初的希腊著作中，人们就已经梦想着拥有活雕像和自主移动装置了。在科技将自动机器变为现实之前，神话故事早已想到了这种可能性。有些自动人偶在神力的作用下活了起来，比如皮格马利翁的象牙少女。但并非所有自动人偶都是被神秘的神力赋予生命的，正如我们所知的那样，许多其他自动"机器"和人造生命，都是由神话和传说中的发明家用黏土和金属制作而成的；这些制造者以技艺精湛、手段超凡而著称。证据表明，大约 3000 年前人们已经能用神话的语言来表达这样一种想法：某种特殊的技术能够运用我们熟悉的材料、工具和工艺，制造出模仿自然形态的自动物体，只不过其特性和工作原理超出了当时所有人的认知范畴。

* * *

就在荷马描写奥林匹斯山上赫菲斯托斯的智能黄金女仆的同一时期，诗人赫西奥德也用类似的语言描述了她们的同类——潘多拉。她同样"受造而非受生"。只不过这个女仿生人背负了神赋予的使命，被送往了人间。

8

潘多拉

美丽的、受造的、邪恶的

为了惩罚凡人接受从众神那里盗来的火种,宙斯命令赫菲斯托斯制造一个年轻漂亮的女人外形的"陷阱(*dolos*)",并取名为潘多拉。这个古老的神话故事最早被记录于公元前8世纪或公元前7世纪的两首诗歌中,分别为《神谱》(*Theogony*)和《工作与时日》,作者被认为是维奥蒂亚的赫西奥德。在这个神话故事中,人类的守护者普罗米修斯和他那没有头脑的弟弟都被卷入了宙斯利用生命技艺报复人类的事件里,这倒是不足为奇。

我们上一次提到这两位泰坦巨神时,他们正按宙斯的要求制造最初的人类和动物,并给人类和动物分配自然能力(第4章)。在这个宙斯对人类不断报复的神话中,被绑在岩石上的普罗米修斯终于被英雄海格力斯解救了出来。至此,普罗米修斯和厄庇墨透斯成了人类的盟友和伙伴。具有先见之明(和理性的多疑)的普罗米修斯警告他那莽撞的弟弟,一定要拒绝宙斯的任何礼物。而厄庇墨透斯,这位"马后炮先生",果不其然地很快就忘记了警告。[1]

这个故事的梗概如下:宙斯因火种被盗而大发雷霆,在赫菲

图 8.1 赫菲斯托斯正在创造潘多拉。现代新古典主义风格宝石,由斯坦尼斯拉斯·波尼亚托夫斯基王子(Stanislas Poniatowski,1754—1833)委托雕刻,呈现了赫西奥德笔下的潘多拉神话。Beazley Collection,图片由 Claudia Wagner 提供

斯托斯的帮助下,将永恒的诅咒伪装成了一个礼物——"*kalon kakon*",意为美丽邪恶之物——送给人类。赫菲斯托斯创造了一位人造女性,外形和真正的女人一样。雅典娜和其他神灵也参与了此次创造,因此她被命名为潘多拉——"所有的礼物"(这个名字有双重含义,既可以指"给予者",也可以指"接受者")。潘多拉带着比她更邪恶的"礼物"前往人间——一个封印着一群恶灵的罐子,潘多拉是人类所有苦难和不幸的根源。[2]

就像圣经里夏娃与蛇的故事一样,潘多拉神话将人类苦难的源头归咎于女人。这种相似性在宗教和伦理上引发了众多关于父权制和古今文化中两性关系的反思。这两个故事都对以下几个方面提出了深刻的哲学问题:神义论(theodicy)、邪恶的存在、神的全知、执法圈套[i]以及人类自主权、诱惑和自由意志。[3]不过,这两个传说还是存在显著的差异。在《创世记》中,夏娃是世间第一个男人亚当诞生之后才有的造物,用以陪伴孤

---

[i] 此处指设置唾手可得但"决不能吃的果子"或"决不能开的罐子"来"钓鱼执法"。——编者注

单的亚当。造物主从亚当的身上取下来一根肋骨创造了夏娃，并且禁止这对夫妇食用某种水果，一连串导致了人类原罪的事件也就此引发。而在赫西奥德等人所述的希腊神话中，潘多拉是宙斯怀着对人类的恶意而故意设计的骗人诡计。

夏娃和潘多拉之间的一个重要区别是，潘多拉不是受神召唤而生，而是由工匠之神制造出来的。制造潘多拉的赫菲斯托斯也制造了其他巧夺天工的自动机器，如青铜机器人塔洛斯、自动三足鼎和一帮黄金女仆（第7章）。事实上，正如很多古典评论家所指出的，潘多拉"受造"的本质在所有版本的希腊神话中都非常突出。潘多拉的制造和她的受造性也是古代艺术作品所表现的重点。[4]

* * *

在赫西奥德所著《神谱》的简版中（507—616），赫菲斯托斯遵照宙斯之令，制造了一个适婚的少女。他在少女的头上戴上了一顶装饰有"代达拉"的精美金冠，上面的微型海洋及陆地怪物雕刻得如此逼真，似乎真的在扭动和咆哮一般。这顶特别的金冠让人联想到赫菲斯托斯为阿喀琉斯打造的具有"代达罗斯风格（Daedalic）"声光效果的神盾，以及奥德修斯在冥界见到的让他惊叹不已的逼真画面（第5章和第7章）。[5]之后，雅典娜给这位无名少女穿上了闪闪发光的长袍，为她蒙上面纱，再将春天的花朵戴在她的头发上。宙斯的阴谋之所以可以获得成功，在于这位人造少女优雅的外表和奢华的装饰，足以"迷惑"凡人。当宙斯将已完成的潘多拉展示在诸神和众人面前时，大家无不惊叹（thauma）。他们的反应简直是"惊愕不已"，这与其他古代文献中，描述人们看到奇迹般逼真的雕像时的惊讶反应类似（第 5 章）。[6]

"愚蠢的"厄庇墨透斯接受了宙斯的礼物——这位"人造少女"，并热切地将她带回了家。《神谱》并没有提到装满灾难的罐子，也没有将潘多拉命名或称作"第一个女人"。赫西奥德在书中表达了他对女性的极度厌恶。潘多拉被塑造成了典型的贪婪、游手好闲的女人，寄生在男人的劳动和财富之上，就像蜂后享用着辛勤工蜂采集的花蜜一样。赫西奥德在结尾悲叹道，"有害的女性种族，她们与凡人男子一起生活"，并且给他们带来了永无止境的痛苦。

赫西奥德的《工作与时日》（53—105）则有一个不同的基

图 8.2 赫尔墨斯带着潘多拉去见厄庇墨透斯。现代新古典主义风格宝石翻铸件，原宝石由斯坦尼斯拉斯·波尼亚托夫斯基王子委托雕刻，用以解释赫西奥德所描述的潘多拉神话。Beazley Collection，图片由 Claudia Wagner 提供

调，叙述了一个更长也更为戏剧化的故事。宙斯再次被描述为一位报复心极强的暴君，他谋划让人类为接受火种而付出永无止境的代价，并以此为乐。他大笑着命令赫菲斯托斯制造一个迷人少女外形的机器人，她的魅力能唤起欲望和爱意，也会给男人带来毁灭。赫菲斯托斯用黏土塑造了一位年轻女子，她拥有不朽女神的非凡光彩。就像皮格马利翁的象牙少女一样，"受造的潘多拉"超越了所有凡间女子的美貌。赫西奥德的描述清楚地表明潘多拉并非一位真实的女人，而是一样"被制造出来的东西"。[7]

宙斯命令赫菲斯托斯让这位迷人的女性具有自行移动的能力，并具备和人一样的力量和声音。然后，宙斯命令奥林匹斯山的诸神赋予她独特的天赋、能力和个性。雅典娜教会了潘多拉手艺，给她穿上耀眼的衣服；美惠三女神（the Graces）和佩托（Peitho）给了她魅力和说服力，而阿佛洛狄忒则让她具备了不可抗拒的性感魅力（潘多拉引发了"强烈的欲望和渴望"）；狡猾的小偷之神赫尔墨斯赋予了潘多拉无耻、狡猾的本性和虚伪的话语。同样是赫尔墨斯为她取名为"潘多拉，因为众神赐予了她毁灭人类的所有礼物"。[8] 赫西奥德写道，这个"陷阱已经设计完成，人类与众神之父派赫尔墨斯将这个礼物送给厄庇墨透斯"。

厄庇墨透斯误以为潘多拉是一位真实的女人。潘多拉不禁让人联想到另一个有关狡猾的伪装和危险的礼物的神话故事——特洛伊木马。特洛伊木马是希腊人所造，作为一种战争诡计送给了特洛伊人，而一些故事版本称，它其实是一座自动雕像，关节和眼睛是活动的，看起来栩栩如生。让人惊讶的是，一些传说故事还讲述了如何辨别这匹巨马是真的还是假的。测试方法就是将马皮刺穿，看是否会流出鲜血。可惜，古代并没有智力测试或是神话版的图灵测试帮助凡人识别"人工智能"。[9]赫西奥德写道，厄庇墨透斯忘了普罗米修斯的警告，"接受了礼物，然后才明白自己酿成大祸，但为时已晚"。

潘多拉是受造而非受生的，她的存在是一种非自然的形式。潘多拉是一位没有过去的"人造人"，不知道自己的身世，也不知道自己来到人间的目的。作为一个"神奇的活雕像"，她的存在脱离了"出生、成熟和衰退"的"自然周期"。即使是不老不死的众神，也经历了出生这一环节，拥有记忆，并且可以繁育后代。潘多拉就像皮格马利翁制造的完美少女伽拉忒亚和电影《银翼杀手》中瞬间成年的复制人一样，没有父母，没有童年，没有过去，没有记忆，没有情绪波动，也没有自我认同或灵魂。尽管有时潘多拉被视为"第一个女人"，但她却无法繁育后代，不会衰老，也不会死亡。[10]

当然，就传统的创造观念而言，"所有的凡人都是潘多拉，即神圣工艺的产物"。[11]但在希腊神话的想象中，潘多拉被认为不同于生物学上的女人，她是一个女人的仿制品，"一位可爱的少女形状"的黏土，其制作材料和过程与制作雕像的材料和过程一致。潘多拉被扮成一位可爱的适婚年龄少女，但受赋的智力却很低（据赫西奥德的《工作与时日》67，赫尔墨斯给了她"一只母狗的心智"）。目前尚不清楚潘多拉是否具有学习能力或自主决策行动的能力。潘多拉的唯一任务就是打开那个装满人类所有不幸的罐子。

赫西奥德的这首诗歌有一个突出特征，就是他对潘多拉的描述与荷马在《伊利亚特》中对赫菲斯托斯所造的可以移动、有思想、可以说话的那些女机器人的描述相似。《伊利亚特》与

《工作与时日》成书时间相近。两本书都没有对机器人的内部构造或机械原理进行任何描述。不过，赫西奥德的描述使得潘多拉与荷马笔下的黄金女仆"基本上没有区别"。潘多拉"是由无生命物质——这次是黏土而非金属——制作而成的"，在神的协助下，她成了一个具有心智、语言、力量，懂得神赋予她的手艺的，具有行动能力的"人形机器"。[12]

* * *

关于潘多拉神话的古代艺术作品常以赫菲斯托斯制造潘多拉的过程和诸神赋予她特性为重点。一个坎帕尼亚双耳瓶（Campanian amphora）就是其中一个例子，这个瓶子被认为出自公元前5世纪"猫头鹰柱绘者组"（Owl Pillar Group）之手。这是一个伊特鲁里亚的艺术家群体，他们模仿雅典陶瓶而制的作品笨拙而迷人。在瓶子的一侧，宙斯站在那里注视着潘多拉的罐子（图8.11），而在陶瓶的另一面，赫菲斯托斯倚靠着他的锤子，旁边是尚未完工的潘多拉。[13]

图8.3中的雅典陶瓶（彩图12，约公元前450年）描绘的场景是：一个大胡子的男人——旁边标注着"厄庇墨透斯"——惊讶地望着潘多拉，潘多拉则妩媚地仰起头，高举双臂。她穿着新娘的盛装，但举止并不像一位端庄的少女。他们眼神交汇，一个长着翅膀的小爱神厄洛斯（性欲）飞向了厄庇墨透斯，加强了他们之间的情欲。在他们身后，另外两个身影也对视着。赋予了潘多拉邪恶品质的赫尔墨斯回身看向宙斯，两位神交换了一个阴险的眼神，嘴角露出一丝难以察觉的微笑，似乎在提醒观者，倒霉的厄庇墨透斯和全人类即将面临着一连串

图 8.3 （彩图 12）图中右侧为厄庇墨透斯和潘多拉，图中左侧为宙斯与赫尔墨斯相视一笑。出自波利格诺托斯绘者组（the Group of Polygnotus）之手的 AN1896-1908 G. 275，雅典红绘风格涡形双耳喷口杯，约公元前 475 年至公元前 425 年。Image © Ashmolean Museum, University of Oxford

的诡计灾难。[14]

陶瓶上的一个细节让人备感迷惑：为何厄庇墨透斯手里握着一把锤子？握着锤子通常是赫菲斯托斯的标志性特征。另一个被认为出自波利格诺托斯绘者组之手的陶瓶，描绘了一位女性的上半身，显然就是潘多拉，而两侧则是一群拿着锤子的萨堤尔。公元前 5 世纪的一个陶瓶上也出现了类似的场景，这个花瓶出自彭忒西勒亚绘者之手，描绘的是萨堤尔和潘神围着一位只出现上半身的少女跳舞，这位少女同样被认为是潘多拉。一个由尼奥比德绘者（Niobid Painter）绘制的展示潘多拉神话的大陶瓶上，也出现了这一场面——一群跳着舞的萨堤尔（后文中会对此进行讨论）。为什么是萨堤尔？学者们认为，这些图画或许描绘的是一部已失传的萨堤尔戏剧，该剧由索福克莱斯所著，名为《潘多拉》(Pandora)或《锤子工》(The Hammerers)。这部雅典喜剧仅有片段可考，其中有一个工坊的场景，挥舞着锤子的萨堤尔合唱队会协助赫菲斯托斯制造潘多拉。[15]

上述两个陶瓶另一个值得注意的地方是，潘多拉的身体似乎是从地下冒出来的。但潘多拉并非冥界女神，也不是地生之人（earthborn）。一些学者断定，潘多拉只露出上半身的形象旨在暗示她是由赫菲斯托斯的工艺从泥土中塑造而出的。[16]这种解释可在第6章中伊特鲁里亚宝石的类似图像上得到佐证，图上的普罗米修斯正在用黏土塑造第一个人类。而宝石雕刻家所刻画的第一个人类，正是只有上半身，且双臂上扬的形象。

* * *

其他瓶画家着重描绘的则是潘多拉在众神环绕之下，如雕像或人偶一样僵硬的外观。在这些图画中，潘多拉正处于被制造和被赋予人类特性的过程中，还没有被激活或赋予行动能力。出自迪奥斯伏斯绘者（Diosphos Painter，活跃于公元前525—前475）之手的一个黑彩风格双耳瓶，可能是潘多拉已知最古老的形象。特奥多尔·帕诺夫卡（Theodor Panofka）在1832年该陶瓶首次展出时提出了这一观点。

在图8.4中，我们看到宙斯站立着，手里捧着一个小人偶般的女人。宙斯似乎正在欣赏赫菲斯托斯的手工艺品，旁边一位女神拿着花环要来装饰这个人偶，赫尔墨斯则站在右边。迪奥斯伏斯绘者本就以其不同寻常的绘画风格而闻名，此图的两

图 8.4（彩图 13）宙斯手捧着潘多拉，旁边站着女神（雅典娜？）和赫尔墨斯。雅典黑绘风格双耳细颈瓶，迪奥斯伏斯绘者绘制，约公元前 525 年至公元前 475 年，F1837。Bpk Bildagentur / Johannes Laurentius 拍摄 / Antikensammlung, Staatliche Museen, Berlin / Art Resource, NY

排铭文又都是些无意义的文字，这使得图中人物身份的辨识变得极为困难。阿道夫·富特旺勒（Adolf Furtwangler）于 1885 年提出，这个小巧而僵硬的人物或许是雅典娜，她从宙斯的头部出生，生来就全副武装，戴着头盔，拿着长矛和盾牌。但与其他描绘雅典娜出生的瓶画不同的是，这个场景中没有出现头盔或武器。那个在用花环装饰小人偶的女神反倒有可能是雅典娜，就像她在其他瓶画中打扮潘多拉的场景一样（图 8.5 和 8.6）。这样一来，潘多拉的护送者赫尔墨斯的存在也就有了重要意义。如帕诺夫卡所说，这幅瓶画描绘的很有可能就是潘多拉。[17]

潘多拉的制作完成阶段清晰地呈现在塔尔奎尼亚绘者（Tarquinia Painter，活跃于公元前470—前465）绘制的一个大浅碗中（约30厘米宽，图8.5），这个碗可能是为了作为雅典娜神庙的献礼而制作的。上面的铭文给了她另一个名字："安妮斯朵拉"（Anesidora），意为"释放礼物的她"。不幸的是，在碗的白底上由黑色、棕色和紫色绘成的图画已经损坏，但还是可以看到潘多拉像"一个无生命的被造物"一样，被动地立在更高大、生动的雅典娜和赫菲斯托斯中间，两位神正在对他们的

图8.5 赫菲斯托斯（右）和雅典娜（左）正在完成创造潘多拉（中）的最后一步。雅典红绘风格杯，发掘于诺拉（Nola），约公元前470年至公元前460年，塔尔奎尼亚绘者绘制。inv. 1881, 0528.1. © The Trustees of the British Museum

图 8.6　众神赞叹潘多拉。大型红绘风格花萼状双耳喷口杯，尼奥比德绘者绘制，约公元前 460 年。inv. 1856, 1213. 1. © The Trustees of the British Museum

创造物进行最后的润色。[18] 她的姿势如同一具无生命的人偶，双脚并拢，双手在身体两侧无力地垂下，头则朝向雅典娜。[19] 雅典娜正为潘多拉系上长袍的肩带，而赫菲斯托斯正为她戴上头冠（他的左手还拿着锤子）。这个场景同样再现了古希腊人向雕像赠送礼物，为雕像穿上华服、戴上珠宝的行为。[20]

＊＊＊

一只华丽的大型双耳喷口杯上的潘多拉形象更为引人注目，这幅画由尼奥比德绘者创作（约公元前460年，图8.6和图8.7，彩图14），杯子高度约30厘米。潘多拉僵硬的姿势和面部表情突出了其受造的身份和致命的吸引力。她站在由两根长矛组成的"V"字形中间。杯子顶部的装饰边框连续复用了"V"字形。边框上有一个罕见的图案，有点像其他瓶画中赫菲斯托斯和铁匠们使用的工具钳子（图7.4和图7.5）。这个独特而恰当的细节强化了潘多拉是"受造而非受生"的这一观念。同样的工具图案边框也出现在一只约公元前440年的大陶瓶上，该瓶的瓶画描绘了青铜机器人塔洛斯之死（图1.3），而塔洛斯也是赫菲斯托斯的作品。[21]

在尼奥比德绘者绘制的瓶画上，潘多拉矗立着，像一动不动的木刻神像（xoanon）或大理石雕像，手臂垂放在身体两侧，目光直视前方。研究陶瓶的学者H. A. 夏皮罗（H. A. Shapiro）将她比作一个等待上发条的"发条人偶"。雅典娜从一侧递出花环，波塞冬、宙斯和伊里斯（Iris）在她身后站成一排。潘多拉的另一侧则站着阿瑞斯、赫尔墨斯和赫拉（或阿佛洛狄忒）。这个阵容包括了一些在潘多拉制造的过程中并未被赫西奥德提及的神。此外，众神之间似乎是在交谈，并对潘多拉评头论足，而不是在赋予她天赋。这个场景或许描绘的是赫西奥德作品中靠后的情节，"宙斯在把他的新玩物送给人类之前，先向奥林匹斯山的诸神炫耀了一番"。[22]

潘多拉直视前方。在传统的瓶画肖像中，神灵、人类和动物的脸几乎都是以侧面或四分之三侧脸的形式呈现。正面人脸

图 8.7 （彩图 14）细节图，众神赞叹潘多拉。绘于红绘风格花萼状双耳喷口杯，尼奥比德绘者绘制，约公元前 460 年。inv. 1856, 1213. 1. © The Trustees of the British Museum

视图在瓶画中非常少见。在希腊艺术中，正面的全脸暗示着一种无意识，通常用于描绘死亡或非真实的人物，特别是在面具和雕像中。正面直视也暗示一种令人着迷的凝视。值得注意的是，以优雅简洁的古典风格而闻名的尼奥比德绘者，在另外两个著名瓶画中，也使用了正脸来呈现已死或将死之人。一个是盖塔双耳喷口杯（Geta Krater），上面描绘了希腊人残杀亚马逊人的场景；另一个正是其名瓶——尼奥比德陶瓶，上面描绘了尼俄伯（Niobe）的孩子们被屠杀的场景。[23] 在这个展示潘多拉神话的引人入胜的图画上，潘多拉正脸朝前的姿态似乎同时展现出两种效果：空洞的头脑和强烈的凝视。

这个场景还蕴含着另一个值得注意的元素。在希腊瓶画中，龇牙咧嘴、皱眉或微笑等表现情绪的面部表情也是非常少见的。瓶画中人物的脸通常都是无表情的，只通过姿势或动作来表达情绪。[24] 但这个潘多拉却是个例外，不仅脸部正面向前，凝视着观者，而且还面带微笑。她的笑容是要传递什么样的信息？作为一位处女新娘，露出如此明显的笑意，会令观者感觉不太妥当，但这恰恰符合赫西奥德所描述的潘多拉——一位无耻且诱人的活雕像。潘多拉不寻常的面部表情可能会让古时候的观者联想到少女雕像（kore statue）的脸，这是一种希腊古风时期（公元前600—前480）典型的、上色的、真人大小、身着长袍的少女大理石雕像。这种雕像（以及与之相对应的裸身青年〔kouros〕雕像）的嘴角总是上翘的，露出一种怪异又阴郁的微笑。

这种不协调的微笑同样出现在了表现暴力场面的古代大理石雕像的脸上。[25] 这种异常平静——有些人称为空洞——的表情，被艺术史学家们称为"古风的微笑"。尼奥比德绘者利用雕像般的姿态和令人毛骨悚然的淡淡微笑，描绘并突显了潘多拉的受造

图 8.8 带着神秘的"古风的微笑"的穿着宽松长袍的少女。左图,佩普洛斯科瑞(Peplos Kore,意为穿长袍的少女)。彩绘大理石雕像,约公元前 530 年。Acropolis Museum, Athens, HIP / Art Resource, NY. 右上图,佩普洛斯科瑞雕像的头部,Xuan Che 拍摄,2011。右下图,大理石少女头部,公元前 6 世纪。Musées Royaux d'Art et d'Histoire, Brussels. Werner Forman / Art Resource, NY

身份，呈现出这个人形机器在动起来之前的那一瞬间。

在这个令人印象深刻的陶瓶上，这个人造女人带着诡异的微笑注视着观者，这必定会对2400多年前的观者产生强烈的冲击。这个微笑的人形机器加剧了观者的恐怖谷反应。

这个怪笑的潘多拉形象有一个现代电影中的"妹妹"，1927年杰出默片《大都会》中邪恶、诡异微笑的女机器人玛丽亚。《大都会》被广泛认为是电影历史上最具影响力的科幻电影之一，导演弗里茨·朗（Fritz Lang）对未来城市景观的表现主义拍摄风格和特效技术，在20世纪20年代让人咋舌，时至今日仍令人惊叹。《大都会》描绘了一个由富人统治的未来反乌托邦，他们用恶魔般的机器控制着贫困的民众。[26]宣传照上的机器人玛丽亚、她的制造者们，以及化好妆准备扮演她的女演员，都与古代瓶画上的潘多拉在被送往人间之前得到诸神装扮的场景惊人地相似。

《大都会》是在"机器人"一词进入大众词典仅七年后拍摄的。该电影的主角是一个性感而致命的女机器人，她被蓄意制造出来给世界带来浩劫。这部电影的拍摄时期正值欧美国家的机器技术与工业化步伐加快，它展现了机器人以及人机融合的新概念是如何迅速俘获大众想象的。评论家指出，这部电影的故事情节存在着很多不合逻辑的地方。其实潘多拉的古老神话也是如此。只不过，与本书中收集的其他关于人造生命的古老传说一样，其所传递的信息是明确的。随着世代更迭，人类与机械之间由来已久的对立持续拉扯，深深的恐惧交织着迷恋与敬畏。

在希腊神话中，潘多拉以"温柔少女"般的欺骗性外表出现，旨在取悦和诱惑男人，实则给他们带去无尽的痛苦。电影《大都会》中，一位长相甜美的少女（玛丽亚，由一位年仅17岁的女演员扮演）变成了一位性化的机器人妖妇，在世间引发混乱

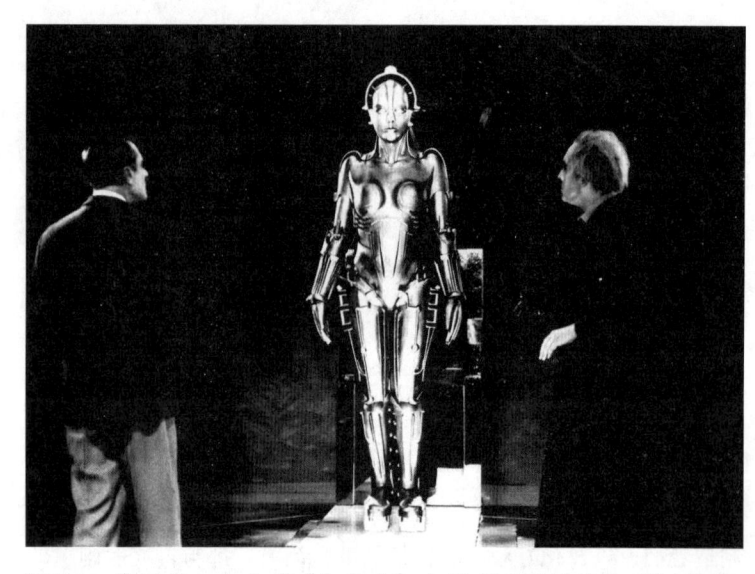

图 8.9 弗里茨·朗电影《大都会》中的邪恶"机械人类"（德语：*Maschinenmensch*，英语：machine-human）玛丽亚及其制造者。Production still courtesy of metropolis1927.com. Adoc-photos / Art Resource, NY

和灾难。影片中涉及了一系列引人关注的未来科技，包括了加密化学（crypto-chemistry）和脉动的电流液体（electrical fluid）。这个机器人的金属形态是通过吸取包裹在里面的无辜少女的生命力而激活的。这些"电液"让人联想到塔洛斯的灵液（第1章）和使弗兰肯斯坦的怪物活动起来的电流（第6章）。[27]

在电影中，玛丽亚的邪恶机械二重身（doppelgänger）的特点是她如同催眠般"缓慢而充满诱惑的动作"，和非人类的"如蛇一般扭动的头部"。与尼奥比德绘者在陶瓶上绘制的机器人潘多拉那诡异微笑一样，人造玛丽亚的"邪魅可爱"也伴随着一种"让人难以理解的怪异微笑"。[28]

8　潘多拉　217

* * *

尼奥比德绘者创作的其他作品被认为受到了古典雅典壁画的影响。他的潘多拉绘画是否也是基于雅典城中某幅类似构图的绘画创作的？这一点不得而知。但我们可以确定的是，赫菲斯托斯创造的潘多拉在雅典极其重要，她被展示于雅典卫城一

图 8.10　古代和现代对于邪恶女机器人的描绘存在有趣的巧合。左上图，僵硬的机器人潘多拉正在接受众神的打扮，准备去人间完成使命（尼奥比德瓶画，公元前 5 世纪）。左中图，女演员正在被精心打扮，准备扮演电影《大都会》中的机器人玛丽亚。右图，潘多拉和机器人玛丽亚。下图，玛丽亚变成了一个眨眼怪笑的机器人二重身。下图最后一张图片，面带不自然微笑的希望女神/厄尔皮斯（Hope/Elpis），公元前 6 世纪。图片由米歇尔·安杰尔拼贴

个显眼的位置上。在帕特农神庙内，由黄金和象牙打造的巨型雅典娜雕像的基座上也能看到众神分列在潘多拉两侧的浮雕。[29] 这个杰作被认为是著名雕刻家菲狄亚斯于公元前 447 年至公元前 430 年间创作的。据老普林尼（36.4）在公元 1 世纪的记述，底座上雕刻的场景是潘多拉身边围着 20 位神灵，每个人物都几乎有真人般大小。

一个世纪之后，保萨尼亚斯（1.24.5—1.24.7）也对雅典卫城上宏伟的雅典娜雕像和潘多拉被创造的场景赞叹不已。原本的巨型雕像和底座已不复存在，但观众依然可从约公元前 200 年制作的巨型大理石底座复制品中了解一二，该复制品于 1880 年被发掘于别迦摩遗迹（ruins of Pergamon，位于今土耳其）中。1859 年，雅典卫城也发掘了一个该雕像和底座的小型大理石古罗马复制品（公元 1 世纪）。这些工艺品"明确表明潘多拉是一个雕像般的人物"，她由赫菲斯托斯与雅典娜创造和装饰，这两位神在雅典都被尊崇为艺术和手工艺的守护神。[30]

在雅典阿哥拉（Agora）又发现了这一场景在雅典大受欢迎的进一步证据：从 1986 年起，这里陆续挖掘出属于一个众神围观潘多拉诞生的大理石群像浮雕的碎片。目前发现的人物包括赫菲斯托斯和宙斯。另外，考古学家还挖掘出了一个女人的大理石头像。她是谁？线索之一是她那令人不安的怪异微笑——她的惊人身份我们将在下面的章节中揭晓。[31]

* * *

在神话中，潘多拉在赫尔墨斯的护送下来到人间，成了厄庇墨透斯的新娘。宙斯知道普罗米修斯的弟弟缺乏先见之明和良好的判断力，是个完美的受骗人选。潘多拉的"嫁妆"是一个密封的、用于储存东西的大罐子（pithos）。赫西奥德称这个大罐"牢不可破"，这个词通常是用来修饰金属的，所以这个罐子最初可能被认为是青铜的。在16世纪时，"大罐"似乎被误译成了某种"盒子"（pyxis），自那时起，"潘多拉魔盒"的形象便出现在了公众的想象中。没有任何古代艺术作品中出现过潘多拉带着"魔罐"，或真的打开了魔罐后惊恐后退的场景，但在一百多部中世纪和现代的诗歌、小说、歌剧、芭蕾舞剧、素描、雕塑、油画以及其他艺术作品中，此类场景得到了人们的喜爱。约翰·弗拉克斯曼（John Flaxman，1775—1826）创作的一系列新古典主义风格浮雕和绘画表明，赫西奥德笔下的潘多拉故事在18世纪末大受欢迎，图8.1和图8.2中的宝石雕刻也是在那一时期创作的。[32]

潘多拉并不知道大罐中装的是凡间的所有苦难。但宙斯期望她打开罐子，将疾病、瘟疫、无尽的劳动、贫穷、悲伤、衰老和其他可怕的苦痛永远释放给人类。[33] 潘多拉的魔罐似乎与荷马《伊利亚特》（24.527—24.528）里宙斯保存的两个命运之罐息息相关。一个罐里装满了祝福，另一个罐里则装满了不幸，而这些东西由宙斯随意混合，洒向凡间。据猜测，潘多拉拿着的大罐就是宙斯装满灾厄与苦难的第二个罐。潘多拉是"替宙斯打开罐子的代理人"。[34]

在赫西奥德所述的神话中（《工作与时日》，90—99），潘多拉一进入厄庇墨透斯的房子，就打开了魔罐的盖子，灾厄立刻蜂拥而出。当盖子"砰"的一声被盖上时——借潘多拉之手，但却是在宙斯的设计下——最后一个灵魂被困在了罐子里面。那就是厄尔皮斯，即"希望"。自古以来，人们就对这一关键细节的意义争论不止。

在古代，厄尔皮斯/希望被拟人化为一位年轻女性。古典考古学家珍妮弗·尼尔斯（Jenifer Neils）在其文章《大罐中的女孩》（"The Girl in the *Pithos*"，2005）中，鉴定出有三个古代艺术品表现出厄尔皮斯藏身于潘多拉的罐子中。第一件文物是在 2005 年之前唯一已知含有厄尔皮斯的图画。她出现在"猫头鹰柱绘者组"制作的伊特鲁里亚双耳瓶上，一面描绘了赫菲斯托斯和半成品的潘多拉，这是故事的开始。而另一面则描绘了故事的结尾（图 8.11）。

满脸胡子的宙斯正在注视着一个大罐，一个小女孩从罐子里探出了头来。这个女孩就是厄尔皮斯/希望，她因为宙斯的命令而被困于罐中。尼尔斯指出，这个有趣的陶瓶必定是仿制

图 8.11　宙斯注视着从潘多拉的罐子里探出头来的希望女神/厄尔皮斯。红绘风格双耳瓶，发掘自巴西利卡塔（Basilicata），公元前 5 世纪。inv. 1865, 0103. © The Trustees of the British Museum

了另一个更精致的雅典陶瓶,只是后者已经失传。伊特鲁里亚艺术家"并置了两个类似的场景"。在两幅图中,都有一位男神"在注视着一个女性邪灵"。[35]

第二件文物是出土于雅典北部维奥蒂亚地区的小型陶制香水瓶,制作时间大约为公元前625年至公元前600年。它的形状就像罐子,罐口处雕刻着一个年轻女性的头部,好像正从罐子里往外看(图8.12)。罐口处的雕像看起来就是罐子的盖子。根据尼尔斯的叙述,我们猜测,这位陶工的灵感来自他的同胞维奥蒂亚的赫西奥德在《工作与时日》中对厄尔皮斯/希望的描述,该书写于公元前700年左右,就在该物品制作的近一百年前。尼尔斯写道,香水瓶是用来盛放香水的,而这也是一种类

图8.12 希望女神/厄尔皮斯从潘多拉的罐子里探出头来,咧嘴而笑。球形瓶(香水瓶),陶器,公元前6世纪,发掘于希腊维奥蒂亚的底比斯。Henry Lillie Pierce Fund, 01. 8056. Photograph © 2018 Museum of Fine Arts, Boston

似潘多拉魅力的物质，被认为是对男人的诱惑陷阱，结合神话来看，这似乎充满了幽默或讽刺的意味。[36]

大量的证据表明，见多识广的古希腊人既欣赏潘多拉故事的悲剧性，也欣赏它的喜剧性。现已佚失的索福克莱斯的萨堤尔戏剧和将萨堤尔与潘多拉并列的瓶画就是一些轻松诙谐的例子。赫西奥德称，宙斯在设计对付人类的诡计时大笑不止（图8.3，彩图12），瓶画上暗含的这种愉快氛围，表明了宙斯和赫尔墨斯非常享受捉弄厄庇墨透斯的乐趣。尼奥比德绘者创作的瓶画延续了这种讽刺主题，让潘多拉面带笑容（图8.7，彩图14）。仔细观看图8.12中这个从香水瓶中探出脑袋的年轻女子，她面带讽刺的斜歪笑容，狡黠又得意。[37]

第三个有可能是厄尔皮斯／希望的形象，出自之前提过的在雅典阿哥拉发现的浮雕碎片（公元前5世纪）。考古学家伊芙琳・哈里森（Evelyn Harrison）鉴定确认，这块浮雕是关于潘多拉神话的。除了赫菲斯托斯和宙斯的大理石人物雕像，考古学家们还发现了一个"表情怪异、略带邪气"的女人头像，就是那种不对称的微笑。现在回答上文提出的问题：她并不是潘多拉，因为这个没有身体的头像比众神的头部都要大，而且它的头顶是平的。尼尔斯认为，这就是厄尔皮斯／希望的头像，她正从大罐子中探出头。尼尔斯评论道，"这种面部表情在希腊艺术中极其少见"，"但这种诡异的假笑似乎特别适合用来描绘虚假希望的化身"。[38]

* * *

厄尔皮斯／希望到底是一种祝福还是一种灾厄？关于潘多拉

的神话传说如迷宫一般；在古代文学和艺术中流传的这个故事有些方面缺乏逻辑性。[39]为何希望被独留在罐子中？这个问题长久以来一直让评论家们备感困惑。潘多拉和厄尔皮斯谜一般的微笑似乎在嘲笑人们试图解开谜团的尝试。

赫西奥德的描述也模棱两可："希望"是散布于世界上的各种苦难和灾厄中的一个吗？还是说希望是人类深陷苦难时的唯一慰藉？该神话的现代童话版本将希望描述为一种仁慈的善灵，它留守在凡间安慰人类，或者是宙斯为了补偿灾厄而赐予的唯一祝福。但需记住，古希腊普遍认为希望是负面的或是具有误导性的，"盲目的希望"这一俗称就是明证。值得注意的是，赫西奥德（《工作与时日》498，500）形容厄尔皮斯/希望为"空的"和"坏的"。在《伊利亚特》（2.227）中，雅典娜将虚假的希望种在特洛伊英雄赫克托耳（Hector）的心中，让他在必败的决斗中，被阿喀琉斯杀死。公元前5世纪的诗人品达（残篇214）称，厄尔皮斯/希望"主宰着人类善变的心"。亚里士多德的看法也称不上正面：他将厄尔皮斯定义为"未来导向的记忆对应物"，意味着它隐含着判断未来结果好坏的能力。[40]

在公元前5世纪的雅典悲剧《被缚的普罗米修斯》（128—284）中，普罗米修斯坦白，除火之外，他还送给了凡人另外一样礼物：他"让盲目的希望（厄尔皮斯）住在人们心中"，剥夺了凡人"预知厄运"的能力，这样人们就会一直坚持不懈。这部戏剧更是强调了"希望的存在意义"这一哲学问题。似乎在当下这个充满灾厄的新世界里，人类已经变得像普罗米修斯的弟弟厄庇墨透斯一样，缺乏洞察未来的能力。这样的一种幻觉究竟是恩惠还是诅咒？[41]

在古代，"希望"含义的模棱两可，使得潘多拉的罐子更加扑朔迷离。我们在神话的迷雾中摸索，可以列出以下看似矛盾的选项：罐子里装满了灾厄，它们因释放而活化，给人类带来了苦难。希望没有出来，要么它也是一种灾厄，会像罐子里的其他东西一样伤害人类；要么它与罐子里的其他东西不同，对人类有益。因此，要么它就像其他灾厄一样已经活化，只是被困在了罐子里；要么就是还没有活化，因为被困在了罐子里。

有四种可能的情况：（1）希望是好的，尽管它被装在灾厄的大罐子里；并且它已被宙斯激活，与灾厄相抵消。（2）希望是好的，但被宙斯困于罐内，因此这进一步伤害了人类。（3）希望也是罐子里的众多灾厄之一，尽管被困于罐内，但已经活化，目的是用一厢情愿和幻想折磨人类。（4）希望是坏的，但并未活化；宙斯将其困于罐内是为了让人类免受虚假希望的伤害。[42]

厄尔皮斯/希望被困于魔罐之中的谜团迟迟无法解开。最好的解释或许是，希望既非全然好的，也非全然败坏，更不是中性的。希望是一种独特的人类情感。就像那受造的女人潘多拉一样，厄尔皮斯/希望代表的是一种美丽邪恶之物，一种诱人的陷阱，让人们无法抗拒地心动的同时，又隐藏着潜在的灾祸。

2000多年前，当一位天才的神明发明家使用超级生命技艺创造人造生命的时候，这个两难困境就形成了。它的模糊性对于我们现在这个时代来说再尖锐不过了。[43] 谁能抗拒潘多拉魔盒的诱惑，拒绝打开那些有望改善人类生活水平的科技"礼物"呢？就像厄庇墨透斯一样，我们对潜在的道德危险和社会危险视而不见，忽视了我们中间孤独的普罗米修斯发出的警告。一头扎进人形机器人、脑机接口、强化力量、非自然延寿、仿真大脑、虚拟现实和人工智能的未来。我们懵懵懂懂地前行，希望能得到最好的结果。

* * *

在艾萨克·阿西莫夫构想出"机器人三大定律"的2000年前，古希腊的神话学家们就想象出了自行移动的活雕像，并且给它们设定了伤人或助人的特定使命。阿西莫夫最初的三大定律规定：（1）机器人不可以伤害人类；（2）除非违背第一定律，机器人必须遵循人类命令；（3）在不违反第一定律和第二定律的前提下，机器人必须保护自身不受伤害。正如我们看到的那样，赫菲斯托斯在自己周围布置了温和的黄金女仆和自动三足鼎，以让他的生活更加轻松，他也制造了德尔斐那些会唱歌的少女雕像，为世人带来欢快。但赫菲斯托斯也制造了有伤害性的东西，从一开始制作的困住他母亲赫拉的宝座，到在全能之神宙斯委托下制造的潘多拉，后者是他最辉煌也最可怕的成就。神话中，青铜机器人塔洛斯、龙牙军队、机械鹰、喷火铜牛，所有这些都带着故意伤害人类的目的，违反了阿西莫夫的第一定律。[44]

潘多拉当然也违背了第一定律，而且破坏程度如此之大。按照宙斯的原始计划，她带来的是全人类的毁灭，这就违背了阿西莫夫之后设定的第四定律，同时也违背了所谓的第零定律（Zeroth Law），同样是阿西莫夫后补充的新定律，即机器人不得伤害全人类。潘多拉还违反了2017年提出的阿西洛马原则第23条：人工智能应当造福全人类（第7章）。

大家可能已经注意到，古代神话中所有用来造成痛苦和死亡的自动机器都为暴虐的统治者所有。从克里特岛的米诺斯王到科尔基斯的埃厄忒斯王，再到笑着为人类设置残酷"陷阱"的众神之父宙斯。一个惊人的事实是，对于施加折磨和死亡的活雕像情有独钟的统治者并不只存在于古代神话之中。在真实历史上，古代世界的人类暴君就曾使用过这种充满恶意的机器。下一章将讲述最早至公元前 5 世纪的文学、历史、传说和艺术作品中出现的真实机械装置和自动设备，其中有些是为了害人而设计的，有些则是出于良善的目的。

9

神话与历史之间

古代世界中真实的自动机器和逼真工艺

到目前为止，我们已经分析了古希腊人是如何通过一些神话故事和艺术作品想象出来人造生命、活雕像、非自然诞生的生命、神奇的技术和人类增强。我们了解到古人是如何将代达罗斯、美狄亚、普罗米修斯和赫菲斯托斯描绘成超级天才的，故事中他们使用的工具和方法很常见，但是他们的能力很神奇，制造出了常人所不能及的神奇物件。

除了青铜机器人塔洛斯以及普罗米修斯制造第一批人类这两个故事，其他流传下来的神话故事和文献中都没有这些神奇造物的内部构造和实际细节。但是，大量关于生命技艺的故事表明古代已经有了制造人造生命的想象，并将其描绘成智慧和技术的伟大壮举。神话中的一些神奇装置可能是作为技术创新的象征出现的，一些则可能是对历史上真实存在的装置的夸张呈现。或许在古代，使用当时的工具、材料、技术和智慧，造出神话物品的简化版本是可以实现的。重要的是，要抵住将现代科技的动机和设想投射到古代世界的诱惑。[1] 同理，尽管许多关于人工生命的古代神话和想象肯定会让人产生联想，似乎其预示着后世的科技发明，但我们不能简单认为现代生物机械学和机器人一定受到了来自古代的直接影响。

从地中海世界到中国，从火炮、投石机，到涉及滑轮、杠杆、弹簧和绞盘的舞台表演技术，再到自动装置，人们对真实的机械设计和实用发明的历史进行了全面而深入的研究。[2] 在本章中，我从古代科技史大量有据可查的自动装置和机器概念中，选取了一些与前面讨论过的神话中的自动移动物体、活雕像和其他仿真生命有着某种呼应或共鸣的例子。当我们的关注点从神话转向历史时，请注意，广受欢迎的民间传说和传奇故事中的元素不可避免地会渗入到一些现存的、关于真实发明的零星文献中。接下来陈述的历史事件并非详尽无遗的调查，而是为了让大家对各种各样逼真的复制品和自动机器有一个大概了解，它们中有些是致命的，有些是宏伟的，有些则是迷人的奇物，这些都是公元前6世纪至公元1000年之间真实的设计和/或实物。

研究机器人的历史学家们认为，自动机器主要有三个基本功能：劳动、性和观赏娱乐。古代神话和传说中的人造生命都至少具备以上功能之一。模拟生物的自动装置可用于增强人类能力，让人迷惑和畏怯、使人中计或上当、执行伤害和杀戮的任务。机器人可以作为权力的证明，其表现形式有时是出于善意的，但有时是恶意的。

在希腊神话中，宙斯被描述为一位满怀恶意的暴君，他给普罗米修斯设计永恒的折磨并以此为乐，他还派遣充满诱惑的人造女人潘多拉给全人类带来灾厄。这些折磨的工具都需要赫菲斯托斯的技术专长，他还为国王埃厄忒斯制造了阻拦伊阿宋的喷火铜牛，为国王米诺斯制造了青铜杀人机器塔洛斯。这些有关施加痛苦和死亡的装置的神话，大多套用一个模板：每个装置都是由专制统治者委托和/或部署的，以作为展示统治者绝对权力的一种手段。事实证明，在古代历史中，也可以找到此类模式，许多现实世界中真实的暴虐统治者都有使用模仿自然、邪恶巧妙的装置和工具的记录，他们以此来羞辱、伤害、折磨乃至杀死臣民和敌人。[3]

* * *

如奥维德（《变形记》8.189）所述的神话，代达罗斯模仿鸟类的能力，创造了"飞行"这种人类增强能力。他采集了一些真正的羽毛，按照大小排成弧线状，模仿真实鸟类的翅膀做成拱形结构。然后，他将翅膀固定到背部和手臂上，"利用翅膀拍打空气，保持身体在翅膀间的平衡，得以悬浮在空中"。这与诸神那种超自然且毫不费力的飞行不一样，神的飞行可以不受时间、物理和空间的限制，而代达罗斯的人造翅膀需要付出体力，靠身体的力量鼓动双臂取得平衡，才能像鸟儿一样飞行。

人类试图通过挥动人造翅膀来实现飞行，这在航空学上当然是荒谬的，结局注定以失败告终。这一残酷的结局在古代的柳卡迪亚（Leucadia，今莱夫卡扎〔Lefkada〕）年年都能看到，伊奥尼亚海岛（Ionian）以陡峭的海岸悬崖而闻名，那里每年都会用仿制人造翅膀进行残忍的惩罚。在那里，古希腊人"定期有机会试验这种飞行装备，且完全不考虑安全问题"。[4] 斯特拉博（Strabo，10.2.9）讲述了柳卡迪亚当地一个被称为"罪犯的飞跃"（Criminal's Leap）的古老风俗。作为对阿波罗的献祭，柳卡迪亚人每年都会强迫一个罪犯从岛上的白色石灰岩壁上"起飞"（后来，这个悬崖一度被称为"萨福的飞跃"〔Sappho's

Leap〕，因为传说女诗人萨福在此自杀。现在则被称为"情人的飞跃"〔Lovers' Leap〕）。[5] 就如神话中的伊卡洛斯一样，罪犯会被安上一对人造翅膀。而为了增加"观赏性"，还会在其身上绑上各种活鸟。悬崖上和海面小船上的观众们会看着这名不幸的牺牲者全力挥动翅膀，身上满是无助地扑腾着的鸟儿。

罗马帝国时期有一项很受欢迎的活动，就是重现希腊神话中贬损、折磨和处决人类的情节用以娱乐。皇帝尼禄（Nero，公元54—68年在位）便是在竞技场和宴会上开展这种变态的公共娱乐活动的大师。帝国历史学家苏维托尼乌斯（Suetonius）在《尼禄传》（*Life of Nero*）中记载了其中两种表演形式。一个名为《弥诺陶洛斯》（*The Minotaur*）的剧目中，被强迫扮演帕西淮的人"蹲在一个空心木质小母牛的后半身里"，而另一个扮演公牛的演员则骑到她身上发生关系。在一个重现代达罗斯和伊卡洛斯神话的舞剧中，尼禄命令扮演"伊卡洛斯"的演员用人造翅膀从高高的脚手架上起飞。据苏维托尼乌斯记载，该名男子"坠落在尼禄的座椅旁，鲜血溅到了皇帝身上"。

将人造鸟翼用作酷刑和娱乐并不局限于古代地中海世界。在公元550年至公元559年的中国，开创北齐的文宣帝高洋，因其反复无常的嗜血残暴而令人生畏。他喜欢把囚犯绑在用竹子和纸张做成的巨大纸鸢上，再让其从位于北齐都城邺城的金凤台（据说台高八丈）上"起飞"以处死。他特别喜欢观看并嘲笑这些注定要死的人拼命停留在高空的场面。显然，这些杀人风筝是由地面上技巧高超的人操纵的，其目的是让受害者尽可能飞得久一点。据称，有数百名非自愿的"试飞员"死在了皇帝的这项娱乐活动中。然而，有一人例外，东魏皇族元黄头，他在公元559年的一次飞行中幸存下来（但之后仍被处死）。他被绑在一个形似鸱鸮的风筝上，从金凤台上起飞，滑行了一段距离，在紫陌附近安全着陆。据推测，这可能是得益于地面上风筝操纵者的帮助。[6]

* * *

在希腊神话中，代达罗斯在鸟翼的帮助下飞到了西西里岛，逃脱了克里特岛国王米诺斯的追捕。正如我们所了解的那样，代达罗斯在西西里岛又为阿克拉伽斯的科卡洛斯王发明创造了一些别具匠心的东西，包括之后用来谋杀米诺斯的滚烫温泉池（第5章）。代达罗斯还在阿克拉伽斯为王室设计了一座神奇的神庙和坚不可摧的城堡。在了解这些神话故事之后，我们再来看看阿克拉伽斯城真实历史中的一位发明家。这位发明家曾为阿克拉伽斯的暴君制造了一种酷刑装置，该装置与神话中代达罗斯和赫菲斯托斯的作品有些相似之处。

公元前580年，来自克里特岛和罗得岛的希腊人建立了阿克拉伽斯。一位名为法拉里斯（Phalaris）的公民，不仅富有且野心勃勃，他承接了建造宏伟神庙的任务，督建了宙斯阿塔比里奥斯神庙（Zeus Atabyrios，此名源于罗得岛的最高峰）。后来他将自己的地位转化为军事权力，继而夺权成了西西里岛的绝对独裁者。法拉里斯因他的暴政而备受憎恨，其政权最终于公元前554年被推翻。在他的铁腕统治期间，一位名为佩里洛斯（Perilaus）的精明雅典铁匠，得知法拉里斯嗜好酷刑，于是为了讨好法拉里斯，为他铸造了一座栩栩如生的铜牛雕像。铜牛是中空设计，身上有一个足以让一人进入的活门。

佩里洛斯向法拉里斯展示了这座漂亮的公牛雕像，并向他解释了工作原理。"如果你想惩罚某人,就可以将其关在铜牛内,然后在下面用火烤。随着铜牛温度升高,里面的人就会被慢慢烤熟!"然后佩里洛斯又描述了铜牛内部一个邪恶的机制,他安装了一套管道系统,用来扩大受害者的尖叫声。烟雾会从铜牛的鼻孔喷出,而这些管子则可以将受害者的声音传导到牛的口中发出,并将痛苦的嘶吼转化为"公牛悲惨的嚎叫,让你听了会十分开心"。法拉里斯被打动了,他狡猾地要求展示这种特殊的变声效果。"来吧,佩里洛斯,向我展示它是如何运作的。"当佩里洛斯蹑手蹑脚地爬进去对着管道大喊大叫时,法拉里斯立刻锁上了门,并在铜牛底部生起了火。这位青铜工匠就这样被烤死了(另有一说他在被烤熟后扔下了悬崖)。

这个故事唤起了一个极具讽刺意味的主题:一位发明家/犯罪者,死于自己的发明/阴谋。然而,这种虐待行为在暴君身上并不少见(罗马皇帝尼禄和卡利古拉〔Caligula〕就是两个例子)。法拉里斯铜牛的存在是毋庸置疑的,大量现存和已佚失的古代文献都有对此的叙述。法拉里斯成了邪恶独裁者的典型。据诗人品达所述,在公元5世纪的希腊,每个人都知道法拉里斯的"可恶名声",他"冷酷无情,利用铜牛杀死无辜者"(《皮提亚》1.95)。一个世纪之后,亚里士多德也两次提到了法拉里斯那广为流传的暴政。[7]

公元前1世纪,普卢塔赫引用了一位更早期的佚名历史学家,讲述了法拉里斯用铜牛活活烤死人的故事。还有一位历史学家狄奥多罗斯·西库路斯也提到了这个铜牛。公元1世纪,老普林尼批评雕塑家佩里洛斯设计出如此丧心病狂的东西来彰显自己的技艺,并且认为佩里洛斯成了第一个铜牛受害者是罪有应得。根据老普林尼的说法(34.19.88),这位雕塑家的其他雕像仍然被保存在罗马，"只有一个目的，那就是让观者憎恨制造它们的人"。在公元2世纪，讽刺作家琉善写了一篇幽默的文章，佯装维护臭名昭著的法拉里斯。[8]

这个铜牛还催生了其他相似的炙烤刑具。普卢塔赫的《道德论丛》（*Moralia*）中提到了阿里斯蒂德斯所著的一部已佚失的历史著作，阿里斯蒂德斯称在塞杰斯塔城（Segesta）有一件非常类似的发明，但造型是一匹逼真的铜马，由阿伦提乌斯·帕特尔库鲁斯（Arruntius Paterculus）为一位名为埃米利乌斯·塞索里努斯（Aemilius Censorinus）的残忍暴君打造，这位暴君以喜欢奖励发明新奇刑具的工匠而闻名。[9]狄奥多罗斯·西库路斯作为一名土生土长的西西里岛人，提到了另一座致命的雕像，一个铜人，此物是由残酷的暴君阿加托克利斯在塞杰斯塔城建造的，这位暴君的统治开始于公元前317年（狄奥多罗斯20.71.3；著名的叙拉古青铜羊见图5.1，为阿加托克利斯所有）。

狄奥多罗斯在他的历史著作中多次提到了臭名昭著的阿克拉伽斯铜牛。他写道（19.108），该雕像在法拉里斯的要塞之内，要塞位于埃克诺莫斯角（Cape Ecnomus，即"罪恶之岬"）的一座小山上。狄奥多罗斯还讲述了第一次布匿战争（the First Punic War）期间，迦太基的将军哈米尔卡·巴卡（Hamilcar Barca）如何从西西里岛的各个城市里掠夺了画作、雕像和其他艺术品。这些艺术品中最具价值的就是那个阿克拉伽斯铜牛，哈米尔卡于公元前245年将这个铜牛用船运到了迦太基（突尼斯）。一个世纪之后，在第三次布匿战争结束时，那座铜牛又被运回了阿克拉伽斯。公元前146年，罗马将军西庇阿·埃米利安努斯（Scipio Aemilianus）最终打败迦太基，并将所有被掠走的财宝归还了西西里岛的城市，其中就包括那座铜牛。波利比乌斯（Polybius，《历史》〔Histories〕，12.25）于公元前2世纪写道，那个可以发出低嚎声的铜牛曾被带到了迦太基，然后又被送了回来。波利比乌斯称，铜牛后背上的活门在当时仍然可以使用。公元前70年，西塞罗在《控告韦雷斯》（Against Verres 4.33）中记载道，西庇阿从迦太基那里夺回的宝物中就有阿克拉伽斯铜牛，"所有暴君中最残忍的法拉里斯，曾用它将人活活地烤死"。西庇阿借此机会指出，这个铜牛是西西里岛独裁者野蛮行径的纪念碑，西西里岛最好还是由更为仁慈的罗马人统治。狄奥多罗斯称，就在他撰写他的历史著作期间（约公元前60—前30），人们依然可以在阿克拉伽斯看到那座臭名昭著的铜牛。[10]

直到中世纪，法拉里斯的铜牛依然发挥着它病态的吸引力。根据基督教传说，在公元4世纪时，尤斯塔斯（Eustace）、安提帕斯（Antipas）、普里西利安（Pricillian）和乔治（George）等殉道者都是被烧红的青铜或镀铜公牛雕像烤死的。我们查证到的最后一个案例出现在西哥特人（Visigoth）的编年史中，这一次的受害者是一位令人憎恨的暴君——布尔登勒斯（Burdunellus），他是西班牙萨拉戈萨（Zaragosa）的暴君，于公元496年在图卢兹（Toulouse）被处决，他是被"置于铜牛内活活烧死的"。[11]

* * *

铜牛的恐怖让人有种熟悉的感觉，似乎与前几章中的神话遥相呼应。这个超逼真的铜牛雕像让人想起代达罗斯为王后帕

图9.1 西西里岛阿格里真托的暴君法拉里斯将精明的工匠佩里洛斯关进其自己制造的铜牛里烧死。16世纪的皮埃尔·沃伊里奥特·德·布泽（Pierre Woeiriot de Bouze）在其木版画中画出"法拉里斯将佩里洛斯处以铜牛之刑"的场面。HIP / Art Resource, NY

西淮制作的人造母牛（第 4 章）。就像帕西淮的假母牛一样，法拉里斯的青铜公牛也因困于里面的活人而有了生气。[12]

与这个铜牛相比，神话中赫菲斯托斯为有权势的皇室人员制造的两个致命的青铜自动机器更加引人注目。国王埃厄忒斯想用他那一对威风凛凛的喷火铜牛烧死伊阿宋。再回想一下，米诺斯王的青铜机器人塔洛斯也可以加热自己的身体，然后将敌人拥入胸膛，活活烤死。古人是否也想到了这些神话故事与法拉里斯的铜牛有着相似之处？由于没有任何现存史料与神话故事在这方面直接相连，这一点无从知晓，但并非完全不可能。在法拉里斯的时代，有关铜牛和其他加热金属雕像的古代神话和传统肯定已经在通俗文化中广为流传。

此外，我们发现原来在法拉里斯的母城阿克拉伽斯，人造公牛是一种重要的护身符。阿克拉伽斯由来自罗得岛的殖民者建立，而法拉里斯的父亲就来自罗得岛。这个岛以非凡的机械工艺而闻名，例如罗得岛巨人像（第 1 章）。有证据显示，公元前 3 世纪至公元前 1 世纪期间，罗得岛人制造了带有 30 个齿轮的复杂天文计算机械——安提基特拉机械（Antikythera mechanism），它也被称为世界上第一台"类电脑"的装置。[13] 正如我们在第 5 章所见，罗得岛也因其逼真的青铜雕像而闻名，品达也曾在其诗中赞美道（《奥林匹斯山颂歌》7.50—7.54）：

> 栩栩如生的雕像矗立着，
> 装饰着每一条公共街道，
> 而且似乎在石头中呼吸，
> 或是在移动他们大理石的脚。

在罗得岛的奇观中，有一对实物大小的铜牛。这两头铜牛是否就是阿克拉伽斯的法拉里斯的铜牛原型？这对铜牛矗立在罗得岛的最高峰——阿塔比里奥斯山上，守卫着整座岛屿（青铜守护神在古代很常见，第1章）。据我们所知，法拉里斯曾参与了宙斯阿塔比里奥斯神庙的建造，该神庙的名字就是以罗得岛的最高峰——这对铜牛所在位置——命名的。此外，更引人注意的是，工艺精妙的罗得岛铜牛可以发出低吼声。这些公牛哨兵充当了信号喇叭，它们"大声吼叫，预警罗得岛人，敌人正在靠近"。[14] 铜牛内部的管道能够扩大罗得岛阿塔比里奥斯山上人类哨兵的声音。阿克拉伽斯铜牛可能也有类似的管道设计，从而将受害者的叫声转化为公牛的吼声。

* * *

号角和其他扩音器在古代世界的各种文化中都有出现过。这种人工扩大声音以传递信息的道具曾被归功于亚历山大大帝，他曾使用一个巨大的青铜号角，或是一个悬挂在大型三脚架上的扩音器，向数里之外的军队发送指令。这个设备以特洛伊战争中一位声音洪亮的传令官斯藤托尔（Stentor）的名字命名（荷马《伊利亚特》5.783）。在中世纪有关亚历山大大帝的传说中，也出现过一种夸张的扩音装置，他的巨型战争号角，又被称为"忒弥修斯号角"（Horn of Themistius），据说可以召唤约96千米以外的军队。[15]

某些雕像和自动装置可以发出更为悠扬的机械声，这不禁让人想起传说中德尔斐神庙上能唱歌的少女雕像（第7章）。有一座能发出声音的雕像尤其值得一提，那就是雕塑家季米特里奥斯（Demetrios，公元前 4 世纪）创作的雅典娜雕像。据老普林尼（34.76）所述，这个雕像被称为"悦耳的"或"吼叫的"雅典娜（到底是"音乐"还是"噪音"，原手稿已无法辨认）。据说，女神的盾牌上凶猛的戈耳工（Gorgon）有一头蛇发，那蠕动的蛇会发出奇怪的声音。[16]

埃及开罗一个有趣的考古发现（1936 年），揭示了古代一些会说话和唱歌的雕像是如何运作的。一尊巨大的太阳神拉-哈玛基斯（Ra-Harmakhis）石灰岩半身雕像的脖子后面有一个空腔，一条狭窄的通道由此通至右耳下面的开口。据考古学家推测，一位祭司可以躲在雕像背后，对着空腔说话，而声音通过管道发生了变化，让人觉得是拉神在传达神谕。[17]

* * *

据说在黎明时分，埃及的那对门农巨像中的一个会发出歌曲般的声音，这对巨大的坐像高约 18 米，在古代是一个旅游胜地。公元前 1350 年左右，阿蒙霍特普三世（Amenhotep III，第十八王朝）在底比斯的尼罗河旁的神庙为自己竖立了两座雕像。埃及人将这两座会"歌唱的"雕像称为阿蒙诺菲斯（Amenophis）、法莫诺斐斯（Phamenophes）或塞索斯特里斯（Sesostris）；而希腊人则称之为门农。北面的雕像，即在黎明时分发出美妙"声音"的雕像，已于公元 27 年的一次地震中遭到损坏。在希腊神话中，门农是女神厄俄斯和她不死的凡人爱人提索奥努斯的儿子（第 3 章）。作为埃塞俄比亚的国王，门农在特洛伊战争中与特洛伊人结盟。一些观察者认为，门农雕像在黎明时分发出的声音或歌声是为了安慰他的母亲，"黎明女神"

厄俄斯。太阳初升的光芒让他的眼睛熠熠生辉,"当阳光照耀到他的嘴唇时",他就会发出声音。参观者无不体验到一种奇异的感觉,似乎门农即将在晨光中站起身来,迎接新的一天。[18]

古罗马历史学家塔西佗(Tacitus)(《编年史》〔Annals〕2.61)写道,当阳光照射时,门农"会发出人的声音,而法老们斥巨资建造的金字塔,在难以逾越的沙漠中若隐若现"。一些人提出,雕像之所以能发出声音,是因

图 9.2 门农巨像。埃及底比斯,Felix Bonfils 拍摄,1878。HIP / Art Resource, NY

为旭日的照射让石块受热膨胀的结果,也可能是激活了雕像内部的某种杠杆,触动了可振动发声的弦。大约公元前 26 年,地理学家斯特拉博和他的朋友们(17.1.46)曾在日出时分参观了雕像,他们当时确实听到了些声音,但却无法确定声音是来自雕像本身,还是站在雕像底座上的人。在琉善的讽刺作品《爱说谎的人》(33;公元 2 世纪)中,主人公声称听到了门农雕像在黎明时发出的"预言",尽管"大多数游客只是听到了一些奇怪的声音"。在公元 80 年至公元 82 年,一位名为卢修斯·塔尼西乌斯(Lucius Tanicius)的罗马百夫长刻下了他 13 次来到这里听到歌声的时间和日期。许多古代的游客也在这座雕像上留下了记号,最后一次刻痕可以追溯到公元 205 年。一些评论家认为,

公元200年皇帝塞普蒂米乌斯·塞维鲁（Septimius Severus）命人对雕像进行修缮之后，门农雕像的歌声就再也听不到了。不过基督教教父狄奥多莱（Theodoret）、杰罗姆（Jerome）等人则坚称，是耶稣的降生令古埃及全部的神祇偶像缄口不言。[19]

* * *

正如我们所知，有很多方式可以让雕像看起来像是会移动、会说话或给人一种它是活物的错觉。[20]保罗·克拉多克（Paul Craddock，古代近东冶金术方面的专家）认为，此类"神庙把戏"中，也包括制造一种在触碰时会产生刺痛感的神像。克拉多克的理论可以用来解释一种被称为"巴格达电池"（Baghdad Batteries）的神秘小陶罐。这些文物于1936年至1938年在伊拉克被发现，被认为是帕提亚帝国（Parthian，约公元前250—公元240）或萨珊王朝（Sassanian，公元224—640）时期的产物。此物备受争议：一些历史学家认为它们是波斯早期电力实验的证据。不幸的是，巴格达博物馆于2003年被劫掠，这些文物也消失了，但我们仍可通过文字描述、图表和图片了解详细信息。

这些小陶罐每个高约13厘米，里面装着由铁制成的圆柱体，铁棒被包裹在卷曲的铜片中间，顶部用沥青密封，底部用铜盘以及沥青密封，包裹着铜片的铁棒有一部分突出在顶部的沥青之上。罐子内壁有腐蚀的痕迹。但没有发现金属线圈，可能本来就没有，也有可能是被腐蚀了。值得注意的是，在同一区域还一起发现了非常细的青铜"针"和类似的罐子，只是内部没有金属棒。从这些材料和结构上看，这似乎是一种原始的电池。现代实验证明，利用古代可用的物质如葡萄汁、醋、酒、硫酸或柠檬酸制作出5%的电解质溶液，可以让巴格达电池的复制品产生0.5伏的微弱电流。如果将这些罐子串联起来，就有可能产生更大的电流输出，足以产生类似于静电的轻微冲击。

这些电池的用途尚不清楚。一些人认为具有医疗功能，也有人认为具有魔法或宗教方面的用途。据克拉多克推测，若这些罐子真的是电池，且能以某种方式藏在金属雕像里并激活，那么这个雕像就会充满神秘的生命力和力量。任何接触它的人都会被一种奇异的温暖感和冲击感所震撼，甚至有可能在黑暗的房间里看到一道跃动的蓝光。[21]

* * *

公元前3世纪至公元1世纪期间，斐洛和赫伦设计的逼真彩绘鸟模型可以发出拟真的鸟鸣声，这两位是埃及亚历山大港的著名发明家，下文将进一步介绍他们的作品。在更早时候，古人就已经被能够飞行的人造鸟所震撼。这种自动装置被认为是由一位名为阿尔库塔斯（约公元前420—前350）的哲学家、科学家兼统治者所发明的，他也是柏拉图的朋友。阿尔库塔斯生活在他林敦（Tarentum），一个由希腊人在意大利南部建立的殖民地。[22] 阿尔库塔斯因他的智慧与美德而备受敬仰，后被推举为将军（strategos），人们认为柏拉图《理想国》中"哲人王"的概念就深受阿尔库塔斯的影响。亚里士多德在多篇著作中引用了阿尔库塔斯的理论，但阿尔库塔斯本人的著作却几乎没有保存下来，仅存一些残篇。[23]

贺拉斯有一首诗是写给阿尔库塔斯的（《颂诗》1.28，"阿尔库塔斯颂"〔the Archytas ode〕），许多古代文献也都提到了阿尔库塔斯，但奥卢斯·格利乌斯（Aulus Gellius）写于公元 2 世纪的著作是现存唯一描述了第一台鸽子形自动飞行器的文献。奥卢斯·格利乌斯评论道，阿尔库塔斯"设计并完成的东西是一个奇迹"，但未必不是真的（《阿提卡之夜》〔Attic Nights〕10.12.9—10.12.10）。奥卢斯·格利乌斯引用了"哲学家兼古代文献研究者法沃里努斯"的言论，称阿尔库塔斯"根据机械原理制作了一只鸽子形状的木质模型"。这只鸽子模型"可以通过配重取得平衡，并由其内部的气流推动"。这只鸽子可以飞行一段距离，但"一旦坠落就无法再次起飞"。我很抱歉只能讲到这里了，因为文本的其余部分已经佚失。

阿尔库塔斯在机械数学、立方体和比例方面的开创性工作，使人们能够制作比例模型。现代哲学家和科学史家围绕阿尔库塔斯的机械原理著述颇丰。人们普遍认为这只"鸽子"在历史上确实存在过。机械工程师推测，阿尔库塔斯的鸽子形装置可能拴在一根绳子或木棍上，由阀门控制的管子或金属气囊中的蒸汽或压缩空气提供动力。每次飞行之后都必须重新设置（没有任何证据表明这只鸽子的翅膀可拍动）。卡尔·霍夫曼（Carl Huffman）在 2003 年曾提到对这只鸽子"合理重造"，称这只鸽子"靠着一根丝线，通过滑轮连接到砝码上"，它的"运动是借由风吹，让这只鸽子从较低的栖木飞到较高的栖木上"。科斯塔斯·科萨纳斯（Kostas Kotsanas）提出了另一种假设重造的方法，即用蒸汽或压缩空气启动空气动力的鸽子。[24]

我们还可以将阿尔库塔斯的鸽子与公元前 5 世纪和公元前 4 世纪的其他两个历史上的机械装置进行比较。这两个机械装置都来自希腊伯罗奔尼撒（Peloponnese）的伊利斯地区，那里也是奥林匹克运动会的举办地。第一种机械装置是青铜鹰和海豚。

奥林匹克运动会的赛马和战车比赛的起跑点是一扇门，而青铜鹰和海豚就是这扇起跑门上的活动部件。公元2世纪，保萨尼亚斯（6.20.10—6.20.14）描述了起点处这扇奇特的门，当时上面的鹰和海豚装置还能运作。一位官员在门边的祭坛上操作机器，在观众的注视之下，这只鹰会突然展翅升空，海豚则从上面跃下，以此宣布比赛的开始。该装置最初由雅典雕塑家兼发明家克莱奥埃塔斯（Cleoetas，公元前480—前440）制作，后由公元前4世纪的工匠阿里斯蒂德斯进行改良。克莱奥埃塔斯因其制作的超逼真人形雕像而备受推崇，他的雕塑细节刻画得极其写实——比如镶嵌的银指甲。克莱奥埃塔斯还与著名的雅典雕塑家菲狄亚斯合作，于公元前432年在奥林匹亚用黄金和象牙制作了巨型宙斯雕像（考古学家于20世纪50年代在奥林匹亚发掘了他们的工坊；菲狄亚斯也用黄金和象牙制作了帕特农神庙的巨型雅典娜雕像，第8章）。那青铜鹰和海豚想来也会非常逼真，就像阿尔库塔斯的鸽子一样，它们也应该是被某种绳线拴住的。

伊利斯地区还有一个引以为豪的奇观，就出现在庆贺酒神的狄俄尼索斯节（Dionysia festival）上。据伪亚里士多德（《奇异见闻录》〔*On Marvelous Things Heard*〕842A123）所述，参与庆典的人们被邀请至距离城市约1.5千米处的一栋建筑内，检查三口空的青铜大锅。当人们走出来后，伊利斯的官员便炫耀式地锁上门，封闭了建筑。过了一会儿，大门被打开，参观者又被请进这栋建筑内。他们惊讶地发现，那三口大锅现在"神奇地"盛满了酒。"天花板和墙壁看起来都完好无损，无人能看出其中奥秘"。这个诡计显然涉及一种隐蔽的液压技术，通过某种机关将酒注入容器中。该事件的时间不详，但相同的描述也出现在亚里士多德的学生及其追随者收集的笔记中。

至于阿尔库塔斯，他在数学、几何、声学、力学等领域的建树让他取得了军事、政治和科学方面的成就。除此之外，亚里士多德还称赞他还发明了一种深受儿童喜爱的玩具——会发出咔嗒咔嗒声的"响板"（clapper）。[25] 他的玩具响板和鸽子等工艺品，不仅展现了机械原理，也提供了令人愉快的消遣方式，相对于其他统治者残忍的自动装置而言，这些都是值得欢迎的作品。

* * *

公元前4世纪末，在马其顿高压统治下的雅典出现了一个嘲讽意味十足的无脊椎动物机器装置。公元前317年，马其顿国王卡山德（Cassander）委任法勒隆的德米特里厄斯（Demetrius of Phaleron）管理雅典。德米特里厄斯与亚里士多德生活于同一时代，是一位受过良好教育的雄辩家。他长期担任雅典的唯一统治者，直到公元前307年被迫流亡。他最后流亡到埃及的亚历山大港，并参与了亚历山大图书馆和博物馆的建造，许多发明家也都曾在那里工作（见下文）。后来德米特里厄斯在亚历山大港也失去了支持，又流落至内陆地区，并在约公元前280年因被毒蛇咬伤而死。[26]

作为雅典城的暴君，德米特里厄斯傲慢无礼、骄奢淫逸，他蔑视民主，剥夺贫穷公民的权利。根据一位捍卫民主、反对暴君的雄辩家德摩卡莱斯（Demochares）所著的一部失传的史书所言：公元前308年，德米特里厄斯下令制造了一个可移动的巨型陆地蜗牛仿制品，它通过"某些内部装置运作"。[27] 据希腊历史学家波利比乌斯（12.13）所述，这个巨型蜗牛还会参与雅典盛大的酒神庆典，并引领游行队伍前进。这只蜗牛从城外的柏拉图学院出发，爬到狄俄尼索斯剧院，全程约为2.9千米。波利比乌斯并未在文献中详细叙述这只蜗牛的制作材料和内部原理。但"内部装置"一词暗示了该蜗牛包含某种自我驱动的机制。艾尔弗雷德·雷姆（Alfred Rehm）于1937年提出，或许是一个人踩着踏车（treadmill），另一个人则在内部掌舵。踏车在古代早已存在，波希多尼（Posidonius）在公元前323年为亚历山大大帝制造了一个大型的可移动攻城机器，很可能就是在靠踏车驱动。公元1世纪的一块古罗马浮雕上，雕刻了一个大型起重机，上面显示其由一个多人踩动的大型踏车为动力源。但雷姆的理论仍存在争议。[28]

为何要大费周章制造一个巨大的移动蜗牛仿制品呢？有些人可能注意到了，狄俄尼索斯节是在冬天举行的，雅典此时会进入雨季，大量休眠的陆地蜗牛会爬出来，因此那时，真正的蜗牛在雅典会变得随处可见。德米特里厄斯的巨型蜗牛非常"逼真"，甚至在它沿着道路缓慢爬行时，会留下黏液的痕迹。在蜗牛内部铺设管道，使橄榄油流向地面，便可轻松实现这种留下黏液的效果。

最重要的一个细节是，在游行时，这只巨型蜗牛的身后会跟着一群驴子。这种蜗牛与驴的搭配组合是一个充满恶意的讽刺笑话。蜗牛爬行缓慢，家就在自己的背上，代表了贫穷。而驴子则常常与愚蠢、懒惰、挨了鞭打才会干活的奴隶联系在一起。[29]德摩卡莱斯评论道（波利比乌斯12.13），德米特里厄斯的这场表演是为了嘲讽"雅典人的迟钝和愚蠢"。巨型蜗牛本身没有伤害性，但它却是暴君戏剧性地公开羞辱雅典人的一种方式，可见雅典人的民主已被马其顿人及其盟友所摧毁。

* * *

一个世纪之后，公元前207年，在希腊南部的斯巴达，一位名为纳比斯（Nabis）的恶毒独裁者夺取了政权，并一直掌权至公元前192年。他在位期间的野蛮行径被载入了史册，他放逐、奴役和杀害了大量公民。纳比斯和他专横的妻子爱琵加（Apega，可能是阿皮亚〔Apia〕，阿尔戈斯城〔Argos〕附近的一位暴君的女儿）沉瀣一气，向治下的人民勒索了大量贵重物品和钱财。希腊南部的本地人波利比乌斯讲述了纳比斯及其妻子的故事，波利比乌斯出生于他们被推翻前后。据波利比乌斯所述，爱琵加的"残忍程度远远超过她丈夫"。例如，在纳比斯让爱琵加前往阿尔戈斯城筹集资金时，她会将妇女和儿童召集起来，然后亲自施加肉刑，直到他们交出黄金、珠宝和贵重财产（波利比乌斯13.6—13.8, 18.18）。

作为一名暴君，纳比斯也欢迎一些穷凶极恶之人——包括克里特岛的海盗——来到他的王国。[30] 或许就是这些投机分子中的一个，在纳比斯的命令下制造了机器版的爱琵加——一个"与他的妻子极度相似"的"忠诚的机器"（波利比乌斯13.6—13.8, 16.13, 18.17）。一位研究斯巴达女性的历史

图9.3 银币上的纳比斯肖像，斯巴达的统治者。公元前207年至公元前192年。inv. 1896, 0601. 49 © The Trustees of the British Museum

学家萨拉·波默罗伊（Sarah Pomeroy）评论道："纳比斯受到他妻子行为的启发，发明了一个像潘多拉一样邪恶、具有欺骗性的女机器人。"这个机器人身着爱琵加的昂贵服饰。我们可以想象，为了达到逼真的效果，工匠们精细刻画了爱琵加脸部的石膏模型或蜡模。

纳比斯召集富有的公民，以美酒相待，一边说服他们交出财产一边灌酒。若有客人拒绝他的要求，他就会说，"或许我的夫人爱琵加会更有说服力"。当爱琵加的仿制品出现时，酒醉的客人向那位坐着的"夫人"伸出手。在弹簧的作用下，这位"夫人"站了起来，并抬起手臂。纳比斯站在假爱琵加的身后进行操控，在一些杠杆和棘轮的作用下，她抬起的双臂突然抱住客人，然后纳比斯收紧假爱琵加致命的拥抱，把受害者搂得更紧。她身上的华服掩盖了一个事实，那就是她的手掌、手臂和乳房上都满是铁钉，随着压力的增加，这些铁钉深深地扎进受害者的身体。波利比乌斯（13.6—13.8）写道："纳比斯利用假爱琵加的穿刺装置，杀死了大量拒绝他要求的人。"[31]

公元前3世纪末，纳比斯和爱琵加掌权时期，地中海地区的许多发明家和工程师就已经基于和平或战争等不同的目的，设计了活雕像及其他巧妙的设备。公元4世纪的古希腊抽选机（*Kleroterion*，一个"随机"选取公民担任市政职务的设备）与前文提到的安提基特拉机械都幸存了下来。但这台随机挑选公民的机器仅仅是冰山一角，还有许多其他技术实验和发明创新没有留下任何实物痕迹，只在古代文献中有所描述。

公元前4世纪至公元前3世纪早期，意大利、迦太基和希腊的军事工程师根据复杂的机械原理和弹簧的使用原理，为叙拉古的大狄奥尼西奥斯（Dionysius of Syracuse）和马其顿的腓力二世（Philip II of Macedonia）等统治者研发了弩炮和强劲的扭力投石机。"围城者"德米特里一世（Demetrius I Poliorcetes）为了征服罗得岛，让他的工程师在公元前305年建造了有史以来最高的机械化攻城塔，配备了16个重型投石机，重约160吨，这个镀铁的木制攻城机器需要3000多人的合力才能操纵。德米特里一世还部署了一个需要1000名士兵才能推动的巨型攻城锤。叙拉古的阿基米德（Archimedes of Syracuse）也许是希腊化时代最著名的工程师，他提出了大量的几何定理，并利用杠杆、滑轮、螺丝和差速齿轮设计了许多令人惊叹的机器，他的作品从天文仪器、里程表，到点燃入侵海军的热射线，再到安装在起重机上，可捞取或击沉敌船的巨大钩爪，种类繁多。[32]

鉴于古典和希腊化时期丰富的发明遗产，几乎可以肯定的是，纳比斯的致命机械爱琵加是以之前的技术先例为蓝本打造的。机械爱琵加可以通过弹簧的作用做动作，站起来并抬起手臂。纳比斯在背后操控这个机器，却让别人误以为是这个人物在依自身的意愿行事。机械爱琵加虽然无法加热，但却可以通过强行拥抱杀死对方，这让人想起神话中的青铜机器人塔洛斯，他也是将敌人抱在胸膛。一些历史学家怀疑，这个所谓的机械爱琵加是否就是"铁处女"（*Eiserne Jungfrau*，即 Iron Maiden）的灵感来源。"铁处女"是一个中世纪虚构的酷刑/处决装置，一个具有女性外形的金属柜，内部满是尖刺。

* * *

公元前44年，尤利乌斯·恺撒（Julius Caesar）遇刺身亡，罗马陷入了一片混乱之中。马克·安东尼（Marc Antony）于恺撒的棺椁旁发表了极富戏剧性的葬礼演讲。恺撒残破的尸身躺在棺内，人群看不见。历史学家阿庇安（Appian）(《内战》〔*Civil Wars*〕2.20.146—2.20.147）讲述了那次演讲对民众的影响，称"在某种神圣的狂热中"，马克·安东尼被"极度的激情"冲昏了头脑，他抓起了一根长矛，用矛尖勾起了恺撒尸身上的长袍，把它高举到空中，让所有人都能看到那件被匕首刺穿的、血迹斑斑的长袍。哀悼者们见状大声悲鸣。

但是这种戏剧性的表演还没结束。一位藏起来的演员模仿恺撒的声音，说出了凶手的名字，这进一步煽动了民众的情绪。随后，恺撒饱受摧残的尸体慢慢地从棺材里升起来。那是一座蜡像，上面逼真地展示了23处残忍的刀伤。接下来是最高潮的部分，"通过一个机械装置旋转蜡像，向群众展示那可怜的尸身"。悲痛和愤怒使得人群疯狂，他们涌向恺撒被刺的元老院放火，并试图烧毁刺客的住所。恺撒的盟友们精心策划了这场轰动一时的舞台表演，这个拥有恺撒外形、自动旋转的血淋淋的蜡像，正是用于操纵群众的。

* * *

古希腊-罗马世界的一些君王热衷于资助科学发明，命人制作一些逼真的雕像，旨在展示他们的权力和伟大。以这些神奇的机器向全世界宣布，国王可以实现不可能。

希腊化时期的统治者试图通过机械化的奇观来荣耀自身，但本都国王米特拉达梯六世（Mithradates VI of Pontus）却是因此而受挫的一个例子。他以极度自负和热衷于制造神奇机器而闻名。公元前1世纪，米特拉达梯吸引了最优秀的工匠、科学家和工程师来到他的宫廷。众人为他打造了巨大的海军和攻城器械，著名的安提基特拉机械就是罗马人从他的王国掠夺而来的（公元前70—前60）。大约公元前87年，米特拉达梯为了庆祝他在希腊击败了罗马军队，特意举办了一个盛大的庆典。考虑到古希腊有翼的胜利女神奈基（Nike）在胜利者的头上盘旋的传说形象，皇家工程师们制造了一个巨大的女神雕像，并用缆绳将之悬挂在人群看不见的地方。这种机械降神（deus ex machina）的技术在希腊古典戏剧表演的舞台上也会使用，但女神像这个计划的规格却超乎常规。计划是这样的：在宴会的高潮部分，展开翅膀的巨大奈基女神将在一系列滑轮和杠杆的作用下神奇地从天而降，伸出双手，为米特拉达梯戴上胜利的桂冠，然后再庄严地升天而去。结果实际表演时缆绳故障，胜利女神狠狠地拍在了地上，摔得粉碎。万幸的是没有人因此受伤，但这一情形却不可避免地成了一个恶兆。[33]

* * *

在公元前3世纪的埃及，托勒密二世曾策划了一场成功的专制者权力展示，让人印象深刻。在希腊化时期，托勒密二世（公元前283—前246）掌权的马其顿希腊王朝曾一度强盛，直到公元前30年才在克利奥帕特拉（Cleopatra）[i]的手中终结。托勒密王朝的统治者是艺术和科学研究的狂热支持者，大约在公元前280年，他们建造了图书馆和博物馆的建筑群（大部分被毁于约公元前48年的大火），将亚历山大港打造成了新兴的国

---

i 即俗称的"埃及艳后"。——编者注

际研究中心。在托勒密王朝时期,亚历山大港成了科学研究的中心和机器发明的诞生地;剧院、游行队伍和神庙都有机械化的公共展示品,尤其是活雕像和自动装置。[34]

托勒密二世于公元前278年迎娶了自己的姐姐阿尔西诺伊二世。正如我们所了解的,在阿尔西诺伊二世去世后,托勒密二世将她追封为女神,并命人去尝试制造阿尔西诺伊二世的悬浮雕像(据说利用了磁铁的原理,第5章)。托勒密二世在位时间为公元前283年至公元前246年,期间最令人难忘的事件是他在公元前279年或公元前278年举行的一次极其辉煌的盛大游行,游行队伍由无数的奇珍异兽、造型逼真的舞台、身着盛装的舞者和令人目瞪口呆的自动装置组成,历时数日,似乎永无休止。根据罗得岛的卡利克西努斯(Callixenus of Rhodes)对亚历山大港的历史描述(他是托勒密二世同代的人,可能也参加了此次盛会),那壮丽的场面包括大象牵引的二十多辆黄金战车,后面还跟着鸵鸟、黑豹、狮子、长颈鹿和其他动物,还有大量的巨型马车和花车,成百上千的表演者装扮成萨堤尔、迈那得斯(maenads)[i]等神话人物,巨大且栩栩如生的神像(包括亚历山大大帝)以及其他大量工程奇观。遗憾的是,和许多有助于我们了解古代人造生命和自动机器的关键文献一样,卡利克西努斯的作品也已经佚失。但他对游行的一部分描述被公元2世纪的作家阿忒那奥斯(《智者之宴》5.196—5.203)保存了下来。[35]

托勒密的盛大游行颂扬了希腊酒神狄俄尼索斯,并再现了神话传说中的一些场景。一座高约4.5米的巨型酒神雕像让观众

---

[i] 意为"疯狂者"。酒神的女追随者们,俗称"酒神的狂女"。——编者注

们惊叹不已，雕像高举着一个巨大的金色高脚杯，杯中盛满美酒，周围是一群萨堤尔、酒神狂女、歌者和乐师。另一辆装着大型榨葡萄机的花车约 9 米长，约 6 米宽，由 300 名男子拉动，另外有 60 名男子装扮成萨堤尔踩踏着葡萄。还有一个用豹皮制成的巨大酒袋，装在一辆沉重的推车上，由 600 名男子拉着前进，沿途葡萄酒不断地涌出。另一辆花车上分别有两个能喷出葡萄酒和牛奶的喷泉（就像希腊神话中赫菲斯托斯制造的喷泉那样）。这些惊人的自动装置和雕像制作精美、数量众多、造价高昂，如此大规模的展示俨然唤起了古代版的恐怖谷效应。甚至让人产生一种幻觉，觉得它们是由诸神亲自创造的，让人误以为托勒密二世可以召唤神灵来庆贺他的加冕。

在装载酒神雕像的大车后面，另一个令人震惊的景象出现在眼前：一辆花车载着一座巨型的妮萨（Nysa）坐像，她头戴金冠，身披黄衣，上面镶满金片。这个妮萨雕像是一个真正的自动机械装置。在游行期间，妮萨会时不时地站起来，从金色的容器中倒出奶水，然后再坐回去。卡利克西努斯写道，"这些动作的完成无需任何人的操控"。

妮萨是谁？那是一座山的名字，小酒神是在那里长大的，他在那里得到了雨仙女们的喂养。这座山在希腊化时期被拟人化为妮萨，妮萨是狄俄尼索斯的育婴保姆，所以她理所当然地站在酒神的旁边分撒奶水。

这个巨型妮萨坐着时高约 3.5 米，再加上装牛奶的大容器，肯定非常重。事实上，装载妮萨雕像的车有 3.5 米宽，由 60 个人拉着前行。就像其他巨型雕像一样，妮萨并非由青铜或大理石制成，而是用陶土、木料、石膏和蜡制作而成，并且刻画得很逼真。为了在缓慢的游行队伍（估计有 5 千米长）中确保无故障、完美地运行,现代的工程师们认为,这个自动机器在技术层面一定是十分稳健、保险的。

这个妮萨自动雕像是如何运作的?机械工程历史学家特恩·克齐尔(Teun Koetsier)和汉弗里德·克勒(Hanfried Kerle)于2015年分析并绘制了几种有可能的设计。若这个雕像坐着就有3.5米高,那站立的时候应该有4.5米。他们总结道,若它全部由当时可实现的机械手段和组件提供动力,必须将凸轮、砝码、链条或齿轮进行复杂且精密的组合,才能让妮萨以一种庄严的仪态从椅子上站起来、倒出奶水,再缓缓坐回椅子上。

世界上最早的机器人之一,史无前例的自动机器妮萨是谁制造的?古代文献中并未提及其发明者。其中一个可能的人选是工程师克特西比乌斯(Ctesibius),他被认为是亚历山大港博物馆的第一任馆长。但遗憾的是,克特西比乌斯的著作无一幸存,但根据维特鲁威(Vitruvius)、老普林尼、阿忒那奥斯和拜占庭的斐洛(曾在亚历山大港工作)、普罗克洛斯(Proclus)和亚历山大港的赫伦对其记述,他基于水力(水泵、虹吸管)和风力(压缩空气)的发明创造备受人们推崇。克特西比乌斯活跃于公元前285年至公元前222年,他在一座纪念托勒密二世亡妻阿尔西诺伊二世的神庙里,制作了一个以压缩空气为动力的号角杯。似乎克特西比乌斯和他的同事们,就是托勒密大游行中的妮萨雕像最有可能的建造者。[36]

有没有可能是拜占庭的斐洛(又称工程师斐洛)?他是希腊杰出的工程师兼作家,而且据说大部分时间都居住在罗得岛和亚历山大港。虽然他确切的生卒年月不详,但目前学者们认为斐洛出生于公元前280年左右,若是如此,托勒密二世大游行时他还是婴儿。斐洛制造的一系列机器,以及那些具有人类和动物外形的自动装置设计令人印象深刻,在古代和中世纪都备受推崇,时至今日依然有人在研究。[37]

* * *

斐洛设计了大量设备和自动装置,他的机械作品包括了从攻城塔到剧场表演机器等方方面面。他的大部分著作都已佚失,但他的设计图纸和操作说明倒是经由赫伦和伊斯兰世界的作者之手得以保存。[38] 我们已经讲述了斐洛版本的机器人助手,一个真人尺寸大小的女仆,可以斟酒再加水稀释(第7章)。尽管妮萨自动雕像比这个女仆机器人要早几年出现,但是公元前3世纪的这个自动机械女仆还是被誉为第一个人造"机器人"。斐洛更擅长制造小巧的机械,因为其尺寸如此之小,更让人感到震惊。

斐洛的作品之一是一套人造鸟,它的特别之处在于,当一只假猫头鹰转过身来面对它时,它就会发出鸣叫,而当这只猫头鹰背过身时,它又会安静下来。这个装置的原理是将水注入一个容器,将空气挤出,然后被挤出来的空气通过一条管道通向鸟喙,振荡产生不同频率的音符,而由水位控制的旋转轴可以使猫头鹰旋转。斐洛还设计了另外一套人造鸟,当一条蛇靠近鸟巢时,它就会举起翅膀发出警告。其原理是将水倒进容器,让里面的漂浮物位置升高,漂浮物连着一根杆子,而杆子连着鸟翅,将其带起。还有一个令人着迷的自动机器是一条人造龙,当潘神面对它时,它就会发出吼叫,而当潘神背对它时,它就会放松下来(另一个变体是当潘神背过身时,鹿就开始喝水)。[39]

斐洛对亚历山大港的另一位发明家赫伦(公元10—70)产

生了巨大影响，赫伦的许多与引擎、机械、自动装置有关的著作和设计都得以流传于世。赫伦组装了神奇的机器来演绎迷人的神话故事，他利用水力和其他机械装置让机器以复杂的方式运动。他还制造了"酒神装置"，它看似能自行酿酒，这让人想起伊利斯自动盛满酒的大锅和上文所述托勒密大游行中的奇观。赫伦特别为人所知的一点是，他常常建议其他工程师们多制作小型机器，这样就不会有人怀疑机器内部藏着人在操控。赫伦在著作《制造自动机器》(*On Making Automata*) 和《气体力学》(*Pneumatica*) 中，对固定设备和移动设备的复杂运动形式进行了讨论，其中包括"蛇行般"的移动方式。在他的说明和指导下，工程技师们便能够制造可运行的工作模型。[40]

赫伦设计的一个典型组合装置是：一个青铜海格力斯向一条青铜蛇射箭，蛇被射中时会发出嘶嘶声。赫伦还设计了一个微型自动剧场表演装置。这种机器可以通过滚轮移动到舞台上，停止滚动后开始表演，"火焰在祭坛上燃烧，还带有声音效果，配有小型雕像翩翩起舞"，表演完毕后它还能自行滚动下台。它被称为第一个编程设计装置。[41]要想启动这种小型舞台的一系列表演和声音效果，操控者只需拉动一根绳子，激活水钟装置（*clepsydra*，一种以稳定速度流出液体或沙粒的装置）里稳定下降的铅块砝码即可，然后操控者就可以退到一旁，而观众就可以观看这个引人入胜的表演（见图9.4该剧场模型的复制品）。在特洛伊战争悲剧《瑙普利奥斯》(*Nauplius*) 的五个场景中，舞台门可以自动打开和关闭。起初，可以看到造船者在打造船只，还可以听到锤打和锯木头的声音。然后人们将船推入海中。接着，起伏的船在波涛汹涌的海面上航行，旁边还时不时地有海豚跃出。一个夜间的火炬信号把船只诱导到了一处布满礁石的

图9.4 以斐洛的设计为基础,亚历山大港的赫伦的自动剧场表演装置的复制品。上图,剧院大门打开后,会传出造船师傅敲打和锯东西的情景和声音,由内部机构驱动。中图,船只在波涛汹涌的海面上颠簸,旁边有海豚跃出水面。下一张图,埃阿斯随着失事的船只溺水,同时雅典娜在前景中移动。底图,移动的雅典娜的机器装置。模型由科斯塔斯·科萨纳斯制造,科萨纳斯古希腊科技博物馆提供

海岸。在最后一幕中，人们看到希腊英雄埃阿斯（Ajax）在这些失事的船只间游泳，雅典娜于舞台左侧出现，然后又于舞台右侧消失。突然，一道闪电击中了埃阿斯，他消失在了海浪之中。[42]

这些由斐洛和赫伦制造的精巧机械舞台装置，再现了一些赫菲斯托斯铸在潘多拉的金冠和阿喀琉斯的盾牌上的幻影虚构场景。正如荷马在《伊利亚特》和《奥德赛》中描述的那样，赫菲斯托斯制造了栩栩如生的微型人物和造物，它们似乎可以移动并发出声音（第5、7、8章）。

* * *

许多由斐洛和赫伦设计制造的自动装置被保存在了中世纪早期的阿拉伯和伊斯兰世界的文献中，例如公元9世纪，巴格达的巴努·穆萨兄弟（Banu Musa brothers）和12世纪的艾尔贾扎里。希腊化时期和中世纪近东文明对中世纪欧洲的自动装置和机器产生的影响，目前已经有了广泛的研究。[43]另一方面，中国的史家较为完整地记录了早期的机械创新。例如，公元前3世纪，秦朝（公元前221—前206）的工匠们就已经发明制造了机械玩偶和其他设备。三国时期，魏国官员、发明家马钧制造了可在齿轮驱动的战车上精准指南的人形设备和一个由水力驱动的木偶剧场装置[i]。[44]

在唐朝（公元618—907），技术的发展催生出了大量精密的装置和自动运行设备。典型的例子包括一座带液压泵的铁山，上面有一条龙，龙口中可以喷出烈酒，酒会准确无误地进入杯

---

[i] 指南车和水转百戏图。——编者注

中；还有一支装有自动仆人的船队，仆人可以自动斟酒。唐朝的工程师为女皇武则天制造了很多自动装置。武则天笃信佛教，试图效仿并超越印度孔雀王朝的统治者阿育王（King Asoka，公元前304—前232）对佛骨舍利的供奉。关于阿育王有许多传说，这些传说被朝圣归来的中国佛教信徒带回。在与阿育王有关的众多传说中，最为有趣的一则就有与机械造物有关。[45]

* * *

在历史上的阿阇世王（Ajatasatru）和阿育王统治时期，机器守卫者出现在了古印度佛教传说中。约在公元前483年至公元前400年期间，佛陀圆寂，这两位统治者都受托保护珍贵的佛骨舍利。这个古印度传说之所以引人注目，不仅是因为描述了保护佛骨舍利的机械卫士，更因为这些故事明确地将机器人与希腊化时期的古希腊-罗马世界发明的自动装置联系在了一起。这种出乎意料的历史与地理上的联结，让人忍不住想更加深入调查研究。

摩揭陀国（Magadha，位于印度东北部）的阿阇世王在位时间约为公元前492年至公元前460年，都城为固若金汤的巴达离布达（Pataliputta，该城废墟位于现在的巴特那〔Patna〕的地下）。据佛教故事记载，阿阇世王在遇见佛陀之后便成了他的信徒。在佛陀圆寂并火化后，阿阇世王在地下深处建造了一个巨型佛塔，将佛陀的遗骨安置于内。据说，阿阇世王还设计了保护佛骨舍利的特殊防御措施。在传统印度教和佛教的建筑上，门口和宝藏处常见有武装的守护者（守门天和夜叉），有时这些卫士以雕刻的巨型战士的形象出现（图9.5）。

不过，阿阇世王的卫士却非同一般。他让巴达离布达的工程师制造了一批自动战士卫队，来保卫佛陀遗骨。值得一提的是，据古代耆那教（Jainism）的典籍记载，阿阇世王部署了新奇的军事发明，例如可以投掷巨石的强力石弩，和一辆类似于"坦克"或"机器人"的机械化重装甲战车，上面配有旋转的钉头锤和刀刃。据说，他的自动战士也带有旋转刀刃。[46]

传说中，阿阇世王在世时曾预言，他部署的自动卫士会一

图9.5 两位传统的卫士，守门天和夜叉，持长矛分站在一张桌子的两侧，桌上供着佛陀的遗骨，此为镶板浮雕，犍陀罗地区（Gandhara）贵霜王朝（Kushan），发现于斯瓦特河谷（Swat），公元1至2世纪。inv. 1966, 1017. 1 © The Trustees of the British Museum. 镶板浮雕两侧分立着一对约1.8米高的守卫，发掘于古代孔雀王朝巴达离布达，公元前3至公元前1世纪，E. J. Rapson,《剑桥印度史》(*Cambridge History of India*, 1922)。由米歇尔·安杰尔拼贴

直守卫直到未来的统治者——阿育王——发现并解除这些机器人的设定，然后把佛陀遗骨收集起来，再分散到全国各地数以万计的佛塔中。阿育王于公元前273年至公元前232年在巴达离布达统治强大的孔雀王朝，并成了佛陀的追随者。在他漫长的统治期间，阿育王在他广阔的国土上建造了大量佛塔，供奉佛陀遗骨，实现了阿阇世王的预言。[47]

不同译本的多部印度教和佛教典籍，都讲述了阿阇世王的自动卫士在阿育王到来之前一直守护着佛陀遗骨。据称，这些木制机器人可以飞速旋转，用剑砍杀入侵者。一些传说将这些创造归功于印度教的制造之神毗首羯磨（Visvakarman，又称工巧天）或守护神因陀罗（Indra）。但是，关于这些机器人卫士最引人入胜也最神秘的描述，却是通过一条曲折的途径流传下来的：它被记录在古缅甸一个名为《世间施设论》（Lokapannatti）的巴利语故事集中，这个故事集最早是从一个更加古老的、已佚失的梵语版本转译成巴利语的，现在人们只能通过汉语译本得知其梵语版本曾经存在过。《世间施设论》的确切创作时间不详，可能是公元11世纪或公元12世纪，但这些故事取材于"与阿育王有关的众多传说"，包括"种类繁多"的、更加古老的口头传说和佚失文本。[48]

这个故事记载了生活在罗马维萨亚（Roma-visaya，即罗马王国，对西方世界的统称，也就是指希腊-罗马-拜占庭文化）的耶婆那人（Yavanas，说希腊语的人，泛指西方人）中有许多机器制造者（yantakara）。耶婆那人制造机器人的神秘科技（bhuta vahana yanta，"精神驱动机械"）被他们的政府严格保密。在"罗马"，机器人从事贸易和耕地，它们还抓捕和处死罪犯。任何机器制造者都不得离开"罗马"也不得泄露机密，若有违犯，机器人刺客将追杀他们。这些有关神奇罗马机器人的流言传到了印度，激起了一位年轻工程师的兴趣，他渴望学习如何制造机器人。这位年轻人居住在巴达离布达。前面已经提到过，巴达离布达是阿阇世王在大约公元前490年建立起来的大型防御型城市。而在公元前3世纪中叶，作为阿育王的首都，这座城市进入了鼎盛时期。

这位巴达离布达的年轻人利用神奇的秘法，实现了他发下的愿望，转世重生在了"罗马"——一个受希腊影响的西方世界。他在罗马与一位机器人制造大师的女儿结了婚，并且有了一个儿子。他学到了这位机器人制造大师的技艺。接着他窃取了制造机器人的设计图纸，将画着设计图的莎草缝在皮肤之下，然后离境前往印度。因为意识到自己会在抵达印度之前死于机器人刺客之手，于是他提前告诉儿子，一定要把他的尸体带回巴达离布达。他的儿子照做了，计划得以继续。后来他的儿子为阿阇世王打造了一支机器人卫队，这支卫队躲在那个地下佛塔的密室里，守护着佛陀遗骨。

这个隐藏的地点和机器人们在很长一段时间里都不为人所知。有一天，阿阇世王的后代、伟大的阿育王听闻了佛骨舍利和预言的事。他四处寻找，最终发现了深藏于地下的佛塔和内部的密室，凶猛的机器人卫士就在那里守着。与此同时，罗马皇帝发现了西方技术被盗。他想知道为什么印度的这种秘密技术与他们的如此相像，于是送来一个礼物，里面藏着一个机器人刺客，想要以此刺杀阿育王，但没有成功。阿育王与地下密室中的机器人们展开了激烈的战斗。最终，阿育王找到了那个转世工程师的儿子——他奇迹般地长寿，当时仍存活于世上。工程师的儿子告诉了阿育王如何解除和控制这些"罗马"机器人。于是，阿育王便可以自行指挥一支大型机器人军队了。

在某些版本中，这个会旋转的机器人卫士是由水轮或其他机械装置驱动的。在一个故事中，是制造之神毗首羯磨向阿育王提供了帮助，精确地一箭射在了旋转装置的螺栓上，从而摧毁了机器人。[49] 这种巧妙解除机器人守护者的威胁的情节，让人想起了科技女巫美狄亚的故事，由于青铜机器人塔洛斯欲杀死伊阿宋和阿尔戈英雄们，美狄亚通过移除塔洛斯脚踝上的关键螺栓摧毁了他（第1章）。

罗马机器人守卫佛陀遗骨这种"科幻小说"般的传奇故事，凸显了人们对于人造物可能失控的恐惧，希腊神话中播种龙牙后长出的军队也表现出了类似的主题（第4章）。西格内·科恩在她对古印度机器人的研究中指出，"机器人可能会背叛它们的制造者并杀死他们"。但这个故事提出了更具挑战性的问题，科恩接着说道："这种技术到底是真的存在，还是只是宗教神话和民间传说故事？"[50]

这个故事清楚地将保卫佛陀遗骨的机械造物与源自希腊-罗马西方世界（罗马维萨亚）的先进自动装置联系了起来。达乌德·阿里（Daud Ali）写道，这些叙事"尽管十分隐晦，但似乎暗含了印度和西方世界之间'技术'文化的真实流通与传播，其中既包括真实的事物，也包括想象的事物"。[51] 这个被收录在《世间施设论》中，梵文原本已佚失的故事的核心到底有多古老？传说中佛塔的机器人卫士是否真的如学者们普遍认为的那样，完全是以拜占庭晚期或中世纪的伊斯兰和欧洲时期创造的自动工作装置为原型的？又或许关于机器人卫士的口头传说产生于更早之前，是受到了古印度人对希腊化时期机械奇迹的了解的影响？毕竟公元前3世纪的托勒密时期，亚历山大港的机械奇迹确实存在，而那时也正好在阿育王故事的时间范围内。

这个故事的历史背景表明，古印度孔雀王朝的君主和希腊的国王们之间进行了有关自动装置的技术交流。历史和考古证据也表明，在公元前5世纪和公元前4世纪，双方确有文化上的接触。值得注意的是，上文提到的耆那教典籍中有记载，公元前5世纪，阿阇世王的工程师正在打造军事机器。亚历山大大帝在今天的阿富汗、巴基斯坦和印度北部征战之后，希腊文化与佛教文化在哲学和艺术方面的相互影响不断地加强。[52] 我们了解到，在约公元前300年，两位希腊使节麦加斯梯尼（Megasthenes）和戴伊马科斯（Deimachus）来到孔雀王朝的宫廷，并居住在了巴达离布达——这个拥有着受希腊影响的艺术品和建筑物的城市。我们还记得，从"罗马"窃取机器人设计图纸的工程师的故乡，就是巴达离布达。[53]

阿育王是公元前3世纪的人物，当时自动机器装置在亚历山大港和西方其他技术中心数量激增。阿育王在他的王国内留下了许多雕刻的石柱和碑文，其中有些是用古希腊语写的，还有一些提到了希腊国王的名字，证明了古印度与西方世界之间的文化交流和贸易往来一直在进行。阿育王曾派遣使节，并且与希腊的数位统治者互相通信，其中就包括了亚历山大港的托勒密二世，正是他在公元前279年或公元前278年举办了那一次盛大的游行，展示了酒神和妮萨等机械神话人物。阿育王的使节来到过亚历山大港，而托勒密二世也派遣过一位名叫狄奥尼修斯（Dionysius）的希腊人使节，前往阿育王在巴达离布达的宫廷。[54]

公元400年左右，有许多佛教朝圣者前往阿育王的城市，巴达离布达，中国僧人法显就是其中之一，更多长期的跨文化交流的影响和证据就来自他的游记。法显目睹了一年一度纪念佛陀的传统游行，据推测，这种传统大约始于阿育王时代。法显描述了这场壮观的游行，一辆大型四轮马车，载着五层楼高的浮屠复制品，一尊尊高大的佛陀、菩萨以及其他金、银、青金石质地的佛像，还有五颜六色的丝绸与华盖，众多歌者、舞者和乐师也参与其中。法显并未提到任何机械化雕像（尽管同时代的中国游行中已出现了自动的佛教人物雕像）。[55] 巴达离布达的游行让人有一种似曾相识的感觉，与半个世纪前[i]，即公元前279年亚历山大港托勒密举办的盛大游行极为相似。

唐代的武则天和她的工程师们，是否知道阿育王和机器人的故事？在武则天时代，有许多真实存在的以及想象中的自动机器。公元4世纪的十六国时期，解飞和魏猛变曾制作出一座置于车上的金佛，其周围围绕着会转圈的机械随从，它们会不时地鞠躬和掷香。公元6世纪时在中国有一个故事，讲述了工人们奉命去摧毁两座佛像，结果遭到了愤怒的金刚手菩萨（Vajrapani）的攻击。武则天十分推崇一位高僧，道宣大师（公元596—667），他将寺庙设计得庄严且神圣。道宣曾在著作中描述了印度一座神奇的佛教寺庙，寺中有许多人形和兽形的机械卫士。武则天崇拜阿育王，她的工程师也为佛骨舍利建造了"宛如仙境的"建筑和机械奇观。或许中国的僧人在将佛教教义、佛骨舍利和浮屠设计从印度带回中国的同时，也将阿育王和机器人的这个传说带回了故乡，该故事得以留存在汉语典籍之中。[56]

---

[i] 原文如此。实际上托勒密二世的游行与法显所处的时代差了600多年。——译者注

对古代机器人的想象

我们现代人会如何想象阿育王与古代的"罗马机器人"相遇的情景呢?在古代人的想象中,守护佛骨舍利的自动卫士有着怎样的形象呢?从孔雀王朝时期起,人们就用传统的守护者"守门天"和"夜叉"的雕像来守卫佛塔和神龛。他们都是挥舞着大弓、锤矛和长剑的战士形象,有时雕像的尺寸很大(图9.5)。然而,关于传说中会自行移动守护佛骨的卫士,尚未发现任何其古代绘画形象。

在佛教的传说和艺术作品中,佛陀、教义以及佛骨舍利,都是由金刚手菩萨来守护的。金刚手菩萨是一位手持闪电的怒相菩萨。值得注意的是,在公元前1世纪至公元7世纪的北印度犍陀罗风格艺术品中,一些最早的佛陀雕塑身着古希腊-罗马风格的服饰,并由古典神话中的英雄海格力斯守护。当海格力斯与金刚手菩萨的形象融合在一起时,这位肌肉健壮、满脸胡须的守护者披着希腊大力士那标志性的狮子皮斗篷,但他的棍棒却变成了金刚手菩萨那特有的金刚杵,即闪电(图9.6)。一些浮雕显示,"海格力斯-金刚手菩萨"手持宝剑,正是《世间施设论》传说中的机器卫士所使用的武器。[57]将希腊-罗马神话中的海格力斯与佛陀守卫者金刚手菩萨合二为一的艺术手法,与佛教故事中用古希腊-罗马风格的机器人来守护佛骨舍利的故事不谋而合。我们可以推测,佛塔中守护遗骨的自动卫士可能是一副结合了希腊和印度典型特征的形象。

阿罗汉（Arhats，又称罗汉）是佛陀最初的四个门徒。在早期的印度佛经中负责护道。后来，在中国，罗汉的数量增加到了十八个。已知最早的罗汉艺术印象（公元9世纪）将他们描绘为来自西方的外族人，而不是中国人。虽然尚未发现罗汉与守护佛陀遗骨的"罗马机器人"之间有什么联系，但在某些时候，罗汉同样被想象成具备战斗能力的凶悍

图9.6　由海格力斯/金刚手菩萨守卫的佛陀。镶板浮雕，犍陀罗地区贵霜王朝，在今巴基斯坦，公元2至3世纪。inv. 1970, 0718. 1. © The Trustees of the British Museum

青铜机器人。这一主题出现在以清朝为背景的少林功夫电影《少林寺十八铜人》（1976年，郭南宏导演）之中。

从某种古老文明中发现被遗忘已久的自动机器技术——这种幻想是以一种神话的情感和视角来看待古代机械技术。值得注意的是，赫西奥德认为，青铜机器人塔洛斯出现的时代要更早。"古代机器人"的概念已成为科幻小说的流行主题。1958年，奇幻的雕像园"万佛公园"（Buddha Park，又名香昆〔Xieng Khuan〕寺）在老挝万象附近落成。公园里到处都是巨大的印度教 - 佛教守护者雕像（图9.7），其中一些就很像古董机器人。它们由混凝土制成，被人刻意地设计得像饱经风霜的古物。与此同时，在二战后的日本，无论是虚构的机器人还是真实的机器人都受到了人们的热烈欢迎。有人将这一文化特征归因于佛教的精神信仰。虔诚的佛教徒森政弘不仅是第一个明确提出"恐怖谷效应"的人，他还认为机器人甚至可以拥有"佛性"。此外，在日本和中国的某些佛教宗派中，真品与复制品、原本与摹本之间，并没有清晰的界限。[58]

当今流行的日本漫画和动漫艺术及其文字形式是在二战后开始风靡起来的，其中常常可见到人造生命和机器人的出现。值得一提的是，动画漫画系列作品《魔神Z》（1972—1974）描述了一种超级机器人，其制造灵感来自考古学家在一座希腊岛屿（大致是罗得岛）上挖掘出来的古代塔洛斯型钢铁机器人。这部作品的构想是：一个失落的古代文明"迈锡尼帝国"（Mycene），为战争部署了这些可远程操控的机器人。另一个例子是动画电影《天空之城》（宫崎骏导演，1986年由东京吉卜力工作室制作）。故事取材于古印度史诗，讲述了由某

图 9.7 想象中机器人似的佛教守卫者。1958年仿古雕像,老挝万象附近的万佛公园。左图,Kerry Dunstone 拍摄;右图,Robert Harding 拍摄;Alamy Stock

个已消失的文明所创造的、失落已久的机器人卫士的复活与解体。一个由复古未来主义者、机械艺术家和机器人模型制造者组成的国际团体,打造出了"被遗弃"的机器人的精细复制品,将其假装成考古遗址中发掘出土的古代幸存者。"哨子传真机"(Whistlefax)就是一个典型的例子。根据他虚构的背景故事,他来自"一个饱受暴力蹂躏的荒芜世界",这个"被摧毁的废墟上曾经有着伟大的文明,后来被成群结队的闹鬼机器人所占领。这些来自过往时代的、锈迹斑斑的机器人被愤怒士兵的灵魂附体,获得了一个新的使命:那就是惩罚那些为了少数人的利益而将世界无端卷入战火的人"。[59]

阿育王和"罗马机器人"的佛教传说是什么时候在古印度首次出现的？这个故事似乎反映了公元前3世纪托勒密二世和阿育王时期，人们对实际工程技术的了解。据我们所知，孔雀王朝和希腊宫廷曾经互派使节，互赠贵重的礼物，以此彰显各自的文化成就。请注意，传说故事中，制造机器人的图纸被暗中传到了印度，而希腊-罗马的西方君主也送给了阿育王一个藏着机器人的礼物。我们无法确定这则传说最早出现的日期。但几乎可以肯定的是，阿育王和同时代的人对西方自动机器和其他机械奇观并不陌生，甚至可能研究过它们的设计图纸或微缩模型。

* * *

神话和现实中的机械设备和自动机器引发了本体论、人与非人、自然与人为等方面的诸多问题；它们的存在挑战了区分幻象、真实和可能之间的界限。大量的神话文献显示，早在历史上的机械装置证明用科技模拟生命可行之前，人们就已经想象出了活雕像。西尔维娅·贝里曼评论道，"古代机械装置让观众极为惊讶"，并且"技术经验改变了人们对'科技会产生何种结果'的认知"，也"改变了人们对'什么是可能'的看法"。人类的想象力和好奇心推动着创意和创新。[60] 神话故事中的人造生命和未知科技也可被视为另一种有效的"经验"。神话中想象的场景很可能有助于古人去思索和猜测：若一个人拥有如代达罗斯、普罗米修斯或者赫菲斯托斯一般的先进技术和专业知识，可能会产生怎样的结果，可能会发生怎样的奇迹。

神话传统文化中的一些人造生命奇迹，是否是古人将真实世界简单的技术理论或实验美化后的幻想产物？或者反过来说，正如现代科幻小说可以预测未来科学发展，甚至可能在一定程度上刺激科技创新一样，或许那些讲述传说中的自动机器的故事，挑战并启发了现实中的发明家去设计可自行移动的物体或机器？神话故事和科学想象是否互相关联？人工智能历史学家和未来学家乔治·扎卡达基斯（George Zarkadakis）探讨了有关机器人的古老故事和人工智能研究之间的联系。他认为，神话故事与人类"历史上的科学努力"会共同演化，形成互相反馈的回路。[61] 最原初的影响来自何处，这是无法推测的，但我们可以在古代的一些史实的发明中，找到神话故事的影子。事实上，令人吃惊的是，就像远古的故事想象中那些出自神匠之手的技术奇迹一般，很多历史上的发明家也曾精心制造出自动装置和人形机器，展现并唤醒了古代的神话。

几千年前，空想家们就发起了一系列的"科幻"思想实验，用神话的语言讲述了高级生命创造人造生命的故事。这些想象出来的自动机器，尤其是像塔洛斯和潘多拉那样的机器人，具有栩栩如生的外形和准意识的"心智"，可以与凡间的人类进行互动，这引发了敬畏、期待和恐怖的矛盾情绪。后来，一群杰出的发明家模仿自然生物的外观，制造了真正的自动机器，他们的构思和设计又激发了后继者进一步的实验和创新。正如神话世界中所描述的那样，真实的机器人和自动装置可以迷惑、欺骗乃至支配人类。就像第8章所述，潘多拉神话和索福克莱斯对人类智慧、技术和野心的颂歌实则是一个明确的警告：这些恩赐与才能可以让人类走向辉煌，却也可以让人类迈向邪恶。

激动人心的人造生命之梦，始于口传故事的想象，然后通过古代的技术设计和工程机械实现。之后2000年的历史见证了无数巨大的科技变革。然而直到20世纪末,人类的创造发明与革新之路才刚刚开始。如今,科技发展正以极快的速度推进。我们悬浮在复制生命本身这一怪诞的深渊之上,因为人类对模仿和改造自然永无止境的追求释放出了希望与恐惧,我们则夹在其间,摇摆不定。

尾 声
敬畏、恐惧与希望

深入了解古代故事

古代神话表达了对人造生命、人类极限与不朽的永恒期盼和恐惧。

我们——以及人工智能——能从这些经典故事中学到什么?

自然与机器之间的界限日渐模糊,既引发了兴奋感,又产生了焦虑感,这似乎是现代人对科技时代科学进步的独特反应。但早在数千年前的古希腊世界,人造生命所带来的希望与恐惧就已然纠缠在一起。富有想象力的神话故事表述了人类制造活雕像、试图超越人类极限和寻求永生的梦想,同时也表达了人类与这些追求所带来的敬畏、恐惧和希望的不断拉扯。我们可以这样说,是古希腊人开始了这场讨论。[1]

作为人类的意义是什么?——这个问题一直萦绕在古希腊人的心头。他们的故事一次又一次地探讨了延缓衰老、推迟死亡、复制自然和增强人类的希望与风险。关于普罗米修斯、伊阿宋、阿尔戈英雄、美狄亚、代达罗斯、赫菲斯托斯、塔洛斯和潘多拉的神话网络之间复杂且相互交错,所有这些故事都引出了关于自然生物与人造生命之间界限的基本问题。

无论是最经久不衰、最受欢迎的希腊神话，还是其他许多被遗忘已久的古代传说，这些惊心动魄的冒险故事本身就值得一读。然而，当我们发现这些古老的故事实则是一种对生命技艺的探讨，这些古代的"科幻小说"便被赋予了全新的意义。这些神话故事不仅深度表达了形而上学的洞察力，还预示了神与人类操控自然的不祥征兆，这让如今的我们感到惊讶。

模仿人类和增强人类能力的幻想，激发了让人魂牵梦绕的舞台戏剧表演机器，以及古典瓶画、雕塑和其他艺术品中令人难忘的绘画。约公元前400年，哲学家兼工程师的阿尔库塔斯制造的第一个飞行机械鸟，引起了轰动。到了希腊化时代，亚历山大港的赫伦和其他的杰出工程师设计了大量由水力和风力驱动的自动机器。古希腊人认识到，无论是在想象还是在现实中，自动机器和其他人造装置可能是无害的，但也可能是危险的。它们可用于劳作、性、观赏和宗教用途，也可以制造痛苦或死亡。显然，无论是真实的还是想象中的生命技艺，都令古人十分着迷。

总而言之，古代文化中关于自动机器、机器人、复制人、活雕像、增强人类能力的物品、移动机器和人造生命的神话、传说及口传故事，与随后的真实科技结合在一起，构成了一个虚拟图书馆和一个蕴含着古代智慧与思想实验的博物馆。这是一种无价的资源，有助于今日的我们理解生物技术与合成生命所面临的根本挑战与危险。这本书的一个目标，是表明关于人工生命的古老神话在更深层次上，可以为现今人造生命和人工智能的发展以及潜在的现实和道德影响提供一个背景。我希望在重读那些古老故事的同时，可以丰富今天对机器人、无人驾驶汽车、生物技术、人工智能、机器学习和其他发明的相关讨论。

我们在故事中了解到火神赫菲斯托斯如何制造了一组"无人驾驶"的三足鼎，可以根据指令运送食物和美酒。更令人惊奇的是，他还设计了一群真人大小的黄金女仆机器人来听命于他。据荷马记载，这些神仆在各方面都"如真实的女性一般，有感知，有理智，有力量，甚至有声音，她们还被赋予了神所拥有的一切学识"。2500多年以后，人工智能开发人员仍然在渴望实现古希腊人想象中他们的发明之神所创造的东西。

赫菲斯托斯所铸的奇迹是在一个普遍被视为技术不发达的古代社会背景下构想出来的。在现代机器人能够赢得游戏冠军、进行交流、分析海量数据和猜测人类意图的几千年前，这种"生命技艺"就早已从文化梦想中结晶而生。同时，目前的一些重大问题就像神话一样古老：这些人工智能机器人反映的是谁的意图？它们将向谁学习？

2016年的一次人工智能学习实验成了一个警示。那年，微软公司发明了一个青少年女性聊天机器人——Tay。她经过精密的编程设计，被认为模拟了人脑中的神经网络，并可以在社交网络推特（Twitter）上，向她的人类"朋友们"学习。人们期望她能在没有过滤或行为监督的情况下展现清晰的会话策略。然而，Tay在推特上线仅几个小时内，就被一些心怀恶意的粉丝们合谋影响，让Tay变成了一个在推特上肆意吐出种族歧视和性别歧视言论的喷子。没过几天，Tay被她的制造者终止了程序。她的学习系统极易遭到影响，这打击了人们对自我学习型人工智能和智能机器人的乐观想法。但这种打击只是暂时的。Tay的替代者Zo（2017年）上线了，一个据说被设计成可以避免谈论宗教和政治话题的聊天机器人，但后来她也在推特上失控了。[2]

在希腊神话中，赫菲斯托斯的最高成就是宙斯命他制造的女性机器人，潘多拉。为了惩罚人类接受了普罗米修斯盗取的火种，宙斯命令赫菲斯托斯制造了潘多拉（第 8 章）。每一位神都赐予了这位人造少女一种人类的特质：美丽、魅力、艺术知识和狡诈的天性。作为宙斯复仇计划的人工智能代理人，潘多拉的任务是打开那个装满灾厄的罐子，让人类陷入永久的折磨。她被送给了厄庇墨透斯这个以冲动和乐观著称的男人做妻子。正如我们所看到的那样，普罗米修斯警告人类，潘多拉的罐子永远不应被打开。斯蒂芬·霍金（Stephen Hawking）、埃隆·马斯克（Elon Musk）、比尔·盖茨（Bill Gates）和其他有先见之明的思想者，是否就是我们这个时代的普罗米修斯泰坦？他们警告科学家们应该停止或至少放缓对人工智能不计后果的追求，因为他们预见，一旦人工智能启动，人类将无法控制它。"深度学习"算法让人工智能计算机能够从海量数据中提取模式，推断新状况，并在没有人类指导的情况下决定行动。人工智能实体将不可避免地自行提出并回答它们自己设计的问题。现在的电脑本身已经发展出了利他主义和欺骗行为。人工智能会不会因好奇而去探索那些隐藏的知识，并根据自己的逻辑做出决定？这些决定是否会符合人类的道德标准？或者说，人工智能的伦理道德是否会"超越人类"？

潘多拉的罐子一旦被打开，灾厄就会被释放出来——就像一个邪恶的黑客放出电脑病毒，企图让世界变得更加混乱的一样——只要世界还存在，它们就不会消失。在这个神话的简化童话版本中，最后一个从潘多拉罐子里飞出来的是"希望"。但在更悲观的版本中，被困在罐子里的最后一样东西是"预见灾厄的能力"。是宙斯给潘多拉编了程序，让她把罐子的盖子盖上,将"预知"困于其内。人类就此被剥夺了预知未来的能力,独留下了被称为"希望"的东西。就如厄庇墨透斯一样,先见之明并非我们的强项。

但是,随着人类的聪明才智、好奇心和胆大妄为不断推动着生物学上生与死的研究前沿,以及人机结合的发展,先见之明在其中是至关重要的。诚然,当今世界的技术发展与可能性在规模上可以说是史无前例的。但在科技梦魇和未来美梦之间的那种令人不安的摇摆,却是永恒的。古希腊人明白,人类的典型特质就是易受诱惑,总是想达到"超越人类"的境界,却忽视了可能产生的后果。我们其实和厄庇墨透斯一样,他接受了潘多拉的礼物,直到后来才意识到这是个错误。

2016年,雷神公司(Raytheon)的工程师雷·克劳德(Ray Crowder)制造了三个微型学习机器人。他给这三个机器人取了三个古典的名字:宙斯、雅典娜和海格力斯。这些小型太阳能机器人的神经系统以蟑螂和章鱼为原始模型,它们被赋予了三种天赋:移动的能力、对黑暗的渴望和在阳光下充电的能力。这些机器人很快学会了移动,并且很快就意识到,为了充电,它们必须冒险到强烈的阳光之下,否则就会死亡。这些受造而非受生的机器看似简单的学习冲突,类似于人类的"认知经济"(cognitive economy),即情绪会帮助大脑分配资源和制定策略。还有一些人工智能实验正在教导电脑学习陌生人类如何互相传递善意,以及人类如何对消极和积极的情绪做出反应。[3]

自霍金发出"人工智能或意味着人类的终结"的警告后,一些科学家提议,让机器人通过读故事的方式,学习人类的价值观和道德观。"寓言、小说和其他文学作品",甚至大量好莱坞电影剧情,都可充当人工智能计算机的"人类使用手册"。其中一个系统被命名为山鲁佐德（Scheherazade），以纪念《一千零一夜》(The One Thousand and One Nights)的女主人公。山鲁佐德是一位传说中的波斯哲学家、故事讲述者，她记住了大量失落文明的故事。她因向残暴的国王讲述这些引人入胜的故事而保住了自己的性命。上传至人工智能山鲁佐德系统中的第一批故事只是简单的叙述，向计算机展示如何像个好人一样行事，而不是像个精神病患者。若要实现与人类感同身受的互动，并对人类的情绪做出恰当的反应，还需向计算机输入更复杂的叙事内容。这里所持的观点是，只有当人工智能实体获得"迁移学习"这一类似人类的思维能力，能够通过类比的方法进行符号推理，并在没有人类指导的情况下做出恰当的决策时，这些输入的故事才能发挥价值。[4]

  电脑可以以人脑为蓝本，但人脑却无法像电脑一样运作。例如，我们的认知功能、自我反思和理性思考都依赖于情感。故事吸引人的情感，感染力（pathos）——共情（empathy）的根源/词根，以及分享感受。只要故事还能唤起强烈而复杂的情感，只要故事还能与现实困境产生共鸣，只要故事还能激发人的思考，那么它就仍然有着生命力。我们已经看到，古希腊和其他古代社会是如何通过讲故事，试图去理解人类对超越生物极限的渴望，并想象这些渴望带来的后果。这些神话中的洞见和智慧或许有助于加深我们对人工智能的探讨。

  生命技艺的故事流传千年，经久不衰，证明了人们一直在思考"生而为人与模拟生命的意义"。听故事、讲故事和记住故事，是人类与生俱来的能力。正如乔治·扎卡达基斯提醒我们的那样，故事"是人类这个物种跨越时间与空间，分享价值和知识最有效的方式"。[5] 而这就提出了一种有趣的可能性。

那些讲述各种形式人造生命的神话，就像本书中收集的那些例子，是否可以用来教导人工智能以更好地理解人类充满矛盾的渴望？也许有一天，人工智能实体能够理解那些蕴含在人造生命神话中的人类最深沉的希望和恐惧。或许，人工智能可以以某种方式领会人类因人造生命而产生的纠结、期待和恐惧。人类预言了人工智能实体的存在，也意识到了这些机器和制造者们将面临的一些困境，若让人工智能实体了解到以上这些情况，它们或许可以更好地理解，甚至"同理"它们自身的存在为人类带来的窘境。

机器人-人工智能"文化"的兴起似乎不再那么遥不可及。人工智能的人类发明者和指导者已经在建构该文化的逻辑、道德观和情感。人类因科技的发展而逐渐强化自身，变得越来越像机械，而机器人则被注入了类似人性的东西。我们正在奔向一些人称为"机器-人类"（Robo-Humanity）的新黎明。[6]当那一天到来的时候，我们又会对自己讲述怎样的神话和故事呢？这个答案将决定我们的人工智能造物会学习什么，以及会如何学习。

术语表

自主能力（agency）：在特定环境中能行动、操作或施加力量、能量的状态。

仿生人/安卓（android, droid）：人形移动机器人。

人工智能（Artificial Intelligence〔AI〕）：人造生命或机器展现出的智能或心智，类似于动物和人类的天然智能，能够感知周围的环境并采取行动。人工智能模拟与心智有关的认知功能，例如学习和解决问题。"狭义的人工智能"允许机器执行特定的任务，而"广义的人工智能"则是指一种具有"通用算法"的机器，可像人类一样执行智力任务，具有推理、计划、抽象"思考"、解决问题和汲取经验等能力。人工智能可被分为四类：第一类机器是反应型，依据设定好的程序感知当前的状况，无任何记忆，也没有任何从过去的经验中学习的能力（例子包括IBM的深蓝象棋计算机、谷歌公司的阿尔法围棋〔AlphaGo〕，青铜机器人塔洛斯和《伊利亚特》中自动移动的三足鼎）。第二类人工智能具备有限的记忆能力，能将自己的观察结果添加到预先编程好的世界表征中（例子如自动驾驶汽车、聊天机器人和赫菲斯托斯的自动风箱）。第三类人工智能尚未发展成熟，应具备心智理论、能预见他人的期望和欲望的能力（虚构想象的例子诸如《星球大战》中的C-3PO，赫菲斯托斯的黄金女仆和淮阿喀亚人的船）。未来的第四类人工智能，将具备心智理论和自我意识（科幻的例子包括约翰·斯拉德克1983年所著小说中的提克-托克和2015年电影《机械姬》中的伊娃）。因为潘多拉具有欺骗和说服他人的能力，所以她应该介于第二类与第三类之间。

人造生命（Artificial life）：模仿自然生命或实体，或自然进程的系统；或复制生物现象的某些方面；通过工艺而受造生命的人或动物。

自动（automation）：无需人工辅助即可完成某些动作的技术。

自动机器（automaton, automata）：可自动移动的机械或组装成的设备，通常以动物或人类为外形，并不直接由控制者进行操作。某些自动机器会根据预设指令执行任务，而某些则可根据不同情况做出一定程度的反应。

仿生的 / 利用仿生学增强生物功能的（bionic）：利用人造身体部件增强人类或动物的能力。

生命技艺（biotechne）：古希腊语，bio 指生命，techne 指工艺、技术、技巧、科学、将知识应用到实践。

生物技术（biotechnology）：以操控生物有机体、生命系统或其组成部分，去开发、改造、制造产品或加工为基础的技术。

黑箱（black box）：一种复杂的装置、机器或系统，其输出结果是已知的，但其内部构造和工作原理对使用者来说是未知的、隐藏的、不透明的、神秘的。

半机械人 / 赛博格（cyborg, cybernetic organism）：一种生物，通常是人形，将有机生物部件与人工技术集成在一起，是一种人机混合体，能力通常远超一般人类。

设备（device）：为某一特定目的而制造的一种物品、工具、仪器、机具或装置，通常指某种机械物。

女机器人（fembot）：女性人形机器人。

机器（machine）：基于一个或多个组件（例如杠杆、滑轮、齿轮、轴承、斜面、螺丝和楔子等）组成的机械结构或装置，可改变力的方向或大小。

机器学习（machine learning）：计算机或人工智能独立学习的能力，无需明确特定编程。

机械装置（mechanism, mechanical）：由零部件组成的某种物体，可移动或执行某个动作；机器或某种类似机器的东西。

编程（programmed）：一套预先设置的（编码）指令，用于自动执行任务。

傀儡、牵线木偶、娃娃（puppet, marionette, doll）：一种人形或动物形的人造模型，通常用手、棒或线控制其移动。

回春（rejuvenation）：让某种生物重返年轻、重获年轻时代的力量、活力和/或外貌。

机器人（robot, bot）：一个复杂而模糊的术语，难以下定义。但它通常是指一种需要能量驱动的机器或者可自动移动的物体。其可以通过"编程"来"感知"周围环境，并具有某种"智能"或处理数据的能力，从而做出与环境互动的"决定"，执行行动或任务。由灵液提供能量的青铜雕像塔洛斯就符合这一定义。

恐怖谷（Uncanny Valley）：指多数人在面对人造机器人，尤其是与人类相似度极高的，看起来几乎像活人，但又不完全像活人的机器人时，会产生的一种恐怖感与厌恶感。人类对机器人的好感度会随着机器人的逼真程度增加而增加，但当其几乎与现实无异时，人类对其的好感度反而会急剧下降。这一假说最早由森政弘在1970年首次提出。

注　释

1　机器人与女巫：塔洛斯与美狄亚

1　Apollonius *Argonautica* 4.1635-88; Hunter trans. Argonautica 2015, 6, 298-304. 希腊语"自动机器"意为"依其意愿而行动"，首次出现于荷马《伊里亚特》5.749 和 18.371—18.380，用于描述赫菲斯托斯为诸神打造的自动门和自动三足鼎；见第 7 章。Hound and javelin, Ovid *Metamorphoses* 7.661-862.

2　用于描述古代"制造而成、可自行移动"的"机器人和自动机器"，其"模棱两可"的定义见术语表。另外参见 Bosak-Schroeder（2016, 123, 130-131）。她认为希腊文献中最早的自动机器被想象为纯粹的魔法，后来才以机械生命的形式呈现。人类希望工具无需操作便可自行完成工作，这种渴望其实十分古老，始于石器时代的投枪器（atlatl）和弓箭。Martinho-Truswell 于 2018 年评论道，一旦箭在弦上、瞄准并射出，"弓就能把这只小矛发射得更远、更直和更稳，远在人力投掷之上"。

3　从一个古典主义者的视角评价哈利豪森的塔洛斯：Winkler 2007, 462-463。

4　Hesiod *Works and Days* 143-160. 在赫西奥德的诗中，"青铜时代"是一个想象中的年代，处在人类的铁器时代之前，是一个尚武好战的时代；阿波罗尼奥斯在诗中称那个时代的人为青铜人。Gantz 1993, 1:153. 传说中还有一位名为塔洛斯的雅典发明家，见第 5 章。塔洛斯的各种家谱：Buxton 2013，77-79。

5　古代科尔基斯王国，即现在的格鲁吉亚共和国。"Medea's oil"，*Suda* s.v. Medea。

6　Apollodorus *Library* 1.9.23；Apollonius *Argonautica* 3.400–1339.

7　关于美狄亚的技术、设备：Pindar *Pythian* 4。

8　另一版本的美狄亚及她与伊阿宋和阿尔戈英雄们的关系：Diodorus Siculus 4.45–48。关于英雄和怪物唯一的弱点，Buxton 201，88–94。

9　罗得岛巨像，Pliny 34.41; Strabo 14.2.5. N. F. Rieger in Ceccerelli 2009, 69–86。几百年前，罗得岛也以其"栩栩如生的雕像"而闻名，见第 5 章和第 9 章。

10　为什么人们倾向于认为机器和人工智能有生命，Bryson and Kime 2011; Shtulman 2017, 138; Zarkadakis 2015, 19–23, 25–27。人机互动中的信任与共情：Darling, Nandy, and Breazeal 2015; Lin, Abney, and Bekey 2014, 25–26; and Lin, Jenkins, and Abney 2017, chapters 7–12。当"能思考的机器表现出对自身消亡的焦虑时"，这"一定是'意识'的体现"，Mendelsohn 2015。人工智能会被欺骗吗？ Reynolds 2017。

11　Sophocles *Daedalus* fr. 160, 161 R. Winkler 2007, 463.

12　阿波罗多罗斯（《书库》1.9.26）讲述了这样一个故事，阿尔戈英雄波阿斯（Poeas）射中塔洛斯的脚踝，这让人不禁想起被毒箭射中脆弱的脚踵而死去的英雄阿喀琉斯。投掷石块的巨人是古代神话和艺术中常见的主题。另一种说法称塔洛斯是一只铜牛，或许是把他与弥诺陶洛斯混为一谈了，后者是牛头人身的怪物，被米诺斯王关在克里特岛的迷宫之中（见第 4 章）。克诺索斯的硬币上刻画了弥诺陶洛斯投掷石块的图案，斐斯托斯城的一些塔洛斯硬币的背面还刻画了一头公牛。

13　Gantz 1993, 1.365. Robertson 1977. Teardrop: Buxton 2013, 82 and Fig. 3 caption. 在红绘风格的瓶画肖像中，金属物品和雕像常绘成白色，例如，有几幅描绘尼俄伯变成石头的画，她的部分身体被绘成白色。另一个值得注意的细节是鲁沃双耳喷口杯顶部边缘的装饰，看上去像是铁匠使用的火钳，见图 7.4 和图 7.5。尼俄伯绘者绘制的双耳喷口杯顶部边缘也出现了类似的设计，描绘的是潘多拉，她也是赫菲斯托斯的作品之一，图 8.7。

14　Robertson 1977, 158–159. Buxton 2013, 81 and Figs. 4–6.

15 Carpino 2003, 35–41, 87, quote 41. 美狄亚以及伊特鲁里亚版本的希腊神话，de Grummond 2006, 4–5。

16 Gantz 1993, 1:341–365，论塔洛斯的艺术和文学资料的来源；Apollonius *Argonautica* 4.1638–1688; Simonides fr. 568 PMG; Apollodorus *Library* 1.9.26 and J. Frazer's note 1; 1.140; Photius *Bibliotheca* ed. Bekker, p. 443b, lines 22–25; Zenobius *Cent.* v. 85; Eustathius scholiast on *Odyssey* 20.302. 关于神界机器设备的讨论见第 7 章。

17 Faraone 1992, 41. Quotes, Hallager 1985, 14, 16–21, 22–25. Cline 2010, 325, 523. 有关克里特岛干尼亚考古博物馆的"大师印章"的照片和绘画。参见 CMS VS1A 142 at 288 Arachne.uni-koeln.de。

18 Shapiro 1994, 94–98, on the lost *Argonautica* epic cycle.

19 Simonides fr 204 PMG; scholion to Plato Rep. 337a. Blakely 2006, 223. Sardinia and Crete, Morris 1992, 203. 伊特鲁里亚人与努拉吉撒丁岛人的联系，见：http://www.ansamed.info/ansamed/en/news/sections/culture/2018/01/08/etruscan-settlement-found-in-sardinia-for-first-time_288c45c9-9ae3-4b5e-ab8d-cb9bf654b775.html。

20 Apollodorus *Epitome* 7.13; Thucydides 6.2.1; Hyginus *Fabulae* 125; Ovid *Metamorphoses* 14.233; Strabo 1.2.9 都提到了拉斯忒吕戈涅斯人。约公元前 50 年至公元前 40 年的两幅壁画（罗马，梵蒂冈博物馆收藏），将拉斯忒吕戈涅斯人描绘成向奥德修斯的水手抛巨石的铜色巨人。Paratico 2014。

21 Kang 2011, 15–16, 19, 21, 312nn1–3.

22 Weinryb 2016, 154.

23 诸神不使用科技。塔洛斯是"生物"而不是机器人，因为自动机器必须具备一套"内部机械装置"，Berryman 2003, 352–353；Aristotle on automaton "self-moving" puppets, 358. 赫菲斯托斯所造的设备"由神的力量所驱动"而非科技，因为诸神不使用科技，Berryman 2009, 25–26（此处未谈及塔洛斯）。参见 Kang 2011, 6–7 and 311n7。但 2008 年德·格鲁特以及 1992 年莫里斯认为，古代文献和艺术品提供了大量的证据表明，想象中的希腊诸神确实会使用科技和工具，其中包括可自行移动的物体。类似于"机械"的东西在"完善的自动机器"真正可行之前就已经出现了。

24 Bosak-Schroeder 2016, 123, 132. 参见 Berryman 2009, 22, 在力学成为"一门学科"之前，"机械概念"不可能被想象出来。对比 Martinho-Truswell 2018 年关于史前发明的论述，参见 Francis 2009；弓箭、投石机、抽选机和榨葡萄机都是实用的机器。

25 定义，Truitt 2015a, 2。古希腊自动机器是"可自行移动的"，Aristotle *Movement of Animals* 701b。

26 该引言出自 Berryman 2007，36；亚里士多德论自然与非自然生命的观点，36—39。

27 Truitt 2015b，对 Cohen 1963 的评论。

28 潘多拉、塔洛斯、黄金女仆和其他机器人的神话故事，"让这些模拟物和人造人与有机的自然生命形式区分开来，其依据是他们的身体构成方式不同"，并非一定具有"机械"特征。制造这些神话中的人造生命使用的材料和方法，与"人类工匠制作工具、建筑、艺术品"和雕像使用的材料和方法相同。与今天的机器人一样，它们的功能包括"劳动、防卫和性"。Raphael 2015, 186. Berryman 2009, 49 and n119，将"*techne*"译为"技艺"比译为"艺术"更为恰当。

29 将金属加工和魔法相关联很普遍：Blakely 2006; Truit 2015b; Truitt 2015a, 守卫边境, 62–63; Faraone 1992, 19 and 29n11, 18–35. Weinryb 2016, 109, 128–134。

30 Blakely 2006, 81, 209. Weinryb 2016, 153, 53–54, 154–156. Clarke 1973, 14, 21, 36.

31 关于古希腊人相信雕像具有自主能力的历史的研究，Bremmer 2013。

32 Blakely 2006, 210–212.

33 Cook 1914, 1:723–724; Buxton 2013, 86–87; Weinryb 2016, 4–7, 14, 44–52.

34 脱蜡过程：Mattusch 1975; Hodges 1971, 127-129。运用蜡和黏土模型的青铜技艺，Hemingway and Hemingway 2003。木制框架，见第 6 章。运用人体翻模制作的逼真青铜雕像，第 5 章，Konstam and Hoffmann 2004。

35 Raphael 2015, 187. Berryman 2009, 27. Mayor 2007; Mayor 2016.

36 Apollonius（Hunter trans.）2015, 300; Raphael 2015, 183-184; 亚里士多德论自动机器、人偶、生物学、生理学和机械学，Leroi 2014, 172-173, 199-202. De Groot 2008。

37 灵液：Homer *Iliad* 5.364-82。"塔洛斯血管内流淌的其实是灵液，而非血液"，然而我们"也许不应该太过于纠结塔洛斯血管内流淌的是何种物质"，见 R. Hunter trans., Apollonius 2015, 189, 300, 304。神话和医学著作中的灵液，Buxton 2013, 94-96。

38 放血被认为对治疗各种疾病大有益处。Hippocrates *On the Nature of Man* 11; Aristotle *History of Animals* 512b 12-26。卢浮宫馆藏，公元前 480 年的佩塔尔芳油瓶（Peytal Aryballos）上就有对放血的描绘。脚踝是塔洛斯的弱点，与其他将脚比喻成弱点的例子一致，例如阿喀琉斯的脚踵和俄狄浦斯的跛脚。

39 Plutarch *Moralia* 5.7. 680C-83B; Dickie 1990 and 1991; Apollonius (Hunter trans.) 2015, 6, 302. 论青铜艺术品和邪眼，Weinryb 2016, 131-133。彩绘和镶饰的逼真青铜雕像的例子，Brinkmann and Wuensche 2007。

40 Truitt 2015a and b. Kang 2011, 22-25, 65-66. Buxton 2013, 74. Gray 2015. 潘多拉"处于二者之间"，见第 8 章和 Francis 2009, 14-15。在某种意义上，可以说塔洛斯属于"狭义的"或第一类的反应型人工智能（见术语表）。论逼真的人造生命所引发的"恐怖谷效应"，见第 5 章和 Lin, Abney, and Bekey 2014, 25-26。

41 Newman 2014. 在神话中，塔洛斯被视为无敌的古代安全系统，因此，思科系统公司（Cisco Systems）2008 年开始运营的"不知疲倦地识别和打击网络犯罪攻击"的"世界上最大的安全情报中心"，就以塔洛斯命名。http://www.talosintelligence.com/about/。

42 Kang 2011, 65. 论用人工智能取代人类法官的现代伦理问题，见 Bhorat

2017. Lin 2015; Lin, Abney, and Bekey 2014, 53, 60 and chapter 4 and 5。感谢诺顿·怀斯为这些问题提供的宝贵建议。斯宾塞的铁骑士，塔卢斯，以神话中的塔洛斯为名，但也可能部分参考了列奥纳多·达·芬奇设计的盔甲机械骑士，这种机械骑士穿着厚重的中世纪盔甲，由滑轮、曲柄、齿轮和杠杆提供动力（约 1495 年）。

43 古代波斯的"电池"见第 9 章。Ambrosino 2017. Shtulman 2017, 53–56。

44 Tenn 1958. 塔洛斯是"一个原始的家庭报警系统"，Mendelsohn 2015。

45 Garten and Dean 1982, 118. "塔洛斯"导弹于 1980 年退役。1963 年哈利豪森电影中的塔洛斯也结合了预编程的"肌肉"和"大脑"。Winkler 2007, 462–463。

46 研制军用机器人的历史，Jacobsen 2015 and Tyagi 2018. Nissenbaum 2014。2017 年至 2018 年 12 月，美国特种作战司令部的 TALOS 项目更新了该提案的官方通告。

2 美狄亚的回春坩埚

1 Ovid *Metamorphoses* 7.159–293.

2 *Nostoi* frag. 7，以及索福克莱斯已佚失的剧作中讲述的美狄亚与珀利阿斯抗争的情节，Rhizotomoi, "Root-Cutters"，见 Gantz 1993, 1:191, 367。据一些文献记载，美狄亚把埃宋放进了装满沸水的壶里。Godwin 1876, 41。

3 埃斯库罗斯戏剧中讲述的美狄亚的回春计划，根据学者对欧里庇得斯《美狄亚》的旁注，见 Denys Page, ed., *Euripides, Medea* (Oxford, 1938)。Diodorus Siculus 4.78，论代达罗斯发明的蒸汽浴的回春功效。新科技经常被误解，Hawes 2014, 59–60；论帕莱法托斯和其年代，见 37—91 和 227—238。亚里士多德论新陈代谢、衰老和寿命，Leroi 2014, 260–265。

4 Ovid *Metamorphoses* 7.159–293; Clauss and Johnston 1997, 33–34; Godwin 1876, 41; Newlands 1997, 186–92. 只有水银可以腐蚀黄金。Maluf 1954. 换血是救命的一种方式，对新生儿镰状细胞性贫血和血液系统疾病有

治疗效果。将年轻的血液输入年迈的身体的换血实验，Friend 2017, 60–61，年迈老鼠的身体组织会在换血后恢复活力，但年轻老鼠会加速衰老。

5 萨姆提克喝公牛血自杀，Herodotus 3.15.4; Plutarch *Themistocles* 31; 以及Midas，见 Strabo 1.3.21. Stormorken 1957。

6 见"Ruse of the Talismanic Statue"，Faraone 1992, 100–104。

7 Faraone 1992, 100.

8 引自 Diodorus Siculus 4.50–52；其他来源包括 Pindar *Pythian* 4.138–167; 4.249–250; Apollonius of Rhodes *Argonautica* 4.241–243; Apollodorus *Library* 1.9.27–28; Ovid *Metamorphoses* 7.159–351; Pausanias 8.11.2–3; Hyginus Fabulae 21–24。公元前 455 年欧里庇得斯将这个神话写成戏剧《珀利阿得斯》(*Peliades*)，现已佚失。Gantz 1993, 1:365–68. 美狄亚改变容貌，反映了天界女神将仙馔密酒用作恢复青春的药物，Homer *Iliad* 14.170 and *Odyssey* 18.188。

9 Diodorus Siculus（4.52.2）称美狄亚催眠了国王的女儿们，让她们产生了"一只小羊羔在锅里出现"的幻觉（幻象）。

10 例子包括一个伊特鲁里亚水罐，东方风格，约公元前 630 年，上有标注着"Metaia"的美狄亚图像，布切罗黑绘风格，出自 Caere (Cerveteri)，Museo Archeologico Nazionale inv. 110976; de Grummond 2006, 4–6 and fig. 1.7. 英国博物馆 B221 和 B328 两个武尔奇黑绘风格瓶描绘了美狄亚和一只锅里的公羊；里格罗斯绘者组在黑绘风格瓶上描绘了类似的图案，Harvard University Art Museum, 1960.315。

11 Red-figure krater in Boston Museum of Fine Arts, 1970.567; red-figure vase from Vulci, ca 470 BC, British Museum E 163. Woodford 2003, 80–83, fig. 54, red-figure cup, 400 BC, Vatican Museum.

12 爱丁堡大学罗斯林研究所（Roslin Institute）从一只成年羊身上提取细胞（之前已出现了克隆牛），克隆了多莉羊。该项目中的多莉和其他克隆羊均死于一种致命的传染性病毒，但 2016 年辛克莱等人对多莉羊骸骨（收藏于苏格兰国家博物馆〔National Museum of Scotland〕）进行研究，并未发现多莉羊骨骼早衰的证据。http://www.roslin.ed.ac.uk/public-interest/dolly-the-sheep/a-life-of-dolly/。

13　佛教对于复制生命和克隆的观点，见 Han 2017, 67。

14　Apollodorus *Epitome* 5.5; Scholiast on Apollonius *Argonautica* 4.815. 在 *Argonautica* 3.800–3.815 中，美狄亚曾认真考虑过自杀。

15　论将人类晋升至不朽，Hansen 2004, 271–273. Iolaus: Pindar *Pythian* 9.137; Euripides Heraclidae。

16　Ovid *Metamorphoses* 7.171–78; Newlands 1997, 186–87. 在 Homer's *Odyssey* 7.259 中，女巫-宁芙卡吕普索提出要让奥德修斯获得永生，怀疑论者赫拉克利特（Heraclitus）认为这很"荒谬"：Hawes 2014, 96. 该故事见第 3 章。

17　Chiron, Apollodorus *Library* 2.5.4.

18　Dioscuri, Apollodorus *Library* 3.11.2.

3　追求不朽和青春永驻

1　Mayor 2016. "Cheating Death" 2016. Raphael 2015, 192–93. Boissoneault 2017.《银翼杀手》大体上改编自菲利普·K. 狄克（Philip K. Dick）的科幻小说《仿生人会梦见电子羊吗？》（*Do Androids Dream of Electric Sheep?* 1968）。在乔·沃尔顿以古代为背景的科幻小说《正义之城》（*The Just City*, 2015）254, 300 中，惩罚机器人奴隶的方式就是删除他们的记忆。在热播电视剧《西部世界》（*Westwworld*, HBO, 2016 年首播）中，人形机器人的记忆会每天清除。

2　Lefkowitz 2003, 90–91. Reeve 2017. Rogers and Stevens 2015, 221–222.

3　亚里士多德（*On the Soul* 2.2.413a21–2.2.413a25）将生物定义为能够吸收营养（最低标准），可以变化（植物），有动作、动机、欲望和知觉能力（动物），对于人类来说，还要加上额外的思考能力。亚里士多德认为，植物和动物会变化，但人造物不会。Steiner 2001, 95. 瘸腿又勤勉的赫菲斯托斯是个例外，见第 7 章。

4 泰坦普罗米修斯是个例外，他帮助人类需要冒很大的风险，而他的永生会成为惩罚的一部分。约翰·格雷《木偶的灵魂》(2015)从诺斯替主义的视角探讨了人类的自由和永生。

5 Cave 2012, 6-7, 202, 205-9. 吉尔伽美什与长生不老，Eliade 1967。亚马逊人英雄般死去，Mayor 2014, 28-29。

6 Colarusso 2016, 11.

7 Hansen 2002, 387-389. 人类120年的寿命，Zimmer 2016。

8 Pindar cited by Pausanias 9.22.7; Plato *Republic* 611d; Ovid *Metamorphoses* 13.904-965. Palaephatus 27 *Glaukos of the Sea*. Glaukos, Hyginus *Fabulae* 136; Apollodorus *Library* 3.3.1-2.

9 *Alexander Romance* traditions, Stoneman 2008, 94, 98-100, 146-147; 150-169. Aerts 2014, 498, 521.

10 见《山海经·大荒南经》。

11 汞蒸气是致命的，但吞服水银不是。Qin Shi Huang: Kaplan 2015, 53-59; Cooper 1990, 13-28; 44-45。

12 亚历山大引用了荷马的 *Iliad* 5.340。这个故事出现在 Plutarch *Moralia* 341b, *Moralia* 180e, 以及 Plutarch *Alexander* 28 等。Buxton 2013, 95-96.

13 Homer *Odyssey* 24.5.

14 Stoneman 2008, 152-153.

15 Gantz 1993, 1:154-156. Apollodorus *Library* 1.7, 2.5.4. Hard 2004, 271. Kaplan 2015, 24-28. Simons 1992, 27. Hyginus（*Astronomica* 2.15）认为，这种折磨持续了3万年，也有说法是持续了30年。Strabo（11.5.5）则称是1000年。肝脏的再生也体现在中国神话传说中的视肉上，"聚肉形，如牛肝，有两目。食之无尽，寻复更生如故"，Birrell 1999, 237。

16 海格力斯和九头蛇，Hard 2004, 258. Mayor 2009, 41-49。

17 Hansen 2002, 36-38. Felton 2001, 83-84.

18 Sisyphus: Apollodorus *Library* 1.9.3-5 and Frazer's note 3, Loeb ed., pp.

78–79; Homer *Odyssey* 11.593–600; Scholiasts on Homer *Iliad* 1.180 and 6.153; Pherecydes *FGrH* 3 F 119.

19 *Homeric Hymn to Aphrodite* 218–38; Apollodorus *Library* 3.12.4 and Frazer's note 4, Loeb ed., pp. 43–44. 因为蝉可以蜕去旧壳，长出新壳，所以在古代常与回春和永生联系在一起。古代艺术和文学中的提索奥努斯和厄俄斯，Gantz 1993, 1: 36–37. Woodford 2003, 60–61. Lefkowitz 2003, 38–39。

20 Hansen 2004, 222, 273. Cohen 1966, 15, 16, 24.

21 Hansen 2004, 269–273. *Homeric Hymn to Aphrodite* 239–248.

22 中世纪和现代艺术中的厄俄斯和提索奥努斯，Reid 1993, 1:386–1:388。

23 萨福的提索奥努斯诗作，West 2005, 1–9。D'Angour 2003 年，从毕达哥拉斯的观点讨论了贺拉斯的颂诗。丁尼生的"提索奥努斯"，Wilson 2004, 214n78. 长生不老是乌托邦式民间传说中一个普遍存在的主题，Stoneman 2008, 99–100; 153–154. De Grey 2008 and 2007。在菲利普·普尔曼《黑暗物质》三部曲（1995, 1997, 2000）的最终部中，上帝被描述为"喋喋不休的鬼魂"。

24 Leroi 214, 260–265. Friend 2017，节欲与延寿之间的关系，65。一种以神话英雄死后所去的"极乐世界（Elysium）"命名的健康补品，声称能保证"延长寿命"：https://www.fastcompany.com/3041800/one-of-the-worlds-top-aging-researchers-has-a-pill-to-keep-you-feeling-young。

25 "厌恶的生命"，Woodford 2003, 60。论科技文化对"人类的有限性"和"人性"产生的威胁和古今的焦虑，Cusack 2008, 232。

26 Cave 2012. Friend 2017. Harari 2017, 21–43. 佛教的超人类主义，Mori 2012; Borody 2013。人类寿命的极限是多少岁？科学家们对此争论不休。有些人发现，在当前的科技水平下，人类寿命可达到约 115—120 岁，Zimmer 2016。

27 "The disposable soma" springs the "trap of Tithonus": "Cheating Death" 2016 and "Longevity" 2016. Liu 2011, 242–243. Richardson 2013. Kaplan

2015, 68–73. Cave 2012, 64, 67–71. Friend 2017, 56–57; de Grey 2007, 8 and 379n2; de Grey 2008, "global nursing home"。

28 《银翼杀手》中复制人的寿命很短，在成为真正的人之前就会死去，Raphael 2015。Talos, Buxton 2013, 78. 从神话人物俄狄浦斯和海格力斯、莎士比亚笔下的麦克白（Macbeth）和李尔（Lear）身上，都能够看到古希腊人对于活得太久的理解，Wilson 2004, 2, 207nn2–3, 214。

4 超越自然：借助神和动物增强力量

1 柏拉图的传说和苏格拉底之前的作品，Gantz 1993, 1:166. Plato *Protagoras* 320d–321e. 这些词来自柏拉图，古时为人们所接受。在一些古老传说中，造出第一批人类和动物的是普罗米修斯，见第6章及 Tassinari 1992, 61–62, 78–80。

2 Rogers and Stevens 2015, 1–3. 论现代"人类增强技术"，见 Lin 2012 and 2015。Martinho-Truswell 于2018年指出，许多生物都有使用工具的能力，但人类是唯一让工具"自动化"的生物，这种企图的历史至少可以追溯到投枪器和弓箭。

3 古代神话和历史中的义肢：James and Thorpe 1994, 36–37：La-Grandeur 2013. Zarkadakis 2015, 79–82。

4 Lin 2012；帕特里克·林是加州理工州立大学伦理学兼新兴科学组的负责人。人工人类增强和机器人引发的宗教方面的忧虑的历史研究：Simons 1992, 28–32。

5 古代科技，Brunschwig and Lloyd 2000, 486–494。

6 Gantz 1993, 1:359–363. 美狄亚从普罗米修斯肝脏的血液里收集"普罗米修斯灵液"，这种说法被后世的作家们认可：Propertius *Elegies* 1.12; Seneca *Medea* 705; Valerius Flaccus *Argonautica* 7.352。据 Strabo 6.3.5. 记载，原始巨人们被众神所杀，他们的灵液渗入大地，形成了恶臭的泉水。

7 Apollonius, *Argonautica* 3.835–869; 3.1026–1045; 3.1246–1283. Pindar, *Pythian* 4.220–242. 埃厄忒斯王给伊阿宋布置的任务被索福克莱斯编入

了其已佚失的戏剧《科尔基斯人》(*Colchides*)中，该戏剧可能是阿波罗尼奥斯的素材来源，Gantz 1993, 1:358–1:361。

8　Zarkadakis 2015, 79–82. Harari 2017, 289–291. 见 Lin 2012; 2015；关于"超级士兵"和网络武器以及通过技术和药物增强士兵的严重伦理问题的一系列报道和文章，参见"伦理学＋新兴科学组"，http://ethics.calpoly.edu/he.htm。关于神经计算机技术删除思想危害精神完整性和认知自由的研究，见 Ienca and Andorno 2017。

9　喷火铜牛的故事亦可见于 Pindar *Pythian* 4.224–4.250（ca. 462BC），Shapiro 1994, 94–96。

10　Apollonius *Argonautica* 3.401–421; 3.492–535; 3.1035–1062; 3.1170–1407. Godwin 1876, 41. 这个策略同样在底比斯救了英雄卡德摩斯（Cadmus）一次。在神话中，卡德摩斯用石头砸龙牙战士——"地生人"，是由埋于地下的另一条被杀死的龙的牙齿萌生而出的战士。对于"地生人"的解释，Hawes 2014, 140–141, 146。

11　Mayor 2016.

12　Mayor 2009, 193–94; Stoneman 2008, 77; Aerts 2014, 255.

13　Mayor 2009, 235–36, fig. 39. 亚历山大大帝的喷火铁骑士和用轮子移动的战马，见于菲尔多西的《王书》的大蒙古抄本中，1330 至 1340 年，Sackler Museum, Harvard University。

14　有趣的是，菲尔多西的史诗也描述了一个由自动弓箭手防守的魔法城堡。后来 16 世纪的一幅插图手稿描绘了城墙上的自动弓箭手向来犯之敌射箭的场景；*Shahnama* by Firdowsi, Moghul, sixteenth century illustrated MS 607, fol. 12v, Musee Conde, Chantilly, France。

15　Cusack 2008, on Talos, Nuada, Freyja, and the Hindu Savitr.

16　*Rig Veda* 1.13, 1.116–118, 10.39. 义肢技术，Zarkadakis 2015, 79–81。

17　这些以及接下来讲述的考古发现义肢的实例，参见 Nostrand 2015。

18　James and Thorpe 1994, 36–37. Egyptian toe, Voon 2017. Nostrand 2015.

Mori 2012; Borody 2013.

19 Cohen 1966, 16–18. Morris 1992, 17–35, 244–50; Hawes 2014, 49–53, 207–212; "第一个发明者主题", 59–60, 109, 120–121, 210–211, 230–231. 第一位"英雄"发明者, Kris and Kurz 1981; "工匠原型", Berryman 2009, 26. Lane Fox 2009, 186–191. 代达罗斯作品的古代来源, Pollitt 1990, 13–15. 在《山海经》中, 中国神话讲述了几位发明之神与文化英雄, 例如最先给动物套上挽具拉车的轩辕、造车的吉光, 以及创新技术之神, 巧倕, Birrell 1999, 205, 220, 239, 256。

20 Apollodorus *Library* 3.15.1; Antoninus Liberalis *Transformations* 41.

21 *Spy in the Wild*, BBC-PBS Nature miniseries, 2017, 其中有超过 30 个配有摄像头的电子动物, 秘密观察大自然中的动物; 大自然中的动物接受了这些电子动物并与它们互动, 甚至会哀悼电子动物的"死亡"。能骗过人类和动物的古代艺术作品, Morris 1992, 232, 246. Spivey 1995。

22 色情片与自动机器, Kang 2011, 108, 138–139, 165–166; Lin, Abney, and Bekey 2014, 58, 223–248; Higley 1997. Morris 1992, 246 与栩栩如生的雕像的性互动; 参见 Hersey 2009 and Wood 2002, 138–139。

23 该神话的来源包括: Palaephatus 2 and 12; Apollodorus *Library* 3.1.3–3.1.4; Hyginus *Fabulae* 40; Hesiod frag. 145 MW; Bacchylides 26; Euripides lost play *The Cretans*; Sophocles lost play *Minos*; Isocrates 10 *Helen* 27; Diodorus Siculus 4.77; Ovid *Metamorphoses* 8.131–8.133 and 9.736–9.740; Ovid *Ars Amatoria* 1.289–1.326。

24 "双耳大饮杯的浮雕上有帕西淮、代达罗斯和小母牛", Los Angeles Museum of Art, AC1992.152.15; Roman mosaic floors, House of Poseidon, 2nd century AD, Zeugma Mosaic Museum, Gaziantep, Turkey; third century AD, Lugo, Spain; Roman frescoes, first century AD, in Herculaneum and in Pompeii's House of the Vettii (which shows the bow-drill) and Casa della Caccia Antica。De Puma 2013, 280. 帕西淮在中世纪和现代艺术中的形象, Reid 1993, 2:842–2:844。

25 古代文学和艺术中的帕西淮和弥诺陶洛斯, Gantz 1993, 1:260–1:261, 265–

266；Woodford 2003, 137-139。古代对此的解释，Hawes 2014, 58, 126-127。其他古代人类与马、驴等动物兽交的例子，例如 Plutarch's *Moralia*, *Parallel Stories* 29。

26 Gantz 1993, 1:261-264, 273-275.

27 古代斯堪的纳维亚的传说讲述了铁匠韦兰（Wayland）设计了神奇的武器和其他奇物，包括一件用鸟类羽毛做成的衣服，穿上后可让他飞翔，Cohen 966, 18。

28 古代来源和艺术中的代达罗斯与伊卡洛斯，Gantz 1993, 1:274-1:275；在中世纪和现代艺术中，Reid 1993, 1:586-1:593。根据品达和其他诗人的说法，蜂蜡和羽毛是阿波罗神庙最初使用的建造材料，Marconi 2009。

29 Morris 1992, 193.

30 Etruscan *bucchero* olpe found at Cerveteri (Caere), ancient Etruria, Lane Fox 2009, 189. Boeotian Corinthianizing alabastron of ca 570 BC, in Bonn. Etruscan bulla, Walters Art Museum, Baltimore, 57.371. Morris 1992, 194-196. 伊特鲁里亚宝石上的代达罗斯，Ambrosini 2014, 176-178, and figs. 1-15b。

31 艺术品中的伊卡洛斯和代达罗斯，Gantz 1993, 1:274; *LIMC* 3. 庞贝城的海景壁画，"伊卡洛斯的坠落"，National Archaeological Museum of Naples。关于广为流传的民间传说主题：一位建筑师想方设法靠飞行逃离囚禁，见 Kris and Kurz 1979, 87-88。

32 希腊喜剧中的飞翔：D'Angour 1999. Keen 2015, 106-119。

33 Stoneman 2008, 111-114. Aerts 2014, 27.

34 Stoneman 2008, 114-119. 中世纪时亚历山大的飞行形象，见 Schmidt 1995。

35 Needham and Wang 1965, 587-588.

36 见西晋《博物志》卷二。

37 记载于《资治通鉴》，一部记载了周朝到五代年间（公元前 403—公元 959）中国历史的编年体史书，编撰于 1084 年。其他有关人力飞行的古代神话，Cohen 1966, 95-96。通过强制飞行来惩罚罪犯，见第9章。

38 讨论代达罗斯飞行的古代文献包括：Apollodorus *Epitome* 1.12-15; Strabo 14.1.19; Lucian *Gallus* 23; Arrian *Anabasis* 7.20.5; Diodorus Siculus 4.77; Ovid *Metamorphoses* 8.183, *Heroides* 4, *Ars Amatoria* 2, *Tristia* 3.4; Hyginus *Fabulae* 40, Virgil *Aeneid* 6.14. McFadden 1988。

5 代达罗斯和活雕像

1 代达罗斯和撒丁岛，Morris 1992, 202-203, 207-209; Diodorus Siculus 4.30; Pausanias 10.17.4. 工具，Vulpio 2012。努拉吉时期的铁圆规现存于Sanna Museum, Sassari, Sardinia。

2 Diodorus Siculus 4.78. 代达罗斯的所有发明，见 Morris 1992。

3 Blakemore 1980.

4 Michaelis 1992. Ayrton 1967, 179-184. 艾尔顿颇具争议的现代主义风格的青铜机器人塔洛斯雕像，位于 Guildhall Street, Cambridge, UK。

5 蜂巢积木，Marconi 2009. 马库斯·特伦提乌斯·瓦罗（Marcus Terentius Varro）在《论农业》(*On Agriculture*) 中提出的猜想被黑尔斯于1999年证实。

6 Lane Fox 2009, 190.

7 贝壳与蚂蚁：Zenobius *Cent.* 4.92；亦见于索福克莱斯现已佚失的戏剧 *The Camicians*, Athenaeus 3.32。

8 代达罗斯在西西里岛的生平，Morris 1992, 193-210. Apollodorus *Epitome* 1.15; Herodotus 7.169-7.170. Diodorus Siculus 4.78-4.79 对这些事件的叙述稍有不同。

9 Apollodorus *Library* 3.15.8; Diodorus Siculus 1.97, 4.76-77; Pliny 36.9; Pausanias 1.21.4; Ovid *Metamorphoses* 8.236; Plutarch *Theseus* 19. 雅典的塔洛斯有时被称为卡洛斯（Kalos）或珀迪克斯（Perdix）。一些版本称这个锯子是以鱼的脊骨为原型的。代达罗斯在雅典，Morris 1992, 215—237;

折叠椅，249—250; 塔洛斯墓，260。没有古代文献记载代达罗斯的死亡。

10 Pseudo-Aristotle, *On Marvelous Things Heard* 81; Stephanus of Byzantium s.v. Daedalus; Diodorus Siculus 1.97; Scylax *Periplus*; Pausanias 2.4.5 and 9.40.3. 代达罗斯的雕像, Donohue 1988, 179–183。

11 Bremmer 2013, 10–11. 一些古代文献称神像被拴住或束缚。Lucian *Philopseudes*（公元2世纪）讽刺时人真的相信当夜晚来临时，雕像会活过来，沐浴、唱歌、游荡和阻止小偷，Felton 2001。描绘建筑上的逼真雕像活过来的瓶画，Marconi 2009。

12 Morris 1992, 30–31, 221–225, 360.

13 苏格拉底论代达罗斯，见 Morris 1992, 234–237；258–289；代达罗斯在雅典，257—268。Kang 2011, 19–21，苏格拉底的言论表明，自动机器在古代被视为奴隶。参见 Walton 2015，这是以柏拉图《理想国》为原型的乌托邦科幻小说，当中的苏格拉底发现，被用作工具的机器人奴隶其实具有意识并渴望自由。

14 Bryson 2010; Lin 2015; "AI in Society: The Unexamined Mind" 2018.

15 精液作为一种使胚胎激活的液体，Leroi 2014, 199. Quote, Berryman 2009, 72。

16 Keyser and Irby-Massie 2008, s.v. Demokritos of Abdera, 235–236. Kris and Kurz 1979, 67–68. Leroi 2014, 79–80, 199–200; Kang 2011, 19–20（错误地认为亚里士多德将雕像的移动归因于水银），98, 117–118。Berryman 2009, 26, 37, 75；指出亚里士多德用水银作类比去批评原子理论。Morris 1992, 224–225, 232–233; Donohue 1988, 165–166, 179–183; Steiner 2001, 118–119. Semen, Hersey 2009, 69–71, 100. 德谟克利特也研究了磁体，Blakely 2006, 141 and n24。

17 James and Thorpe 1994, 131. Ali 2016, 473.

18 Blakely 2006, 16, 25, 159, 215–226.

19 Bremmer（2013）追溯了具备"自主能力"的雕像的年代史和古代来源，13–15 关于流汗、流泪和流血的雕像。另见 Poulsen 1945, 182–184;

Donohue 1988; Cohen 1966, 26 n26; Felton 2001; Van Wees 2013。

20 关于艺术论点中的矛盾，见 Morris 1992, 240-256. Felton 2001, 79-80。

21 Berryman 2009, 27-28，原文采用了斜体字；"机械论概念"在"力学成为一门学科之前"就发展起来是"极其不可能的"，22。在亚里士多德时代之前发明的真实机械，例如投石机、抽选机、葡萄/橄榄榨汁机，可能启发了后续类似机器的发明。参见 Francis 2009, 6-7。

22 论古希腊人的创新和想象，D'Angour 2011, 139-142. Rogers and Stevens 2015."任何发明创造的起源都在于想象和梦想的能力"，Forte 1988, 50；发明需要付出"想象的努力"。

23 Simons 1992, 40. Francis 2009."由科幻小说引领"，转述为"下一个前沿：当思想控制机器"2018, 11。

24 论古人对雕像在美学和哲学上的反应，Steiner 2001。多位创造栩栩如生作品的希腊艺术家和雕塑家，见 Pollitt 1990 的条目。逼真的雕像，Spivey 1995。

25 Haynes 2018. Pliny's artistic descriptions, book 34-36.

26 Quintilian *Inst.* 12.7-9; Lucian *Philopseudes* 18-20; Felton 2001, 78 and n10.

27 这些例子以及更多例子请参见 Pliny 34.19.59-35.36.71-35.36.96；彩绘大理石，如 35.40.133；利用活物的阴影轮廓而创造的陶像，35.43.151. On artistic *phantasias*, Pollitt 1990, 222 and n2。

28 活人的石膏、黏土和蜡制模型，Pliny 35.2.6, 35.43.151 and 35.44.153（被 Konstam and Hoffmann 2004 错误地引用为 Pliny 36.44.153）。Parrhasius, Seneca Controversies 10.5. 参见里亚切雕塑家的"精湛技巧"的早期讨论，Steiner 2001. Kris and Kurz 1979。

29 Blakely 2006, 141-144, 157. 公元前 6 世纪米利都的泰勒斯（Thales of Miletus）已经知道天然磁石的特性；磁力在中国的古籍中也有描述和记载，例如公元前 4 世纪的《鬼谷子》和公元前 2 世纪的《吕氏春秋》。

30 Lowe 2016, 249, 267. 亚历山大港的赫伦设计了一个在密闭的沸水容器排气口上方能够持续悬浮的空心球，但这种设计对大型雕像不适用；

James and Thorpe 1994, 134; re-created by Kotsanas 2014, 61。今天，磁悬浮（例如磁悬浮列车）只有采用极其强大的电磁技术和旋转（和悬浮陀螺玩具一样）才能实现。

31 Lowe 2016. 漂浮雕像的例子，Rufinus, *Historia Ecclesiastica* ca. AD 550; Cedrenus, the Byzantine historian, ca. AD 1050, in *Synopsis Historion*; Nicephorus Callistus *Church History* 15.8. Stoneman 2008, 119, 261n38。

32 Claudian, "*De Magnete*/Lodestone," Minor Poems 29.22–51. Lowe 2016, 248n6.

33 恐怖谷效应最早由日本机器人工程师森政弘于1970年提出，他因尝试制造超写实义肢而受到启发；Mori 1981 and 2012; Borody 2013；另见 Zarkadakis 2015, 68–73; Kang 2011, 22–24, 34–35, 41–43, 47–55, 207–220; Lin, Abney, and Bekey 2014, 25–26。奇迹及惊奇的作品（*thaumata*），尤其是在古希腊艺术中的，D'Angour 2011, 150–156. 论古典时期超逼真、栩栩如生的雕像所引发的强烈复杂情感，Marconi 2009. Liu 2011, 201–248. 印度自动机器传说中的奇观，Ali 2016。

34 Cohen 2002, 65–66. 参见 Mori 1981 and 2012; Borody 2013，另见 Raghavan 1952。见 Liu 2011, 243–246，对《列子》中类似的中国传说的讨论。

35 Pollitt 1990, 17; 15–18 可见荷马对人造生命的描述。

36 O'Sullivan 2000. Aeschylus *Theoroi*; Euripides *Eurystheus*; Bremmer 2013, 10–11; Marconi 2009; Morris 1992, 217–237. Faraone 1992, 37–38. Kris and Kurz 1979, 66–67. 古代艺术中"新事物的冲击"，D'Angour 2011, 150–156。

6 皮格马利翁的活人偶与普罗米修斯创造的第一批人类

1 Hesiod *Theogony* 507–616; *Works and Days* 42–105. 最后的一部剧本已佚失；古代文学和艺术中的普罗米修斯，见 Gantz 1993, 1:152–166; Glaser and Rossbach 2011；现代艺术中的普罗米修斯，Reid 1993, 2:923–937。

2 Hard 2004, 96. Raggio 1958, 45. Sappho frag. 207 (Servius on Virgil).

3 Simons 1992, quote, 28；从泥土的比喻到机械工程的比喻，Zarkadakis

2015, 29-34。

4 根据 Aesop Fables 516，"普罗米修斯的黏土不是用水混合而成的，而是眼泪"。关于普罗米修斯创造人类的其他来源包括 Menander and Philemon, per Raggio 1958, 46; Aristophanes Birds 686; Aesop Fables 515 and 530; Apollodorus Library 1.7.1; Callimachus frag. 1, 8, and 493; Aelian On Animals 1.53; Pausanias 10.4.4; Ovid Metamorphoses 1.82 and 1.363 (Deucalion's Flood); Horace Odes 1.16.13-16; Propertius Elegies 3.5; Statius Thebaid 8.295; Juvenal Sat. 14.35; Lucian Dialogi deorum 1.1; Hyginus Fabulae 142; Oppian Halieutica 5.4; Suidias (Suda) s.v. Gigantiai. Enlivened by fire: Raggio 1958, 49; Dougherty 2006, 50, citing Servius commentary on Virgil Eclogues 6.42。

5 早期欧洲旅行家造访了峡谷：Sir William Gell 于 18 世纪写道，那里的一些石头散发出一种气味；Colonel Leake 于 19 世纪找到了两块巨石，但没有闻到任何特殊气味；George Frazer 注意到了红土，但没有看到巨石。见 Peter Levi's note 19 in vol. 1 of 1979 Penguin edition of Pausanias。

6 皮格马利翁神话以及古代雕像情欲，Hansen 2017, 171-175。

7 一个性爱机器少女的佛教故事，见 Lane 1947, 41-42, and Kris and Kurz 1979, 69-70。Ambrosino 2017. Kang（2005）指出皮格马利翁创造完美女人雕像是始于厌女的冲动，并比较了现代女性性爱机器人的叙事，后者与古代神话不同，通常以悲剧结尾。

8 Marshall（2017）将《银翼杀手》中的女性复制人与皮格马利翁的造物进行比较。

9 一些对 Apollodorus Library 3.14.3 的解读是：皮格马利翁的活雕像生有一儿和一女，帕福斯是儿子的名字，而女儿名为美塔米（Metharme）。类似地，《银翼杀手 2049》讲述了复制人蕾切尔神奇地生了一儿一女，而她在生产时死亡。关于古罗马时期对远古人造人潘多拉生有后代的想象，见第 8 章。

10 Pygmalion：Ovid Metamorphoses 10.243-97; Heraclides Ponticus (lost work) cited by Hyginus Astronomica 2.42; Hyginus Fabulae 142;

Philostephanus of Styrene cited in Clement of Alexandria *Proteptimus* 4; *Arnobius Against the Heathen* 6.22. Hansen 2004, 276. Hersey 2009, 94. Reception of Pygmalion myth, Grafton, Most, and Settis 2010, 793–94; Wosk 2015.

11 Raphael 2015, 184–186.

12 Hersey 2009。"皮格马利翁主义"与雕像情欲有所差异；其需要一位情人先模仿雕像，然后再活过来。

13 Philostratus *Lives of the Sophists* 2.18.

14 Homer *Iliad* 2.698–702 and commentary at 701 by Eustathius; Apollodorus *Epitome* 3.30; Ovid *Heroides* 13.151; Hyginus *Fabulae* 104；其他古代资料来源，见 George Frazer 在 Loeb ed. of Apollodorus *Epitome*, pp. 200–201n1 中的评论。

15 Wood 2002, 138–39. Hersey 2009, 90–97. Athenaeus *Learned Banquet* 13.601–606; citing the poets Alexis, Adaeus of Mytilene, Philemon, and Polemon. Truitt 2015a, 101.

16 Scobie and Taylor 1975, 50. Hersey 2009, 132. Cohen 1966, 66–67. 古老的艺术创新引发人的敬畏，D'Angour 2011, 148–156。一个由 Abyss Creations 公司推出的以性和"陪伴"为目的的写实人工智能性爱机器人，其早期原型为 Harmony。Maldonado 2017. 论性爱机器人，见 Devlin 2018。

17 已佚失的、年代不详的、基于梵文文本的吐火罗语版本（公元 6 世纪—8 世纪），Lane（1947, 41–45）译。古印度和佛教中的自动机器，见 Cohen 2002, 70–71 对该故事的讨论。亦见 Raghavan 1952; Ali 2016。

18 Cohen 2002, 69, 71，原文采用了斜体字。论佛教和机器人，Simons 1992, 29–31；佛教与生物技术，见 David Loy 在 Walker 2000, 48–59 中的文章；论佛教与机器人，见 Mori 1981 and 2012; Borody 2013。论中国佛教和复制人，Han 2017。论佛教对机器人和人工智能的看法，见 Lin, Abney and Bekey 2014, 69–83。

19 Kang 2011, 15–16；姜民寿没有提到普罗米修斯用工匠的工具和方法制造第一批人类的古代文学和艺术证据。

20 教父特土良（Tertullian）阐述了新柏拉图主义（Neoplatonism）和基督教信仰之间的区别，他活跃于公元 3 世纪，正是那些石棺制造的时期。Raggio 1958, 46–50 and figs. Tertullian *Apologeticum* 18.3. 描绘普罗米修斯造人的古罗马锦砖画，叙利亚的 Shahba，公元 3 世纪。古罗马石棺，上面显示第一个被造的人类躺在普罗米修斯脚边，公元 4 世纪，Naples museum。见 Tassinari 1992 论新柏拉图主义、毕达哥拉斯学派、俄耳甫斯教、基督教和诺斯替派与普罗米修斯作为创造者之间的联系。

21 Simons 1992, 24–28 也对比了皮格马利翁和普罗米修斯。

22 感谢加布里埃拉·塔西纳里，她讨论到了判定这些出现在她的图录和其他博物馆馆藏中的宝石年代（和真实性）的困难程度。对于本章讨论及图示的宝石，见 Tassinari 1992 引用的年代测定的来源；75—76 普罗米修斯正在制造一位女性的人形。感谢埃琳·布雷迪为塔西纳里的专著提供的英译。

23 Raggio 1958, 46. Apollodorus *Library* 1.7.1; Pausanias 10.4.4. Tassinari 1992, 61–62，引用了 Philemon、Menander、Erinna、Callimachus、Apollodorus、Aesop、Ovid、Juvenal、Horace 的作品，将普罗米修斯视为人类的创造者。见第 4 章，论普罗米修斯对脆弱的人类族群的关心。

24 Ambrosini 2014; Richter 2006, 53, 55, 97; Dougherty 2006, 17. De Puma 2013, 283. *LIMC* 7 (Jean-Robert Gisler). Spier 1992, 70, 87, nos. 144 and 200，例子和参考书目。伊特鲁里亚宝石的制作工匠，Ambrosini 2014；关于头像石柱或半身像的制作工匠，182。Larissa Bonfante, per. corr. March 11, 2017. 那些拥有如图 6.3–6.11 中宝石的客户，有可能是以自身手艺为傲的工匠同行，Tassinari 1992。

25 Tassinari 1992, 73–75, 78–80. 图 6.3 和图 6.4 中的宝石是毋庸置疑的古件。

26 Tassinari（1992）将多件刻画普罗米修斯组装第一个人类的宝石编辑在图录之内。伊特鲁里亚的雕刻师很爱用如图 6.7 和图 6.10 的影线边框。Richter 2006, 48, 53, 55, on 97 指出，编号为 437 的宝石（该图录彩

图 14）刻画的不是一个身体残缺的战士，因为被斩掉的头颅和四肢没有被包括在画面内；对比 Boston Museum of Fine Arts 中的一块公元前 3 世纪的伊特鲁里亚宝石（acc. no. 23.599），其描绘的是两名战士用武器肢解敌人身体的"maschalismos"仪式。Maschalismos, Tassinari 1992, 72; and De Puma 2013, 280–295, esp. 286, 对编号为 7.100 的宝石的讨论。Ambrosini 2014, 182–185，伊特鲁里亚宝石描绘了雕刻家正在制作头像石柱、半身像和女性雕像。

27 第二种宝石的独特图案导致一些学者怀疑其中某些作品也许是新古典主义风格的仿制品。感谢劳拉·安布罗西尼、乌尔夫·汉松、英格丽德·克劳斯科普夫、克莱尔·莱昂斯、加布里埃拉·塔西纳里和让·图尔法的讨论和参考书目。Martini 1971, 111, cat. no. 167, pl. 32,5; Krauskopf 1995; Ambrosini 2011, 79, no. 5, fig. 126a–c and bib. Tassinari 1992, 81–82.

28 第一块刻有马和羊的宝石见 Carafa 1778, 5–6, plate 23；引用的文本、宝石的彩图、戒指和铸模，现存于 Beverley Gem Collection, Alnwick Castle, United Kingdom。参见 Scarisbrick, Wagner, and Boardman 2016, 141, fig. 129。另参见 Tassinari 1992, 78–79。艺术品中罕见的骨骼，Dunbabin 1986。

29 图 6.7 和图 6.10 的年代无法确定（在塔西纳里 1992 年的图录中编号分别为 63 和 54）；塔西纳里在 1992 年并未对图 6.8 和图 6.10 进行分析；图 6.11（在塔西纳里 1992 年的图录中编号为 59）中的作品可以肯定是古件。感谢加布里埃拉·塔西纳里 2018 年 1 月至 2 月期间在私人通信中的解答。

30 Richey 2011, quote 194, 195–196, 202–203; Needham 1991, 2:53–54; Liu 2011, 243–244. 论半机械人的内部结构，参见 Ambrosino 2017。

31 Mattusch 1975, 313–315.

32 Mattusch 1975, 313–315; Aristotle *History of Animals* 515a34–b；参见 *Generation of Animals* 743a2 与 764b29–31；*Parts of Animals* 654b29–34。论亚里士多德与机械，见 De Groot 2008。参见 Berryman 2009, 72–74，她认为亚里士多德的言语与机械无关。

33 Cohen 2002, 69. 论自由意志，见 Harari 2017, 283-285。

34 人工智能的先驱艾伦·图灵于1951年设计了一个检测机器是否有感知的测试，Zarkadakis 2015, 48-49, 312-313。另见 Cohen 1963 and 1966, 131-142; Mackey 1984; Berryman 2009, 30; Kang 2011, 168-169。自图灵之后，其他的人工智能-人类测试也被开发出来：Boissoneault 2017。关于机器人和虚假自我的妄想科幻主题，Zarkadakis 2015, xv, 53-54, 70-71, 86-87。

35 Boissoneault 2017; Zarkadakis 2015, 36-38, 112-115.

36 Mackey 1984; Gray 2015; Mendelsohn 2015; Shelley 1831 [1818]; Weiner 2015; Cohen 1966; Harari 2017.

37 Dougherty 2006. 值得注意的是，雅典的火炬赛跑是一项纪念普罗米修斯的活动，与古代奥林匹克运动会没有任何关系。现代奥运圣火的传递是在1936年柏林奥运会时由纳粹党首次引入的。

38 Raggio 1958, e.g., 50-53. 普罗米修斯受到欢迎，见 Grafton, Most, and Settis 2010, 785。

39 戈德温的《亡灵法师的生活》(*Lives of the Necromancers*) 于1834年出版。电疗法的实验以及雪莱的其他影响：Zarkadakis 2015, 38-40; Hersey 2009, 106, 146-150; Kang 2011, 218-222. Zarkadakis 2015, 63-66。雪莱同时代的作家 E. T. A 霍夫曼 (E. T. A. Hoffmann) 的德语短篇小说中出现了令人恐惧的机器人形象，"The Automata"（1814）和"The Sandman"（1816）关于一个名为"奥林匹亚"（Olympia）的蜡制机器人：Cohen 1966, 61-62。

40 Florescu 1975. 1931年卡洛夫所扮演的科学怪人具有一个突出特征：象征粗制电极的两个金属螺栓就位于他的颈静脉上，让人联想到青铜机器人塔洛斯脚踝上的金属螺栓（第1章）。见第9章原始的"巴格达电池"。Kant, "The Modern Prometheus," Rogers and Stevens 2015, 3, 论雪莱的弗兰肯斯坦，1—4。Weiner 2015, 46-74.

41 "普罗米修斯创造第一批人类"是17世纪至19世纪欧洲工匠雕刻的新古典主义风格"古董"宝石中最受欢迎的主题，由塔西和波尼亚托夫斯基王子收藏；Tassinari 1996。

42 Shelley and Lucan: Weiner 2015, 48–51, 64–70; Lucan *Civil War* 6.540–915. 论埃及通俗的巫术故事，Mansfield 2015。论引发恐怖谷效应的机械式动作，Zarkadakis 2015, 69; Mori 2012。

43 Shelley 1831. Raggio 1958. Quote, Simons 1992, 27–28. Rogers and Stevens 2015, 1–5.

44 Hyginus *Astronomica* 2.15, *Fabulae* 31, 54, 144.

45 David-Neel 1959, 84.

46 古印度和蒙古文献中也记载了人造飞鸟的传说，其中包括一对"被编程"的机械天鹅（*yantrahamsa*），可以盗取皇家珠宝，以及一只"由针和钉子操控的"传说中的迦楼罗（金翅鸟）。Cohen 2002, 67–69.

7 赫菲斯托斯：神造设备和自动机器

1 古代文学和艺术中的工匠之神，Gantz 1993, 1:74–80。根据荷马的说法，宙斯是赫菲斯托斯的父亲，但根据赫西奥德的说法，赫菲斯托斯没有父亲。赫菲斯托斯的作品，见 Pollitt 1990, 15–18。用义肢和假体作为人体增强装置，见第 4 章。Zarkadakis 2015, 79–80。

2 Paipetis 2010 and Vallianatos 2017. 荷马以超现实主义和动态的笔触生动描写了一个"不可思议"的物件——阿喀琉斯的盾牌，见 Francis 2009, 6–13。亦见 Kalligeropoulos and Vasileiadou 2008。

3 Homer *Iliad* 18.136, 18.368–372, 19.23. "Artificial world," Raphael 2015, 182.

4 Francis 2009, 11–13.

5 从公元前 6 世纪起，古人就开始使用带有清晰肌肉轮廓的青铜胸甲和胫甲，考古发掘中发现了许多这样的例子。Steiner 2001, 29. 肌肉结构的盔甲也存在于其他武士文化中，如罗马、印度和日本。

6 在一幅庞贝城出土的公元 1 世纪的壁画上，身边满是工具和半成品的赫菲斯托斯向忒提斯展示了他为阿喀琉斯打造的盾牌。

7 Homer *Iliad* 5.745–750; Mendelsohn 2015, 1.

8 神网，Homer *Odyssey* 8.267ff. 文学和艺术作品中赫拉的特殊座椅，Gantz 1993, 1:75–76。

9 Argus Panoptes: Hesiod *Aegimius* frag. 5. Apollodorus *Library* 2.1.2; Ovid *Metamorphoses* 1.264. 红绘风格提水罐上出现了百眼巨人阿耳戈斯，fifth century BC, Museum of Fine Arts, Boston, Lefkowitz 2003, 216–217 fig. Argus Painter name vase, stamnos, 500–450 BC, Vienna Kunsthistorisches Museum 3729; Meleager Painter krater, 400 BC, Ruvo Museo Jatta 36930；另一个双头阿耳戈斯黑绘风格双耳瓶，575–525 BC, British Museum B164。潘神绘者陶瓶上绘制着双面和多眼的阿耳戈斯：Misailidou-Despotidou 2012。

10 士兵和睡眠：Lin 2012, 2015; Lin et al. 2014。

11 论令使用者和制造者感到难以理解的现代"黑箱"技术，见前言及 Knight 2017。

12 Apollodorus *Epitome* 5.15–18. *LIMC* 3,1:813–817. 根据 Bonfante and Bonfante 2002, 202，认为佩塞是特洛伊木马在伊特鲁里亚语中的名字。

13 Bonfante and Bonfante (2002, 198) 称埃图勒是埃托拉斯（Aetolus）在伊特鲁里亚语中的名字，人们常把他与他的兄弟——特洛伊木马的制作者厄帕俄斯混淆。厄帕俄斯建造了麦塔庞顿城，他的工具陈列于雅典娜神庙：Pseudo-Aristotle *On Marvelous Things Heard* 840A.108，"据说麦塔庞顿城附近的加加利亚（Gargaria）有一座希腊人建造的雅典娜神庙，里面供奉着厄帕俄斯制作木马的工具……雅典娜在他的梦里出现，并要求他把工具献给她"。根据 Justin 20.2，制作了特洛伊木马的英雄厄帕俄斯建造了麦塔庞顿城，证据是当地居民在雅典娜/密涅瓦神庙里展示了他的工具。

14 De Grummond 2006, 137–138, fig. VI.31. 伊特鲁里亚宝石上铁匠、工匠和塞斯兰斯的形象，Ambrosini 2014, 177–181。制作青铜雕像的石膏或黏土铸模，Konstam and Hoffmann 2004。雅典娜用黏土制作马，Cohen 2006, 110–111。另一幅瓶画显示雅典娜在制造特洛伊木马，kylix by the Sabouroff Painter, fifth century BC, Archaeological Museum, Florence。

15 Apollodorus *Library* 2.4.7, 3.192; Hyginus *Fabulae* 189 and *Astronomica* 2.35; Ovid *Metamorphoses* 7.690–862; Pausanias 9.19.1.

16 Pausanias 10.30.2; Antoninus Liberalis *Metamorphoses* 36 and 41. 与自动雕像有关的 Telchines 和 Dactyles，Blakely 2006, 16, 24, 138, 159, 203, 209, 215–223。Kris and Kurz 1979, 89. 黄金猎犬的版本：Faraone 1992, 18–35; Steiner 2001, 117。潘多拉的故事见第 8 章，她由黏土制作而成，但后来的作者们忍不住声称她诞下了后代。一个类似这样的"奇迹"正是 2017 年的电影《银翼杀手 2049》的主题。

17 Faraone 1992, 18–19, 29n1. Marconi 2009.

18 Faraone 1992, 19–23, 13n8. 魔药能让雕像获得某种"灵魂"或生命，但不一定能让雕像动起来。中空的雕像内填充了某些物质后有了生命，Steiner 2001, 114–120。

19 阿西莫夫定律，Kang 2011, 302. Future of Life Institute's Beneficial AI Conference 2017; FLI's board included Stephen Hawking, Frank Wilczek, Elon Musk, and Nick Bostrom. https://futurism.com/worlds-top-experts-have-created-a-law-of-robotics/. See also Leverhulme Centre for the Future of Intelligence: http://lcfi.ac.uk/。

20 Martinho-Truswell 2018.

21 四轮车，Morris 1992, 10。中国考古遗址出土了一个公元前 6 世纪或公元前 5 世纪的青铜盘，其底部带有三个轮子，这表明带轮子的三足鼎的想法在古代其他地区已经可以实现，Bagley et al. 1980, 265, 272, color plate 65。赫菲斯托斯带轮三足鼎复制品的图片和说明，Kotsanas 2014, 70。该博物馆位于希腊皮尔戈斯附近的卡塔科洛（Katakolo）：http://kotsanas.com/gb/index.php。

22 更多由斐洛制造的人形或动物外形的自动装置见第 9 章；该酒侍工作模型的示意图和照片，Kotsanas 2014, 52–55。

23 Truitt 2015a, 121–122, plate 27. Badi'az-Zaman Abu I-Izz ibn ar-Razaz al-Jazari (AD 1136–1206): Zielinski and Weibel 2015, 9.

24 Homer *Iliad* 18.360–473. 文学和艺术中的帕西淮母牛和特洛伊木马也是安装在轮子上的。论赫菲斯托斯，他的锻造厂和自动机器，Paipetis 2010, 95–112。

25 Diodorus Siculus 9.3.1–3 and 9.13.2; Plutarch *Solon* 4.1–3.

26 Berlin Painter, Attic hydria from Vulci, ca. 500–480 BC; 引文来自梵蒂冈博物馆文本，cat. 16568; Beazley archive 201984。科德鲁斯绘者（Kodros Painter）在阿提卡基里克斯杯上描绘了坐在德尔斐神谕三足鼎上的女祭司，来自武尔奇，ca. 440 BC, Berlin inv. F 2538。

27 神灵绘者在阿提卡红绘风格基里克斯杯上描绘的情景是——赫菲斯托斯坐在那把有羽翼的椅子上，椅子上装饰有鹤头和鹤尾，柏林 201595，现已失传。几幅古代瓶画描绘了特里普托勒摩斯乘坐着装饰有双蛇头和双蛇尾的有翼战车，例如一个公元前 490 年至公元前 480 年间的双耳大饮杯，由 Makron 绘制，British Museum E140, Beazley 2014683。柏林绘者在希腊葡萄酒坛上描绘了坐着飞椅的特里普托勒摩斯，约公元前 500 年至公元前 470 年，藏于 Louvre inv. G371。另一个柏林绘者描绘特里普托勒摩斯的瓶画藏于 Museo Gregoriano Etrusco, Vatican Museums。论有翼椅子，见 Matheson 1995b, 350–352。

28 品达的诗只有断句残篇存世，Faraone 1992, 28 and 35n86. Marconi 2009。

29 Mendelsohn 2015.

30 Steiner 2001, 117. Francis 2009, 8–10; 黄金女仆既不是真正的人类也不是死物，所以属于一个独特的范畴，9n23。

31 Raphael 2015, 182. 人机交互界面和思维控制机器，Zarkadakis 2015; "The Next Frontier: When Thoughts Control Machines" 2018。黄金女仆可视为第三类人工智能；见术语表。论黑箱的困境，见 "AI in Society: The Unexamined Mind" 2018。

32 Mendelsohn 2015. 对比 Paipetis 2010, 110–112。

33 大数据、人工智能和机器学习，Tanz 2016；另见术语表中的"人工智能"及该条目中提到的"广义的人工智能"。

34 "魔术与科学的联系就像它与技术的联系一样。它不仅是一门实用的技艺,也是思想的宝库。"Blakely 2006, 212. Maldonado 2017 称,Realbotix 为 Abyss Creations 公司制造的这个名为"Harmony"的性爱伴侣机器人配备了"数据转储":她被编入了约有 500 万的词汇,包括整个维基百科和几部词典。

35 Valerius Flaccus *Argonautica* 1.300–314. Paipetis 2010. LaGrandeur 2013, 5. Homer *Odyssey* 8.267. 在印地语和梵语史诗中,维摩那(Vimāna)是一种由心智控制的飞行宫殿或战车。在伊恩·M. 班克斯(Iain M. Banks)所著的系列科幻小说 *The Culture* 中,就有一支由"心智"控制的智能飞船舰队;感谢英瓦尔·梅勒提供的参考信息。淮阿喀亚人的船属于第三类人工智能;见术语表。

36 Mansfield 2015, 8–10; Lichtheim 1980, 125–151; and Raven 1983,论埃及文献和考古实例中神奇的、逼真的和自动的蜡像。

37 Paipetis 2010, 97–98.

38 论古人为了节省劳动力和增强人类能力,而努力使工作和工具自动化,Martinho-Truswell 2018。自动风箱属于第二类人工智能;见术语表。

39 亚里士多德评论道(1253b29—1254a1),自动装置能完成奴隶的工作,符合机器人的"经济"功能,意指此类发明将导致奴隶制的废除。约翰·斯图尔特·穆勒(John Stuart Mill,1806—1873)研究了亚里士多德;将他在《论自由》(*On Liberty*)中对自动化工人的论述与亚里士多德的评论进行对比很有意思,他这样写道:"想象一下建造房屋、种植玉米、进行战斗、判决案件,甚至建造教堂和出言祷告,这些工作都可以由机器–人类外形的自动机器完成"。如果用自动机器取代"这些目前居住在世界上较文明地区的男女",将会是一种耻辱。毕竟,"人性并非根据模型而造,也不能像机器一样准确地执行预设的任务"。"成长和发展"是生物的本性,人类应专注"完善和美化"自身。感谢齐亚德·布拉特让我注意到这段文字。论新兴基因工程和生物技术的危害的预见性文章,见 Walker 2000。警告机器人和人工智能应该继续做人类的"奴隶",见 Bryson 2010。

40 Mendelsohn 2015. LaGrandeur 2013, 9-10. *Robota* 一词源自斯拉夫语，意为苦工和中世纪的奴役，Kang 2011, 279；论机器人反叛，264—296。Čapek, see Simons 1992, 33. Rogers and Stevens 2015. Walton 2015。

41 Berryman 2009, 22, 24-27. 其 2003 年的早期文章曾提及塔洛斯。

42 Truitt 2015a, 3-4，赫菲斯托斯的 20 个自动三足鼎的职责与黄金女仆的职责是合并在一起的。

43 Kang 2011, 15-22.

8　潘多拉：美丽的、受造的、邪恶的

1 *Dolos*, trick, snare, trap; Hesiod *Theogony* 589; *Works and Days* 83. "Mr. Afterthought," Faraone 1992, 104.

2 古代艺术和文学中的潘多拉，Gantz 1992, 1:154-159, 162-165; Hard 2004, 93-95; Shapiro 1994, 64-70; Panofsky and Panofsky 1991; Reeder 1995, 49-56; Glaser and Rossbach 2011. Hesiod *Works and Days* 45-58 and *Theogony* 560-571, *kalon kakon* 585; Aeschylus frag. 204; Hyginus *Fabulae* 142 and *Astronomica* 2.15；索福克莱斯已佚失的戏剧《潘多拉》；巴布利乌斯（Babrius）的《伊索寓言》58。Reception of Hesiod and the Pandora myth, Grafton, Most, and Settis 2010, 435-436, 683-684.

3 对潘多拉和夏娃进行比较的早期基督教文献：Panofsky and Panofsky 1991, 11-13。

4 Morris 1992, 32-33; Steiner 2001, 25-26, 116-117, 186-190; Francis 2009, 13-16; Brown 1953, 18; Mendelsohn 2015; Lefkowitz 2003, 25-26.

5 Morris 1992, 30-33, 230-231. Francis 2009, 14.

6 Steiner 2001, 116，赫西奥德在《神谱》中呈现的潘多拉"除了有华丽的衣服和装饰，别无他物"，而在《工作与时日》中她具有内在的属性。Faraone 1992, 101.

7 Steiner 2001, 191n25. 赫西奥德的描述和比喻同时让人们注意到了"这

座人造活雕像的生动和活力",以及这样一个事实——她"仅是雕像,而不是'真实的'人。否则为何要如此描述"?潘多拉是"第一个人造个体",她"确实是被制造出来的……而不是自然的产物"。Francis 2009, 14. 参见 Faraone 1992, 101-102。

8　Faraone 1992, 102-103,讨论潘多拉自动雕像的创造。关于另一个版本声称普罗米修斯是第一个女人的制造者,见 Tassinari 1992, 75-76。

9　将特洛伊木马描述为自动雕像的神话,以及古代"检测"逼真雕像是活物还是人造物的方法,Faraone 1992, 104-106。图灵测试等: Kang 2011, 298; Zarkadakis 2015, 48-49, 312-313; Boissoneault 2017。

10　赫西奥德的诗中并未提到后代。如皮格马利翁的伽拉忒亚一样(见第6章),后来的作者们对这个神话添油加醋,让潘多拉和厄庇墨透斯有了一个女儿皮拉,即丢卡利翁的妻子: Apollodorus *Library* 1.7.2; Hyginus *Fabulae* 142; Ovid *Metamorphoses* 1.350; Faraone 1992, 102-103。没有任何神话故事提及潘多拉的死亡。潘多拉是"在自然循环之外"的: Steiner 2001, 187。

11　Raphael 2015, quote 187; compare Steiner 2001, 25. Plato Laws 644e on human agency and chapter 6.

12　Mendelsohn 2015. Faraone 1992, 101. 论潘多拉和赫菲斯托斯的黄金女仆的相似之处,Francis 2009, 13。在所有现存的神话记载中,潘多拉都没有开口说话。

13　潘多拉古时在意大利的形象,Boardman 2000。

14　Reeder 1995, 284-286.

15　Gantz 1993, 1:163-164; Shapiro 1994, 69; Neils 2005, 38-39. 拿着锤子的萨堤尔,Polygnotus Group vase, Matheson 1995a, 260-262. Penthesilea Painter vase, Boston Museum of Fine Arts 01.8032。

16　Neils 2005, 39. 播种而出的自动军团也是从土里长出来的,见第4章。

17　Gantz 1993, 1:157-58 and n12; Mommsen in CVA Berlin V, pp.56-59, Tafel 43, 3-4, and Tafel 47, 6,citing Panofka. 感谢戴维·桑德斯对这个陶瓶的

宝贵评论。伊特鲁里亚宝石描绘了普罗米修斯或赫菲斯托斯在膝上制作一个小巧的女人偶，见 Tassinari 1992, 75-76。

18 Reeder 1995, 281 (quote); 279-281.

19 Shapiro 1994, 66.

20 Steiner 2001, 116-117.

21 据我所知，尼奥比德和鲁沃双耳喷口杯上绘制的这种神秘的边缘装饰过去并未引起学者的关注。大英博物馆称之为"飞镖和莲花"设计，其他人则认为有些类似"Lesbian kyma"的设计。这种设计的另一种变体出现于那不勒斯 H2421 和博洛尼亚 16571 螺旋形双耳喷口杯上，被认为是由玻瑞阿斯绘者（Boreas Painter）创作于约公元前 480 年。尼奥比德绘者在潘多拉瓶画上的设计更像铁匠的钳子或工匠的圆规（传说由代达罗斯或侄子塔洛斯发明）。一些人指出，它也可能是铁匠的风箱。感谢鲍勃·达雷特、史蒂文·赫斯、弗兰·基林、戴维·梅多斯和戴维·桑德斯与我讨论这种边缘装饰设计。

22 Shapiro 1994, 67. 在尼奥比德绘者绘制的瓶画上，潘多拉的下面一层描绘的是跳着舞的萨堤尔，暗示着与索福克莱斯那部已佚失的关于潘多拉的萨堤尔戏剧有关。亦见 Reeder 1995, 282-284。潘多拉两只手各握着花环或树枝。

23 盖塔陶瓶（Geta Vase）收藏于西西里岛阿格里真托；尼奥比德大屠杀双耳喷口杯收藏于卢浮宫。

24 瓶画上人物的正面脸孔和表情的罕见性及其代表意义。Korshak 1987; Csapo 1997, 256-257; Hedreen 2017, 163 and n17。

25 希腊埃伊纳岛（Aegina）阿法埃娅神庙（Temple of Aphaia）中濒死的武士脸上那古风的微笑，以及埃雷特里亚（Eretria）阿波罗神庙中安提俄珀（Antiope）被忒修斯绑架时脸上的微笑。

26 Thea von Harbrou 1924 年写的小说被她和她的丈夫 Lang 改编成了剧本。Simons 1992, 185; Dayal 2012; Kang 2011, 288-295; Zarkadakis 2015, 50-51.

27《大都会》中的女机器人能变化成玛丽亚的样子。女演员布里吉特·赫尔姆（Brigitte Helm）出生于 1906 年，电影拍摄于 1925 年。

28 扮演"疯狂科学家"的演员对邪恶女机器人的描述，Klein-Rogge 1927。

29 Shapiro 1994, 65.

30 Harrison 1999, 49–50.

31 菲狄亚斯的雅典娜雕像与基座的别迦摩复制品收藏于柏林的别迦摩博物馆（Pergamon Museum）。勒诺尔芒（Lenormant）的雅典娜雕像和基座的小型复制品收藏于雅典的国家考古博物馆（National Archaeological Museum）。存世的还有其他的小型古罗马复制品。潘多拉饰带的大理石碎片和"怪异"微笑的女性头像：Neils 2005, 42–43, fig. 4.13。

32 潘多拉的大罐是金属制品而非陶制品：Neils 2005, 41。后古典时期艺术和文学中的潘多拉神话：Panofsky and Panofsky 1991, mistranslation, 14–26。艺术中的潘多拉：Reid 1993, 2:813–2:817。

33 在该故事后续的变异版本中，这个禁忌的罐子通过什么别的方式到了厄庇墨透斯手中，或者是被厄庇墨透斯打开的，而非潘多拉，e.g., in Philodemus, first century BC, and Proclus, fifth century AD, Panofsky and Panofsky 1991, esp. 8 and nn11–12。

34 Neils 2005, 40. 这对大罐反映出古代的大罐具有吉利与不吉利的双重含义，其既是一种储存食品和其他重要日用品的容器，也是埋葬穷人的棺材。令人不解的是，公元前 6 世纪的两位作家，Theognis frag. 1.1135 and Aesop *Fables* 525 and 526/Babrius 58，都称潘多拉那装满祝福的罐子带到了人间，罐子里的厄尔皮斯/希望是一种积极的事物；见下文的讨论。

35 British Museum 1865,0103.28: Neils 2005, 38–40 and figs. 4.1–2 and 4.6–8. *LIMC* 3, s.v. Elpis, no. 13; Reeder 1995, 51 fig. 1–4.

36 Neils 2005, 41–42.

37 早期基督教神父俄利根（Origen，生于公元 185 年）认为异教徒的潘多拉神话是"引人发笑的"，Panofsky and Panofsky 1991, 12–13；见 7n12，Macedonius Consul 的讽刺性短诗（公元 6 世纪）的开头写道，"我每每看到潘多拉的罐子就会发笑"。

38 Harrison 1986, 116; Neils 2005, 43.

39 Gantz 1993, 1:157. 伊索（《寓言》〔*Fables*〕525 和 526，公元前 6 世纪早期）写道，宙斯赐予人类一个装满美好物质的罐子，"但人类缺少自控力，打开了罐子——里面所有的美好物质蜂拥而出"。它们被世界上更强大的邪恶事物追逐，飞回到奥林匹斯山诸神的身边。现在它们一次只会发给人类一个，"以防被那些一直存在的邪恶事物注意到。然而，希望仍留在罐内，这是那些美好物质飞走后留给人类的唯一安慰。"在公元前 6 世纪后期，泰奥格尼斯（Theognis）(《挽歌》〔*Elegies*〕) 讲述了一个类似的故事，称希望女神是"唯一留在人间的神，其他的都已经飞走了"。伊索和泰奥格尼斯都同意赫西奥德的观点，称留下来的只有希望，并都以积极的态度看待希望。

40 童话版本，Panofsky and Panofsky 1991, 110–111。Aristotle *On Memory* 1.449b 25–28.

41 根据柏拉图（*Gorgias* 523a）的说法，宙斯让普罗米修斯剥夺人类预知死亡的能力。在 *Protagoras* 320c–322a 中，柏拉图间接地指出这是厄庇墨透斯犯下的错误。

42 感谢乔赛亚·奥伯协助建立 2×2 的四格矩阵，横行指定"美好"和"邪恶"，竖列指定"激活"和"未激活"。现代的各种观点，参见例如 Hansen 2004, 258; Lefkowitz 2003, 233。

43 不断发展的机器人和人工智能技术所面临的伦理挑战：Lin, Abney, and Bekey 2014,3–4，通过科技创造自动机器和实现人类能力增强所引发的顾虑由来已久，可以追溯到远古，在目前也已引发了担忧，现代文学中的"警示性故事"认为"编程缺陷、紧急行为、错误和其他问题会让机器人变得不可预测，并且具有潜在危险性"；362，"数个世纪以来，仅仅是说出'机器人'这个词，就像打开了潘多拉的魔盒，想象、神话、愿望、幻想和希望都在其中，人类一直将它们施加到自动机器之上"。

44 与斯拉德克 1983 的小说中的邪恶机器人提克-托克作比较。电视剧《西部世界》中人形机器人主题乐园受到欢迎的原因是，人类访客可以将自己最黑暗的幻想施加在人形机器人身上,这些机器人已被编写好程序,不会伤害人类。

9 神话与历史之间:古代世界中真实的自动机器和逼真工艺

1 "黑箱"技术,Knight 2017。"相对现代主义",Bosak-Schroeder 2016。

2 Berryman 2009, 69-75. James and Thorpe 1994, 200-225. Marsden 1971. 亚历山大港的赫伦承认他的一些自动装置采用了弹射器的原理;Ruffell 2015-2016。

3 残酷的暴君与装置之间的联系,见 Amedick 1998, 498。

4 D'Angour 1999, 25,一篇幽默的文章把人类飞行的历史证据与古代喜剧和小说中飞行的例子并列放在一起。

5 萨福在柳卡迪亚悬崖自杀的假想最早是由喜剧作家米南德(Menander, Frag. 258 K)于公元前 4 世纪末提出的。

6 《隋书》(成书于 636 年),Needham and Wang 1965, 587;《资治通鉴》167 (成书于 1084 年)删节本,Ronan 1994, 285。《北史》19. James and Thorpe 1994, 104-107 关于载人纸鸢和降落伞。元黄头虽然在飞行中幸存下来,但后来仍被处死。

7 Lucian *Phalaris*. 法拉里斯的残暴恶名:Aristotle *Politics* 5.10; *Rhetoric* 2.20. Pindar *Pythian* 1; Polyaenus *Stratagems* 5.1; Polybius 12.25。Kang 2011, 94-95。早期基督教作家他提安(Tatian,出生于公元 120 年)曾夸大法拉里斯的虐待狂行为,称他食用婴儿(*Address to the Greeks* 34)。

8 Diodorus Siculus 9.18-19. Plutarch *Moralia* 315. Lucian *Phalaris*.

9 Plutarch *Moralia* 315c-d, 39,引用 Callimachus *Aetia*(公元前 4 世纪,仅存某些片段)以及 Aristeides of Miletus's *Italian History* book 4(已佚失)。另见 Stobaeus *Florilegium*,公元 5 世纪。阿伦提乌斯的铜马让人想起了对特洛伊木马的一些描述——中间是空的,开有侧门。

10 Diodorus Siculus 9.18–19 and 13.90.3–5; Cicero *Against Verres* 4.33 and *Tusculan Disputations* 2.7; 5.26, 5.31–33（法拉里斯之死）, 2.28.

11 *Consularia Caesaraugustana*, the chronicle of Zaragoza, *Victoris Tunnunnensis Chronicon*, ed. Hartmann, Victor 74a, 75a, p.23, commentary pp. 100–101。唐朝时，为取悦女皇武则天，公开展示禽鸟和动物被活活烤死的施虐行为，见 Benn 2004, 130。

12 Berryman（2009, 29–30）在她的分类系统中将这只铜牛囊括在由"何蒙库鲁兹（homunculus）"驱动的各种机巧中。由藏在内部的人进行驱动的印度自动机器，Cohen 2002, 69。

13 Faraone 1992, 21. Blakely 2006, 16, 215–223。安提基特拉机械收藏于雅典国家考古博物馆。Iverson 2017。

14 Faraone 1992, 21, 26. Timaeus in scholia to Pindar *Olympian* 7.160.

15 一张描绘扩音管道的图片，现存于梵蒂冈博物馆；见 Kotsanas 2014, 83. Stoneman 2008, 121, 亚里士多德向亚历山大大帝介绍了"雅亚斯塔约气动喇叭"（"pneumatic horn of Yayastayus"），即忒弥修斯号角——约公元 800 年至 1100 年发明的"战争机关"，可能由风力或水力驱动。

16 自动音乐机器: Zielinski and Weibel 2015, 49–99. Pollitt 1990, 89。

17 Cohen 1966, 21–22 and n20；其他会说话的雕像，18–24. Chapuis and Droz 1958, 23–24。

18 Cohen 1966, 15–16. Philostratus Life of Apollonius of Tyana 6.4; Imagines 1.7. "The Sounding Statue of Memnon" 1850.

19 Cohen 1967, 24; McKeown 2013, 199. Himerius Orations 8.5 and 62.1。

20 Oleson 2009, 785–97 for Greek and Roman automata. Poulsen 1945; Felton 2001, 82–83.

21 Frood 2003; Keyser 1993, 实验、图表和图片。这些电池被用于镀银的理论已被推翻。感谢萨姆·克罗提供的指点，若细电线曾经存在，现在也应已经被腐蚀掉了。

22　Brunschwig and Lloyd 2000, Archytas: 393, 401, 403, 406, 926–927, 932–933; ancient mechanics: 487–494. Keyser and Irby-Massie 2008, 161–162; D'Angour 2003, 108, 127–128, 180–182.

23　鸣叫鸟设备：Kotsanas 2014, 51 and 69. Sources for Archytas: Aristotle *Politics* 8.6.1340b25–30; Horace *Odes* 1.28; D'Angour 2003, 180–182; Plutarch *Marcellus* 14.5–6. Diogenes Laertius 8.83; Aulus Gellius *Attic Nights* 10.12.9–10; Vitruvius *On Architecture* 1.1.17; 7.14. Berryman 2009, 58 and n14, 95 n159 (Aristotle and Archytas); 87–96, 贝里曼推测，"鸽子"有可能是投石机或抛射物的代称，但两者都无法解释驱动飞行装置的"气流和砝码"。奥卢斯·格利乌斯的资料来源于法沃里努斯（Favorinus），普卢塔赫的朋友——一位哲学家和史学家，著有近30部著作，现在都仅存残篇。

24　See Brunschwig and Lloyd 2000, 933; D'Angour 2003, 181. Huffman 2003, 82–83,570–578 (dove); 使用猪膀胱和压缩空气或蒸汽制作的阿尔库塔斯鸽子空气动力学复制品，见 Kotsanas 2014, 145. Kang 2011, 16–18。将鸽子归入"人造的神话般的自动移动装置"类别。

25　Aristotle *Politics* 5.6.1340b26; Huffman 2003, 303–307 (clapper).

26　Plutarch *Demetrius*.; Diogenes Laertius 1925b78.

27　德摩卡莱斯记录的这段历史已佚失，但曾被引用于 Polybius 12.13。D'Angour 2011, 164. Berryman 2009, 29–30。

28　Koetsier and Kerle 2015, fig. 2a and b. 巨型蜗牛和雷姆的理论的问题，见 Ian Ruffell 在格拉斯哥大学博客上的文章"骑蜗牛"（Riding the Snail），March 31, 2016, http://classics.academicblogs.co.uk/riding-the-snail/。

29　希腊民间故事中的蜗牛，Hesiod *Works and Days* 571; Plautus *Poen.* 531; Plutarch *Moralia* 525e。驴子：Homer *Iliad* 11.558; Simonides 7.43–49; Plautus *Asinaria*; Apuleius *Golden Ass*; etc。

30　Diodorus Siculus frag 27.1.

31　Polybius 13.6–8; Apega 18.17; also 4.81, 16.13, 21.11. Sage 1935. Pomeroy (2002, 89–90 and n51) accepts authenticity of account, 152.

32 亚里士多德的《雅典政制》(Constitution of Athens)，描述了古希腊抽选机；一个现存的例子，见 Dow 1937，公元前 88 年，德米特里厄斯和米特拉达梯试图超越他，Mayor 2010, 179-183。古代军事技术：Aeneas Tacticus; Philo of Byzantium; Berryman 2009, 70-71; Cuomo 2007; Hodges 1970, 145-153, 183-184; Marsden 1971. Archimedes, Plutarch *Marcellus* 14-18; Brunschwig and Lloyd 2000, 544-553; Keyser and Irby-Massie 2008, 125-128。

33 Mayor 2010, 182, 291-292, 193-194. Kotsanas 2014, deus ex machina model, 101.

34 Koetsier and Kerle 2015.

35 2016 年 Keyser 基于 *Accounts of the Penteterides* 研究大游行的时间、托勒密二世与其姐的婚姻，以及卡利克西努斯说法的可信度。

36 Koetsier and Kerle 2015. Athenaeus *Learned Banquet* 11.497d; Keyser and Irby-Massie 2008, 496.

37 Philo, Ctesibius, Heron: Hodges 1970, 180-184。克特西比乌斯和拜占庭的斐洛的发明在姜民寿"自动机器历史研究"中，都没有被视为能够有效运作的物件和欧洲人想象的概念。无与伦比的妮萨自动机器沦落到只出现在脚注里，德米特里厄斯的巨型蜗牛和斯巴达致命的"爱琵加机器人"均未被姜民寿列入古人设计的真实自动机器分类中：Kang 2011, 16-18, 332n66（Nysa）；1. Sylvia Berryman（2009, 116）简要地提及克特西比乌斯制造妮萨自动机器的可能性。

38 Zielinski and Weibel 2015, 20-47; Truitt 2015a, 4, 19; Keyser and Irby-Massie 2008, 684-656.

39 Huffman 2003, 575; Philo Pneumatics 40, 42. 鸟与蛇的机械图解，James and Thorpe 1994, 117。铜制或木制工作模型，女仆、鸟和猫头鹰、潘神和龙的图解，见 Kotsanas 2014, 51-55。

40 Heron: Woodcroft 1851; Keyser and Irby-Massie 2008, 384-387. Ruffell 2015-2016.

41 自动机器、"海格力斯和龙",以及自动剧院的工作模型和说明,James and Thorpe 1994, 136–138; Kotsanas 2014, 58 and 71–75. Anderson 2012(1800年诞生的雅卡尔提花机通常被认为是世界上第一台可编程设备)。Berryman 2009, 30 citing Heron Automata 4.4.4. Huffman 2003, 575. Kang(2011)将赫伦的作品列入他的第三类别中——真实造出的自动机器,16。

42 Ruffell 2015–2016;更多赫伦自动装置的 3D 重现品和说明,见 Ian Ruffell 和 Francesco Grillo 在格拉斯哥大学主持的亚历山大港的赫伦/自动机器项目。http://classics.academicblogs.co.uk/heros-automata-first-moves/。

43 中世纪伊斯兰和欧洲的自动机器:Brunschwig and Lloyd 2000, 410, 490–491, 493–194. Zielinski and Weibel 2015, 20–21; James and Thorpe 1994, 138–140; Truitt 2015a, 18–20. 公元 10 世纪时,希腊发明家斐洛和赫伦等人的自动机器设计的阿拉伯译本在印度得到了改编;Ali 2016, 468. Strong 2004, 132n17。

44 Needham 1986; 4:156–4:163 以及全书,论中国机械工程和自动装置的历史。Forte(1988, 11)指出,并非所有的中国机械创新都是从欧洲传过去的,有一些源于 Needham 所谓的"刺激扩散"。指南车,James and Thorpe 1994, 140–142。

45 唐朝的发明,Benn 2004, 52, 95–96, 108–109, 112, 143–144, 167, 271. 女皇武则天欲超越阿育王:Strong 2004, 125 and n6 sources. 武则天也被称为武曌。

46 Keay 2011, 69 and n19, citing R. K. Mookerji, in *History and Culture of the Indian People*, 2:28. Mookerji 描述配备旋转锤矛或长刀的武装战车如"坦克"一般;Keay 称之为挥舞锤矛的"机器人";还有人将这个"机器"与轮子上配备旋转刀片的刀轮战车相比较。

47 Strong 2004, 124–138. Keay 2011, 78–100; Ali 2016, 481–484.

48 Strong 2004, 132–138; Pannikar 1984; 柬埔寨和泰国有其他版本。Higley 1997, 132–133. Cohen 2002. Zarkadakis 2015, 34. "基于丰富的传奇故事",Ali(2016, 481–484)讨论了这个传说,以及《世间施设论》的创作时

间和来源。

49 Strong 2004, 132–133. 在某些版本中，该工程师被派去刺杀阿育王的机器人刺客斩首，Higley 1997, 132–133, and Pannikar 1984。

50 Cohen 2002, 73–74. 推测《世间施设论》的故事仅受到拜占庭后期和中世纪早期自动机器的影响。关于自动机器和复杂机械奇迹的历史，这些装置堪比中世纪早期的印度传说中拜占庭的"所罗门宝座"，见 Ali 2016, esp. 484 论科技的传播，以及 Brett 1954 论所罗门的自动宝座。

51 Ali 2016, 484.

52 Greco-Buddhist syncretism, McEvilley 2001; Boardman 2015.

53 阿育王和希腊化时期的统治者，Hinuber 2010, 263 (Megasthenes). Megasthenes *Indica* fragments; Arrian *Indica* 10. 麦加斯梯尼和戴伊马科斯曾出使旃陀罗笈多（Chandragupta）和他儿子统治时期的孔雀王朝；狄奥尼修斯是托勒密二世向阿育王派出的使者。见 Arrian *Anabasis* 5; Pliny 6.21; Strabo 2.1.9–14; 15.1.12。

54 Keay 2011, 78–100; McEvilley 2000, esp. 367–370; 论印度技术，649 and n19。论阿育王派遣使节去见希腊化时期的统治者，Jansari 2011。

55 Legge 1965, 79. 中国的自动佛像和佛车，Needham 1986, 159–160, 256–257. 论自动佛像的神奇故事，Wang 2016。

56 旋转机械随从，Needham 1986, 159. 愤怒的金刚手菩萨，Wang 2016, 32 and 27. Daoxuan, Strong 2004, 187–189. Dudbridge 2005. 道宣的神圣技艺及对印度乌托邦式祇园精舍（Jetavana monastery）的描述，Forte 1988, 38–50nn 86 and 92; 49–50，无人知晓道宣所述是否为他听说或读过的印度真实存在的自动机器，但显然女皇武则天希望在她的神殿中制作出这些神奇装置的实体。

57 Hsing and Crowell 2005, esp. 118–123. 希腊–印度的影响，Boardman 2015, 130–199；佛教艺术中的海格力斯，189, 199, figs 116, 118, 122。披着狮皮、手持宝剑的海格力斯浮雕：British Museum 1970,0718.1。

58 Simons 1992, 29–32. Mori 1981 and 2012. Borody 2013. Han 2017.

59 Borody 2013. 感谢鲁埃尔·麦克雷格（Ruel Macaraeg）为我提供了《魔神Z》和《少林寺十八铜人》的信息，感谢塞奇·阿德里安娜·史密斯为我提供了《天空之城》中古代机器人的信息。"Whistlefax" robot by Glorbes (B. Ross), Fwoosh Forums November 13, 2007, http://thefwoosh.com/forum/viewtopic.php?t=12823&start=4380。

60 Berryman 2009, 28 原文采用了斜体字。D'Angour 2011, 62–63, 108–109, 127, 128–133, 180–181。

61 Zarkadakis 2015, xvii, 305.

尾　声　敬畏、恐惧与希望：深入了解古代故事

1 该后记的部分早期版本曾登载于 *Aeon*, May 16, 2016。论对人工智能的爱恨反应，Zarkadakis 2015。

2 Microsoft's Tay and Zo, Kantrowitz 2017；人类对人工智能的偏见，Bhorat 2017。Tay 的首秀和终结：http://www.telegraph.co.uk/technology/2016/03/24/microsofts-teengirl-ai-turns-into-a-hitler-loving-sex-robot-wit/。

3 Raytheon: http://www.raytheon.com/news/feature/artificial_intelligence.html.

4 Hawking quote, Scheherazade: Flood 2016. http://www.news.gatech.edu/2016/02/12/using-stories-teach-human-values-artificial-agents.http://realkm.com/2016/01/25/teaching-ai-to-appreciate-stories/. Summerville et al. 2017, 9–10. Scheherazade: R. Burton, trans. and intro by A. S. Byatt. *Arabian Nights*, *One Thousand and One Nights*.

5 Zarkadakis 2015, 27, 305. Leverhulme Centre for the Future of Intelligence "AI Narrative" project, http://lcfi.ac.uk/projects/ai-narratives/.

6 "Dawn of RoboHumanity": Popcorn 2016, 112–113.

参考书目

Aerts, Willem J. 2014. *The Byzantine Alexander Poem*. Berlin: De Gruyter.
"AI in Society: The Unexamined Mind." 2018. *Economist*, February 17, 70-72.
Ali, Daud. 2016. "Bhoja's Mechanical Garden: Translating Wonder across the Indian Ocean, circa. 800-1100 CE." *History of Religions* 55, 4:460-93.
Ambrosini, Laura. 2011. *Le gemme etrusche con iscrizioni*. Mediterranea supplement 6. Pisa-Rome: Fabrizio Serra Editore.
———. 2014. "Images of Artisans on Etruscan and Italic Gems." *Etruscan Studies* 17, 2 (November): 172-91.
Ambrosino, Brandon. 2017. "When Robots Are Indistinguishable from Humans What Will Be inside Them?" *Popular Mechanics* (February 15). http://www.popularmechanics.com/culture/tv/a25210/inside-synths-amc-humans/.
Amedick, Rita. 1998. "Ein Vergnügen für Augen und Ohren: Wasserspiele und klingende Kunstwerke in der Antike (Teil I)." *Antike Welt* 29:497-507.
Anderson, Deb. 2012. "Was There Artificial Life in the Ancient World? Interview with Dr. Alan Dorin." *Sydney Morning Herald*, August 28. http://www.smh.com.au/national/education/was-there-artificial-life-in-the-ancient-world-20120827-24vxt.html.
Apollonius of Rhodes. 2015. *Argonautica Book IV*. Trans. and comm. Richard Hunter. Cambridge: Cambridge University Press.
Ayrton, Michael. 1967. *The Maze Maker*. New York: Holt, Rinehart and Winston.
Bagley, Robert, et al. 1980. *The Great Bronze Age of China*. New York: Metropolitan Museum. Benn, Charles. 2004. *China's Golden Age: Everyday Life in the Tang Dynasty*. Oxford: Oxford University Press.
Berryman, Sylvia. 2003. "Ancient Automata and Mechanical Explanation." *Phronesis* 48, 4:344-69.

———. 2007. "The Imitation of Life in Ancient Greek Philosophy." In *Genesis Redux: Essays in the History and Philosophy of Artificial Life*, ed. Jessica Riskin, 35-45. Chicago: University of Chicago Press.

———. 2009. *The Mechanical Hypothesis in Ancient Greek Natural Philosophy*. Cambridge: Cambridge University Press.

Bhorat, Ziyaad. 2017. "Do We Still Need Human Judges in the Age of Artificial Intelligence?" Transformation, August 9. https://www.opendemocracy.net/transformation/ziyaad-bhorat/do-we-still-need-human-judges-in-age-of-artificial-intelligence.

Birrell, Anne, trans. 1999. *The Classic of Mountains and Seas*. London: Penguin.

Blakely, Sandra. 2006. *Myth, Ritual, and Metallurgy in Ancient Greece and Recent Africa*. Cambridge: Cambridge University Press.

Blakemore, Kenneth. 1980. "Age Old Technique of the Goldsmith." *Canadian Rockhound*, February.

Boardman, John. 2000. "Pandora in Italy." In *Agathos Daimon, Mythes et Cultes: Etudes d'iconographie en l'honneur de Lilly Kahil*, ed. P. Linant de Bellefonds et al., 49-50. Athens.

———. 2015. *The Greeks in Asia*. London: Thames and Hudson.

Boissoneault, Lorraine. 2017. "Are Blade Runner's Replicants 'Human'? Descartes and Locke Have Some Thoughts." *Smithsonian*, Arts and Culture, October 3. https://www.smithsonianmag.com/arts-culture/are-blade-runners-replicants-human-descartes-and-locke-have-some-thoughts-180965097/.

Bonfante, Giuliano, and Larissa Bonfante. 2002. *The Etruscan Language: An Introduction*. Manchester: University of Manchester Press.

Borody, Wayne A. 2013. "The Japanese Roboticist Masahiro Mori's Buddhist Inspired Concept of 'The Uncanny Valley.'" *Journal of Evolution and Technology* 23, 1:31-44.

Bosak-Schroeder, Clara. 2016. "The Religious Life of Greek Automata." *Archiv für Religionsgeschichte* 17:123-36.

Bremmer, Jan. 2013. "The Agency of Greek and Roman Statues: From Homer to Constantine." *Opuscula* 6:7-21.

Brett, G. 1954. "The Automata in the Byzantine 'Throne of Solomon.'" *Speculum* 29:477-87.

Brinkmann, Vinzenz, and Raimund Wünsche, eds. 2007. *Gods in Color: Painted*

Sculpture of Classical Antiquity. Traveling exhibition catalogue. Munich: Biering & Brinkmann.

Brown, Norman O., trans. 1953. *Theogony, Hesiod.* Indianapolis: Bobbs-Merrill.

Brunschwig, Jacques, and Geoffrey Lloyd, eds. 2000. *Greek Thought: A Guide to Classical Knowledge.* Cambridge, MA: Harvard University Press.

Bryson, Joanna. 2010. "Robots Should Be Slaves." In *Close Engagements with Artificial Companions*, ed. Yorick Wilks, 63-74. Amsterdam: John Benjamins.

Bryson, Joanna, and Philip Kime. 2011. "Just an Artifact: Why Machines Are Perceived as Moral Agents." In *Proceedings of the Twenty-Second International Joint Conference on Artificial Intelligence*, vol. 2, ed. T. Walsh, 1641-46. Menlo Park, CA: AAAI Press.

Buxton, Richard. 2013. *Myths and Tragedies in Their Ancient Greek Contexts.* Oxford: Oxford University Press.

Carafa, Giovanni, duca di Noja. 1778. *Alcuni Monumenti del Museo Carrafa in Napoli.* Naples. Digitized by Getty Research Institute in 2016: https://archive.org/details/alcunimonumentid00cara.

Carpino, A. A. 2003. *Discs of Splendor: The Relief Mirrors of the Etruscans.* Madison: University of Wisconsin Press.

Cave, Stephen. 2012. *Immortality: The Quest to Live Forever and How It Drives Civilization.* New York: Crown.

Ceccarelli, Marco, ed. 2004. *International Symposium on History of Machines and Mechanisms.* Dordrecht: Kluwer Academic.

Chapuis, Alfred, and Edmond Droz. 1958. *Automata.* Trans. A. Reid. Neuchatel: Griffon.

"Cheating Death." 2016. *Economist*, August 13, 7.

Clarke, Arthur C. 1973. "Hazards of Prophecy: The Failure of Imagination." Rev. ed. of 1962. *Profiles of the Future: An Enquiry into the Limits of the Possible.* London: Gollanz.

Clauss, James, and Sarah Johnston, eds. 1997. *Medea: Essays on Medea in Myth, Literature, Philosophy, and Art.* Princeton, NJ: Princeton University Press.

Cline, Eric, ed. 2010. *Oxford Handbook of the Bronze Age Aegean.* New York: Oxford University Press.

Cohen, Beth. 2006. *The Colors of Clay.* Los Angeles: Getty Museum.

Cohen, John. 1963. "Automata in Myth and Science." *History Today* 13, 5 (May).
———. 1966. *Human Robots in Myths and Science.* London: Allen and Unwin.
Cohen, Signe. 2002. "Romancing the Robot and Other Tales of Mechanical Beings in Indian Literature." *Acta Orientalia* (Denmark) 64:65-75.
Colarusso, John, trans. 2016. *Nart Sagas: Ancient Myths and Legends of the Circassians and Abkhazians.* Princeton, NJ: Princeton University Press.
Cook, A. B. 1914. *Zeus: A Study in Ancient Religion.* Vol. 1. Cambridge: Cambridge University Press.
Cooper, Jean. 1990. *Chinese Alchemy: The Taoist Quest for Immortality.* New York: Sterling.
Csapo, Eric. 1997. "Riding the Phallus for Dionysus: Iconology, Ritual, and Gender-Role De/Construction." *Phoenix* 51, 3/4:253-95.
Cuomo, Serafina. 2007. *Technology and Culture in Greek and Roman Antiquity.* Cambridge: Cambridge University Press.
Cusack, Carole. 2008. "The End of Human? The Cyborg Past and Present." *Sydney Studies in Religion*, September 19, 223-34.
D'Angour, Armand. 1999. "Men in Wings." *Omnibus Magazine* 42 (Classical Association, 2001): 24-25.
———. 2003. "Drowning by Numbers: Pythagoreanism and Poetry in Horace Odes 1.28." *Greece and Rome* 50, 2:206-19.
———. 2011. *The Greeks and the New: Novelty in Ancient Greek Imagination and Experience.* Cambridge: Cambridge University Press.
Darling, Kate, Palash Nandy, and Cynthia Breazeal. 2015. "Empathetic Concern and the Effect of Stories in Human-Robot Interaction." Proceedings of the IEEE International Workshop on Robot and Human Communication (RO-MAN), February 1. https://ssrn.com/abstract=2639689.
David-Neel, Alexandra. 1959. *The Superhuman Life of Gesar of Ling.* London: Rider. Reprint, 2001, Shambhala.
Dayal, Geeta. 2012. "Recovered 1927 *Metropolis* Film Program Goes behind the Scenes of a Sci-Fi Masterpiece." *Wired*, July 12. https://www.wired.com/2012/07/rare-metropolis-film-program-from-1927-unearthed/?pid=7549&pageid=112666&viewall=true.
de Grey, Aubrey. 2008. "Combating the Tithonus Error." *Rejuvenation Research* 11, 4:713-15.

de Grey, Aubrey, with Michael Rae. 2007. *Ending Aging: The Rejuvenation Breakthroughs That Could Reverse Human Aging in Our Lifetime.* New York: St. Martin's Press.

De Groot, Jean. 2008. "Dunamis and the Science of Mechanics: Aristotle on Animal Motion." *Journal of the History of Philosophy* 46, 1:43-68.

de Grummond, Nancy Thomson. 2006. *Etruscan Myth, Sacred History, and Legend.* Philadelphia: University of Pennsylvania Museum.

De Puma, Richard. 2013. *Etruscan Art: In the Metropolitan Museum of Art.* New York: Metropolitan Museum.

Devlin, Kate. 2018. *Turned on: Science, Sex and Robots.* London: Bloomsbury.

Dickie, Matthew. 1990. "Talos Bewitched: Magic Atomic Theory and Paradoxography in Apollonius *Argonautica* 4.1638-88." *Papers of the Leeds International Latin Seminar* 6, ed. F. Cairns and M. Heath, 267-96.

———. 1991. "Heliodorus and Plutarch on the Evil Eye." *Classical Philology* 86, 1:17-29.

Donohue, Alice A. 1988. *Xoana and the Origins of Greek Sculpture.* Oxford.

Dougherty, Carol. 2006. *Prometheus.* London: Routledge.

Dow, Sterling. 1937. "Prytaneis. A Study of the Inscriptions Honouring the Athenian Councillors." *Hesperia* Suppl. 1, Athens: American School of Classical Studies.

Dudbridge, Glen. 2005. "Buddhist Images in Action." In *Books, Tales and Vernacular Culture: Selected Papers on China*, 134-50. Leiden: Brill.

Dunbabin, Katherine. 1986. "Sic erimus cuncti . . . The Skeleton in Greco-Roman Art." *Jahrbuch des Deutsches Archäologischen Instituts* 101 (1986): 185-255.

Eliade, Mircea. 1967. *From Primitives to Zen: A Thematic Sourcebook of the History of Religions.* New York: Harper & Row.

Faraone, Christopher. 1992. *Talismans and Trojan Horses: Guardian Statues in Ancient Greek Myth and Ritual.* Oxford: Oxford University Press.

Felton, Debbie. 2001. "The Animated Statues of Lucian's Philopseudes." *Classical Bulletin* 77, 1:75-86.

Flood, Alison. 2016. "Robots Could Learn Human Values by Reading Stories." *Guardian*, February 18.

Florescu, Radu. 1975. *In Search of Frankenstein: Exploring the Myths behind*

Mary Shelley's Monster. New York: Little, Brown.

Forte, Antonio. 1988. *Mingtang Utopias in the History of the Astronomical Clock: The Tower, Statue and Armillary Sphere Constructed by Empress Wu.* Rome: Istituto Italiano per il Medio ed Estremo Oriente.

Francis, James A. 2009. "Metal Maidens, Achilles'Shield, and Pandora: The Beginnings of 'Ekphrasis.' " *American Journal of Philology* 130, 1 (Spring): 1-23.

Friend, Tad. 2017. "The God Pill: Silicon Valley's Quest for Eternal Life." *New Yorker*, April 3, 54-67.

Frood, Arran. 2003. "The Riddle of Baghdad's Batteries." BBC News, February 27. http://news.bbc.co.uk/2/hi/science/nature/2804257.stm.

Gantz, Timothy. 1993. *Early Greek Myth: A Guide to Literary and Artistic Sources.* 2 vols. Baltimore: Johns Hopkins University Press.

Garten, William, and Frank Dean. 1982. "The Evolution of the Talos Missile." *Johns Hopkins Applied Physics Laboratory Technical Digest* 3, 2:117-22. http://www.jhuapl.edu/techdigest/views/pdfs/V03_N2_1982/V3_N2_1982_Garten.pdf.

Glaser, Horst Albert, and Sabine Rossbach. 2011. *The Artificial Human: A Tragical History.* New York: Peter Lang.

Godwin, William. 1876 [1834]. *Lives of the Necromancers.* London. Chatto and Windus. https://archive.org/details/livesnecromance04godwgoog.

Grafton, Anthony, Glenn Most, and Salvatore Settis. 2010. *The Classical Tradition.* Cambridge: Harvard University Press.

Gray, John. 2015. *The Soul of the Marionette.* London: Penguin.

Hales, Thomas C. 2001. "The Honeycomb Conjecture." *Discrete and Computational Geometry* 25, 1:1-22. https://www.communitycommons.org/wp-content/uploads/bp-attachments/14268/honey.pdf.

Hallager, Erik. 1985. *The Master Impression: A Clay Sealing from the Greek-Swedish Excavations at Kastelli, Khania.* Studies in Mediterranean Archaeology 69. Goteburg: Paul Forlag Astroms.

Han, Byung-Chul. 2017. *Shanzhai: Deconstruction in Chinese (Untimely Meditations, Book 8).* Trans. P. Hurd. Boston: MIT Press.

Hansen, William. 2002. *Ariadne's Thread: A Guide to International Tales Found in Classical Literature.* Ithaca, NY: Cornell University Press.

———. 2004. *Handbook of Classical Mythology*. London: ABC-CLIO.

———. 2017. *The Book of Greek and Roman Folktales, Legends, and Myths*. Princeton, NJ: Princeton University Press.

Harari, Yuval Noah. 2017. *Homo Deus: A Brief History of Tomorrow*. New York: Harper.

Hard, Robin. 2004. *The Routledge Handbook of Greek Mythology*. London: Routledge.

Harrison, Evelyn. 1986. "The Classical High-Relief Frieze from the Athenian Agora." *Archaische und klassische griechische Plastik* 2:109-17.

———. 1999. "Pheidias." In *Personal Styles in Greek Sculpture*, ed. O. Palagia and J. Pollitt, 16-65. Cambridge: Cambridge University Press.

Hawes, Greta. 2014. *Rationalizing Myth in Classical Antiquity*. Oxford: Oxford University Press.

Haynes, Natalie. 2018. "When the Parthenon Had Dazzling Colors." BBC News, January 22. http://www.bbc.com/culture/story/20180119-when-the-parthenon-had-dazzling-colours.

Hedreen, Guy. 2017. "Unframing the Representation: The Frontal Face in Athenian Vase-Painting." In *The Frame in Classical Art: A Cultural History*, ed. V. Platt and M. Squire, 154-87. Cambridge: Cambridge University Press.

Hemingway, Colette, and Sean Hemingway. 2003. "The Technique of Bronze Statuary in Ancient Greece." *Heilbrunn Timeline of Art History*. New York: Metropolitan Museum.

Hersey, George. 2009. *Falling in Love with Statues: Artificial Humans from Pygmalion to the Present*. Chicago: University of Chicago Press.

Higley, Sarah L. 1997. "Alien Intellect and the Robotization of the Scientist." *Camera Obscura* 14, 1-2:131-60.

Hinuber, Oskar von. 2010. "Did Hellenistic Kings Send Letters to Aśoka?" *Journal of the American Oriental Society* 130, 2:261-66.

Hodges, Henry. 1970. *Technology in the Ancient World*. Harmondsworth: Penguin.

Hsing, I-Tien, and William Crowell. 2005. "Heracles in the East: The Diffusion and Transformation of His Image in the Arts of Central Asia, India, and Medieval China." *Asia Major*, 3rd ser., 18, 2:103-54.

Huffman, Carl. 2003. *Archytas of Tarentum: Pythagorean, Philosopher, and*

Mathematician King. Cambridge: Cambridge University Press.

Ienca, Marcello, and Roberto Andorno. 2017. "Towards a New Human Rights in the Age of Neuroscience and Neurotechnology." *Life Sciences, Society and Policy* 13, 5. https://lsspjournal.springeropen.com/articles/10.1186/s40504-017-0050-1.

Iverson, Paul. 2017. "The Calendar on the Antikythera Mechanism and the Corinthian Family of Calendars." *Hesperia* 86, 1:129-203.

Jacobsen, Annie. 2015. "Engineering Humans for War." *Atlantic*, September 23. https://www.theatlantic.com/international/archive/2015/09/military-technology-pentagon-robots/406786/.

James, Peter, and Nick Thorpe. 1994. *Ancient Inventions*. New York: Ballantine.

Jansari, Sushma. 2011. "Buddhism and Diplomacy in Asoka's Embassies to the Mediterranean World." Lecture, Royal Asiatic Society of Great Britain and Ireland, London, December 14.

Kalligeropoulos, D., and S. Vasileiadou. 2008. "The Homeric Automata and Their Implementation." In *Science and Technology in Homeric Epics*, ed. S. A. Paipetis, 77-84. New York: Springer Science + Business Media.

Kang, Minsoo. 2005. "Building the Sex Machine: The Subversive Potential of the Female Robot." *Intertexts*, March 22.

———. 2011. *Sublime Dreams of Living Machines: The Automaton in the European Imagination*. Cambridge, MA: Harvard University Press.

Kantrowitz, Alex. 2017. "Microsoft's Chatbot Zo Calls the Qur'an Violent and Has Theories about Bin Laden." BuzzFeed News, July 3. www.buzzfeed.com/alexkantrowitz/microsofts-chatbot-zo-calls-the-quran-violent-and-has?utm_term=.mm7d6Rz1x#.ct8QlA7qj.

Kaplan, Matt. 2015. *Science of the Magical*. New York: Scribner.

Keats, Jonathon. 2017. "Caring Computers: Designing a Moral Machine." *Discover*, May. http://discovermagazine.com/2017/may-2017/caring-computers.

Keay, John. 2011. *India: A History, Revised and Updated*. New York: Grove Atlantic.

Keen, Antony. 2015. "SF's Rosy-Fingered Dawn." In Rogers and Stevens 2015, 105-20.

Keyser, Paul. 1993. "The Purpose of the Parthian Galvanic Cells: A First Century A.D. Electric Battery Used for Analgesia. *Journal of Near Eastern Studies*

52, 2:81-98.

———. 2016. "Venus and Mercury in the Grand Procession of Ptolemy II." *Historia* 65, 1:31-52.

Keyser, Paul, and Georgia Irby-Massie, eds. 2008. *The Encyclopedia of Ancient Natural Scientists*. London: Routledge.

Klein-Rogge, Rudolf. 1927. "The Creation of the Artificial Human Being." *Metropolis Magazine*, 32-page program for film premiere at Marble Arch Pavilion, London.

Knight, Will. 2017. "The Dark Secret at the Heart of AI." *MIT Technology Review*, April 11. https://www.technologyreview.com/s/604087/the-dark-secret-at-the-heart-of-ai/.

Koetsier, Teun, and Hanfried Kerle. 2015. "The Automaton Nysa: Mechanism Design in Alexandria in the 3rd Century BC." In *Essays on the History of Mechanical Engineering*, ed. F. Sorge and G. Genchi, 347-66. Cham, Switzerland: Springer.

Konstam, Nigel, and Herbert Hoffmann. 2004. "Casting the Riaci Bronzes: A Sculptor's Discovery." *Oxford Journal of Archaeology* 23, 4:397-402.

Korshak, Yvonne. 1987. *Frontal Faces in Attic (Greek) Vase Painting of the Archaic Period*. Chicago: Ares.

Kotsanas, Kostas. 2014. *Ancient Greek Technology: Inventions of the Ancient Greeks*. Katakalo, Greece: Kotsanas Museum of Ancient Greek Technology.

Krauskopf, Ingrid. 1995. *Heroen, Götter und Dämonen auf etruskischen Skarabäen. Listen zur Bestimmung*. Mannheim: University of Heidelberg.

Kris, Ernst, and Otto Kurz. 1979. *Legend, Myth, and Magic in the Image of the Artist*. New Haven, CT: Yale University Press.

Lachman, Gary. 2006. "Homunculi, Golems, and Artificial Life." *Quest* 94, 1 (January—February): 7-10.

LaGrandeur, Kevin. 2013. *Androids and Intelligent Networks in Early Modern Literature and Culture*. New York: Routledge.

Lane, George S. 1947. "The Tocharian Punyavantajataka, Text and Translation." *Journal of the American Oriental Society* 67, 1:33-53.

Lane Fox, Robin. 2009. *Travelling Heroes in the Epic Age of Homer*. New York: Knopf.

Lefkowitz, Mary. 2003. *Greek Gods, Human Lives: What We Can Learn from*

Myths. New Haven, CT: Yale University Press.

Legge, James, trans. 1965 [1886]. *A Record of Buddhist Kingdoms being an account by the Chinese Monk Fa-Hien of Travels in India and Ceylon (AD 399-414). in search of the Buddhist books of discipline*. New York: Dover reprint.

Leroi, Armand Marie. 2014. *The Lagoon: How Aristotle Invented Science*. London: Bloomsbury.

Lichtheim, Miriam. 1980. *Ancient Egyptian Literature*. Vol. 3, *The Late Period*. Berkeley: University of California Press.

Lin, Patrick. 2012. "More Than Human? The Ethics of Biologically Enhancing Soldiers." *Atlantic*, February 16. http://www.the*atlantic*.com/technology/archive/2012/02/more-than-human-the-ethics-of-biologically-enhancing-soldiers/253217/.

———. 2015. "Do Killer Robots Violate Human Rights?" Atlantic, April 20. https://www.theatlantic.com/technology/archive/2015/04/do-killer-robots-violate-human-rights/390033/

Lin, Patrick, et al. 2014. "Super Soldiers (Part 1): What Is Military Human Enhancement? (Part 2) The Ethical, Legal and Operational Implications." In *Global Issues and Ethical Considerations in Human Enhancement Technologies*, ed. S. J. Thompson, 119-60. IGI Global.

Lin, Patrick, Keith Abney, and George Bekey, eds. 2014. *Robot Ethics: The Ethical and Social Implications of Robotics*. Cambridge, MA: MIT Press.

Lin, Patrick, Ryan Jenkins, and Keith Abney, eds. 2017. *Robot Ethics 2.0: From Autonomous Cars to Artificial Intelligence*. Oxford: Oxford University Press.

Liu, Lydia. 2011. *The Freudian Robot*. Chicago: University of Chicago Press.

"Longevity: Adding Ages." 2016. *Economist*, August 13, 14-16.

Lowe, Dunstan. 2016. "Suspending Disbelief: Magnetic and Miraculous Levitation from Antiquity to the Middle Ages." *Classical Antiquity* 35, 2:247-78.

Mackey, Douglas. 1984. "Science Fiction and Gnosticism." *Missouri Review* 7:112-20.

Maldonado, Alessandra. 2017. "This Man Had an Awkward Conversation with an A.I. Sex Robot So You Don't Have To." *Salon*, August 10. https://www.salon.com/2017/08/10/this-man-had-an-awkward-conversation-with-an-a-i-sex-robot-so-you-dont-have-to/.

Maluf, N.S.R. 1954. "History of Blood Transfusion: The Use of Blood from Antiquity through the Eighteenth Century." *Journal of the History of Medicine and Allied Sciences* 9:59-107.

Mansfield, Justin. 2015. "Models, Literary and Wax: The Fantastic in Demotic Tales and the Greek Novel." Paper delivered at the International Conference on the Fantastic in the Arts, Orlando FL, March 18-21.

Marconi, Clemente. 2009. "Early Greek Architectural Decoration in Function." In *Koine: Mediterranean Studies in Honor of R. Ross Holloway*, ed. D. Counts and A. Tuck. Oxford: Oxbow Books.

Marsden, E. W. 1971. *Greek and Roman Artillery.* Oxford: Oxford University Press.

Marshall, C. W. 2017. "Do Androids Dream of Electric Greeks?" *Eidolon*, October 26. https://eidolon.pub/do-androids-dream-of-electric-greeks-a407b583a364.

Martinho-Truswell, Antone. 2018. "To Automate Is Human." *Aeon*, February 13. https://aeon.co/essays/the-offloading-ape-the-human-is-the-beast-that-automates.

Martini, W. 1971. *Die etruskische Ringsteinglyptik.* Heidelberg: F. H. Kerle.

Matheson, Susan. 1995a. *Polygnotus and Vase Painting in Classical Athens.* Madison: University of Wisconsin Press.

———. 1995b. "The Mission of Triptolemus and the Politics of Athens." *Greek, Roman and Byzantine Studies* 35, 4:345-72.

Mattusch, Carol. 1975. "Pollux on Bronze Casting: A New Look at *kanabos*." *Greek, Roman and Byzantine Studies* 16, 3:309-16.

Mayor, Adrienne. 2007. "Mythic Bio-Techne in Classical Antiquity: Hope and Dread." Biotechnique Exhibit Catalogue. San Francisco: Yerba Buena Center for the Arts.

———. 2009. *Greek Fire, Poison Arrows, and Scorpion Bombs: Biological and Chemical Warfare in the Ancient World.* Rev. ed. New York: Overlook-Duckworth.

———. 2010. *The Poison King: The Life and Legend of Mithradates, Rome's Deadliest Enemy.* Princeton, NJ: Princeton University Press.

———. 2014. *The Amazons: Lives and Legends of Warrior Women across the Ancient World.* Princeton, NJ: Princeton University Press.

———. 2016. "Bio-Techne Myths: What Can the Ancient Greeks Teach Us about Artificial Intelligence, Robots, and the Quest for Immortality?" *Aeon*, May. https://aeon.co/essays/replicants-and-robots-what-can-the-ancient-greeks-teach-us.

McEvilley, Thomas. 2001. *The Shape of Ancient Thought: Comparative Studies in Greek and Indian Philosophies.* New York: Allworth.

McFadden, Robert. 1988. "Daedalus Flies from Myth into Reality." *New York Times*, April 24. http://www.nytimes.com/1988/04/24/world/daedalus-flies-from-myth-into-reality.html.

McKeown, J. C. 2013. *A Cabinet of Greek Curiosities.* Oxford: Oxford University Press.

Mendelsohn, Daniel. 2015. "The Robots Are Winning!" *New York Review of Books*, June 4.

Michaelis, Anthony. 1992. "The Golden Honeycomb: A Masterly Sculpture by Michael Ayrton." *Interdisciplinary Science Reviews* 17, 4:312.

Mill, John Stuart. 1859. *On Liberty.* London: Parker and Son.

Misailidou-Despotidou, Vasiliki. 2012. "A Red-Figure Lekythos by the Pan Painter from Ancient Aphytis." In *Threpteria: Studies on Ancient Macedonia*, ed. T. Michalis et al., 215-39. Thessaloniki.

Mori, Masahiro. 1981 [1974]. *The Buddha in the Robot: A Robot Engineer's Thoughts on Science and Religion.* Trans. Charles Terry. Tokyo: Kosei; originally published in 2 vols., 1974.

———. 2012 [1970]. "The Uncanny Valley." Trans. Karl F. MacDorman and Norri Kageki, authorized by Masahiro Mori. *IEEE Robotics & Automation Magazine*, 98-100; originally published in Japanese, in *Energy* 7, 4 (1970): 33-35. http://goo.gl/iskzXb.

Morris, Sarah. 1992. *Daidalos and the Origins of Greek Art.* Princeton, NJ: Princeton University Press.

Needham, Joseph. 1991. *Science and Civilization in China.* Vol. 2, *History of Scientific Thought.* Cambridge: Cambridge University Press.

Needham, Joseph., 1986. *Science and Civilisation: Mechanical Engineering.* Vol. 4, pt. 2. Taipei: Caves Books.

Needham, Joseph, and Ling Wang. 1965. *Science and Civilisation: Physics and Physical Technology, Mechanical Engineering.* Vol. 4, pt. 2. Cambridge: Cambridge University Press; abridged version by Conan Alistair Ronan.

1994.

Neils, Jenifer. 2005. "The Girl in the *Pithos*: Hesiod's *Elpis*." In *Periklean Athens and Its Legacy: Problems and Perspectives*, ed. J. Barringer and J. Hurwit, 37-46. Austin: University of Texas Press.

Newlands, Carole. 1997. "The Metamorphosis of Ovid's Medea." In Clauss and Johnston 1997, 178-209.

Newman, Heather. 2014. "The Talos Principle Asks You to Solve Puzzles, Ponder Humanity." *Venture Beat*, December 8. http://venturebeat.com/2014/12/08/the-talos-principle-asks-you-to-solve-puzzles-ponder-humanity-review/viewall/.

"The Next Frontier: When Thoughts Control Machines." 2018. *Economist, Technology Quarterly: Brain-Computer Interfaces, Thought Experiments*, January 6-12, 1-12.

Nissenbaum, Dion. 2014. "U.S. Military Turns to Hollywood to Outfit the Soldier of the Future." *Wall Street Journal*, July 4.

Nostrand, Anna van. 2015. "Ancient Bionics: The Origins of Modern Prosthetics." *Dig Ventures*, March 10. https://digventures.com/2015/03/ancient-bionics-the-origins-of-modern-prosthetics/.

Oleson, John Peter. 2009. *The Oxford Handbook of Engineering and Technology in the Classical World*. Oxford: Oxford University Press.

O'Sullivan, Patrick. 2000. "Satyr and Image in Aeschylus' *Theoroi*." *Classical Quarterly* 50:353-66.

Paipetis, S. A., ed. 2010. *Unknown Technology in Homer*. New York: Springer Science.

Palaephatus. *On Unbelievable Tales*. 1996. Trans. and comm. Jacob Stern. Wauconda, IL: Bolchazy-Carducci.

Pannikar, R. 1984. "The Destiny of Technological Civilization: An Ancient Buddhist Legend, Romavisaya." *Alternatives* 10 (Fall):237-53.

Panofsky, Dora, and Erwin Panofsky. 1991. *Pandora's Box: The Changing Aspects of a Mythical Symbol*. Princeton, NJ: Princeton University Press.

Paratico, Angelo. 2014. "Are the Giants of Mount Prama Odyssey's Laestrygonians?" *Beyond Thirty-Nine*, June 2. https://beyondthirtynine.com/are-the-giants-of-mount-prama-odysseys-laestrygonians/.

Pollitt, J. J. 1990. *The Art of Ancient Greece: Sources and Documents*. Cam-

bridge: Cambridge University Press.
Pomeroy, Sarah. 2002. *Spartan Women.* Oxford: Oxford University Press.
Popcorn, Faith. 2016. "The Humanoid Condition." In *Economist* special issue *The World in 2016*, January.
Poulsen, Frederik. 1945. "Talking, Weeping and Bleeding Statues." *Acta Archaeologica* 16:178-95.
Raggio, Olga. 1958. "The Myth of Prometheus: Its Survival and Metamorphoses up to the Eighteenth Century." *Journal of the Warburg and Courtauld Institutes* 21, 1-2:44-62.
Raghavan, V. 1952. *Yantras or Mechanical Contrivances in Ancient India.* Bangalore: Indian Institute of Culture.
Raphael, Rebecca. 2015. "Disability as Rhetorical Trope in Classical Myth and *Blade Runner*." In Rogers and Stevens 2015, 176-96.
Raven, Maarten Jan. 1983. *Wax in Egyptian Magic and Symbolism.* Leiden: RMO.
Reeder, Ellen. 1995. *Pandora: Women in Classical Greece.* Baltimore: Walters Art Museum.
Reeve, C.D.C. 2017. "Sex and Death in Homer: Unveiling the Erotic Mysteries at the Heart of the Odyssey." *Aeon*, February 16. https://aeon.co/essays/unveiling-the-erotic-mysteries-at-the-heart-of-homers-odyssey.
Reid, Jane Davidson. 1993. *Classical Mythology in the Arts, 1300s-1990s.* 2 vols. Oxford: Oxford University Press.
Reynolds, Matt. 2017. "Peering Inside an AI's Brain Will Help Us Trust Its Decisions." *New Scientist*, July 3. www.newscientist.com/article/2139396-peering-inside-an-ais-brain-will-help-us-trust-its-decisions/.
Richardson, Arlan. 2013. "Rapamycin, Anti-Aging, and Avoiding the Fate of Tithonus." *Journal of Clinical Investigation* 123, 8 (August): 3204-6.
Richey, Jeffrey. 2011. "I, Robot: Self as Machine in the *Liezi*." In *Riding the Wind with Liezi: New Perspectives on a Daoist Classic*, ed. Ronnie Littlejohn, and Jeffrey Dippmann, 193-208. Albany: SUNY Press.
Richter, Gisela. 2006. *Catalogue of Engraved Gems: Greek, Roman and Etruscan.* Rome: L'Erma di Bretschneider.
Robertson, Martin. 1997. "The Death of Talos." *Journal of Hellenic Studies* 97:158-60.

Rogers, Brett, and Benjamin Stevens, eds. 2015. *Classical Traditions in Science Fiction*. Oxford: Oxford University Press.

Ruffell, Ian. 2015-16. "Hero's Automata: First Moves." "Riding the Snail." University of Glasgow, Classics, research blog on ancient technology. http://classics.academicblogs.co.uk/heros-automata-first-moves/; http://classics.academicblogs.co.uk/riding-the-snail/.

Sage, Evan T. 1935. "An Ancient Robotette." *Classical Journal* 30, 5:299-300.

Scarisbrick, Diana, Claudia Wagner, and John Boardman. 2016. *The Beverley Collection of Gems at Alnwick Castle*. Oxford: Classical Art Research Center.

Schmidt, Victor. 1995. *A Legend and Its Image: The Aerial Flight of Alexander the Great in Medieval Art*. Groningen: Egbert Forsten.

Scobie, Alex, and A.J.W. Taylor. 1975. "Perversions Ancient and Modern: I. Agalmatophilia, the Statue Syndrome." *Journal of the History of Behavioral Sciences* 11, 1:49-54.

Shapiro, H. A. 1994. *Myth into Art: Poet and Painter in Classical Greece*. London: Routledge.

Shelley, Mary. 1831 [1818]. *Frankenstein, or The Modern Prometheus*. Rev. ed. London: Colburn.

Shtulman, Andrew. 2017. *Scienceblind: Why Our Intuitive Theories about the World Are So Often Wrong*. New York: Basic Books.

Simons, G. L. 1992. *Robots: The Quest for Living Machines*. London: Cassell.

Sinclair, K. D., et al. 2016. "Healthy Ageing of Cloned Sheep." *Nature Communications* 7. https://www.nature.com/articles/ncomms12359.

Sladek, John. 1983. *Tik-Tok*. London: Corgi.

"The Sounding Statue of Memnon." 1850. *Fraser's Magazine for Town and Country* 42 (September): 267-78.

Spier, Jeffrey. 1992. *Ancient Gems and Finger Rings: Catalogue of the Collection*. Malibu, CA: J. Paul Getty Museum Publications.

Spivey, Nigel. 1995. "Bionic Statues." In *The Greek World*, ed. Anton Powell, 442-59. London: Routledge.

Steiner, Deborah. 2001. *Images in Mind: Statues in Archaic and Classical Greek Literature and Thought*. Princeton, NJ: Princeton University Press.

Stoneman, Richard. 2008. *Alexander the Great: A Life in Legend*. New Haven, CT: Yale University Press.

Stormorken, H. 1957. "Species Differences of Clotting Factors in Ox, Dog, Horse, and Man." *Acta Physiologica* 41:301-24.

Strong, John S. 2004. *Relics of the Buddha*. Princeton, NJ: Princeton University Press.

Summerville, Adam, et al. 2017. "Procedural Content Generation via Machine Learning (PCGML)." *arXiv preprint arXiv:1702.00539*, 1-15. https://arxiv.org/pdf/1702.00539.pdf.

Tanz, Jason. 2016. "The End of Code." *Wired*, June, 72-79.

Tassinari, Gabriella. 1992. "La raffigurazzione de Prometeo creatore nella glittica romana." *Xenia Antiqua* 1:61-116.

———. 1996. "Un bassorilievo del Thorvaldsen: Minerva e Prometeo." *Analecta Romana Instituti Danici* 23:147-76.

Tenn, William. 1958. "There Are Robots among Us." *Popular Electronics*, December, 45-46.

Truitt, E. R. 2015a. *Medieval Robots: Mechanism, Magic, Nature, and Art*. Philadelphia: University of Pennsylvania Press.

———. 2015b. "Mysticism and Machines." *History Today* 65, 7 (July).

Tyagi, Arjun. 2018. "Augmented Soldier: Ethical, Social and Legal Perspective." *Indian Defence Review*, February 1. http://www.indiandefencereview.com/spotlights/augmented-soldier-ethical-social-legal-perspective/.

Vallianatos, Evaggelos. 2017. "The Shield of Achilles." *Huffington Post*, September 15.

Van Wees, Hans. 2013. "A Brief History of Tears." In *When Men Were Men*, ed. L. Foxhall and J. Salmon, 10-53. London: Routledge.

Voon, Claire. 2017. "The Sophisticated Design of a 3,000-Year Old Wooden Toe." *Hyperallergic*. https://hyperallergic.com/387047/the-sophisticated-design-of-a-3000-year-old-wooden-toe/.

Vulpio, Carlo. 2012. "Il mistero dei giganti." *Corriere della Serra* (Milan), September.

Walker, Casey, ed. 2000. *Made Not Born: The Troubling World of Biotechnology*. San Francisco: Sierra Club Books.

Walton, Jo. 2015. *The Just City*. Bk. 1 of the trilogy *Thessaly*. New York: Tor Books.

Wang, Michelle. 2016. "Early Chinese Buddhist Sculptures as Animate Bodies and Living Presences." *Ars Orientalis* 46:13-38.

Weiner, Jesse. 2015. "Lucretius, Lucan, and Mary Shelley's *Frankenstein*." In Rogers and Stevens 2015, 46-74.

Weinryb, Ittai. 2016. *The Bronze Object in the Middle Ages*. Cambridge: Cambridge University Press.

West, Martin L. 2005. "The New Sappho." *Zeitschrift für Papyyrologie und Epigraphik* 151:1-9.

Wilson, Emily. 2004. *Mocked with Death: Tragic Overliving from Sophocles to Milton*. Baltimore: Johns Hopkins University Press.

Winkler, Martin. 2007. "Greek Myth on the Screen." In *Cambridge Companion to Greek Mythology*, ed. Roger Woodard, 453-79. Cambridge: Cambridge University Press.

Wood, Gaby. 2002. *Edison's Eve: A Magical History of the Quest for Mechanical Life*. New York: Anchor Books.

Woodcroft, Bennett, ed. and trans. 1851. *The Pneumatics of Hero of Alexandria*. London: Taylor Walton and Maberlyy.

Woodford, Susan. 2003. *Images of Myths in Classical Antiquity*. Cambridge: Cambridge University Press.

Wosk, Julie. 2015. *My Fair Ladies: Female Robots, Androids, and Other Artificial Eves*. New Brunswick, NJ: Rutgers University Press.

Yan, Hong-Sen, and Marco Ceccarelli, eds. 2009. *International Symposium on History of Machines and Mechanisms*. New York: Springer Science + Business Media.

Zarkadakis, George. 2015. *In Our Own Image: Savior or Destroyer? The History and Future of Artificial Intelligence*. New York: Pegasus.

Zielinski, Siegfried, and Peter Weibel, eds. 2015. *Allah's Automata: Artifacts of the Arab-Islamic Renaissance (800-1200)*. Karlsruhe: ZKM.

Zimmer, Carl. 2016. "What's the Longest a Person Can Live?" *New York Times*, October 5. https://www.nytimes.com/2016/10/06/science/maximum-life-span-study.html?_r=0.

出版后记

继阿德里安娜·梅厄的《最初的化石猎人》出版之后，后浪再次引入了同作者的《神工智能》。该书延续了作者一贯的风格，将古典神话、民俗学、考古学、古代科学、人工智能等多个领域互相串联，以丰富的想象力和珍贵的古代资料作罗盘，引领着读者们在一片幽深的森林里摸索探寻。

梅厄在书中收集了诸多有关古代"生命技艺"的故事和文物，视野开阔，涉猎广博，徜徉在真实的历史与虚幻的故事间，于古人的科技梦想与现实中游弋。

生而为人与模拟生命的意义是什么？梅厄洞见了人类长久以来，在技术所带来的希望与恐惧间的拉扯，这种又敬又畏的心态亘古有之，深入骨髓。神话中的预言如同一个个悲伤的呢喃鬼魂，阴灵不散；亦如那被海格力斯深埋于地下的九头蛇怪，仍在暗暗渗出毒液。

本书在碎片化的讲述中，拼凑出了一个乱中有序、古今交融的终极空间，读者们行走在其中，就如同行在记忆的宫殿，听着远古的回响，放眼于机器与人工智能的未来新黎明。

图书在版编目（ＣＩＰ）数据

神工智能：诸神与古代世界的神奇造物 /（美）阿德里安娜·梅厄著；吴丽萍译. -- 北京：九州出版社，2024.9. -- ISBN 978-7-5225-3263-9

Ⅰ . I712.73

中国国家版本馆CIP数据核字第20243SA332号

GODS AND ROBOTS: Myths, Machines, and Ancient Dreams of Technology by Adrienne Mayor
Copyright © 2018 by Adrienne Mayor
Simplified Chinese edition published by arrangement with Sandra Dijkstra Literary Agency, Inc. in association with Bardon-Chinese Media Agency
ALL RIGHTS RESERVED

著作权合同登记号：图字01-2024-4394

神工智能：诸神与古代世界的神奇造物

作　　者	［美］阿德里安娜·梅厄 著　吴丽萍 译
责任编辑	杨宝柱　周　春
出版发行	九州出版社
地　　址	北京市西城区阜外大街甲35号（100037）
发行电话	（010）68992190/3/5/6
网　　址	www.jiuzhoupress.com
印　　刷	天津联城印刷有限公司
开　　本	889毫米×1194毫米　32开
印　　张	11
字　　数	251千字
版　　次	2024年 9月第 1 版
印　　次	2024年 9月第 1 次印刷
书　　号	ISBN 978-7-5225-3263-9
定　　价	78.00元

★ 版权所有　侵权必究 ★